Die Tierkriegerin
und das Ende der Menschheit

Felicity Green

Die Tierkriegerin und das Ende der Menschheit

Die Troll-Chroniken
Band 1

Website: www.felicitygreen.com
Twitter: FeliGreen
Facebook: Felicity Green

Herstellung und Verlag: BoD – Books on Demand, Norderstedt
ISBN: 9783749428182

Für meinen Mann und meine Tochter, denen es
nichts ausmacht, dass unsere Familienurlaube
meist Romanrecherchetrips werden.

PROLOG

*D*ie Insel strahlte eine trügerische Ruhe aus.
Der einlullende, stete Rhythmus der Wellen, die über die Kiesstrände schwappten und sich an den Felsklippen brachen.

Das fahle Mondlicht, in dem das gefrorene Gras auf den sanften Hügeln beinahe mystisch silbern glänzte.

Der gleichmäßige Takt der Schwingungen unzähliger lautloser Flügelschläge in der Luft.

Bei unserer Ankunft auf Mousa hatten wir zuerst das Schild gesehen, das uns Respekt vor den Bewohnern der Insel einbläuen wollte: Die Vögel, die in diesem Naturreservat beheimatet waren, konnten manchmal aggressiv reagieren, wenn sie ihre Brutstätten nahe am Klippenweg bedroht sahen.

Wir hatten die Insel mit Ehrfurcht betreten, aber wir hatten keine Angst vor der Natur. Die wahre Bedrohung kam nicht von dieser fast quälend idyllischen Welt.

Als der Turm nach zwanzig Minuten Fußmarsch endlich in unser Sichtfeld kam, traf mich die Energie, die er verströmte, wie eine Druckwelle. Ich hatte imposantere Gebäude und höhere Türme gesehen. Doch den massiven, alten Steinen wohnte eine unheimliche Kraft inne.

Und auch wenn ich nicht gewusst hätte, welch höllisches Grauen der Turm barg, hätte ich seine Magie wahrscheinlich gespürt. Sie musste der Grund dafür sein, dass Touristen auf diese Insel kamen, um den besterhaltenen Broch auf Shetland zu besichtigen, und weshalb diese Wehrtürme aus der Eisenzeit überhaupt eine solche Faszination ausübten.

Vor dem Turm angekommen sahen wir uns unschlüssig an.

Calixta räusperte sich. »Gehen wir rein?«

Ich warf einen skeptischen Blick auf den jetzt helleren Streifen am Horizont. Wir hatten noch ein bisschen Zeit. »Warum nicht.«

Im Wissen, die letzten Menschen zu sein, die den Broch von Mousa betreten würden, gingen wir der Reihe nach durch den engen, niedrigen Eingang. Bosse, der vor mir eintrat, musste richtig den Kopf einziehen. Aus einem Schränkchen nahmen wir große Taschenlampen, schalteten sie an und leuchteten umher.

Calixta, Ran, Bosse und ich kraxelten ein paar der unebenen Steinstufen hoch, damit die anderen nach uns überhaupt noch Platz hatten.

Auf den Illustrationen, die uns General Darktower gezeigt und die ich im Museum gesehen hatte, war der Innenraum größer erschienen. Natürlich war das, was auf den Zeichnungen abgebildet war, reine Spekulation. Niemand wusste genau, was die Menschen, die die Brochs gebaut hatten, darin gemacht hatten. Oder was der genaue Zweck der Brochs gewesen war.

Niemand außer einer kleinen Gruppe von Menschen, die das Geheimnis jahrhundertelang gehütet hatte. Und wir.

Die Illustrationen hatten einen Haushalt gezeigt, mit Feuerstelle und Tieren. Eine zweite Ebene auf halber Höhe des Turms, die mehr Raum bot. Geräucherte Fische, die an Stangen an der Decke hingen. Das Leben im Broch hatte fast heimelig gewirkt.

Hier, jetzt, in unserer Gegenwart, war der Turm weit von gemütlich entfernt. Nichts als nackte, dunkle, kalte Steine. Die kreisrunde Öffnung oben, auf die man ein Gitter gelegt hatte, damit sich keine Vögel in den Turm verirrten, ließ etwas Dämmerlicht ein, trug aber zur beklemmenden, ominösen Atmosphäre bei.

Wir gingen der Reihe nach die enge Treppe mit ihren winzig kleinen, gefährlich unebenen Stufen hinauf.

Wir blieben stehen, um die kleinen Hohlräume in der doppelten Wand des Turms zu begutachten, von denen man annahm, dass sie als Schlaf- und Vorratsräume gedient hatten.

Oben angekommen, öffneten wir die Gitterluke und betraten den schmalen Gang am Rande des Dachs.

Wir genossen schweigend die schmerzhaft schöne Aussicht, bis Adira sagte: »Wir sollten gehen.«

Auf dem Weg nach unten rutschte ich aus und Nic, der vor mir ging, ergriff mein Handgelenk. Ich schüttelte seine Hand ab. Ich hatte mich am Eisengeländer festgehalten. Ich brauchte seine Hilfe nicht.

Unten legten wir die Lampen zurück in den Schrank, auch wenn sie vermutlich nie wieder jemand brauchen würde.

Erst als ich wieder draußen stand, bemerkte ich, dass ich im Turm nicht einen richtig tiefen Atemzug getan hatte. Ich ließ kalte, frische Luft in meine Lungen strömen.

Eine Hand legte sich auf meine Schulter und ich zuckte zusammen.

»Alles in Ordnung?« Es war Hilda. Sie hatte besorgt die Brauen zusammengezogen, was der schönen Symmetrie ihres Gesichtes keinen Abbruch tat.

Ich zwang mich zu einem Lächeln. »Ja, so in Ordnung, wie alles eben sein kann, wenn das Ende der Welt kurz bevorsteht«, versuchte ich zu witzeln.

Doch Hilda zeigte ihre Grübchen nicht. Nur die Furche auf ihrer Stirn wurde tiefer. »Aber das tut es ja nicht. Deshalb sind wir hier.«

Gott, Hilda war so was von idealistisch. Kein Wunder, war sie doch jahrelang schon Dr. Isbisters Gehirnwäsche unterzogen worden. Nicht zu vergessen, der Einfluss ihrer Eltern – die jetzt in einem Bunker saßen, um auf das Ende der Welt zu harren.

Ich schaute mich um. War ich die Einzige, die ihre Zweifel hatte, ob unsere Wahnsinnsmission gelingen würde? Nein, Bosse sah derart blass aus, dass ich befürchtete, er würde sich gleich übergeben. Und die

8

Geschwister Ran, Adira und Calixta hatten sich an der Hand genommen.

Nur Nic wirkte so zuversichtlich wie eh und je. Na, dann muss ich mir ja keine Sorgen machen, dachte ich bitter. Wir anderen mussten schließlich auch nicht wissen, wie genau das hier ablaufen würde. Wie wir die Menschheit retten würden. Solange Nic es wusste. Er war der Held. Wir nichts als seine Bodyguards.

Nic trat neben Hilda und sah uns erwartungsvoll an, so als wollte er uns auffordern, ihn in unser Gespräch einzuweihen. Die beiden passten wirklich sehr gut zusammen, mit ihren goldblonden Haaren und den attraktiven Gesichtszügen.

Schnell wandte ich mich ab.

Es war sowieso egal.

Entweder gingen wir gleich mit dieser verdammt schönen Insel unter. Die Zeit der Menschheit war abgelaufen, und damit auch unsere.

Oder Nic, der Auserwählte, würde die Kreaturen besiegen, deren Zeit gleich anbrach. Dann konnte er sich jede aussuchen, die er haben wollte. Und ich bezweifelte, dass er mich oder Hilda aussuchen würde. Denn Hilda war wie ich. Trotz all ihrer Schönheit verwandelte sie sich am Ende in ein Biest, wie es hässlicher und unweiblicher nicht hätte sein können.

Als der Tag heraufdämmerte, machten wir uns bereit. Und dann warteten wir.

Nichts geschah. Alle wurden merklich unsicher. Sollte die alte Alannah, die davon überzeugt gewesen war, in einen Weltuntergangskult geraten zu sein, doch recht behalten?

Doch die Zeichen der zweiten Ragnarök waren alle da gewesen. Der Winter, so bitterkalt wie drei. Die Sonnenfinsternis, dann der Blutmond. Und wenn ich im Laufe des Tages noch Zweifel hegte, so wurden diese am Nachmittag immer weniger. Man merkte es an der Luft. Es braute sich etwas zusammen.

Ich konnte überhaupt keine Vögel mehr sehen. Waren sie geflüchtet wie Ratten vom sinkenden Schiff? Bestimmt hatten sie das tiefe Brummen gespürt, das jetzt vom Turm ausging.

Wir nahmen unsere Positionen um Nic ein. Nic zog sich nahezu ganz aus und rieb sich mit einer Paste ein. Dann war das bei Magni und Martin, den anderen Auserwählten, die uns ihre Magie gezeigt hatten, nicht nur Show gewesen. Nic schien ganz konzentriert und sah aus, als ob er die Kälte nicht spürte.

Doch dann fing er meinen Blick auf und zwinkerte mir zu.

Ich wurde rot und schaute schnell weg. Jetzt dachte er, ich hätte seinen muskelgestählten Körper bewundert. Nur ein selbstgefälliger Schönling wie Nic konnte sich einbilden, dass ich in diesem Moment an so etwas dachte. Arschloch.

Das Brummen wurde lauter und der Boden unter unseren Füßen fing an zu beben. Der starke, Ehrfurcht erweckende Wehrturm, der jahrhundertelang jedem Wetter getrotzt hatte, begann zu zittern. Die ersten Steine lösten sich oben und fielen herunter. Gleich würde er zusammenbrechen wie ein Turm aus Holzklötzen.

Ich schloss die Augen und zehrte von der Wut, von der ich genug in meinem Inneren angestaut hatte. Die Verwandlung ging schnell. Ohne es zu sehen, wusste ich, dass die anderen um mich herum dasselbe taten.

Wir waren bereit, das zu tun, wofür wir geschaffen worden waren.

Die Türme, die Tore zu der Welt, in der das Böse vor vielen, vielen Jahren verbannt worden war, würden aufbrechen. Die Kreaturen würden aus der Erde kriechen und die Menschheit auf grausame Weise vernichten, um sich das, was einmal ihnen gehört hatte, wieder anzueignen.

Es sei denn, wir konnten sie aufhalten.

KAPITEL EINS

D ie paar Sekunden nach dem Aufwachen jeden Morgen war die Welt für mich in Ordnung. Dieser kurze Moment, bevor mir bewusst wurde, wo ich war. Ja, eigentlich, wer ich war.

Einen glückseligen Augenblick lang trieb ich auf dem weiten Ozean des ahnungslosen Seins.

Dann zog sich mein Herz zusammen und meine Welt schrumpfte ebenso, als mir schlagartig einfiel:

Ich lebte in einem Käfig im Keller meiner Eltern.

Mein Atem ging schneller und mein Puls beschleunigte sich. Die Atemübungen, die verhindern sollten, dass ich außer Kontrolle geriet, waren mir mittlerweile schon in Fleisch und Blut übergegangen. Ich machte sie, seit ich vierzehn war, und mittlerweile gehörten sie zu meiner täglichen Routine. Wie Zähneputzen.

Routine war wichtig, wenn man völlig isoliert lebte. Man durfte sich nicht die Gelegenheit geben, zu lange zu grübeln. Sonst bekam man einen Hüttenkoller. Oder in meinem Fall wäre Käfigkoller wohl die treffendere Bezeichnung.

Wie auch immer, Koller war schlecht.

Damit ich keinen Koller kriegte, war ich schließlich hier eingesperrt.

Ich wusste, dass es zu meinem Besten war. Aber manchmal fiel es mir schwer, das zu akzeptieren.

Gott sei Dank war meine Mutter sehr gut darin, mir Beschäftigungsmöglichkeiten zu bieten. Sie hatte mir einen

11

Stundenplan erstellt, bei dem sich Lernen für die Abi-Prüfungen mit Sport abwechselte. Eine Hälfte meines Käfigs sah nämlich aus wie ein Fitnessstudio. Neben dem Fernseher stapelten sich Yoga-DVDs und auf Knopfdruck schallten Hörbücher mit Meditationsübungen durch den Keller. Auf dem Stundenplan standen sogar Chatten in Online-Foren mit Gleichaltrigen, Computerspiele und Bücherlesen. Alles war genau reglementiert.

Ich fügte mich dem total. Nicht nur, weil es einfacher für mich war, sondern auch, weil ich glaubte, dass es meiner Mutter half. Sie klammerte sich an ihre Rolle als Managerin meines Lebens, weil die völlige Hilflosigkeit sie sonst runtergezogen hätte.

Ich wollte nicht, dass meine Mutter mich aufgab, denn mein Vater hat es schon getan, und das brach mir das Herz.

Dabei war er derjenige gewesen, der am Anfang am meisten hinter mir gestanden hatte.

Ich konnte mich noch genau daran erinnern, wie ich kurz nach meinem vierzehnten Geburtstag vor der angelehnten Tür des Rektorenzimmers auf einem Stuhl saß und meinen Vater sagen hörte: »Alannah lässt sich eben nicht gefallen, gemobbt zu werden. Natürlich war die gewalttätige Reaktion nicht angemessen, aber wie sehr muss sie gereizt worden sein, dass sie sich zu etwas hat hinreißen lassen? Hat da keiner etwas vorher gemerkt?«

Wozu ich mich »habe hinreißen lassen«? Drei meiner Mitschülerinnen krankenhausreif zu schlagen. Ja, sie hatten mich gehänselt, und die angestaute Wut, die seit Anbeginn der Pubertät in mir getobt hatte, war nicht länger kontrollierbar gewesen.

Meinem Vater hatte ich es zu verdanken, dass der Rektor sich schuldig fühlte, das Mobbing nicht bemerkt zu haben.

Man ging den Kompromiss ein, mich in eine Parallelklasse zu versetzen und mich einmal die Woche zum Anti-Aggressionstraining zu schicken. Ein Jugendarbeiter, der immer auf eine etwas verzweifelte Weise cool wirken wollte, versuchte dort mir und anderen gewaltbereiten Jugendlichen beizubringen, ruhig zu bleiben und sozialkompetent mit Gewaltimpulsen umzugehen – so nannte er das.

Das Problem war, dass es seit dem ersten Vorfall einen Teil in mir gab, der gar nicht ruhig bleiben, sondern die Gewaltimpulse wollte. Sicher, ich schämte mich und ich hatte auch etwas Angst vor mir selber – vor dem, wozu ich fähig war. Aber ich hatte auch eine Art … Selbstachtung und vor allem Selbsterkenntnis gewonnen, die mich mit Stolz und Ehrfurcht erfüllten. Das konnte ich ja vor keinem zugeben. Ich wusste doch, dass der Gewaltausbruch falsch gewesen war.

Aber es hatte sich so richtig angefühlt … es war befreiend gewesen, die innere Anspannung, die aufgestaute Aggression endlich loslassen zu können. Diese Energie freizusetzen war keine … Anstrengung gewesen. Es war mir gut und richtig vorgekommen. Ich hatte gar keinen Schmerz gespürt. Die Prügelei hatte ich wie einen Traum erlebt, indem Schwerkraft und Zeit aussetzten und ich stark und anmutig war. Wie in den Filmen mit Kampfsequenzen in Zeitlupe.

Die Prügelei mit den drei Mitschülerinnen war ein bisschen so gewesen, als hätte ich vom Apfel des Baums der Erkenntnis gekostet. Und es dauerte nicht lange, bis ich bei einem der Rollenspiele in Anti-Aggressionstraining einen Jungen, der doppelt so groß und schwer wie ich war, an die Wand warf.

13

Da begann mein Vater mich mit anderen Augen zu sehen. Das bisschen Respekt, das er nach der ersten Prügelei mit den mobbenden Mädchen noch aufgebracht hatte, verwandelte sich schnell in Furcht. Eine Art irrationale Angst vor dem, wozu ich körperlich in der Lage war.

Ich war nicht mehr sein kleines Mädchen.

Als ich nach der dritten Schlägerei von der Schule flog, begann er sich von mir zu distanzieren. Es tat weh, aber ich konnte es ihm nicht verübeln.

Meine Mutter nahm die Sache in die Hand, nachdem ich auch die nächste Schule verlassen musste – in Rage hatte ich ein ganzes Klassenzimmer auseinandergenommen. In Absprache mit dem Jugendamt machte ich erneut eine Anti-Aggressionstherapie. Die ständige Auseinandersetzung mit dem Thema ließ mich in etwa so fühlen wie ein Stier, dem man andauernd mit einem roten Tuch vor der Nase herumwedelte. Es wurde nur noch gereizter.

Meine Mutter recherchierte nach Internaten für schwererziehbare Jugendliche, und vor lauter Panik richtete ich die Gewalt gegen mich selbst. Auf der Akutstation der psychiatrischen Klinik, in die man mich einlieferte, gab ich endlich zu, wie ich mich während der befreienden Attacken fühlte.

»Würden Sie den Zustand wie eine Art Trance beschreiben?«, fragte der Oberarzt mit gerunzelter Stirn, ohne mich anzusehen.

»Ja, genau.«

Er schrieb etwas auf seinen Notizblock.

»Würden Sie sagen, Sie stehen neben sich und beobachten sich selber, oder fühlt es sich eher so an, als ob Sie von einer fremden Kraft getrieben werden, als wenn jemand anders Ihren Körper bewegt?«

»Hmm. Eher so, als wenn mein Körper weiß, was zu tun ist. Als ob ich mich ganz auf ihn verlassen kann.« Unsicher schielte ich zu ihm rüber, als er sich noch mehr Notizen machte.

Leider erhielt ich nicht die ersehnte logische Erklärung für mein Verhalten. Stattdessen überließ der Oberarzt alles Weitere dem Assistenzarzt, der mir Medikamente verschrieb.

Die Medikamente halfen und die »Beschäftigungstherapien«, wie ich den Stundenplan nannte – Malen, Gesprächskreis, Spazierengehen und so weiter –, waren eine Erleichterung, weil ich die Verantwortung für mein Tun auf andere abschieben konnte.

Ich war eine Musterpatientin. Meine Mutter kam täglich, weil sie mit dem Plan, mich besser zu machen, voll in ihrem Element war. Mein Vater kam seltener und wurde immer stiller. Er kämpfte damit, dass seine Tochter offensichtlich psychisch krank war. Dissoziative Identitätsstörung lautete eine erste, vorsichtige Diagnose.

Leider war es nur eine Illusion. Die Medikamente halfen nicht, sie machten alles nur noch schlimmer. Sie unterdrückten meine Aggressivität auf eine solche Weise, dass ich sie nicht bemerkte, sodass ich schließlich völlig die Kontrolle verlor.

Eines Nachts kam ich zu mir, wie ich mitten in meinem Zimmer in der psychiatrischen Einrichtung auf dem Fußboden saß. Ich war von Kopf bis Fuß mit Blut bedeckt.

Panisch tastete ich meinen Körper nach Wunden ab, bis ich erkannte, dass das Blut nicht meins war.

Ich war so geschockt, dass ich beinahe laut losgeschrien hätte. Aber ich biss mir auf die Zunge, bis ich endlich den eisenhaltigen Geschmack meines eigenen Blutes schmecken konnte.

Mein Blick irrte im Zimmer umher. Am Fenster entdeckte ich blutige Handabdrücke. Ich stürzte hinüber. Das Fenster ließ sich öffnen.

Normalerweise waren die Fenster abgeschlossen. Die Institution war kein Gefängnis und es war nicht völlig unmöglich, von hier abzuhauen. Aber die Fenster und Türen waren immer verriegelt und die Pfleger passten auf. Dann erinnerte ich mich an die Reinigungskraft, die gestern in meinem Zimmer gewesen war und unter anderem auch Fenster geputzt hatte. Hatte sie vergessen abzuschließen? Hatte ein Teil meines Unterbewusstseins das mitbekommen – der Teil, der nach Gewalt suchte und sofort die Chance ergriffen hatte?

Ich versuchte nicht darüber nachzudenken, was das bedeutete. Dass dieser aggressive Teil von mir eine gewisse ... Intelligenz in sich trug. Entscheidungskraft. Wieso konnte ich nicht hier in der Klinik ausrasten und einem Mitpatienten Gewalt antun? Wieso ausbrechen und irgendwem irgendwo etwas antun, das in so viel Blut resultierte?

Ich fing an zu hyperventilieren, als mir bewusst wurde, dass ich mich *überhaupt* nicht erinnerte. Es erschien mir nicht mal wie ein vager Traum. Ich wusste nicht, was ich getan hatte.

Alles, was ich wusste, war, dass ich das Blut loswerden musste, um wieder klar denken zu können. Der Geruch, das klebrige Gefühl, die Flecken ... ich musste alles loswerden.

Ich torkelte ins Bad und schrubbte meinen Körper, bis meine Haut rot und wund war. Dann beseitigte ich die Flecken auf dem Fußboden und an den Wänden.

Nur die Reste unter den Fingernägeln wollten einfach nicht weggehen – es war nicht sehr hilfreich, dass man Patienten in dieser Klinik natürlich keine Nagelscheren und Feilen erlaubte. Ich stand gerade vor dem Waschbecken im Bad und riss mir vor Verzweiflung beinahe die Nägel von den Fingern, als die Nachtwache ins Zimmer kam.

»Alles klar, Alannah?«

»Ja«, rief ich aus dem Bad. Ich hörte selber, wie meine Stimme zitterte. Mein Blick wanderte zu den blutigen Kleidern und den Handtüchern, die ich zum Saubermachen benutzt hatte, und die auf einem Haufen in der Wanne lagen. »Ich ... ich habe geduscht. Ich habe so geschwitzt.«

»Okay.« Wie erstarrt stand ich da, während die Nachtwache einen Moment lang zögerte. Doch dann machte sie die Tür wieder zu. Gut, dass mir die Pfleger vertrauten.

Meine Knie waren so weich, dass ich mich auf die Toilette sinken ließ.

Dann gab ich mir einen Ruck und wusch die blutigen Sachen aus. Sie wurden nicht mehr ganz sauber, aber man konnte nicht mehr erkennen, dass die Flecken vom Blut gekommen waren. Nach und nach ließ ich sie in den folgenden Tagen verschwinden.

Niemand hat je herausgefunden, dass ich in der Nacht aus der Klinik ausgebrochen war.

Ich spielte weiter die Musterpatientin, hatte nur meine Medikamente heimlich nicht mehr genommen, bis ich schließlich entlassen wurde.

Ich weiß bis heute nicht, was ich in der Nacht getan hatte. Meine Nachforschungen ergaben nichts: In den Zeitungen und Polizeiberichten stand nichts von getöteten oder schwer verletzten Menschen oder Tieren. Aber von irgendwem musste das viele Blut stammen. In meinen Albträumen sah ich noch lange danach meinen braun verkrusteten Körper, spürte immer noch das schiere Entsetzen und die Panik.

In meinen Albträumen hatte ich Angst vor mir selbst, vor dem ... Tier in mir, das zu so etwas fähig war.

Diese Nacht war ein Wendepunkt für mich gewesen. Ich verstand, dass mir niemand ... die Verantwortung abnehmen konnte, für das, was ich tat. Dass mir niemand wirklich helfen konnte.

Ich musste selber dafür sorgen, dass ich niemandem etwas antat.

Ich hatte meine Eltern davon überzeugen können, dass die beste Lösung für mich war, so wenig Kontakt wie möglich mit anderen zu haben und dass ich das Abitur besser per Fernstudium zu Hause machen sollte.

Außer zum stundenlangen Joggen hatte ich das Haus danach selten verlassen – Bewegung war ein Muss, denn Sport war der einzige Weg, mich abzureagieren und meine Wutanfälle in Schach zu halten.

Knapp zwei Jahre lang war alles gut gegangen. Ein paar Mal hatten mich meine Eltern in meinem Zimmer einsperren müssen, wo ich dann die gesamte Inneneinrichtung zerlegte. Aber ich hatte niemandem mehr etwas angetan.

Bis zu der Nacht, in der ich zwei Männer umbrachte.

KAPITEL ZWEI

M eine Mutter kam zweimal am Tag. Sie schaute mittags vorbei, um mir das Mittagessen und Einkäufe durch die Luke zu schieben, die jeweils von einer Seite geschlossen sein musste, um die andere öffnen zu können. Damit ich nicht Mamas Hand packen, sie durch die Luke ziehen und in Stücke reißen konnte.

Nicht, dass ich das je auch nur versuchsweise getan hätte. Aber nach dem, was vor sechs Monaten passiert war, konnten meine Eltern nicht vorsichtig genug sein. Das verstand ich.

Mittags hielt sich meine Mama nicht länger im Keller auf, weil sie auch für meinen Vater und sich gekocht hatte und mein Papa oben wartete.

Mein Vater, ein erfolgreicher Bauunternehmer, hatte mich hier unten nicht mehr besucht, seit er den teuren Käfig für mich fertiggestellt hatte. Es war sozusagen sein letztes Geschenk an mich gewesen, eine letzte väterliche Liebesbezeugung. Aber mehr konnte er für mich nicht tun, hatte meine Mutter gesagt. Es war zu viel für ihn, mich hier unten zu besuchen.

Am Nachmittag kam sie immer um 16 Uhr und nahm sich mehr Zeit für mich. Ich freute mich immer sehr auf das »Kaffeekränzchen« mit Mama, wie ich es nannte. Denn sie brachte für gewöhnlich selbst gebackenen Kuchen mit und wir tranken Kaffee dazu. Dann gingen wir die Schularbeiten durch und besprachen den Plan für den nächsten Tag. Ich war es zwar gewohnt, allein zu sein, aber trotzdem sehnte ich mich natürlich danach, mich mit anderen Menschen auszutauschen. Die halbe Stunde am Nachmittag mit meiner Mama war sozusagen meine einzige Möglichkeit dazu, wenn man mal vom Chatten in Foren absah, aber das war ja nicht ganz dasselbe.

Am heutigen Tage war etwas anders, das spürte ich sofort, als meine Mutter den Keller betrat. Sie schien nervös. Meine Mama war sonst so souverän. Sie war eine praktisch veranlagte Frau, die immer eine Antwort wusste. Meine Ahnung bestätigte sich, als sie eine Tüte vom Bäcker in die Luke steckte. Mama stand Martha Stewart in nichts nach, wenn es um den Haushalt ging. Dass sie Kuchen in der Bäckerei kaufte, statt selber zu backen, kam äußerst selten vor.

Fragend sah ich von der Tüte, die ich mittlerweile in den Händen hielt, durch die Gitterstäbe zu ihr auf.

»Ja, ich hatte keine Zeit zu backen, ich musste mich heute Mittag um etwas kümmern.« Sie fuhr sich zerstreut durch die sonst immer so perfekt sitzenden kurzen Haare. »Setz dich erst einmal.« Sie deutete auf den kleinen Tisch, den ich wie gewohnt an den Rand des Käfigs gezogen hatte, und auf dem schon mein Kaffee parat stand. Ich machte meinen immer selber in meiner kleinen Mini-Küche im Käfig, während Mama ihren von oben auf dem Tablett mitbrachte.

Ich zog einen Stuhl heran und zog ein Puddingteilchen aus der Tüte. Sonst wurde ziemlich penibel darauf geachtet, dass ich nicht zu viel Zucker zu mir nahm. Meine Mutter glaubte, dass sich das negativ auf meine »Schübe« auswirken würde, ein bisschen so, als ob ich ADHS hätte. Ich glaubte nicht, dass es da einen Zusammenhang gab, war aber gewillt, alles zu versuchen.

Das Gebäckstück lachte mich an – wenn ich's mir recht überlegte, hatte ich seit sechs Monaten nur Mamas gesunden, zuckerfreien Vollkornkuchen gegessen. Beherzt biss ich hinein. Während ich kaute, sah ich meine Mutter an ihrem Puddingteil herumzupfen.

Sie saß mir gegenüber auf der anderen Seite der Gitterstäbe, wo ein identischer kleiner Beistelltisch stand, und ihre Hände zitterten so sehr, dass sie Kaffee verschüttete, als sie die Tasse zum Mund führte.

Das leckere Gebäckstück blieb mir fast im Hals stecken. So hatte ich meine Mutter selten erlebt. Irgendetwas stimmte überhaupt nicht.

Ich nahm selber einen Schluck Kaffee, um den Kuchen herunterzuspülen, und fragte leise: »Was ist los, Mama?«

Vorsichtig stellte sie ihre Tasse wieder ab. Dann schaute sie mich an.

»Ich habe jemanden gefunden, der dir vielleicht helfen könnte, Alannah.«

Ich sagte nichts, sondern starrte sie nur weiter erwartungsvoll an. Diese Nachricht war nichts, was mich vom Hocker haute. Meine Mutter wurde es nicht müde, nach einer Heilmethode für meine Krankheit zu suchen. Und auch ich recherchierte häufig und besprach meine Ergebnisse mit ihr. Wir hatten schon öfter gedacht, einen Lösungsansatz gefunden zu haben, der immer in einer Sackgasse geendet war.

»Ein Arzt, der sich auf dein Problem spezialisiert hat. Ich habe fast den ganzen Mittag mit ihm telefoniert und alles von dir erzählt. Er möchte dir sehr gerne einen Therapieplatz anbieten.«

»Okay«, antwortete ich. Es war mir nicht ganz klar, wieso meine Mutter diese Nachricht nicht mit ihrem gewöhnlichen, beschwingten Optimismus überbrachte. Warum war sie so nervös?

Ich ließ mir ihre Worte noch einmal durch den Kopf gehen. »Er hat sich auf mein Problem … spezialisiert? Wir wissen doch gar nicht genau, was mein Problem ist.« Der Bissen Gebäck in meinem Magen fing an, sich wie ein großer, harter Stein anzufühlen. Mir schwante, was genau meine Mutter dem Arzt erzählt haben könnte. *Alles erzählt …* Ich schluckte. »Mama, du hast doch nicht … Du hast doch nicht von der Sache berichtet, oder?«

Ich konnte meiner Mutter nicht ins Gesicht sehen, sondern starrte auf die Tischplatte und schob ein paar Krümel darauf hin und her.

»Doch, das habe ich. Er hat gespürt, dass da etwas war, das mich sehr beunruhigt hat und er hat mich schließlich davon überzeugt, ihm die Wahrheit zu sagen. Was du getan hast.«

Ich erstarrte.

»Wir mussten es irgendwann jemandem erzählen, wenn wir Hilfe in Anspruch nehmen wollen.« Meine Mutter klang jetzt wieder resoluter und selbstbewusster. »Und du musst dir keine Sorgen machen. Es gibt schließlich die ärztliche Schweigepflicht.«

Ich zog die Brauen zusammen und schaute vorsichtig unter meinem Pony zu ihr hoch. »Stimmt das? Du hast ja nur mit ihm telefoniert und ich bin nicht … offiziell seine Patientin, also …«

»Doch, das bist du. Wir haben die Papiere schon unterschrieben. Seine Klinik hat alles gefaxt und wir haben es soeben unterschrieben zurückgefaxt.«

Ich schaute meine Mutter mit offenem Mund an. »Ohne es mit mir zu besprechen?«, fand ich schließlich meine

Sprache wieder. »Was ist das denn überhaupt für ein Arzt? Ich bin immerhin fast volljährig, ich sollte selber darüber entscheiden können … Oder wenigstens gefragt werden …« Ich brach ab. Tränen standen in meinen Augen und ich wischte sie eilig weg, bevor sie über meine Wangen kullern konnten.

Tief ein und wieder aus. Tief ein und wieder aus. So sagte ich mir still mein Mantra auf. Meine Atemübungen sollten mich davon abhalten, zu emotional zu werden.

»Ich glaube, dass diese Klinik das Richtige ist für dich, Alannah. Wir … wir wissen nicht, was wir sonst mit dir machen sollen. Dieser …«, sie zeigte auf meinen Käfig, »… Raum kann doch kein Dauerzustand werden. Wir müssen etwas tun. Auch wenn es uns schwergefallen ist, und wenn es uns noch schwerer fallen wird, dich gehen zu lassen …«

»Gehen zu lassen?«, unterbrach ich sie verwirrt. »Wo … wo ist denn diese Klinik?«

»Tja. Das ist die Sache.« Sie trank schnell noch einen Schluck Kaffee, um ihren Gesichtsausdruck zu verbergen, und ich wusste jetzt, warum sie so nervös gewesen war. »Die Klinik ist ein bisschen weiter weg. Und wir können erst einmal keinen Kontakt haben.«

»Wo ist sie? Wo wollt ihr mich hinschicken?«

»Auf eine abgelegene Shetland-Insel.«

»Shetland? Das ist … vor der schottischen Küste, richtig?« Verwirrt legte ich die Stirn in Falten. »Ich soll in eine Klinik nach Schottland? Geht das überhaupt? Bezahlt das die Krankenkasse?«

Meine Mutter atmete tief durch. »Die Shetland-Inseln gehören zu Schottland und liegen zwischen Schottland und Norwegen. Und … ähm. Es ist eine Privatklinik.«

»Das kostet doch bestimmt ein Vermögen?«

»Eigentlich nicht. Dr. Isbister entwickelt gerade eine neue Therapie und nimmt deshalb einige Jugendliche mit demselben Krankheitsbild, wie du es hast, in ein Programm auf, um diese therapeutischen Maßnahmen auszutesten.«

Ich blinzelte. »Ich soll ein medizinisches Versuchsobjekt werden?«

»Nein, so kann man das nicht nennen.« Mama fuhr sich wieder durch die Haare. »Es ist einfach eine Chance für dich, Alannah. Dr. Isbister ist überzeugt davon, dir helfen zu können. Was für andere Optionen haben wir?«

Ich atmete langsam aus.

Meine Mutter hatte recht. Unseren Recherchen zufolge gab es für das, was ich durchmachte, bisher keine Therapie. Auch wenn mich das Gefühl, ein Versuchskaninchen zu sein, nicht loslassen wollte, musste mein Verstand zustimmen: Ich sollte alles versuchen, und wenn dieser Dr. Isbister glaubte, mir helfen zu können, wieso der Sache nicht eine Chance geben?

»Okay, versuchen wir es«, sagte ich. »Wenn es mir nichts bringt, dann kann ich ja immer noch abbrechen und wieder nach Hause kommen.«

»Vorerst nicht.« Mama stand schnell auf. »Wir haben erst einmal keinen Kontakt, wie gesagt, und wir haben zugesagt, dass du sechs Monate im Programm bleibst. Es ist ein langfristiger Lösungsansatz …«

Ich riss die Augen auf. »Sechs Monate?«, fiel ich ihr ins Wort. »Und ich kann nicht nach Hause, wenn ich das Gefühl habe, es bringt nichts oder alles noch schlimmer macht?«

»Wenn es tatsächlich gar nicht anschlägt oder schlimmer wird, dann wird der Doktor sicher Vernunft walten lassen und die Versuchsreihe abbrechen«, beschwichtigte meine

Mutter mich. »Es ist ja kein Gefängnis, sondern eine Klinik.«

Ihre Worte sollten mich beruhigen, aber ich konnte mein schneller schlagendes Herz einfach nicht wieder in den Griff bekommen.

Panisch stand ich auf. »Ich muss jetzt ein bisschen Sport machen, Mama.«

Meine Mutter nickte und war schon fast auf der Treppe. Sie wusste, was meine Worte bedeuteten.

Ich stand auf meinem Laufband, als sie sich noch mal umdrehte.

»Alannah, wenn nur die geringste Chance besteht, dass der Arzt dir helfen kann, müssen wir sie ergreifen. So etwas wie in Hamburg… Das darf nicht noch mal passieren.«

Ich biss mir auf die Lippen. Ich musste nicht antworten. Meine Mutter wartete auch nicht darauf, sondern verließ den Keller.

Ich machte das Laufband an und rannte, als wenn der Teufel hinter mir her wäre. Nur konnte ich das Gefühl nicht loswerden, dass ich ihn nicht abschütteln würde, so schnell ich auch lief.

KAPITEL DREI

Als meine Mutter am nächsten Nachmittag kam, war ich um einiges gefasster. Ich hatte die letzten vierundzwanzig Stunden über nichts anderes nachgedacht als über meine Situation.

Es gefiel mir nicht, dass meine Eltern über meinen Kopf hinweg entschieden hatten, aber ich konnte es ihnen nicht verübeln. Ich konnte froh sein, dass sie bisher überhaupt hinter mir gestanden hatten – statt mich den Behörden zu überlassen.

Vor sechs Monaten hatte ich meine Cousine Lynn in Hamburg besucht. Wir wohnten in einem Vorort und ich unternahm eigentlich solche Ausflüge in die Stadt schon lange nicht mehr. Aber ich hatte mich besonders isoliert und einsam gefühlt und als Lynns Einladung für ihre Buchvernissage kam, wollte ich ihr nicht absagen.

Lynn hatte einen erfolgreichen Gesundheitsblog und gerade ihr erstes Buch veröffentlicht. Ich besprach es lange mit meinen Eltern, und schließlich stimmten sie mir zu, dass nicht viel passieren konnte, wenn meine Eltern mich zur Vernissage fuhren. Sie konnten nicht bleiben, weil sie für den Abend selber etwas abgemacht hatten. Ich überzeugte meine Eltern davon, dass ich allein klarkommen und mit dem Taxi heimfahren würde, sodass sie ihre Pläne nicht ändern mussten. Es war schließlich nicht zu erwarten, dass mich in dem Reformhaus, in dem die Buchpräsentation stattfand, und mit den Leuten, die zu einer solchen

Veranstaltung kamen, etwas zu aggressiven Handlungen provozieren würde.

Es lief auch alles gut, bis Lynn mich nach der Vernissage fragte, ob wir noch etwas trinken gehen wollten. Sie hatte sich so gefreut, mich zu sehen. Ich konnte es nicht übers Herz bringen, Nein zu sagen. Ein Getränk, das würde ich ja wohl hinbekommen.

Wir wollten eine trendige Bar besuchen, von der Lynn gehört hatte und die in der Nähe des Reformhauses sein sollte. Leider stellte sich heraus, dass sie doch einige Straßen weiter war. »Wir hätten fahren sollen«, meinte ich.

»Ach was, so ein Abendspaziergang ist doch nett.« Lynn hakte sich bei mir ein. Ich ließ mich von ihrer unbekümmerten Art anstecken. Sie hatte ja recht. Vielleicht übertrieb ich völlig mit meiner Isolation. Womöglich stand es gar nicht so schlimm um mich. Dass ich mir solche Erlebnisse, die ein anderes Mädchen in meinem Alter als völlig normal empfinden würde, selber versagte, war vielleicht nicht nur schade, sondern auch unnötig. Ich hatte auch Freunde verdient!

Schließlich fanden wir die Bar. Weil ich minderjährig war, hatte ich eine gute Ausrede, bei alkoholfreien Getränken zu bleiben. Ich wusste ehrlich gesagt gar nicht, was Alkohol für einen Effekt haben würde. Aber alles, was mir die Kontrolle über mich selbst entzog, war wahrscheinlich eine schlechte Idee.

Die Bar war gemütlich, mit warmem Licht, Ledersofas und angenehmer Musik, sodass nichts mir Stress verursachte. Ich begann mich in der trügerischen Sicherheit zu wiegen, dass alles okay war.

Obwohl Lynn ein paar Jahre älter war, hatten wir als Kinder oft zusammen gespielt, und wir verloren uns in nostalgischen Kindheitserinnerungen. Dabei vergaßen wir ganz die Zeit.

Als ich auf die Uhr schaute, stellte ich erschrocken fest, wie spät es schon war. Meine Eltern waren bestimmt längst wieder zu Hause und würden sich Sorgen machen.

Wir verließen die Bar und gingen durch die mittlerweile dunklen Straßen. »Ich muss mich echt beeilen«, sagte ich zu Lynn. »Meine Eltern machen mir die Hölle heiß.«

Meine Cousine rollte mit den Augen. »Ich finde, deine Eltern übertreiben es echt. Es ist ja nicht so, als ob wir bis drei Uhr morgens durch die Clubs ziehen würden. Und selbst wenn. Du bist alt genug.«

»Du verstehst das nicht. Ich habe … ihnen genug Anlass zur Sorge gegeben.«

»Nur weil du früher mal ein paar Probleme in der Schule hattest? In der Pubertät spinnt doch jeder mal ein bisschen. Und das ist ja auch schon ewig her.«

Ich korrigierte sie nicht. Meine Eltern hatten meine Aggressionsprobleme immer für sich behalten und mir eingebläut, niemandem davon zu erzählen. Weder Lynn noch andere Familienmitglieder oder Freunde wussten davon, noch nicht mal von meinem Klinikaufenthalt.

Keine Ahnung, warum es meinen Eltern so wichtig war. Ich hatte immer angenommen, sie schämten sich. Mittlerweile glaubte ich, es steckte mehr dahinter, auch wenn ich nicht wusste, was. Bevor ich in die Klinik gekommen war, hatte ich ein Gespräch meiner Eltern belauscht.

Es war darum gegangen, ob man meiner Patentante von meinen Problemen berichten sollte. Ich hatte Tante Alannah, nach der ich benannt worden war, schon länger nicht mehr gesehen. Sie lebte in Schottland und war eine Freundin meiner Mutter, die Englisch auf Lehramt studiert und ihr Auslandsjahr in Glasgow gemacht hatte. Dort hatte sie sich mit Lannie, wie alle meine Patentante nannten, eine Wohnung geteilt.

Ich konnte mich gut erinnern, dass Tante Lannie uns öfter besucht hatte, als ich kleiner war, aber mit der Zeit war der Kontakt weniger geworden.

Bei dem belauschten Gespräch hatte mein Vater aber aus irgendeinem Grund insistiert, dass Tante Lannie unbedingt von meiner »Verfassung« erfahren musste.

Meine Mutter war strikt dagegen. »Du weißt, was dann passiert. Man wird sie uns wegnehmen.« Offensichtlich glaubte meine Mutter, dass Tante Lannie sich beim Jugendamt dafür einsetzen würde, dass man mich … was, in eine Klinik steckte? Warum sollte sie das tun? Und warum schien meine Mutter tatsächlich Angst davor zu haben, dass ich ihnen weggenommen werden würde? Mir wäre nie in den Sinn gekommen, dass man meine Eltern für mein Verhalten verantwortlich machen oder irgendwie bestrafen könnte … Ich wurde in meinen Gedanken unterbrochen, als mein Vater etwas Schockierendes sagte. »Vielleicht ist es für sie das Beste.«

»Wie kannst du so etwas sagen, Michael!«

»Sie hat genau die Symptome, vor denen man uns gewarnt hatte und auf die wir achten sollten. Die Bedingungen waren, dass wir sie kontaktieren, sobald Alannah dieses Verhalten zeigt. Hast du schon darüber nachgedacht, dass sie ihr womöglich helfen können?«

Meine Mutter schluchzte. Ich hatte sie noch nie so außer Fassung erlebt. »Mach dir doch nichts vor, Michael. Das ist nicht der Grund, warum wir von ihrem aggressiven Verhalten berichten sollten. Es würde ihnen nur bestätigen, dass Alannah ein hoffnungsloser Fall ist. Dass die

Resozialisierung gescheitert ist. Du glaubst, die können ihre letzte Rettung sein?« Mama versuchte offensichtlich, nicht laut zu werden, und so kamen die Worte heiser und heftig heraus. »Wir waren ihre letzte Rettung. Es liegt an *uns*, dass sie kein hoffnungsloser Fall ist. Wenn sie davon erfahren … ich gebe sie nicht wieder her.« Meine Mutter weinte jetzt und mein Vater sagte nichts. Dann hörte ich ihn tröstende Worte murmeln. Ich nahm an, er hatte meine Mama in den Arm genommen.

»Du hast recht«, sagte er schließlich. Er hörte sich so traurig an. »Wir geben sie nicht wieder her. Wir ziehen das durch. Wir sind eine Familie, komme, was wolle. Und wir sagen niemandem etwas davon.«

Ich war völlig verwirrt wegen dem, was meine Eltern besprochen hatten. Es hörte sich so an, als ob jemand erwartet hätte, dass ich mich aggressiv verhalte und dass meine Eltern diesem Jemand einen Bericht schuldig waren. Tante Lannie hatte wohl etwas damit zu tun. Und was sollte das überhaupt heißen, Resozialisierung? Auch wenn ich nicht genau verstand, was sie da redeten, tat es mir in der Seele weh, dass sie von mir als hoffnungslosem Fall sprachen. Jemand, für den die letzte Rettung schon zu spät war. Stand es denn so schlimm um mich? War etwas so Schlechtes in mir, dass meine Eltern darüber stritten, ob sie mich an was oder wen auch immer weggeben sollten?

Mehrere Male war ich kurz davor, sie auf das anzusprechen, was ich mitangehört hatte. Aber ich hatte zu viel Angst vor ihren Antworten. Ich konnte gar nicht darüber nachdenken, was die sonderbaren Anspielungen bedeuteten, die sie gemacht hatten, zu sehr war ich beschäftigt mit den Selbstzweifeln, die wie ein hässlicher Tumor in meinem Inneren wucherten.

Nicht lange danach hatte ich den Suizidversuch unternommen, der mich auf die Akutstation der psychiatrischen Klinik brachte.

Und seitdem lebte ich mit der Angst, dass meine Eltern sich umentscheiden würden. Dass sie mich doch aufgeben würden, was immer das bedeutete.

Wenn ich jetzt länger wegblieb als verabredet, dann ... Panik machte sich in meinem Inneren breit.

»Meine Eltern sind bestimmt schon daheim und machen sich Sorgen ...«, murmelte ich.

»Okay, okay, ich glaube, ich kenne eine Abkürzung, dann sind wir gleich beim Parkplatz hinter dem Reformhaus, wo mein Auto steht. Ruf doch deine Eltern einfach an und sag, die Vernissage hat länger gedauert.«

»Gute Idee, vielleicht können sie mich abholen«, sagte ich erleichtert. Ich zog das Handy aus der Tasche, während ich Lynn in eine dunkle Gasse folgte. Auf einer Seite gab es eine bröckelige Mauer, die andere Seite grenzte an die fensterlosen Rückseiten von Geschäften. Es roch übel und eine einzige Straßenlampe flackerte im Sekundentakt und ging an und wieder aus. Man konnte gar nicht das andere Ende der Gasse sehen. »Bist du sicher, dass man hier entlanggehen kann?«, fragte ich skeptisch.

»Ziemlich sicher«, antwortete Lynn. »Wir sollten eigentlich direkt hinter dem Reformhaus rauskommen. Sonst drehen wir einfach um.« Sie ging einen Schritt schneller, wahrscheinlich, um rasch festzustellen, ob es sich nicht doch um eine Sackgasse handelte.

Ich war damit beschäftigt, das Handy zu bedienen und die eingespeicherte Nummer meiner Eltern zu finden. Als ich mit dem Telefon am Ohr wieder aufschaute, war Lynn weit vor mir. Sie verschwand gerade im dunklen Schatten einer Biegung. Ich beschleunigte meine Schritte, um zu ihr aufzuschließen.

Nach nur einmal Klingeln nahm meine Mutter schon ab.

»Wo bist du?«, fragte sie ohne Begrüßung.

»Sorry, es ging etwas länger …«

Die Umrisse dreier Personen tauchten vor mir auf. Eine davon musste Lynn sein. Ihre blonden Haare wirkten wie ein heller Fleck im Dunkeln. Wer waren die anderen zwei?

Erschrocken blieb ich stehen. Eine der Gestalten – der Größe nach zu urteilen waren es Männer – drängte sich an Lynn. Niemand machte ein Geräusch.

»Alannah? Alannah? Bist du da?«, fragte meine Mutter.

Ich machte zwei vorsichtige Schritte. Die beiden Männer schienen so fixiert auf Lynn zu sein, dass sie mich noch nicht bemerkt hatten.

»Alannah, wo bist du?«, rief meine Mama frustriert.

»In einer Gasse hinter dem Parkplatz des Reformhauses«, sagte ich schnell, ohne nachzudenken. »Lynn wird von zwei Männern angegriffen. Ich muss gehen.«

Die Männer hatten meine Stimme gehört und drehten sich zu mir um. Aber ich rannte schon auf sie zu.

Als ich näher kam, konnte ich sehen, dass der eine Mann eine behandschuhte Hand auf Lynns Mund gelegt hatte. Deshalb hatte sie nicht um Hilfe schreien können.

Die Klinge des Messers, das er an Lynns Kehle hielt, blitzte auf. Ich konnte das Weiße in Lynns Augen sehen, als sie mir den Kopf zuwandte. Der Mann hatte ihr schon die Hose heruntergerissen.

Der andere Mann machte sich bereit, sich auf mich zu stürzen.

Ich wusste, was passieren würde, aber zum ersten Mal in meinem Leben war kein Teil in mir, der mich zurückhalten wollte. Der Angst vor mir selber hatte. Denn ich würde nicht zulassen, dass diese Männer Lynn das Unsägliche antaten, was sie vorhatten.

Als ich rotsah, war ich nicht blind vor Wut, wie sonst. Nein, es war, als ob ich durch den roten Filter alles viel schärfer wahrnahm.

Ich flog durch die Luft auf den Mann zu, der mich abfangen wollte. Ich war so leicht und agil und gleichzeitig schwer und voller Kraft. Ich riss den Mann einfach um. Es schien, als ob ich jede Bewegung seiner Muskeln unter den schwarzen Klamotten sehen und damit jede seiner Aktionen schon im Voraus erahnen konnte. Ich blockte alle Schläge ab. Es war wie ein wunderschöner Tanz. Mein Körper reagierte ganz automatisch, wie konditioniert. Es dauerte nicht lange, bis der Mann leblos am Boden lag.

Sofort wandte ich mich dem anderen Angreifer zu, der von Lynn abgelassen hatte und nun das Messer abwehrend hochhielt. Ich schlug es ihm mühelos aus der Hand und hatte auch ihn innerhalb kürzester Zeit außer Gefecht gesetzt.

Als alles vorüber war, wandte ich mich Lynn zu, die gegen die Wand gepresst stand und deren Atem stoßweise ging.

Ihre Augen waren vor Entsetzen geweitet.

»Es ist alles gut«, sagte ich, als ich wieder sprechen konnte, als ich ... wieder ich war. »Sie können dir nichts mehr tun.« Ich ging auf Lynn zu, aber die Panik in ihren Augen wuchs. Ich verstand, dass sie vor *mir* Angst hatte und blieb abrupt stehen.

»D... d... du hast sie umgebracht«, stotterte Lynn. »Wie hast du ... wie kannst du ...«

»Nein, sie sind nur bewusstlos, ich habe sie nur bekämpft. Komm, wir sollten schnell hier weg.« Ich wollte Lynns Hand nehmen, aber sie zuckte zurück. Ein Geräusch am Rande meiner Wahrnehmung wurde lauter. Ein Klingeln. Mein Handy.

»Guck sie dir an, Alannah«, keuchte Lynn. »Du hast sie … zerfleischt.«

Meine Cousine musste wirklich sehr traumatisiert sein. Ich zog das Handy aus der Tasche. Meine Eltern. »Alannah?«

»Uns ist was passiert, Lynn wurde angegriffen. Ich habe sie beschützen können, aber sie ist ganz verschreckt und wir müssen hier weg, bevor die …«

Ich drehte mich um und mein Blick fiel auf die Männer. Die Stimme blieb mir im Hals stecken. Bei dem einen Mann standen die Gliedmaßen in unnatürlichen Winkeln in alle möglichen Richtungen vom Körper ab. Sein Gesicht war bis zur Unkenntlichkeit zerschlagen worden. Es war ein einziger Mansch aus Blut, Fleisch und zertrümmerten Knochen.

So schrecklich dieser Anblick war – der andere Mann, der mit dem Messer, sah schlimmer aus. Er lag körperlich relativ unversehrt in einer Lache aus Blut. Blut strömte immer noch aus der Wunde am Hals, wo ein großes Stück einfach herausgerissen worden war.

Die Stimme meiner Mutter drang dumpf zu mir durch, als ich die Hand zu meinem Mund hob. »Wir sind sofort losgefahren. Wir sind auf dem Weg zu dir. Bleib, wo du bist, wir kommen dich holen.«

Meine Finger berührten meine klebrigen Lippen. Plötzlich konnte ich den metallenen Geschmack des Blutes in meinem Mund spüren.

Mir wurde schlecht.

»Mami, kommt schnell. Ich habe etwas Schreckliches getan«, brachte ich noch hervor, bevor ich mich übergeben musste.

Meine Eltern waren fast zur gleichen Zeit da wie Lynns Vater, den sie von unterwegs benachrichtigt hatten.

Lynn beharrte später darauf, dass ich die Männer umgebracht hatte, aber ihr Vater glaubte mir, als ich behauptete, meine Cousine müsse sehr traumatisiert sein. Ein dritter Mann sei beteiligt gewesen, der getürmt war. Ich war ganz offensichtlich physisch nicht in der Lage, zwei große starke Männer so zuzurichten.

Aber bei meinen »Jugendsünden«, wie mein Vater sie seinem Bruder gegenüber nannte, und dann noch Lynns Aussage ... bestand durchaus die Gefahr, dass man mir irgendetwas anhängen würde.

Man einigte sich darauf, dass es besser war, wenn ich offiziell nichts mit der Sache zu tun hatte.

Nach einer Weile ließ Lynns Hysterie nach und sie war mehr in sich gekehrt. Am Ende stimmte sie zu. »Du hast mich gerettet«, sagte sie nur, sah mich aber nicht mehr an.

Meine Eltern hatten mir gar nicht mehr erzählt, wie die ganze Sache weiter verlaufen war, was genau der Polizei berichtet wurde und wie es ausging. Sie hatten mich nach Hause gebracht und in mein Zimmer eingeschlossen, bis der Käfig fertig war.

Dann war ich freiwillig dort hineingegangen. Ich hatte mich nie gewehrt. Ich hatte mich glücklich geschätzt, dass meine Eltern sich nicht von mir abwandten, dass sie anderen nichts von meinen Taten erzählten. Auch wenn mein Vater nicht mehr mit mir sprach, so hatte er mich doch nicht ganz aufgegeben – obwohl er es durchaus hätte tun können.

Als meine Mutter jetzt wieder vor mir saß, mit Kaffee und selbst gebackenem Kuchen, sagte ich ihr, dass ich mit ihrem Plan einverstanden war. Schließlich wusste ich eines: Meine Mutter wollte mich nicht hergeben. Sie würde für mich kämpfen. Und wenn ich deshalb für einen überschaubaren Zeitraum in eine Klinik musste, dann würde ich das tun. Ich würde alles tun, solange meine Familie hinter mir stand. Sie war das Einzige, was ich hatte.

Meine Mutter wirkte sehr erleichtert. »Gut«, sagte sie. »Ich habe schon alles arrangiert. Wir bringen dich zum Flughafen und ich werde mit dir nach Aberdeen fliegen. Dort wirst du von Tante Lannie abgeholt und ich fliege gleich wieder retour. Tante Lannie bringt dich zur Klinik.«

»Tante Lannie?« Auf einmal wurde alles um mich herum sehr unscharf. Meine Hand zitterte und ich versuchte, meine Kaffeetasse abzusetzen, ohne dass sie überschwappte. Es gelang mir nicht.

»Warum bringst du mich nicht bis zur Klinik? Wieso Tante Lannie?«

»Sie hat mir von der Klinik und von dem Programm erzählt. Es war ihre Idee.«

Ich zwang mich, meine Mutter direkt anzuschauen, doch sie wich meinem Blick nervös aus.

»Dann ... habt ihr Tante Lannie von meinem ... Problem erzählt?« Ich musste die Worte regelrecht aus dem Hals würgen.

»Ja«, sagte Mama leise. »Das haben wir. Wir mussten uns jemandem anvertrauen. Wir dachten, dass sie uns mit ihren Verbindungen helfen kann.«

Der Keller wurde trotz der grellen Neonröhren auf einmal etwas dunkler.

»Okay«, flüsterte ich nur, aber in meinem Inneren zerriss etwas.

Die Klinik, wo ich hin sollte, das waren »die«. »Die«, an die meine Eltern mich hergeben würden, wo ich hingebracht werden sollte, wenn ich ein hoffnungsloser Fall war.

Was auch immer dort mit mir passieren würde, sie erwarteten nicht, dass ich zu ihnen zurückkehrte.

Meine Eltern hatten mich aufgegeben.

KAPITEL VIER

In Aberdeen begegnete ich Tante Lannie mit gemischten Gefühlen. Ich hatte sie immer gern gemocht, so wie man seine Patentante eben ein kleines bisschen extra gern hatte. Auch weil wir denselben Namen trugen, fühlte ich mich mit ihr verbunden. Dass sie selten zu Besuch kam und in Schottland wohnte, machte sie noch faszinierender. Als Kind hatte ich mir vorgestellt, dass ich sie in ihrer Heimat besuche oder gar bei ihr wohne.

Die Beziehung mit ihr entglitt mir auf die gleiche Art und Weise wie meine Kinderfreundschaften, nachdem ich die Pubertät erreicht hatte, »meine Probleme« immer schlimmer wurden und ich mich mehr und mehr abkapselte. An Geburtstagen hatte ich immer ein Geschenk und eine Karte mit ein paar lieben Zeilen erhalten, aber zu Besuch war sie schon seit Jahren nicht mehr gekommen.

Unter anderen Umständen hätte ich mich tierisch über das Wiedersehen gefreut und wäre meiner Patentante sicher freudig in die Arme gefallen.

Aber die Begrüßung war verhalten. Tante Lannie sah so aus wie immer, aber auch irgendwie ganz anders. Es war, als ob ich sie zum ersten Mal richtig sehen würde; nicht mit Kinder-, sondern mit Erwachsenenaugen. Früher hatten mir die roten Locken Lebenslust und die glitzernden Augen Abenteuer signalisiert. Heute wirkten ihre Haare wild und chaotisch, und irgendwo in den Tiefen ihres ausweichenden Blickes war ein gefährliches, dunkles Geheimnis verborgen.

Ihre Finger fühlten sich kalt an, als sie mich umarmte. Die Wärme, die ich immer mit ihr verbunden hatte, war wie ausgelöscht.

Tante Lannie lächelte: »So schön, dich zu sehen.« Sie sprach wie immer Englisch mit mir und hörte sich an wie früher.

Vielleicht lag es gar nicht an Tante Lannie. Ich wusste ja noch nicht mal, wie sie in die Sache verwickelt war ... in was sie involviert war. Ich hatte keine Ahnung, was mit mir passieren würde. Nur konnte ich das Gefühl nicht loswerden, dass es etwas Schlimmes war. Dass ich hier von meiner Mutter abgeliefert wurde ... nein, an Tante Lannie ausgeliefert wurde.

Ich drehte mich zu ihr um. »Mama ...«

Meine Mutter nahm mich in die Arme.

»Komm doch mit, Mama«, flüsterte ich. »Du kannst mich doch bis zur Klinik bringen.«

»Jetzt haben wir es so abgemacht, es ist einfacher so ...«, erwiderte sie mit brüchiger Stimme.

Einfacher vielleicht für sie, dachte ich verzweifelt.

»Halt dich daran fest, dass dir endlich geholfen wird«, fuhr meine Mutter fort. »Und bald kommst du ganz gesund wieder zu uns zurück.«

Ich löste mich von ihr und zwang mich, ihr in die Augen zu sehen. »Wirklich? Glaubst du daran? Dass ich bald wieder heimkomme?«

»Ja!« Aber sie schaute weg und hatte Tränen in den Augen.

Ich nickte nur. Dann gab ich ihr einen Kuss auf die Wange.

»Tschüss, Mama.«

Dann ging ich mit Tante Lannie, ohne noch einmal zurückzuschauen.

Tante Lannie machte Smalltalk, aber ich antwortete nur einsilbig. Wir gingen an Bord einer kleinen Maschine, die uns nach Sumburgh auf Shetland brachte. Im Flieger machte ich die Augen zu und tat, als ob ich schlafen würde.

Bei unserer Ankunft war es grau und regnerisch. »Typisches Shetland-Wetter«, stellte Tante Lannie mit einem etwas zu angestrengt fröhlichen Grinsen fest.

Na toll. An einen deprimierenderen Ort hätte man mich wohl nicht bringen können.

Es kam noch schlimmer. Ich erfuhr, dass wir unser Reiseziel noch gar nicht erreicht hatten. Die Klinik, so erklärte mir Tante Lannie, befand sich nicht auf der Hauptinsel, sondern auf einer ganz kleinen Insel namens South Havra.

Ich spürte Panik in mir aufsteigen. »Wie klein ist die Insel?«

»Etwas mehr als einen halben Quadratkilometer groß.«

»Da gibt es nur diese ... Klinik?«

»Genau, die Hevera-Klinik.«

Oh Gott, ich würde völlig abgeschieden von der Welt sein. Sie konnten dort mit mir anstellen, was sie wollten ... Warum und wie war mir immer noch nicht klar, aber dass ich meine Angst verstandesmäßig nicht völlig erfassen und die Gefahr überhaupt nicht einschätzen konnte, machte es noch entmutigender.

Bis zu dem Zeitpunkt hatte ich wenig an mich herangelassen und auch entsprechend wenige Fragen gestellt. Das lag einerseits daran, dass ich mich hilflos und meinem Schicksal ausgeliefert fühlte, aber auch daran, dass es mir besser ging, wenn ich mich sozusagen innerlich betäubte.

Ich regte mich nicht auf und die Gefahr, dass ich ausrastete, war geringer.

Aber jetzt sprudelten die Fragen nur so aus mir heraus. Auf einmal hatte ich das Bedürfnis, so viel wie möglich darüber zu erfahren, was mit mir passieren würde, bevor ... bevor ... *es zu spät war*. So fühlte es sich an. Wie der lange Gang zur Guillotine.

Während wir im Flughafengebäude auf den Helikopter warteten, der uns abholen und zur Insel bringen würde, tigerte ich vor der Sitzreihe auf und ab und fragte Tante Lannie aus. Sie erklärte mir ganz ruhig, dass alle Patienten Jugendliche in meinem Alter waren, dass knapp vierzig Patienten, die von überall auf der Welt kamen, in der Klinik behandelt wurden.

»Wieso fliegen wir mit einem Helikopter? Kann man da nicht mit dem Boot hinfahren?«

»Doch, jeden Tag fährt ein Boot zur Insel mit Lebensmitteln und so weiter. Aber das haben wir schon verpasst. Außerdem werden die Patienten meist mit dem Heli gebracht.«

»Wer zahlt das? Meine Eltern?«

»Die Klinik.«

Wieso würde die Klinik so viel Geld für mich ausgeben?

Lannie zog die Brauen zusammen. »Setz dich doch mal. Geht es dir gut?« Es war die erste Anspielung auf meine »Krankheit«.

Ich blieb stehen und sah sie direkt an. »Ich bekomme keinen Wutanfall, wenn du das meinst. Ich will nur genau wissen, wohin man mich verfrachtet.« Die Worte kamen heftiger heraus, als ich beabsichtigt hatte.

»Ich hol dir heißes Wasser. Ich habe einen Tee dabei, der dir helfen wird, dich etwas zu beruhigen ...«

Tante Lannie stand auf und ging zum Heißgetränkeautomaten. Kurz darauf kam sie mit einem Pappbecher dampfender Flüssigkeit zurück und kramte mit einer Hand in ihrer Tasche nach einem Teebeutel, den sie dann ins Wasser tauchte. Sie reichte mir den Becher und setzte sich.

Ich beobachtete sie. Dann stellte ich die Frage, vor deren Antwort ich mich so fürchtete.

»Tante Lannie, was hast du mit dieser Klinik zu tun? Woher weißt du davon?«

»Ach, ich bin mit Dr. Isbister bekannt. Ich habe früher für ihn gearbeitet.« Ihr Lächeln wirkte bemüht.

»Ist das der Grund, warum meine Mutter meinte, sie hätte dir schon früher von meiner … Krankheit erzählen sollen?« Ich musste ja nicht erwähnen, dass meine Eltern so etwas nicht direkt zu mir gesagt hatten.

»Genau«, meinte Lannie.

»Aber warum denn nicht?« Ich setzte mich neben sie.

»Wie meinst du das?«

»Warum hat meine Mutter nicht früher etwas zu dir gesagt? Wenn sie doch wusste, dass du mir helfen könntest? Wenn diese Klinik so toll und die Therapie so vielversprechend ist? Wieso haben meine Eltern so lange gewartet?«

»Ich weiß nicht, vielleicht wollten sie nicht wahrhaben …«

Ich schüttelte wild den Kopf. »Nein. Wir haben verzweifelt nach Hilfe gesucht«, unterbrach ich sie. »Es kommt mir eher so vor, als ob sie alles tun wollten, damit es nicht hierzu kommt. Als ob sie verhindern wollten, es dir zu sagen, damit ich nicht hierherkommen muss. Warum? Was erwartet mich in dieser Klinik?«

Nachdem ich die Worte ausgesprochen hatte, vor denen ich mich so gefürchtet hatte, trank ich einen Schluck Tee.

Er war noch viel zu heiß. Sich die Zunge zu verbrennen war schmerzhaft, aber irgendwie tat mir das Gefühl gerade gut. Ich nahm noch einen großen Schluck.

»Ich wünschte mir auch, dass deine Eltern es nicht so lange vor mir verheimlicht hätten«, seufzte Tante Lannie. »Glaub mir. Es wäre besser für dich gewesen, wenn du früher in die Hevera-Klinik gekommen wärst. Aber ...«, sie sah mich traurig an, »ich kann sie auch verstehen. Sie wollten dich bei sich behalten, wollten selber für dich sorgen.« Tante Lannie legte eine Hand auf meinen Arm. »Du warst immer etwas Besonderes für mich. Ich wollte auch nicht, dass du ... dass es dir so schlecht geht. Vielleicht habe ich deshalb nicht genug nachgefragt, mich darauf verlassen, dass deine Eltern es mir schon berichten würden. Mir wäre es lieber gewesen, du wärst eine von denen gewesen ...« Lannie wischte sich mit dem Handrücken über die Augen. »Aber jetzt ist es so. Und du gehörst in diese Klinik, keine Frage. Sie ist der richtige Ort für dich. Deine Eltern haben das Richtige getan.«

»Was meinst du damit ...« Tante Lannies Handy klingelte. Sie entschuldigte sich, nahm ab und unterhielt sich kurz.

»Komm, der Helikopter steht bereit für uns.« Sie stand auf, griff ihre Tasche und lief los.

Ich hechtete mit meinem Rollkoffer hinterher und warf den halbvollen Becher Tee in den Mülleimer.

Was Tante Lannie gesagt hatte, bestätigte meine Ängste irgendwie, aber andererseits wusste ich immer noch nichts Konkretes. Im Gegenteil, das Gespräch hatte nur noch mehr Fragen aufgeworfen.

Es klang so, als hätten meine Eltern mich nicht bei sich behalten dürfen, wenn sie Tante Lannie von meinen Problemen erzählt hätten. Was sollte das heißen? Sie waren schließlich meine Erziehungsberechtigten, und ein Arzt in Schottland hatte doch keinerlei Befugnis, einem Ehepaar in Deutschland ein Kind wegzunehmen. Und was meinte Tante Lannie damit, wenn sie sagte, sie wünschte, ich wäre eine von *denen* gewesen … eine von welchen? Es hörte sich so an, als ob sie viele Jugendliche kannte, denen es so erging wie mir … wohl die anderen Patienten in der Klinik. Aber ich war etwas Besonderes … weil ich ihr Patenkind war. So überlegte ich es mir. Wenigstens schien sie ehrlich um mich besorgt und glaubte wohl tatsächlich, dass mir in der Klinik geholfen werden würde.

Nur hatte das, was sie erzählt hatte, meinen Eindruck bestätigt, dass ich meine Eltern nicht wiedersehen würde. Dass unser Abschied ein endgültiger war. Ich verstand das nicht. Wieso sollte ich denn nicht nach Hause gehen können, in sechs Monaten oder wann immer die Therapie vorbei war. Dann war ich volljährig und konnte sowieso machen, was ich wollte. Wenn diese Klinik doch tatsächlich das einzig Richtige für mich war, dann erschloss sich mir einfach nicht, wieso meine Eltern so lange gewartet hatten.

Aber ich kam nicht dazu, weitere Fragen zu stellen.

Im Hubschrauber war es laut und ich hatte genug damit zu tun, die neuen Eindrücke zu verarbeiten. Als der Heli durch die dunkle Wolkendecke tauchte und ich die mit Nebelschwaden verhangene Insel sah, musste ich meine Atemübungen machen.

Die Landschaft hatte etwas Rohes und Wildes, war gleichzeitig aber auch wunderschön. Doch der Gedanke, auf dieser winzigen Insel, in dem großen, rechteckigen Gebäude gefangen zu sein, war so beklemmend, dass mir der Brustkorb wehtat.

Die Klinik stand genau in der Mitte zwischen zwei felsigen Landzungen, die von oben wie die Scheren eines Skorpions aussahen. Der Rest der langgezogenen Insel mit den vielen Felsbuchten endete in einer Art Zipfel. Alles war grün, aber als wir näher kamen, erkannte ich einen Pfad, der rund um die Insel führte, eine winzige Ruine aus Stein und einen Schuppen bei dem Pier am Zipfelende der Insel.

Sonst gab es dort nichts.

Der Helikopter landete auf der grünen Fläche und wir stiegen aus. Ein Mann kam uns entgegen und nahm meinen Koffer und unsere Taschen ab.

Es war sehr windig und die Luft nasskalt und nieselig. Wenn das typisch für einen Spätsommer in Shetland war, dann war mir der gemütliche Raum im Keller meiner Eltern fast lieber! Als wir im Gebäude waren, folgte der Erleichterung, im Trockenen zu sein, gleich das Gefühl der Panik, das ich die ganze Zeit schon versucht hatte, unter Kontrolle zu behalten.

Tante Lannie hatte mir meine Fragen nicht wirklich beantwortet. Was würde man hier mit mir machen?

KAPITEL FÜNF

Ich hätte erleichtert sein sollen, aber ich traute der ganzen Sache nicht.

Die Klinik schien tatsächlich eine »normale« Klinik zu sein, nicht unähnlich der Akutstation, auf der ich gewesen war. Nur war hier alles ein wenig netter und heimeliger eingerichtet.

Es gab einen Speisesaal, wo sich alle Patienten zu den Mahlzeiten einfanden. Einen Gemeinschaftsraum mit Fernseher und Leseecke. Räume, wo die Gesprächskreise stattfanden. Eine Art Atelier und Werkstatt. Die Zimmer, die man sich jeweils mit einem anderen Patienten teilte.

Letzteres war neu für mich und ich würde mich damit arrangieren müssen. Selbst auf der Akutstation hatte ich ein Einzelzimmer bekommen. Ich war es gewohnt, allein zu sein. Es machte mich nervös, wenn ich daran dachte, dass jemand anwesend war, während ich versuchte, mit meinen »Schüben« fertigzuwerden. Aber meine Zimmergenossin, ein norwegisches Mädchen namens Elin, schien sehr nett. Und außerdem hatten hier ja schließlich alle dasselbe Problem wie ich.

Der Arzt, Dr. Isbister, dem ich kurz vorgestellt wurde, wirkte sehr freundlich und offen. Ebenso die beiden Pfleger, die ich kennenlernte. Es gab noch die Haushälterin, die Klinikleiterin und einen Sportlehrer – mehr Klinikpersonal wurde nicht erwähnt. Das wunderte mich ein wenig, aber da alle Angestellten auch in der Klinik wohnten, war der Personalschlüssel wohl niedrig.

Und als ich die Haushälterin, Ingrid, traf, verstand ich, weshalb in der Klinik alles auch mit wenig Personal ablief. »Jeder hier wird für Küchen-, Reinigungs- und Wäschedienst eingeteilt«, erklärte sie mir fröhlich und zeigte mir den Arbeitsplan. »Ich drucke dir gleich eine Kopie aus. Finde dich je nachdem, wo du Dienst hast, hier in der Küche, im Haushaltsraum nebenan oder unten im Wäschekeller ein. Ihr arbeitet immer zu zweit und wer mit dir diese Woche Dienst hat, wird dich einweisen.«

Die einzige Person, die mir etwas Angst machte, war Mrs Darktower, die die Verwaltung leitete. Vom Akzent her hielt ich sie für eine Amerikanerin. Sie wirkte recht streng und unnahbar. Das konnte sowohl an ihrer militärischen Haltung als auch an ihrer mit viel Haarspray fixierten, wie ein Helm wirkenden Frisur und dem maskenartigen Make-up liegen. Bestimmt war sie im gleichen Alter wie Tante Lannie, Dr. Isbister und Ingrid, schien aber einer anderen Generation anzuhören.

Ich wunderte mich darüber, wie vertraut Tante Lannie mit der Klinik und dem Personal war, und fühlte mich in meinem Verdacht bestätigt, dass sie mehr damit zu tun hatte, als sie zugab. Als sie sich nach dem Rundgang von mir verabschiedete, fragte ich. »Ich weiß, ich soll keinen Kontakt mit meinen Eltern haben, aber wirst du mich hier mal besuchen?«

Tante Lannie lächelte. »Ab und zu bin ich mal hier. Wir werden uns sicher bald wiedersehen.«

Ich wusste momentan zwar nicht, was ich von Tante Lannie halten sollte und nichts zwischen uns war mehr so wie früher, aber trotzdem war ich erleichtert. Ich würde nicht gänzlich von meiner kleinen Welt, die die einzige war, die ich kannte, abgeschieden sein.

47

Und zum ersten Mal hatte ich Hoffnung, dass es so schlimm nicht werden würde. Ich glaubte ehrlich, dass ich Tante Lannie am Herzen lag. Sie war davon überzeugt, dass mir hier geholfen würde. Das musste doch etwas bedeuten. Ich umarmte sie fest und sie drückte mich und strich mir übers Haar.

Ich ging auf mein Zimmer, um meinen Koffer auszupacken und mich bis zum Abendessen auszuruhen.

Mein Stundenplan, beginnend mit einem Gespräch mit Dr. Isbister direkt nach dem Frühstück, würde erst am nächsten Tag anfangen.

Eine halbe Stunde bevor ich zum Abendessen hinuntergehen sollte, kam meine Mitbewohnerin Elin ins Zimmer.

Sie lächelte mich schüchtern an. »Kommst du zurecht?« Elin setzte sich auf ihr Bett.

Ich zuckte mit den Schultern. »Morgen geht es erst so richtig los für mich, nehme ich an. Ich bin gespannt auf das Abendessen und die anderen ... Patienten.« Außer Elin, die mir ganz am Anfang meines Rundgangs vorgestellt worden war, hatte ich noch überhaupt keine anderen Jugendlichen gesehen. »Wo sind die denn alle?«

»Wir hatten den Nachmittag über Sport. Es gibt einen großen Trainingsraum im Keller.«

»Oh, das ist gut«, sagte ich erleichtert. Mich mit Sport auszupowern war eine meiner wichtigsten Strategien. »Kann man da auch mal alleine hin?«

»Wahrscheinlich – wenn gerade kein Sportunterricht stattfindet und du Zeit hast ... Was selten vorkommt. Die spannen uns sehr ein.«

Ich verzog das Gesicht. »Ich habe schon Ingrids Dienstplan bekommen.«

Elin lachte. »Und das sind nur die Haushaltspflichten. Dazu kommen Gespräche, Therapiestunden, Schulunterricht und so weiter. Außerdem machen wir sehr viel Sport. Ich kann mir nicht vorstellen, dass du noch das Bedürfnis nach zusätzlicher Bewegung hast.«

»Ich trainiere viel … es hilft mir, mich abzureagieren.«

Elin nickte ernst. »Das geht uns allen so. Deshalb nehmen sie uns so hart ran. Angefangen mit Frühsport. Vor dem Frühstück wird eine Stunde lang um die Insel gejoggt.«

Meine Augen weiteten sich. »Echt jetzt?«

»Ich hab doch gesagt, dass ich glaube, der Sportunterricht hier wird dir reichen.«

Normalen Mädchen in meinem Alter hätte die Aussicht darauf, jeden Morgen eine Stunde auf South Havra im Kreis zu laufen, wahrscheinlich Bauchschmerzen bereitet. Aber nicht mir. An der frischen Luft und in der freien Natur zu sein war zehnmal besser als das Laufband im Keller, an das ich gewöhnt war.

Außerdem regte sich die leise Hoffnung in mir, hier vielleicht doch ganz gut aufgehoben zu sein. Der Ansatz, den man hier verfolgte, deckte sich offensichtlich mit dem, was für mich funktionierte.

Nach kurzem Schweigen traute ich mich auszusprechen, was mich brennend interessierte: »Darf ich dich fragen, was du hier machst? Ich meine, wie du hierhergekommen bist?«

Ich wusste, dass Elin ein ähnliches Problem wie ich haben musste, aber man merkte es ihr nicht an. Mit ihren blonden geflochtenen Zöpfen und den großen blauen Augen wirkte sie so unschuldig. Außerdem kam sie mir wie eine sanfte Seele vor. Der Eindruck musste täuschen.

Elin schaute betreten zur Seite und fummelte an ihrem Zopfgummi herum.

»Ich war in Norwegen in einer Jugendstrafanstalt. Ich habe im Affekt einen Mann getötet.« Sie lachte nervös. »Als ich hier ankam, hätte ich nie darüber reden können, aber jetzt kann ich es mir eingestehen. Alle hier haben eine ähnliche Vergangenheit. Ich nehme an, du auch?« Sie schaute mich erwartungsvoll an.

Die Erleichterung stand ihr ins Gesicht geschrieben, als ich nickte. »Ich habe zwei Männer getötet.« Meine Stimme klang heiser. »Notwehr«, fügte ich unnötigerweise hinzu, denn das Wort nur so im Raum stehen zu lassen, entsprach nicht ganz der Wahrheit. Ich hatte schließlich Lynn verteidigt, nicht mich selber. Aber es war das erste Mal, dass ich wirklich darüber sprach, und nur Elins entwaffnende Offenheit hatte mich dazu gebracht.

Unsere schrecklichen Taten verbanden uns und es war ein gutes Gefühl. Zum ersten Mal in meinem Leben fühlte ich mich nicht so allein.

»Ich hätte mindestens zehn Jahre im Gefängnis sitzen müssen, wenn mich Dr. Isbister nicht für dieses spezielle Programm dort rausgeholt hätte. Ich bin ihm so unendlich dankbar. Das hier ist meine Chance.«

Elin strahlte und ich versuchte nett zu lächeln, aber mein Magen zog sich zusammen. Wie kam Dr. Isbister dazu, eine in Norwegen verurteilte Minderjährige nach Shetland zu holen? Die Haftstrafe hatte sie doch wohl noch lange nicht abgesessen, wenn alle Patienten hier im gleichen Alter sein sollten? Oder hatte ich da was missverstanden und sah Elin nur so jung aus?

»Wie alt bist du?«, fragte ich.

»In ein paar Monaten werde ich achtzehn.« Elin stand auf und zog sich eine Hoodie-Jacke über das Sporttop.

»Hey, ich auch! Wann hast du Geburtstag?«

»Am einundzwanzigsten November. Gleich müssen wir los.«

Ich erhob mich ebenfalls und trat vor den kleinen Spiegel an der Tür. Ich kräuselte die Nase, als ich mein müdes Gesicht und die Augenringe sah. Es war ja eigentlich egal, wie ich ausschaute. Dass ich einen guten Eindruck machen wollte, war neu für mich. »Witzig, ich hab am zwanzigsten«, meinte ich etwas gedankenverloren. Ich zog mir ein Haargummi vom Handgelenk und band mir meine hellblonden glatten Haare zu einem Pferdeschwanz.

»Ich nehme an, dann wird hier eine große Party gefeiert. Ich habe schon von ein paar anderen mitbekommen, dass sie in der Woche Geburtstag haben.«

»Echt?« Ich stutzte. »Das ist aber komisch.«

Elin zuckte mit den Schultern. »Hier ist einiges komisch. Aber immer noch besser als die Jugendstrafanstalt. Und wie gesagt, was Besseres hätte mir nicht passieren können.«

Eine Glocke ertönte zweimal. Ich schaute hoch und bemerkte, dass über der Tür ein Lautsprecher angebracht war.

»Komm, wir müssen runter«, erklärte Elin und ging vor.

Ich folgte ihr auf den Korridor und die Treppe runter zum Speisesaal. Aus den anderen Zimmern kamen Jungs und Mädchen, alle in unserem Alter. Ich schaute sie etwas verstohlen an, während ich Elin weiter ausfragte.

Ich erfuhr, dass sie erst mehrere Wochen hier war. Die meisten anderen waren schon jahrelang Patienten in dieser Klinik.

»Jahre?«, fragte ich etwas erschrocken. Meine Mutter musste etwas missverstanden haben, da sie mir erklärt hatte, dass das hier ein neues Therapieprogramm sei. »Meine Eltern hatten etwas von sechs Monaten gesagt. Wenn die anderen schon jahrelang hier sind, kann man da von einem Therapieerfolg sprechen?«

»Vielleicht sind sie auch schwerere Fälle als wir, keine Ahnung. Ich gebe mir zumindest größte Mühe und Dr. Isbister ist sehr zufrieden mit meinem Fortschritt, hat er gesagt. Alles ist besser als zehn Jahre oder mehr im Gefängnis, ohne Aussicht auf eine Zukunft.«

Ich stellte mich hinter Elin in der Schlange an und nahm mir wie sie ein Tablett. »Heute ist Pasta-Tag«, sagte sie erfreut.

Nachdem ich mir einen Salat genommen hatte, fiel mein Blick auf die Auswahl hinter der Glastheke. Neben einem riesigen Bottich Nudeln standen mehrere Soßen zur Auswahl.

»Welche Soße darf es denn sein?«

Ich schaute auf und in die grünsten Augen, die ich je gesehen hatte. Ich blinzelte und stotterte: »Äh …«

Der gut aussehende Junge grinste. »Du bist die Neue, was?«

Ich konnte immer noch nichts sagen, so sehr war ich von seinem Tausend-Watt-Lächeln geblendet. »Wir haben Bolognese, scharfe Puttanesca und eine Tomaten-Sahne-Soße.«

»Tomaten-Sahne-Soße«, wiederholte ich seine letzten Worte, wie ein kleines Kind, das gerade sprechen gelernt hatte.

»Gerne. Möchtest du auch Parmesan?«, fragte er ganz lässig, während er mir den Teller füllte. Ich nickte.

»Gefällt es dir hier?«

Wieder dieses idiotische Nicken.

»Ich bin übrigens Nic.«

»Mann, Nic, hör auf zu flirten, du hältst die ganze Schlange auf«, rief jemand von hinten, was prompt Gelächter auslöste.

Ich merkte, wie mir die Röte ins Gesicht stieg, nahm meinen Teller und ließ ihn etwas ungeschickt auf mein Tablett fallen, sodass die Soße überschwappte.

Schnell ging ich weiter, um zu Elin aufzuschließen, die schon bei den Desserttellern stand. Wie sie nahm ich mir einen Schokopudding und folgte ihr, bestimmt immer noch rot im Gesicht, zu einem der Tische.

Die anderen, die dort saßen, schauten mich mit unverhohlener Neugierde an.

»Das ist Alannah«, stellte Elin mich vor.

Ich murmelte eine Begrüßung, während ich mich setzte.

»Und das sind Calixta, Adira und Ran«, fuhr Elin mit der Vorstellungsrunde fort.

Ich lächelte die zwei Mädchen und den Jungen an. Alle drei hatten dunkle, etwas strubbelige Haare und bemerkenswert hellblaue Augen. Sie sahen sich so ähnlich, dass sie nur Geschwister sein konnten. Aber das war doch unmöglich, oder? Sollten etwa alle drei ein Aggressionsproblem haben und hier in Therapie sein?

Das wäre dann doch mal ein interessanter Fall für die Verfechter der Theorie, dass ein solches Verhalten genetisch bedingt war.

Ich traute mich nicht zu fragen, und ich hatte auch keine Lust, noch mehr »komische« Sachen festzustellen, die keinen Sinn ergaben. Zumindest für den Abend nicht.

An diesem Abend wollte ich einfach bloß zum ersten Mal das Gefühl genießen, dass ich irgendwo am richtigen Ort war. Dass ich nicht alleine war und dass es hier

Menschen gab, die mir wirklich helfen würden. Alles andere blendete ich aus.

Ich würde früh genug damit konfrontiert werden.

KAPITEL SECHS

Nach einer Woche in der Hevera-Klinik hatte ich das Gefühl, eine Jekyll-und-Hyde-Persönlichkeit zu entwickeln. Nur in meinem Fall war es bei Tag die hoffnungsvolle und bei Nacht die von Zweifeln zermarterte Alannah.

Tagsüber ließ ich mich ganz auf den Tagesablauf und die Therapie ein, weil ich glaubte, endlich Hilfe und Gleichgesinnte gefunden zu haben.

Am besten gefiel mir der Sport mit Brutus, wie wir unseren Sportlehrer Mr Brutfort nannten. Ich hatte sogar Einzelstunden bei ihm, wo er mir allerlei Nahkampftechniken beibrachte. Ich merkte, wie ich dank des vielen Trainings ausgeglichener wurde. Die körperliche Müdigkeit und der Muskelkater fühlten sich gut an.

Dr. Isbister war ein charmanter Arzt, Marke George Clooney, mit dem man sich sehr gut unterhalten konnte. Es würde mich nicht wundern, wenn einige der Patientinnen in ihn verschossen waren. Er nahm sich viel Zeit für mich, hörte mir aufmerksam zu, und ich öffnete mich ihm immer mehr.

Ingrid war die gute Seele der Klinik und ich arbeitete gerne mit ihr zusammen. Putzen und Kochen machten mir nichts aus. Obwohl mir auffiel, dass Elin, ich und andere relativ neue Patienten viel häufiger Dienst schieben mussten als andere. Langjährigere Patienten hatten auch viel mehr Gespräche als wir, einige davon sogar mit Mrs Darktower. Ich hatte schon öfter nachgefragt, was der Inhalt dieser

Gesprächskreise war, aber meistens wurde meinen Fragen ausgewichen. Ich war allerdings nicht allzu böse, nicht an den Sitzungen teilnehmen zu müssen, da ich ein bisschen Angst hatte vor der »Generalin«, wie sie oft hinter vorgehaltener Hand genannt wurde.

Mit Elin verstand ich mich sehr gut und wir hatten unsere kleine Clique, zusammen mit den Drillingen Adira, Calixta und Randolph, kurz Ran, aus Kanada sowie einem Jungen namens Bosse, der auch noch nicht lange hier war. Von Freundschaften konnte man wirklich noch nicht sprechen, aber es war mehr, so viel mehr, als ich in den letzten Jahren gehabt hatte. Ran war sehr nett, aber was seine Schwestern von mir hielten, da war ich mir nicht zu sicher. Sie sprachen oft in spöttischem Ton und machten spitze Bemerkungen. Ich glaubte, dass beide für Nic schwärmten.

Nic flirtete ab und zu mit mir und ich himmelte ihn ein bisschen an, das muss ich zugeben. Aber auf seine Flirtereien einzugehen, wäre mir viel zu viel gewesen. Damit kam ich zu der Zeit noch nicht klar. Von meiner komplett vereinsamten und insularen Existenz im Keller meiner Eltern hier in diese Gemeinschaft reingeworfen zu werden – damit musste ich erst einmal zurechtkommen.

Aber ich war glücklich. In diesen kleinen Momenten, wenn wir am Tisch im Speisesaal saßen und verkochtes Gemüse aßen, weil Bosse mal wieder Küchendienst gehabt hatte. Wenn Adira eine Anspielung machte, dass ich mir extra wegen Nic die Haare schön frisiert hätte, wenn Ran hinter ihrem Rücken auf Adiras strubbeligen Haarschopf zeigte, mit den Augen rollte und lautlos mit den Lippen das Wort »eifersüchtig« formte. In solch einem ganz normalen, vollkommen unvollkommenen Moment war ich tatsächlich glücklich wie schon lange nicht mehr.

Und dann kamen die Nächte.

In den Nächten bekam ich kein Auge zu, wälzte mich in meinem Bett hin und her. Da war ich die Alannah, die alles hinterfragte. Die der ganzen Situation nicht vertrauen konnte, weil einfach zu viele Dinge nicht zusammenpassten oder äußerst merkwürdig waren. Diese Dinge kreisten immer wieder in meinem Kopf herum, und ich konnte sie einfach nicht ausblenden.

Dr. Isbisters Therapiemethode beinhaltete Hypnose. Dabei wurden mir Elektroden am Kopf befestigt und meine Gehirnaktivitäten überwacht. Täglich vergingen Stunden, an die ich mich nicht erinnern konnte. Mir war unwohl dabei. Was tat man mit mir während dieser mir fehlenden Zeit? Was tat ich?

Warum waren die anderen Patienten schon seit Jahren hier, obwohl kaum einer von ihnen sich so schlimme Gewalttaten hatte zuschulden kommen lassen wie ich, Elin, Bosse und John und Peter – alle weniger als sechs Monate hier. Jedenfalls gab niemand so etwas zu. Es schien, als würde keiner je von hier entlassen.

Das passte zum Verhalten meiner Eltern, die schließlich so getan hatten, als ob sie mich mit der Einweisung in diese Klinik verlieren würden. Es schien so, dass nicht nur mir, sondern auch den anderen Neuen der Kontakt mit Eltern oder sonst jemandem außerhalb der Insel nicht erlaubt war. Aus dem Mund meiner Mutter hatte es sich so angehört, als wäre es eine temporäre Sache, bis man sich hier eingewöhnt oder erste Therapieerfolge erzielt hatte. So langsam hatte ich die dunkle Ahnung, dass es nie wieder Kontakt geben würde. Es gab keinen Besuch, nie hatte ich jemanden Post erhalten sehen und keiner schien ein Handy zu haben. Die einzigen Telefone befanden sich in den Büros. Mit den

Computern, die wir manchmal benutzen durften, konnte man nicht ins Internet gehen.

Ich hatte sogar den Eindruck, dass die meisten, wenn nicht alle Patienten seit ihrer Einweisung nicht mehr von der Insel heruntergekommen waren. Niemand hatte mir das so bestätigt, aber alle waren meiner Frage ausgewichen.

Überhaupt waren alle hier sehr geschickt darin, keine konkreten Antworten zu geben. »Du erfährst bestimmt mehr, wenn du so weit bist«, hörte ich mehr als einmal.

In diesen schlaflosen Stunden konnte ich nicht abstreiten, dass viele in der Klinik in ein Geheimnis eingeweiht waren, das ich und andere Neuzugänge noch nicht kannten.

Und ich hatte den heimlichen Verdacht, dass ich so bald nicht mehr von hier wegkommen würde. Bei dem ersten Gespräch mit meiner Mutter, in dem sie mir von der Klinik erzählte, hatte ich ihr an den Kopf geworfen, dass sie mich praktisch als Versuchstier für seltsame Experimente ausliefern würde.

In den langen Nächten, in denen mich meine Gedankenspiralen wach hielten, fühlte es sich immer mehr so an. Dass wir hier keine Patienten in Behandlung waren, sondern Versuchsobjekte in einem Labor. Aber was wurde untersucht? Und warum war ausgerechnet ich hier gelandet? Warum konnte ich das Gefühl nicht loswerden, dass der Aufenthalt hier meine Bestimmung war, die meine Eltern so lange wie möglich hatten hinauszögern wollen. Als ob sie mich so lange wie möglich vor meinem Schicksal hatten beschützen wollen. Wieso, wenn mir hier angeblich geholfen wurde? Wenn es sich so anfühlte, als würde ich hierhergehören, als wäre es der richtige Ort für mich?

Wenn ich mir überlegte, warum ich und die anderen hier waren, kam ich immer auf einen gemeinsamen Nenner. Und der war nicht Gewaltbereitschaft und Aggressivität. Ja, wir Neuzugänge hatten eine Vergangenheit, in der wir im Affekt Gewalttaten begangen hatten. Aber in der Woche, die ich jetzt hier war, hatte ich nicht einmal »rotgesehen«. Okay, ein paar Mal hatte ich Atemübungen gemacht und mich ein bisschen zusammenreißen müssen. Aber sonst ging es mir außerordentlich gut. Und auch die anderen hatten kein aggressives Verhalten gezeigt. Die Langzeitpatienten schienen noch nicht mal eine solche Vergangenheit zu haben.

Vom Anti-Aggressionstraining und vom Aufenthalt in der Akutstation her war ich ganz anderes gewohnt.

Der gemeinsame Nenner sah völlig anders aus. Wir waren fast alle im gleichen Zeitraum von drei Wochen geboren. Dieser seltsame »Zufall« war etwas, über das ich mir stundenlang den Kopf zerbrechen konnte. Was hatte das zu bedeuten?

Ich hatte ein paar Mal versucht, mit Elin über die merkwürdigen Dinge zu sprechen, die mich nachts wach hielten, aber sie war viel zu glücklich und dankbar, um sich damit auseinanderzusetzen.

Die kleine Gruppe der Neuzugänge schrumpfte, als zwei Jungs, Peter und John, auf einmal nicht mehr bei unseren Gesprächskreisen dabei waren. Ihre Stühle wurden einfach zur Seite geräumt und niemand sagte etwas dazu. Am Tag darauf, als ich gerade auf dem Weg zum Haushaltsraum für meinen Putzdienst war, sah ich die beiden völlig verstört aus Mrs Darktowers Büro kommen. Sie waren offensichtlich gedanklich so beschäftigt, dass sie mich gar nicht bemerkten, als ich hinter sie trat und die Tür aufhielt, bevor sie ganz zufiel.

Ich hörte Dr. Isbister zu Mrs Darktower sagen: »... vielleicht die Aktivierung zu früh geschehen ist.«

»Wir können es uns nicht leisten, länger zu warten«, antwortete die Generalin »Die Stunde null wird nicht mehr lange auf sich warten lassen, egal, was einige in den höheren Rängen gerne glauben wollen. Und dann müssen wir bereit sein.«

»Was machen wir mit Bosse, Elin und Alannah?«, sagte Dr. Isbister nach einer kurzen Pause.

Ich hielt den Atem an.

»Wir warten noch eine Woche. Dann sind sie dran.«

Mir lief es kalt den Rücken runter. *Dran für was?*

KAPITEL SIEBEN

Am nächsten Tag saß ich völlig übermüdet beim Frühstück. Ich hatte das Gefühl, überhaupt keinen Schlaf bekommen zu haben. Immer wenn ich weggedöst war, hatte mich derselbe Albtraum ereilt.

Dr. Isbister und die Generalin waren in mein Zimmer gekommen und hatten mich aus dem Bett gezerrt. Ich wehrte mich mit Händen und Füßen, doch sie waren unheimlich stark, ihre Griffe um meine Handgelenke und Beine wie eiserne Schraubstöcke. Während ich meinen Kopf wild hin und her warf, fiel mein Blick auf Elins Bett: Es war leer. Ich wollte schreien, doch kein Geräusch kam aus meiner Kehle, so sehr ich mich anstrengte. Ich war stumm und den beiden völlig ausgeliefert. Keuchend und schweißgebadet kam ich wieder zu mir. Mein Blick ging sofort zu Elins Bett. Im Halbdunkel konnte ich ihre Umrisse unter der Decke erkennen. Mein Herzschlag verlangsamte sich und ich beruhigte mich wieder. Halb im Bett aufgesetzt starrte ich die Tür an, bis mir die Augen wieder zufielen. Und der Albtraum von Neuem begann …

Und so war es die ganze Nacht zugegangen.

Elin nahm die Hand von meinem Mund. »Lass das. Deine Finger sehen schon aus wie Hamburger.« Noch halb in Gedanken schaute ich auf meine Hände. Elin hatte recht. Ich hatte schon immer die schlechte Angewohnheit gehabt, auf meinen Fingernägeln zu kauen, aber mittlerweile waren sie so abgenagt, dass das rohe Fleisch des Nagelbetts zu sehen war. Ich versteckte meine Hände unter dem Tisch.

»Hast du gar keinen Hunger?«, fragte Elin und zeigte auf meinen noch fast vollen Teller Rührei mit Speck. Ich zuckte mit den Schultern und nahm einen Hashbrown in die Hand, um etwas daran herumzuknabbern. Das beruhigte meinen flauen Magen etwas. Aber die Eier würde ich nicht herunterbringen.

Ran, Adira, Calixta und Bosse neben uns unterhielten sich angeregt über etwas, von dem ich nichts mitbekommen hatte. Ich beugte mich über den Tisch. »Elin«, raunte ich. »Ich muss dir etwas …«

Ein lautes Geräusch wie ein Brüllen oder Brummen schnitt mir das Wort ab. Es kam vom anderen Ende des Speisesaals. Ein Scheppern folgte, das sich so anhörte, als wären Stühle oder ein Tisch umgeworfen worden. Ich schaute auf, aber zwischen unserem Tisch und dem Ort des Krawalls waren einige meiner Mitpatienten aufgestanden und sogar auf Stühle geklettert, um besser sehen zu können.

Ein markerschütternder Schrei ließ mich aufspringen. Ich versuchte zu erkennen, was vor sich ging, konnte aber nur flüchtige Eindrücke des Geschehens erhaschen. Ich glaubte, graues Fell zu sehen, und dachte im gleichen Augenblick, dass ich mich täuschen musste. Jemand grollte und ein anderer schrie. *War das Blut?* Ich wollte näher herangehen, aber ich wurde am Arm gepackt und auf meinen Stuhl zurückgezogen. Halb erstaunt und halb verärgert schaute ich mich um.

Es war Ran. »Setz dich«, knurrte er.

Ich weiß nicht, ob es der Kampf war, den ich zu sehen glaubte – ob der mich irgendwie ansteckte und ob es die Gewalt war, die in der Luft lag und in mir Aggressionen weckte? – oder Ran, der mich provozierte. Aber ich konnte spüren, wie die Wut in mir hochkochte.

Ich versuchte tief einzuatmen, wurde aber leicht panisch, als ich merkte, dass es nichts brachte.

Aus dem Augenwinkel sah ich Dr. Isbister, die Generalin und die Pfleger in die Cafeteria stürmen. Calixta war schon an der Tür und fing die Pflegerin Anna ab.

Mit wenigen Schritten war sie bei mir und bevor ich michs versah, hatte sie mir eine Nadel in den Oberarm gerammt. Mit einer Mischung aus grenzenloser Wut und kompletter Verwirrtheit sah ich sie an, doch bevor ich rotsehen konnte, schwand mir das Bewusstsein.

***

Als ich wieder aufwachte, lag ich im Krankenzimmer. Ich richtete mich auf. Ich fühlte mich total groggy, aber als der Nebel sich ein wenig lichtete, erkannte ich Bosse und Elin in den Betten rechts und links neben mir.

Ich hatte einen ekligen Geschmack im Mund und meine Zunge klebte am Gaumen. Auf einem Tischchen neben meinem Bett stand ein Glas Wasser und ich trank es gierig aus.

»Elin?«, flüsterte ich heiser. Keine Reaktion. Ich schwang die Füße aus dem Bett. Ich hatte Socken an und Jeans und T-Shirt wie beim Frühstück – das Letzte, an das ich mich erinnern konnte. Der Tumult, der Kampf, wie ich kurz davor gewesen war, auszurasten, die Pflegerin mit ihrer Spritze … Sie musste mir ein Betäubungsmittel gegeben haben.

Ich schwankte ein wenig, hielt mich am Bettrand fest und wartete, bis das Schwindelgefühl vorbei war. Dann beugte ich mich über Elin. Ihre Brust hob und senkte sich und ihre Augäpfel bewegten sich unter den geschlossenen Lidern.

Langsam ging ich ums Bett herum, zur anderen Seite. Jetzt hörte ich Bosses leises Schnarchen.

Hatten Elin und Bosse auch eine Spritze bekommen? Ich hatte nicht bemerkt, dass die beiden besonders aggressiv ausgesehen hatten – allerdings war ich auch hauptsächlich auf Ran konzentriert gewesen.

Die Tatsache, dass ausgerechnet wir drei hier lagen, die drei Neuen, die noch nicht ... wie hatte Dr. Isbister es genannt? ... aktiviert worden waren, das bereitete mir Bauchschmerzen.

Auf Socken tappte ich aus dem Zimmer. Wenn wir irgendwie beobachtet wurden, dann würde gleich jemand kommen. Aber ich hatte nicht den Eindruck, dass es so eine Art Raum mit Überwachungskamera war. Ich hatte das Krankenzimmer bei dem Rundgang nur kurz gesehen – darin hatten bloß zwei Betten gestanden. Wenn ich es richtig in Erinnerung hatte, dann würde extra jemand von Shetland Mainland kommen, um sich um Kranke zu kümmern, wenn Bedarf bestand.

Gespannt versuchte ich, den Türknauf zu drehen. Die Tür sprang auf. Ich merkte, dass ich den Atem angehalten hatte. Ich war wohl etwas paranoid.

Wir sind die neuesten Patienten und haben uns am wenigsten unter Kontrolle, sagte ich mir. Man hat uns nur vor uns selbst beschützen wollen, als der Kampf ausbrach.

Aber mein Bauchgefühl wollte sich mit dieser Logik nicht so ganz anfreunden.

Ich schaute in den leeren Flur. Alles war still. Ich versuchte mich daran zu erinnern, wo genau das Krankenzimmer lag. Im obersten Stock, wo sich auch die Räume des

Personals befanden, das wusste ich noch. Eine der Türen musste sich zum Treppenhaus öffnen. Aber welche?

Ich ging ein paar zögerliche Schritte. Es blieb mir nichts anderes übrig, als auszuprobieren, welche Tür aufging. Dr. Isbister und seine Angestellten würden wohl ihre Zimmer abgeschlossen haben – hoffte ich, denn wenn ich aus Versehen in private Räumlichkeiten hineinplatzte, könnte das etwas peinlich werden.

Mein Herz klopfte, als ich einen Türknauf drehte. Die Tür war tatsächlich abgeschlossen. Ich hielt inne und wartete. Nichts passierte.

Ich drehte mich wieder um und versuchte es mit der Tür direkt neben unserem Krankenzimmer. Sie ging auf.

Das Erste, das ich bemerkte, war das Biepen. Es stammte von einem Monitor, den ich durch halb zugezogene Vorhänge ausmachen konnte. Der Fußteil eines Krankenbettes war ebenfalls sichtbar. *Wie auf einer Intensivstation*, ging es mir durch den Kopf.

Während ich auf das Bett zuging, fiel mir auf, dass es nicht nur der Anblick war, der mich an ein Krankenhaus denken ließ, sondern auch der Geruch.

Beim Vorhang angekommen, konnte ich erkennen, dass sich etwas unter der Bettdecke abzeichnete. Jemand lag dort. Jemand, dessen Herztöne und andere Werte auf dem Monitor angezeigt wurden.

Ich hielt den Atem an und zog mit einem Ruck den Vorhang zur Seite.

Ein schriller Schrei entfuhr mir und ich schlug mir die Hand auf den Mund. Das Gesicht der Person – die einzige Körperpartie, die nicht zugedeckt war – sah aus wie durch den Fleischwolf gedreht. Erst als ich länger hinstarrte, erkannte ich die Art der Verletzungen. Als hätten scharfe Krallen mehrere tiefe Furchen hinterlassen.

Eine Hand rutschte unter der Bettdecke vor und ich machte einen Schritt zurück. Aber sonst rührte sich die Person nicht. Es war wohl keine absichtliche Bewegung gewesen. Die Hand war unversehrt. Ich erkannte das bunte Freundschaftsarmband.

Die Person mit dem zerfleischten Gesicht war John.

Ich musste rückwärtsgegangen sein, denn auf einmal stieß ich gegen die Tür. Meine Hand suchte nach dem Türknauf hinter meinem Rücken.

Schnell wandte ich mich um und stürmte heraus, ließ die Tür hinter mir zufallen und drehte mich im Flur voller Panik einmal um mich selbst.

Schließlich ging ich wieder ins Krankenzimmer, in dem ich zuvor aufgewacht war. Da wusste ich, was sich darin befand. Welchen Horror würde ich hinter den anderen Türen finden? Ich wollte es gar nicht wissen.

Elin und Bosse schliefen immer noch.

Geschockt ließ ich mich auf mein Bett sinken und meinen keuchenden Atem wieder zu Ruhe kommen.

Als die Tür aufging, zuckte ich zusammen.

Es war Dr. Isbister.

»Ah, Alannah, du bist wach«, sagte er in fröhlichem, charmantem Tonfall, der mir auf einmal falsch vorkam.

»Was haben Sie mit uns gemacht?«, entfuhr es mir.

Dr. Isbister verzog das Gesicht. »Wir mussten leider zu dieser Notfallmaßnahme greifen. Es kam zu einem Vorfall und ihr drei habt Symptome gezeigt … Wir mussten die Situation schnell unter Kontrolle bringen. Ein harmloses Beruhigungsmittel.« Er lächelte zerknirscht.

Während er sprach, wachten Elin und Bosse auf.

Elin rieb sich die Augen.

»Wasser«, röchelte Bosse.

Dr. Isbister ging zum Nachttisch neben Bosses Bett und reichte ihm den vollen Becher.

»Was ist passiert?«, fragte Elin.

»Leider kam es zu einem bedauerlichen Vorfall. Peter hat die Kontrolle über sich verloren. Dabei hat er John schwer verletzt.«

Peter? Peter hatte das John angetan?

Mir kam unweigerlich Dr. Isbisters Bemerkung in den Sinn. *»Die Aktivierung war zu früh …«*

Hatte dieser Gewaltausbruch damit zu tun … was auch immer diese Aktivierung sein sollte?

»Geht es ihm gut?«, hörte ich mich selber mit tonloser Stimme fragen. »John?«

»Den Umständen entsprechend. Das wird schon wieder.« Dr. Isbisters unbekümmerter Tonfall ließ mir einen kalten Schauer den Rücken herunterlaufen. Ich hatte John gerade gesehen. Ich wusste, dass es nicht einfach »wieder werden« würde. Aber ich sagte nur: »Und Peter?«

»Wir haben besondere Therapiemaßnahmen für ihn konzipiert. Ein Rückfall, der bestimmt nicht wieder vorkommen wird.«

Geschockt schaute ich Dr. Isbister an. Aber ich wusste gar nicht, warum mich die Antwort so erstaunte. Hatte ich erwartet, dass Peter der Hevera-Klinik verwiesen würde? Weil er so gewalttätig und eine Gefahr für die Mitpatienten war?

Wo sollte er denn sonst hin? Hier war wohl genau der richtige Ort für ihn. Es war eigentlich ein Wunder, dass das der erste Vorfall war, den ich mitbekam.

Denn alle hier waren wie Peter. So aggressiv und gewaltbereit, dass sie Menschen schwer verletzten oder sogar umbrachten.

Ich war so. Ich war eine von ihnen. Andere konnten genauso Angst vor mir haben, wie ich gerade Angst vor Peter hatte.

Trotzdem war mir schlecht bei dem Gedanken daran, dass jeder hier mir oder Elin oder den anderen so etwas antun konnte, wie es John angetan worden war.

Ich würde mich hier nie wieder sicher fühlen.

KAPITEL ACHT

Völlig gedankenverloren und leicht benommen trottete ich mit Elin schließlich zurück auf mein Zimmer.

Ein Blick auf den Wecker verriet mir, dass es bereits Nachmittag war. Kein Wunder, dass ich vorhin gierig mein Sandwich heruntergeschlungen hatte, das uns die Pflegerin gebracht hatte. Ich kannte mich mit Beruhigungsmitteln nicht aus, aber die mussten uns eine ordentliche Dosis verabreicht haben, wenn wir so lange geschlafen hatten. Ich ging nicht davon aus, dass man von uns erwartete, unsere Termine und Dienste wahrzunehmen, die heute noch anstanden. Zumindest hatte niemand etwas gesagt.

»Ich habe Kopfschmerzen«, sagte Elin. »Ich lege mich noch ein bisschen hin.« Sie ließ sich auf ihr Bett fallen.

»Das sind bestimmt die Medikamente. Wassertrinken hilft sicher.«

»Hmm«, brummte Elin in ihr Kissen, regte sich aber nicht.

»Komm, ich hol uns was.«

Ich ging in den Flur, an dessen Ende ein Kühlschrank mit Getränken stand, und nahm zwei Flaschen Wasser.

Als ich mich umdrehte, ging gerade eine der Türen auf. Heraus kam Peter, der sich allem Anschein nach für eine Trainingsstunde umgezogen hatte. Er war mit seinen Boxhandschuhen beschäftigt und bemerkte mich nicht.

Ich blieb regungslos stehen. Ja, ich wusste, dass Peter noch hier war, aber ihn gleich wieder so aktiv in der

Tagesroutine zu sehen, als ob gar nichts geschehen wäre, verursachte mir ein flaues Gefühl im Magen.

Immer wieder schob sich mir Johns übel zugerichtetes Gesicht vor Augen. Ich wusste, dass mir der Anblick noch lange Albträume bereiten würde.

Ich gab mir einen Ruck. Was ist mit den zwei Typen, die Lynn angegriffen haben? Die hast du auch so zugerichtet, Alannah, sagte ich mir. Du bist nicht besser als Peter.

Aber John war Peters Freund, ging mir durch den Kopf, als ich langsam zu meinem Zimmer zurückschlich. John mochte Peter vielleicht irgendwie provoziert haben – doch wollte er wohl kaum einem anderen Menschen etwas so Schlimmes antun, wie die Männer es mit Lynn vorgehabt hatten.

So rechtfertigte ich meinen eigenen Gewaltausbruch, wurde mir bewusst. Ja, ich war in meiner Rage zu weit gegangen, viel zu weit. Der dunkle Schatten der Schuld würde auf immer und ewig an mir haften bleiben. Dennoch … diese Männer … alle, denen ich richtig gewalttätig gegenüber geworden war, hatten es irgendwie verdient gehabt.

Ich zuckte bei dem Gedanken zusammen.

Niemand hat es verdient, getötet zu werden, Alannah.

Machte ich mir etwas vor? Meine Eltern, die sich sicherer fühlten, wenn ich in dem Käfig im Keller saß, hatten ganz offensichtlich ebenfalls Angst davor gehabt, ich könnte ihnen oder anderen unschuldigen Menschen Gewalt antun.

Könnte ich tatsächlich so ausrasten, dass ich auch jene, die mir am Herzen lagen, verletzte … meine Eltern … Elin?

Überhaupt, Elin hatte auch jemanden getötet. Sie hatte nie die Umstände erklärt. Ich hatte angenommen, die Person hatte ihr etwas Böses antun wollen, aber genau wusste ich es ja nicht. Warum hatte ich bei Elins Anblick nicht das gleiche ungute Gefühl im Magen, das mich beschlich, wenn ich Peter sah?

Ich blieb vor meiner Zimmertür stehen.

Mein Unbehagen hatte definitiv mit dem zu tun, das Dr. Isbister und Mrs Darktower gesagt hatten. Sie hatten von zu früher »Aktivierung« von Peter und John gesprochen, was auch immer das sein sollte. Ich hielt sie für das, was passiert war, verantwortlich. Deshalb traute ich ihnen nicht und war Dr. Isbister gegenüber so feindselig und misstrauisch gewesen. Ich hatte in den vergangenen Tagen langsam ein Vertrauen zur Hevera-Klinik aufgebaut. Ich hatte angefangen zu glauben, dass ich hier am richtigen Ort war. Und das, obwohl mein Bauchgefühl mir die ganze Zeit über sagte: *Pass auf. Irgendetwas geht hier nicht mit rechten Dingen zu.*

Dr. Isbister sollte uns heilen, aber stattdessen hatte er … was? Peters Attacke irgendwie durch diese Aktivierung heraufbeschworen?

Ich konnte nicht mehr so daran glauben, dass Dr. Isbisters Methoden das Ziel hatten, uns wieder in die Gesellschaft einzugliedern. Warum waren die meisten Patienten hier schon seit Jahren?

Ich musste mich irgendwie davon überzeugen, dass es Erfolge gab. Ich wollte ehemalige Patienten kennenlernen, die es geschafft hatten, ihre Gewaltausbrüche völlig unter Kontrolle zu bringen und die ein »normales« Leben lebten.

Ich brauchte Antworten.

Entschlossen trat ich ins Zimmer. Mir war bewusst geworden, dass ich manche Fragen aus Angst vor den Antworten lieber nicht gestellt hatte. Ich würde damit anfangen, Elin zu ihrer Vergangenheit auszuhorchen. Wenn sie mir nichts Näheres verraten wollte, würde ich das respektieren. Aber fragen musste ich. Vielleicht würde es wenigstens dazu führen, dass wir uns über die merkwürdigen Vorgänge hier unterhalten konnten. Meine Ängste mit jemandem zu besprechen, würde mir helfen.

Elin lag immer noch auf ihrem Bett und schlief tief und fest.

Das nahm mir ein wenig den Wind aus den Segeln.

Ich stellte eine der Wasserflaschen auf Elins Nachttisch, drehte meine Flasche auf und trank einen Schluck.

Es gab eine Person, der ich wenigstens ein bisschen vertraute. Nicht mehr ganz so wie früher, aber sie kannte mich schon mein ganzes Leben lang, und ich war mir sicher, dass ich ihr etwas bedeutete. Tante Lannie.

Sie wusste mehr, als sie mir erzählt hatte. Ich musste unbedingt mit ihr reden.

Ich machte mich auf den Weg zu Mrs Darktowers Kommandozentrale. Dort gab es ein Telefon. Meine Schritte verlangsamten sich automatisch, je näher ich dem Büro kam.

Mrs Darktowers strenger Blick machte immer ein kleines, unsicheres Mädchen aus mir. Ich freute mich wirklich nicht darauf, sie davon zu überzeugen, dass ich Tante Lannie anrufen musste.

Mein Magen machte einen Salto, als ich an die Tür klopfte und ihre kalte Stimme mich hereinbat.

Mrs Darktower saß hinter ihrem sehr ordentlichen Schreibtisch, auf dem alles so aussah, als sei es mit einem Lineal ausgerichtet worden.

»Ja, bitte?«

Ich schluckte. »Mrs Darktower, ich muss unbedingt mit meiner Tante Lannie sprechen. Ich weiß, dass Kontakt zur Familie nicht erwünscht ist, aber sie hat mich hierhergebracht und sie ist ... äh ... mit Dr. Isbister bekannt, ich meine … mit der Klinik, äh, verbunden …«, verhaspelte ich mich.

»Ich bin mir sehr wohl der Aufgaben bewusst, die deine Tante für die Klinik übernimmt«, unterbrach mich Mrs Darktower kühl. »Was sie über deine Therapie hier weiß oder nicht weiß, tut nichts zur Sache. Es geht darum, dass du mit niemandem außerhalb der Klinik kommunizierst, damit du dich voll und ganz auf deine Therapie konzentrieren kannst. Diese Regel gilt für alle.«

Ich knetete meine Hände. »Aber ich muss wirklich mit ihr sprechen, ich …«

»Wenn du Gesprächsbedarf hast, ist Dr. Isbister immer für dich da.«

Sie schaute wieder auf die Papiere auf dem Schreibtisch, fuhr mit ihrer Arbeit fort und unterband damit weitere Diskussion.

Ich zögerte, kam dann aber zum Schluss, dass ich tatsächlich besser mit Dr. Isbister sprach. Er war vielleicht einfacher zu überzeugen als Mrs Darktower.

Ich nickte nur und ging aus dem Zimmer.

Vor Dr. Isbisters Büro wartete ich, bis jemand aus dem Zimmer kam, denn die Anzeige neben der Zimmertür sagte, dass gerade eine Therapiestunde stattfand.

Dr. Isbister streckte ebenfalls den Kopf aus der Tür, als Kristina, die Patientin, herauskam.

»Alannah«, sagte er verwundert. »Wir haben doch jetzt keinen Termin, oder?«

Ich schüttelte mit dem Kopf. »Ich muss kurz mit Ihnen sprechen.«

»Okay, ein paar Minuten Zeit habe ich, komm rein.«

Ich brachte mein Anliegen vor, aber Dr. Isbister lehnte meine Bitte genauso vehement ab wie die Generalin. Der einzige Unterschied war, dass er es mit einem Lächeln und in einem kameradschaftlichen Tonfall tat. Wenn ich ihm gegenüber nicht so misstrauisch gewesen wäre, hätte man meinen können, er würde gar nicht selber die Regeln machen, die ich ihn bat zu brechen.

»Aber ich verstehe, dass du mit jemandem reden möchtest, Alannah«, sagte er mitfühlend. »Gerade nach dem Vorfall heute Morgen, der natürlich dich und einige andere sehr verstört hat. Ich bin immer für dich da.« Er tippte auf seiner Tastatur herum und der Drucker neben seinem Schreibtisch summte leise. »Ich habe sogar schon deinen Plan umgestellt. Wir werden etwas intensiver miteinander arbeiten.« Er zog ein Blatt aus dem Drucker und reichte es mir.

Ich schaute darauf. Tatsächlich waren viel mehr Stunden mit Dr. Isbister eingeplant. Doch wenige davon waren Gespräche. Die meisten waren mit Hyp gekennzeichnet. Das waren die Hypnose-Sessions, bei denen ich keine Ahnung hatte, was mit mir gemacht wurde.

Mir wurde übel. Langsam faltete ich das Blatt und dann faltete ich es noch mal.

Als ich zu Dr. Isbister aufschaute, zwang ich mich zu einem Lächeln.

»Okay. Dann bis morgen.«

Der Doktor lächelte mit falscher Freundlichkeit und ich verließ sein Büro.

Mein Kopf fühlte sich leicht fiebrig an, als ich etwas ziellos durch das Gebäude wanderte.

Reiß dich zusammen, befahl ich mir. Ich musste einfach jemand anderen dazu bringen, mich telefonieren zu lassen. Die Angestellten hatten ja wohl Handys.

Ich kam gerade am Haushaltsraum vorbei, als mir einfiel, dass ich heute Abend Küchendienst hatte. Ich wusste nicht, wie spät es genau war und ob von mir heute erwartet wurde, dass ich meinen Dienst antrat. Trotzdem machte ich mich sofort auf in die Küche. Ingrid war eine herzliche Frau. Sie würde mir doch bestimmt helfen, wenn ich sie inständig darum bat!

»Alannah!«, begrüßte sie mich überrascht. »Ich dachte, du und Elin kommt heute nicht. Ich habe schon gedacht, ich muss den Berg Kartoffeln allein schälen.«

Ich wusch mir die Hände, nahm mir eine Schürze aus dem Schrank und setzte mich zu ihr an den Tisch. »Kein Problem«, sagte ich. »Ich bin ja nicht krank. Elin hat sich hingelegt, aber mir ist nicht nach Schlafen. Ich helfe gerne.«

»Gut«, lächelte sie.

Mit geübten Handgriffen hatte Ingrid in der Zeit, in der ich eine Kartoffel geschält hatte, drei fertig. Ich legte mich ins Zeug und war ganz froh, mit den Händen so beschäftigt zu sein, als ich endlich die Frage herausbrachte.

»Ich weiß, eigentlich sollen wir nicht mit unseren Familien sprechen. Aber ich habe so ein Bedürfnis, mit meiner Tante zu reden. Ich muss sie unbedingt etwas fragen. Du kennst sie doch, oder? Meine Tante Lannie?« Ich schielte zu Ingrid rüber.

»Klar«, sagte sie. »Sie ist öfter mal hier.«

Ich hatte den Drang nachzuhaken, was genau Tante Lannie für die Hevera-Klinik machte, aber ich wollte vorsichtshalber noch nicht alle meine Karten auf den Tisch legen. Vielleicht war es besser, wenn Ingrid dachte, ich wüsste Bescheid.

Da kam mir ein anderer Gedanke. Wenn ich bluffen würde … könnte ich dann von Ingrid etwas erfahren?

»Weißt du«, sagte ich so beiläufig wie möglich. »Dr. Isbister hatte eben das … wie nannte er es …

Aktivierungsgespräch mit mir …« Ich musste mich sehr anstrengen, mich meiner Kartoffel zu widmen und sie nicht anzuschauen, um ihre Reaktion zu sehen. »Tja, da würde ich so gerne mit Tante Lannie reden. Da sie ja eh Bescheid weiß, wäre es einfach toll, es mit ihr zu besprechen, verstehst du?«

Endlich sah ich auf.

Ingrid schälte weiter Kartoffeln, aber nicht mit der gleichen Geschwindigkeit wie vorher, und sie hatte ihre Stirn in Falten gelegt.

»Ich nehme an, wenn du weitere Fragen hast, dann ist der Doktor der beste Gesprächspartner dafür, nicht deine Tante. Hast du schon mit Mrs Darktower gesprochen?«

Ich schüttelte den Kopf und hoffte, dass sie mir meine Verwunderung nicht ansah. Was sollte die Verwaltungsleiterin mit dieser … Aktivierung zu tun haben?

»Ah! Warte das Gespräch mit ihr ab. Dann wird dir einiges klarer.«

»Ja, aber weißt du, es wäre einfach beruhigend, wenn ich mit meiner Tante …«

»Das verstehe ich. Es ist bestimmt sehr überwältigend, all das zu erfahren. Auf euch ruht die Hoffnung dieser Welt. Das ist eine große Verantwortung.« Täuschte ich mich, oder hatte Ingrid Tränen in den Augen?

»Ich sollte nicht darüber reden.« Sie schüttelte den Kopf. »Es ist nicht meine Aufgabe. Der Doktor und Mrs Darktower werden dich optimal auf deine Rolle vorbereiten, da bin ich mir sicher.« Ingrid legte ihre Kartoffel hin. Es lag so viel Wärme in ihrem Blick, als sie mich eindringlich ansah.

»Aber weißt du, ich bin dir jetzt schon so dankbar, für das, was du tun wirst. So unendlich dankbar.« Sie biss sich auf die Oberlippe, so als ob sie mit sich rang. Dann sprach sie es aus. »Ich weiß, ich sollte nicht fragen, aber ich bin so neugierig.« Sie beugte sich vor. »Mein Leben hier steht völlig im Dienste eurer Aufgabe. So habe ich es gewollt. Da erlebe ich selten aufregende Dinge. Ich lebe praktisch durch euch.« Sie grinste und ihre Augen blitzten auf. »Da kann ich es mir manchmal nicht verkneifen, neugierig zu sein. Was bist du?«

Ich hoffte, ich starrte sie nicht allzu verständnislos an.

»Ein Wolf, oder?«

»Äh … ich … kann noch nicht darüber …«

Sie lehnte sich etwas enttäuscht zurück. »Ich verstehe. Du hattest gerade erst das Gespräch. Ich wollte dich nicht … bedrängen. Es tut mir leid.«

»Schon okay. Aber ich wäre so froh, Ingrid, wenn du mir dein Handy ausleihen könntest, damit ich nur kurz mit Tante Lannie reden könnte …«

Ingrid fing wieder an, die Kartoffeln zu schälen, noch schneller als vorher. »Ich habe gar kein Handy, Schätzchen.«

Das verschlug mir irgendwie die Sprache.

»Du hast gar kein …«

Ingrid schüttelte den Kopf. »Nein, ich habe so gut wie keinen Kontakt zur Außenwelt. Ich bin immer hier, mit wem soll ich da draußen auch reden?« Sie fügte etwas übertrieben fröhlich an: »Ich habe doch gesagt, ich lebe durch euch.«

»Hast du denn gar keine Familie oder Freunde da draußen?«

Sie schüttelte erneut resolut den Kopf. »Nicht mehr. Weißt du, ich war mal verheiratet. Mein Mann und ich, wir wollten unbedingt eine große Familie. Es hatte nicht sollen sein. Unsere Hoffnung wurde jedes Mal wieder zerschlagen.

Und mit jedem Baby, von dem wir uns verabschieden mussten, zerbrach unsere Ehe ein kleines bisschen mehr.«

»Oh, Ingrid, das tut mir so leid.«

Sie winkte ab. »Das ist schon lange her. Ich wollte so
gerne Mutter werden. Hier kann ich die Mutter für fast vierzig Kinder sein. Es ist meine Berufung, mich um euch zu
kümmern, davon bin ich überzeugt.«

Spontan stand ich auf, ging um den Tisch herum und
nahm Ingrid in den Arm.

»Danke«, flüsterte ich. Ihre kurzen, hellen Locken rochen
nach Vanillepudding.

Sie fuchtelte etwas umständlich mit einer Kartoffel in einer Hand und dem Schäler in der anderen herum. »Ach,
Mädchen«, sagte sie nur.

Als ich sie losließ, meinte sie: »Ich würde dir wirklich
gerne helfen, aber wie gesagt, ich kann nicht. Ich glaube
aber, dass dir Dr. Isbister und Mrs Darktower alle Fragen
beantworten werden.«

Ich nickte nur und schälte die letzte der Kartoffeln zu
Ende.

Nachdem wir sie auf dem Herd aufgesetzt hatten, bat
mich Ingrid, Oliven aus dem Vorratsraum zu holen.

Ich kam mit dem einen kleinen Glas zurück, das ich dort
gefunden hatte.

Ingrid runzelte die Stirn. »Mehr gibt es nicht?« Sie ging
zu ihrer Pinnwand, wo allerlei Pläne und Zettel angeheftet
waren. »Hmm, okay, gut, ich habe welche bestellt und die
sollten morgen früh mit dem Boot kommen.«

Sie drehte sich zu mir um. »Dann gibt es heute keine
Oliven im Salat. Stell das Glas einfach wieder zurück.«

Ich nickte geistesabwesend.

Ingrid hatte mich auf eine Idee gebracht.

KAPITEL NEUN

Beim Abendessen musste ich mich richtig zusammenreißen. Ich hatte das Gefühl, dass Bosse und Elin die
Einzigen waren, denen ich trauen konnte. Immer
wieder schielte ich zu Ran hinüber, der mich beim Frühstück am Arm gepackt und mich mit diesem komischen
Blick angeschaut hatte.

Ich war mir sicher, er hatte verhindern wollen, dass ich
sehe, was zwischen Peter und John vor sich ging. Genauso
wie alle anderen das hatten verhindern wollen – und uns
Uneingeweihten deshalb ein Betäubungsmittel verabreicht
hatten. Ich konnte nicht mehr wirklich glauben, dass es nur
zu unserem eigenen Schutz geschehen war. Vielleicht war
ich total paranoid, aber ich war mehr und mehr davon überzeugt, dass alle hier ein Geheimnis hatten und dass es etwas
gab, was ich noch nicht wissen sollte.

Wenn ich Dr. Isbister und Mrs Darktower, die ich belauscht hatte, richtig interpretierte, standen Bosse, Elin und
ich ja kurz davor, auch aktiviert zu werden. Ich könnte also
einfach abwarten, bis das geschah. Dann würde ich das Geheimnis vermutlich auch kennen. Doch tief in mir drin saß
das Gefühl, dass für mich alles zu spät war, wenn das passierte. Dass ich dann keine Wahl mehr hatte … eine Wahl
zwischen welchen Dingen, wusste ich nicht. Aber ich wollte
nicht warten, bis Dr. Isbister und Mrs Darktower diese
Wahl für mich trafen. Ich konnte nicht länger glauben, dass
ihnen mein Wohl tatsächlich am Herzen lag.

Ich musste von dieser Insel herunter und mit Tante Lannie sprechen, so riskant der Plan auch war.

Nach dem Abendessen wurde ein Film auf der großen Leinwand im Aufenthaltsraum gezeigt. Das war immer ein Highlight. Aber ich konnte mich nicht auf die seichte Liebeskomödie einlassen, die mal wieder auf dem Programm stand – rasante Actionthriller gab es nie, weil die wahrscheinlich zu viele Adrenalinschübe hervorriefen.

Immer wieder sah ich zu Peter hinüber, der zwei Reihen vor mir herzlich über die albernen Scherze lachte. Wie konnte er bloß so tun, als ob nichts geschehen war? Mir kam der Gedanke, dass er womöglich gar nicht wusste, wie übel zugerichtet John aussah. Niemand hatte bisher ein Wort über ihn – oder besser gesagt über seine Abwesenheit – fallen lassen.

Zum ersten Mal kam mir der Gedanke, dass ich das Ganze nur halluziniert hatte. Oder zumindest, dass die Medikamente in meinem Blut noch eine Restwirkung zeigten und Johns Anblick gar nicht so schlimm gewesen war.

»Ich geh mal aufs Klo, bin gleich wieder da«, raunte ich Elin zu, die das Geschehen auf der Leinwand gespannt verfolgte und nur nickte.

Vorsichtig schlich ich mich aus dem verdunkelten Aufenthaltsraum und quetschte mich durch den Türspalt, damit der Lichteinfall aus dem Flur nicht bemerkt wurde.

Ich begegnete niemandem und lief schnell zu Mrs Darktowers Büro. Es war abgeschlossen. Genauso wie Dr. Isbisters Räume, wo das andere Telefon war.

Ich ging wieder zurück, betrat das Treppenhaus und sprintete, zwei Stufen auf einmal nehmend, zur dritten Etage hoch. Doch als ich vor der Tür zur Etage stand, zögerte ich. Einer der Pfleger saß unten und schaute den Film mit an, und in der Küche war Licht zu sehen gewesen, weshalb ich Ingrid noch dort vermutete. Aber die anderen Angestellten waren bestimmt in ihren Zimmern.

Wie sollte ich meine Anwesenheit im dritten Stockwerk erklären, wenn mir gleich jemand begegnete?

Das Licht im Treppenhaus ging wegen des Zeitschalters automatisch aus und obwohl ich daran gewöhnt war, bekam ich einen kleinen Schreck. Mit rasendem Herzen stand ich im Dunkeln vor der Tür.

Ich konnte mich einfach nicht dazu durchringen. War es das wert, entdeckt zu werden? Sollte ich mich einfach an meinen Plan halten, morgen …

Bevor ich den Gedanken zu Ende gedacht hatte, ging das Licht wieder an. Schritte hallten durchs Treppenhaus. Jemand war ganz unten!

Schnell drückte ich die Tür auf und verschwand auf der dritten Etage. Ich schaute mich um. Keiner zu sehen. Damit das Geräusch der zufallenden Tür nicht zu hören war, schloss ich sie ganz sachte.

Die ganze Zeit über hielt ich den Atem an.

Dann ging ich schnell zu Johns Krankenzimmer, holte tief Luft und trat ein. Das Zimmer lag im Halbdunkel, nur der Monitor und eine Lampe am Bett spendeten etwas Licht.

Diesmal stand der Vorhang offen und ich konnte gleich sehen, dass ich mir vorhin nichts eingebildet hatte. Sein Gesicht sah wirklich schlimm aus. Am liebsten wäre ich sofort wieder umgekehrt, aber ich sagte mir, nun, da ich mich schon nach hier oben gewagt hatte, könnte ich ihn mir auch genauer ansehen.

Ich schluckte und ging auf das Bett zu. Jetzt konnte ich erkennen, dass sein Kopf von einer Schiene fixiert wurde –

wahrscheinlich, damit er still liegen blieb und die offenen Wunden nicht mit dem Kopfkissen in Berührung kamen.

Ich konnte auch erkennen, dass etwas Glänzendes auf die Verletzungen aufgetragen worden war. Ich nahm an, es war eine Wundsalbe oder Ähnliches. Ein Auge war mit einem Pflaster abgeklebt worden. Das andere Lid war geschlossen. Es war die einzige unversehrte Stelle im Gesicht und ich konnte sehen, wie sich der Augapfel darunter bewegte.

Wie vorhin hatte ich den Eindruck, dass scharfe Krallen tiefe Furchen durch Johns Gesicht gezogen hatten.

Krallen …

Während des Vorfalls beim Frühstück hatte ich geglaubt, graues Fell gesehen zu haben …

»Was bist du, ein Wolf?«, hatte Ingrid mich gefragt.

Ein Schauder lief mir über den Rücken, als mein Unterbewusstsein die Puzzlestücke zusammensetzte.

Mein Verstand konnte zustimmen, dass es tatsächlich aussah, als wäre John von einem Wolf angegriffen worden, lehnte die absurde Idee aber gleichzeitig ab.

Bevor ich mich weiter gedanklich mit der vagen Ahnung beschäftigen konnte, hörte ich das Geräusch der zufallenden Tür hinter mir.

Erschrocken wirbelte ich herum.

Im Schatten der Dunkelheit sah ich eine Gestalt.

Ich hatte schon den Mund geöffnet, um zu schreien, aber als die Person auf mich zukam, fiel das Licht der Nachttischlampe auf sein Gesicht, und ich erkannte Nic.

Erleichtert atmete ich aus. »Du.«

Nic sah zum Bett hinüber. »Was machst du hier?« Er klang mehr neugierig als vorwurfsvoll.

»Ich statte John einen Krankenbesuch ab«, sagte ich so ruhig wie möglich. »Niemanden sonst scheint es zu interessieren, wie es ihm geht.«

Nic zog eine Augenbraue hoch. »Wir wurden angewiesen, ihn in Ruhe genesen zu lassen. Keine Angst, hier wird bestens für ihn gesorgt.«

»Wirklich? Mir scheint, dass er in einem Krankenhaus besser aufgehoben wäre. Du weißt schon, mit Ärzten und Krankenpersonal und so.« Ich konnte mir den Sarkasmus einfach nicht verkneifen.

»Es war ein Arzt hier, heute Morgen. Wenn es nötig gewesen wäre, hätte ihn ein Heli ins Krankenhaus gebracht. Die Wunden sehen schlimm aus, sind aber nicht lebensgefährlich.«

»Bist du dir so sicher? Ist schon mal jemand mit dem Heli von hier *ab*transportiert worden? Ich habe irgendwie nicht das Gefühl, dass hier jemals jemand die Insel wirklich wieder verlassen könnte.« Ich biss mir auf die Zunge. Ich mochte Nic, aber es war blöd von mir, zu zeigen, wie misstrauisch ich der Klinik gegenüber war. Wenn mein Plan morgen früh gelingen sollte, dann verhielt ich mich besser unauffällig.

Die Einsicht kam wohl ein bisschen spät. Ich hätte einfach im Aufenthaltsraum bleiben und den dummen Film anschauen sollen, verdammt!

»Tut mir leid«, versuchte ich zurückzurudern. »Der ganze Tag war ein bisschen viel für mich. Am besten gehe ich auf mein Zimmer und lege mich hin.«

»Komm, ich begleite dich.«

Gemeinsam gingen wir die Treppe runter zu unseren Zimmern.

»Ich wurde übrigens schon mal von hier mit dem Heli abtransportiert«, sagte Nic in unbekümmertem Ton.

Erstaunt sah ich ihn von der Seite an. »Echt?«

»Vor drei Jahren. Ich musste am Blinddarm operiert werden.«

»Wie lange bist du denn schon hier?«, fragte ich neugierig.

»Lange.«

»Und das war das einzige Mal, dass du die Insel verlassen hast?«

Er nickte.

»Das muss ja ganz schön aufregend für dich gewesen sein.«

»Nicht wirklich. Auf dem Weg ins Krankenhaus hatte ich schlimme Schmerzen. Im Krankenhaus sah es auch nicht viel anders aus als hier – und der Rückflug … Ja, der war ziemlich cool. Shetland von oben ist schon etwas Besonderes.«

Ich kaute auf meiner Unterlippe herum und traute mich die Frage erst zu stellen, als wir vor meiner Tür standen.

»Vermisst du die Außenwelt nicht? Stellst du dir nie vor, wie es wäre, hier auszubrechen und … mal was zu erleben?«

Nic lachte. »Ich glaube, wir werden noch genug erleben, wahrscheinlich mehr als uns lieb ist«, gab er die kryptische Antwort.

Als er meinen Gesichtsausdruck sah, meinte er: »Nein, ich kenne es nicht anders. Ich bin es gewohnt. Und so übel ist es doch hier auch nicht, oder?« Er zwinkerte mir zu.

Ich wurde bestimmt rot wie eine Tomate.

»Äh … ja, schon … ich bin halt noch nicht lang hier. Ich vermisse … die Welt … meine Familie …«, ließ ich mich zu dem Geständnis hinreißen.

»Das verstehe ich«, sagte Nic ernst. »Aber gib dem Ganzen etwas Zeit. Du wirst dich dran gewöhnen, versprochen. Und bald wird das hier … werden wir deine Familie sein. Gib uns eine Chance und hau nicht ab, okay?« Wieder zwinkerte er, und diesmal wurde ich rot, weil ich mich ertappt fühlte.

Ich schaute zu Boden.

»Nein, ich … na klar. Wie auch?« Ich versuchte zu lachen, aber es hörte sich künstlich an.

Forschend schaute Nic mich an. »Hmmm. Wenn du mal reden willst, dann bin ich für dich da, okay?«

»Okay. Ich … leg mich besser hin. Gute Nacht.«

»Gute Nacht.« Nic lächelte mich so lieb an, dass ich ihm sofort die Tür vor der Nase zuschlug, weil ich Angst davor hatte, ihm gleich in die Arme zu fallen und ihm all meine Sorgen zu beichten.

Erschöpft ließ ich mich aufs Bett sinken. Ich hätte Nic so gerne mit weiteren Fragen gelöchert, zum Beispiel, wo er aufgewachsen und wie er hier hergekommen war. Aber ich traute mich einfach nicht.

Als etwas später Elin ins Zimmer kam, hatte ich schon die Zähne geputzt und meinen Pyjama angezogen, lag aber immer noch grübelnd im Bett.

»Wo warst du?«, fragte sie. »Ich dachte, du musst nur mal zur Toilette.«

»Ich hab mich nicht so gut gefühlt und fand, ich lege mich lieber schon mal hin.«

»Du hast was verpasst.« Elin erzählte mir begeistert vom Ende des Films, aber ich hörte nur halb zu.

Als sie endlich zum Schluss gekommen war, fragte ich vorsichtig: »Wie geht es dir denn so, nach dem Vorfall heute Morgen?«

»Meinst du wegen dem Beruhigungsmittel? Ich habe vorhin noch ein bisschen geschlafen und jetzt geht es mir gut.«

»Ähm, ja, mir auch, aber …« Ich setzte mich auf. »Findest du es nicht komisch, was passiert ist?«

»Wie meinst du das?«

Ich versuchte eine andere Taktik. »Konntest du etwas erkennen, als der Kampf zwischen John und Peter ausgebrochen ist?«

Elin schüttelte den Kopf. »Nicht wirklich. Adira hat mir praktisch die Augen zugehalten.«

»Wieso, meinst du, hat sie das getan?«

»Damit ich nicht … das Blut sehe und selber, keine Ahnung, aggressiv werde.«

»Hmm.« Ich runzelte die Stirn. »Hast du denn Wut gespürt?«

»Ja, schon. Deshalb war ich auch so froh, dass die Pfleger kamen und sich gleich darum gekümmert haben. Stell dir vor, wir wären alle so ausgerastet wie Peter.«

Auch ich hatte gemerkt, wie ich in Rage geraten war. Ich hatte das aber darauf geschoben, dass Ran mich festhielt. Jetzt, wo ich mit Elin darüber redete, kam es mir sonderbar vor, dass wir von Gewalt angesteckt werden könnten.

Als ob wir Blut gewittert hätten … wie Tiere.

Schnell schüttelte ich den Gedanken wieder ab.

»Ich weiß nicht, Elin. Ich finde das Ganze sehr seltsam. Wie gerade wir drei Neuen schnell in die Bewusstlosigkeit befördert worden sind …«

»Ich nehme an, die anderen, die schon länger hier sind, können sich besser kontrollieren.« Elin hörte sich völlig arglos an.

86

Ich seufzte. »Das ist es ja gerade. Wenn es allen hier so gut geht, warum sind die dann noch hier? Warum kommt keiner der *Patienten* jemals wieder von dieser Insel runter?«

Elin starrte mich an. »Was willst du damit sagen?«

»Ich brauche unbedingt mehr Antworten, Elin, und niemand will sie mir geben. Ich darf nicht mit meiner Tante telefonieren. Und ich bin mir sicher, sie weiß darüber Bescheid, was hier genau abläuft. Sie arbeitet für die Klinik. Ich will ... ich will einfach nur mit ihr reden.« Auf einmal fühlte ich mich so müde und erschöpft. Das Gefühl der Hilflosigkeit lähmte mich.

»Ich weiß ...«, begann Elin leise. »Ich weiß, dass manches hier komisch ist ... das manches nicht zusammenpasst. Und in meinem Fall schon gar nicht ... Aber ich kann es nicht zu sehr hinterfragen, Alannah, denn was auch immer das hier ist; es ist tausendmal besser als das Leben, das mich in Norwegen erwartet hätte ... Ha, Leben!«, rief sie spöttisch. »Die Anstalt, in die ich eingesperrt war, ist schlimm gewesen, aber ich wusste, es würde nur noch schlimmer kommen. Da hätte man keinerlei Verständnis für mein ... Problem gehabt, im Gegenteil. Früher oder später hätte ich mich wahrscheinlich zu etwas hinreißen lassen ...« Elins Stimme zitterte. »Selbst wenn ich mein Leben lang *hier* eingesperrt sein werde, und ich glaube nicht, dass es so weit kommt, ist das immer noch so viel besser. Verstehst du nicht?«

»Ich verstehe«, sagte ich tonlos.

Ich hätte Elin so gerne in meinen Plan eingeweiht. Ich hätte sie so gerne bei mir gehabt, wäre am liebsten zusammen mit ihr geflüchtet. Aber ich wusste, dass ich sie nicht darum bitten konnte.

Wir redeten nicht mehr, Elin machte sich bettfertig und legte sich hin, und bald verriet mir ihr ruhiger Atem, dass sie eingeschlafen war.

Ich aber lag immer noch wach. Ich hätte nicht gedacht, dass ich mich jemals noch einsamer fühlen konnte als in dem Stahlkäfig im Keller meiner Eltern.

Doch es war möglich.

Ich war so einsam wie noch nie.

KAPITEL ZEHN

Ich hatte mir zur Sicherheit den Wecker gestellt, obwohl ich mir sicher war, dass ich angesichts meiner riskanten Pläne zu nervös sein und kein Auge zumachen würde. Doch döste ich immer wieder etwas ein. Als ich gedämpfte Geräusche hörte, hielt ich sie zunächst für Teil meiner wirren Träume.

Bis ich mir bewusst wurde, dass sie real waren und irgendwo aus dem Gebäude kamen.

Ich setzte mich auf und rieb mir die Augen. Die roten Ziffern auf meinem Digitalwecker sagten mir, dass es kurz nach 4 Uhr war.

Bildete ich mir das ein, oder hörte sich das wie Schreie an?

Ich schaute zu Elin rüber, die regelmäßig ein- und ausatmete.

Vorsichtig schlug ich die Decke zurück und schwang die Beine über die Bettkannte. Mit einem Knopfdruck stellte ich den Wecker aus. Dann schnappte ich mir die Klamotten, die ich mir vorhin zurechtgelegt hatte, und schlich ins Bad, um mich anzuziehen.

Mit einem letzten Blick auf meine schlafende Freundin machte ich langsam die Tür auf.

Ich lauschte angestrengt. Tatsächlich, jetzt konnte ich wirklich Schreie hören. Jemand hatte offensichtlich Schmerzen.

Zögerlich trat ich in den Flur. Meine »Mitpatienten« hinter den anderen Türen schienen tief und fest zu schlafen, denn nichts rührte sich.

Ich öffnete die Tür zum Treppenhaus und blieb stehen. Halb hatte ich erwartet, dass die Schreie von oben kamen, dem Stockwerk, auf dem sich John befand. Seine Verletzungen hatten so ausgesehen, als ob sie ihm große Schmerzen bereiten würden, sobald er nicht mehr mit Schmerzmitteln zugedröhnt war.

Aber die Schreie kamen von unten.

Aus dem Keller.

Ich ging die Treppe runter und blieb beim Ausgang zum Erdgeschoss unschlüssig stehen. Die Tür war aus Glas und ich konnte die Eingangstür sehen. Ein paar Schritte und ich würde draußen sein. Dann konnte ich im Schuppen beim Pier warten, bis das Boot kam. Wenn der Mann, der die Vorräte brachte, im Haus verschwunden war, würde ich mich aufs Boot schleichen und hoffentlich unbemerkt auf die Hauptinsel kommen.

Wieder dieses Brüllen. Jemand brauchte offensichtlich Hilfe. Konnte ich das einfach ignorieren?

Zähneknirschend ging ich die Treppe weiter hinunter bis in den Keller.

Der Flur lag dunkel da und ich traute mich nicht, das Licht anzumachen.

Als die Tür zum Treppenhaus hinter mir zufiel, hallte das Geräusch laut durch den leeren Korridor und ich blieb erschrocken stehen.

Doch der Knall ging in den Schreien unter.

Ohne Fenster, die Mondlicht hineinließen, gab es keine Lichtquelle hier unten. Es war so stockdunkel, dass ich mich an der Wand entlangtasten musste. Ich zählte die Türen durch und hielt mir bei jeder vor Augen, welcher Raum sich dahinter befand.

Die Schreie hörten sich so gequält an, dass sie mir bis ins Mark gingen. Sie trieben mich vorwärts, doch am liebsten hätte ich kehrtgemacht und wäre weggelaufen, aus dieser gottverdammten Klinik raus.

Ich kam am Wäscheraum vorbei, dann am Fitnessraum. Die Schreie kamen aus einem der hinteren Zimmer, in denen ich noch nie gewesen war. Ich nahm an, dass dort hinten Heizungskeller oder Lagerräume waren.

Bis zum Ende des Flurs tastete ich mich vor, dann legte ich mein Ohr an die letzte Tür auf der rechten Seite. Ja, daraus kam eindeutig … Gebrüll. Kein hohes Gekreische, sondern tiefer. Wie von einem Mann.

Oder einem Tier.

Der Kloß in meinem Hals war so groß, dass ich ihn nicht runterschlucken konnte.

Ich hielt den Atem an, als ich den Türknauf ganz langsam drehte. Ein paar Sekunden stand ich still da, bevor ich sachte die Tür öffnete. Ein schmaler Streifen Licht drang durch den Spalt zu mir heraus.

Das Blut dröhnte laut in meinen Ohren, während ich klopfenden Herzens darauf wartete, dass jemand mich bemerkte.

Nichts passierte.

Als wieder ein lautes Gebrüll ertönte, linste ich mit einem Auge durch den Türspalt. Mit einer schweißnassen Hand hielt ich den Knauf fest, damit die Tür nicht weiter aufging.

Von meinem Blickwinkel aus sah ich nur einen kleinen Ausschnitt des Geschehens, aber es war genug.

Ich schaute auf eine Glasscheibe, die diesen Raum zweiteilte. Hinter dem Glas tobte jemand … etwas.

Ich sah braunes Fell und dann schlugen zwei Hufe gegen das Glas mit einer solchen Wucht, dass ich annehmen musste, es handelte sich bei der Trennwand um Panzerglas, denn die Scheibe hielt dem Angriff stand.

Keuchend hielt das Wesen mit gebeugtem Kopf hinter der Scheibe inne und sank dann erschöpft zu Boden.

»Wir hätten warten sollen. Er ist noch nicht so weit«, sagte eine männliche Stimme außerhalb meines Blickfeldes. Ich war mir ziemlich sicher, dass es Dr. Isbister war.

»Wir haben keine Wahl.« Die spröde Stimme mit amerikanischem Akzent war unverwechselbar Mrs Darktower. »Uns bleibt wenig Zeit.«

»Hat Ihnen jemand das ganz konkret gesagt? Haben Sie Anweisungen erhalten, von denen ich nichts weiß?« Dr. Isbister sprach in einem Ton, den ich gar nicht von ihm kannte.

Schweigen.

Wieder Dr. Isbister: »Wenn meine Spezimen dauerhaften Schaden davontragen und die Auserwählten dann mit weniger Tierkriegern auskommen müssen, dann ist das aber nicht meine ….«

Ein fürchterliches Brüllen hinter der Scheibe übertönte, was der Doktor noch sagte.

Das Wesen richtete sich auf und hob den Kopf.

Ich weiß nicht, ob es mir völlig gelang, einen Schrei zu unterdrücken, aber die qualvollen Laute aus der Kehle des Tiers waren lauter.

Des … Tiers? Nein, es war kein Tier, das hinter der Scheibe tobte. Oder zumindest nicht ganz.

Der Körper, die braunen Borsten, die Klauenfüße, die spitzen Ohren, die Hauer … waren die eines riesigen Wildschweins.

Aber das Gesicht und die Augen, die mich durch die Scheibe flehentlich anstarrten, das waren die von Bosse.

Keine Ahnung, wie ich es schaffte, leise und unbemerkt die Tür wieder zu schließen und mich durch den dunklen Flur zurück zum Treppenhaus zu schleichen.

Jede Faser meines Herzens schrie: »Lauf. Lauf, so schnell du kannst. Lauf um dein Leben.«

Doch meine Gliedmaßen waren völlig taub.

Mir war eiskalt, als ob bei Bosses Anblick das Blut in meinen Adern tatsächlich gefroren war.

Erst als ich mich durch den Flur, durch das Treppenhaus und durch die Eingangstür gekämpft hatte, so als ob ich durch Wasser hätte waten müssen, als mich draußen die kalte, nasse Luft traf wie eine Ohrfeige, da konnte ich wieder Luft in meine Lungen saugen.

Ich nahm zwei, drei schmerzhafte Atemzüge und dann rannte ich.

Ich sprintete so schnell wie noch nie in meinem Leben. Und ich wäre immer weiter gerannt, wenn die Insel nicht so verdammt klein gewesen wäre.

Bald war ich beim Schuppen neben dem Pier. Ich stürzte hinein und ließ mich in eine Ecke fallen wie ein gejagtes Tier.

Dort saß ich, mit hochgezogenen Knien, die ich fest umklammerte.

Der wahre Schock war nicht Bosses Anblick an sich gewesen – lediglich ein Déjà-vu der Horrorfilme, in denen die Metamorphosen von Werwölfen und anderen Gestaltwandlern heutzutage mit CGI so lebensecht dargestellt werden können. Ja, ein abscheulicher, entsetzlicher Anblick, der mich in meinen Albträumen heimsuchen würde.

Aber das wahre Grauen, das mich bis auf die Knochen erschütterte, hatte seinen Ursprung darin, dass ich verstanden hatte, was Dr. Isbister und Mrs Darktower hier taten.

Ich wusste nicht, was für Ziele sie hatten, wieso uns »Patienten« das hier passierte.

Doch ich verstand, dass sie uns nicht helfen wollten, unsere Aggressionen unter Kontrolle zu bekommen, uns sozusagen für die Gesellschaft zu rehabilitieren.

Im Gegenteil. Sie wollten das aus uns rausholen, was wir versuchten zu unterdrücken. Für welche Zwecke auch immer – *Tierkrieger ... Auserwählte ... Stunde null?*

Und das war der Horror: Die blinde Wut in mir und das Böse, das andere Menschen zerfetzen konnte, als wären sie aus Papier, die waren *real*.

Sie würden sich manifestieren, bis ich nichts weiter war als ein Instinktwesen, ein Kampfbiest ohne einen letzten Rest Menschlichkeit. Das in seinem Drang, zu zerstören, vor nichts haltmachen würde, das nicht zögern würde, in einem Anfall von Tobsucht den besten Freund anzufallen – wie es John passiert war.

Das wollten Dr. Isbister und Mrs Darktower aus mir machen.

Es ging nicht mehr darum, Antworten von Tante Lannie zu bekommen.

Ich hatte Antworten von anderer Seite bekommen, auch wenn ich sie nicht genau verstand. Trotzdem verstand ich genug, um zu wissen: Ich musste hier schleunigst weg.

KAPITEL ELF

Ich schaffte es tatsächlich aufs Boot und kroch hinter ein paar Kisten im Frachtraum.

Während der ganzen Überfahrt war ich so nervös wie noch nie in meinem Leben.

Denn ich hatte nicht daran gedacht, dass ich dort unten im kalten, klammen und stockdunklen Frachtraum nicht wissen konnte, wann wir wo ankamen.

Ich hatte keine Ahnung, wohin der Fahrer das Boot steuerte. Belieferte er nur die Hevera-Klinik und fuhr direkt wieder zur Hauptinsel zurück? Oder würde er erst noch andere Inseln anfahren?

Als sich das Boot in Bewegung setzte, hatte ich zumindest die Gewissheit, dass ich spüren würde, wann wir unterwegs waren und wann wir anhielten. Und die erste Hürde war überwunden: Der Mann hatte die Luke nicht aufgemacht, um Leergut oder Ähnliches einzuladen. Viel Platz war hier unten nicht und er hätte mich sicher entdeckt.

Als der Motor wieder stoppte, war bestimmt nur kurze Zeit vergangen, aber mir war es wie eine Ewigkeit vorgekommen. Meine Fingernägel waren völlig abgenagt.

Doch ich wurde noch nervöser – mir war regelrecht schlecht.

Hatten wir tatsächlich in einem Hafen festgemacht? Wo? Wie erfuhr ich, ob der Mann noch an Bord war?

Ich hatte keine Ahnung und mir blieb nichts anderes übrig, als es irgendwann zu wagen, die Luke aufzumachen – vielleicht schloss er sie sogar ab. Der Gedanke spornte mich an, mich zur Treppe vorzutasten und den Lukendeckel vorsichtig hochzustemmen. Von dem Mann entdeckt zu werden war immer noch besser, als wer weiß wie lange in dem Frachtraum eingesperrt zu sein.

Gott sei Dank ging die Luke auf. Ich versuchte, durch den Spalt zu spähen, sah aber nichts, was mir bei der Entscheidung helfen würde, ob ich es wagen sollte, aus meinem Versteck zu kommen.

Ich holte tief Luft und stemmte die Klappe etwas weiter auf. Keine Stiefel oder Beine zu sehen – war der Mann von Bord gegangen?

Es half alles nichts. Wenn ich hier rauskommen wollte, musste ich die Luke ganz aufmachen.

Der feine Nieselregen war das Erste, das ich bemerkte. Ich schaute auf und sah andere Boote … einen Hafen, granitgraue Häuser und dahinter eine Burgruine und grüne Hügel. Bevor ich darüber nachdachte, wo ich war, drehte ich mich schnell Richtung Pier.

Da stand der Mann vom Boot.

Und neben ihm: Tante Lannie.

***

Wir waren in Scalloway und die Burgruine war das berühmte Scalloway Castle, erzählte mir meine Tante beim Frühstück im Cornerstone Café, mit Blick auf den Hafen.

Ich nickte nur und starrte meine Scones an. Ich konnte kaum einen Schluck Tee runterkriegen, geschweige denn etwas essen.

Ja, eigentlich hatte ich Kontakt mit Tante Lannie aufnehmen und mit ihr reden wollen – aber seit ich die

Monstrosität im Keller gesehen hatte, seit ich wusste, was sie auch aus mir machen wollten, da konnte ich meiner Tante nicht mehr richtig trauen. Seit dem Schock hatte ich mir noch keine andere Lösung überlegt. Ich hatte nur die paar Pfund in der Tasche, die mir meine Eltern damals vor meiner Abfahrt als Notgroschen mitgegeben hatten, und die vielleicht gerade für ein Ferngespräch reichen würden – sicher nicht dafür, irgendwie von dieser Insel runterzukommen. Mir wäre nicht viel anderes übrig geblieben, als meine Eltern oder eben Tante Lannie anzurufen.

Was ich verstörend fand, war, dass Tante Lannie hier war – hier auf Shetland anstatt zu Hause in Schottland – so abrufbereit, dass sie keine Stunde nach meiner Flucht von South Havra in Scalloway sein konnte, um mich abzufangen.

Meine Tante war offensichtlich noch tiefer in die fragwürdigen Unternehmungen der Hevera-Klinik verstrickt, als ich dachte.

Ich schluckte die Enttäuschung und das dunkle Gefühl, völlig allein in der Welt zu sein, runter. Dann war das eben so. Dann war ich auf mich allein gestellt. Die Wahrheit würde ich trotzdem herausfinden.

Ich sah Tante Lannie direkt an. »Du warst doch zu Studienzeiten gut mit meiner Mutter befreundet, stimmt das nicht?«

Lannie kaute langsamer. Sie war offensichtlich überrascht, in welche Richtung das Gespräch ging. Wahrscheinlich hatte sie sich gewappnet, dass ich sie entweder unter Tränen anbetteln würde, mich wieder nach Hause zu meinen Eltern zu bringen, oder dass ich sie anflehen würde, mir alles über die Hevera-Klinik zu erzählen.

»Ähm, ja. Ja, wir waren beste Freundinnen«, antwortete sie schließlich.

Ich gab mir Mühe, meine Gesichtszüge unter Kontrolle zu behalten und strengte mich sehr an, nicht zu weinen.

»Dann hat es dir etwas bedeutet, meine Patentante zu werden?«

Lannie legte ihren Scone auf den Teller. »Ja. Gott, Alannah, es hat mir wirklich was bedeutet ... es bedeutet mir was ... auch wenn der Kontakt immer weniger geworden ist. Ich habe dich wirklich lieb und ...«

»Dann könnte man sagen, dass du eine Verpflichtung mir gegenüber hast, oder?«, unterband ich die Gefühlsduselei mit harter Stimme. »Die gemeinsame Vergangenheit mit meiner Mutter, die Abmachung, die du als Patentante eingegangen bist, dich um mich zu kümmern, für mich verantwortlich zu sein. Du hast dich verpflichtet, dafür zu sorgen, dass ich mich in bester Obhut befinde. Kannst du ehrlich sagen, dass die Hevera-Klinik der beste Ort für mich ist?«

Tante Lannie hatte Tränen in den Augen. »Ach, Schatz«, sagte sie traurig. »Es ist der einzige Ort für dich.« Sie schniefte und suchte umständlich in ihren Taschen nach einem Taschentuch, bis sie schließlich eins fand und sich schnäuzte. Ich trommelte ungeduldig mit den Fingerkuppen auf den Tisch. Ein solches Theater konnte sie sich sparen.

Doch was sie als Nächstes sagte, warf mich aus der Bahn.

»Du siehst es verkehrt herum, Alannah. Ich *habe* dafür gesorgt, dass du in bester Obhut bist, und zwar als ich dich in die Fürsorge deiner Eltern gegeben habe. Und ich hatte gehofft, ich hatte gebetet, dass du keine Symptome zeigen würdest, dass du dich nicht zu dem entwickelst, was du bist. Es gab genug Kinder, die keinerlei Anzeichen hatten. Ich wollte so sehr, dass du eines dieser Kinder bist. Dass du ein normales Kind bist, das ein ganz normales Leben führen kann. Deshalb habe ich mich auch immer weniger gemeldet. Ich wollte gar nicht richtig hinsehen, ich wollte deinen Eltern glauben, dass mit dir alles … normal war. Ich wollte auf einer Ebene nicht wissen, dass du …«

Mit einer schnellen Handbewegung fegte ich meine Tasse vom Tisch, sodass das Porzellan klirrend auf dem Fußboden zerbrach und die blassgelbe Flüssigkeit sich auf den Holzdielen ausbreitete.

Meine Hände packten die Tischkante, ich erhob mich etwas und knurrte Tante Lannie an: »Jetzt ist aber Schluss. Ich habe diese kryptischen Andeutungen so satt! Du sagst mir jetzt ganz genau, was los ist, oder …«

Lannie starrte mich entsetzt an und sah sich dann panisch um. Eine Kellnerin kam angelaufen.

Ich zwang mich zum Atmen und setzte mich wieder. Mein Lächeln sah sicher eher wie ein Zähnefletschen aus, als ich ein »Sorry, wie ungeschickt von mir« herausquetschte, während die Kellnerin die Scherben auflas.

»Macht nichts, macht nichts«, versicherte mir die junge Frau. »Soll ich Ihnen noch einen Tee bringen?«

Tante Lannie kam mir zuvor. »Nein, wir gehen.« Sie sprang auf, warf einen 20-Pfund-Schein auf den Tisch und packte mich am Arm. »Stimmt so«, sagte sie zur Kellnerin und zerrte mich aus dem Café. »Komm.«

Ich schüttelte ihren Arm ab, folgte ihr aber nach draußen, über die Straße und in eine kleine Einbuchtung des Hafens von Scalloway.

Sie schlug den Kragen ihres Mantels hoch und steckte die Hände in die Taschen. Hier blies ein kalter Wind.

Ich fand die Kälte erfrischend und streckte mein Gesicht in den Wind. Dann wartete ich, bis sie endlich mit der Sprache herausrückte.

»Du hättest es sowieso demnächst erfahren«, sagte Tante Lannie schließlich. »Dr. Isbister wollte dich bald aktivieren. Und du hast recht … ich habe eine Verpflichtung … ich bin es dir schuldig … Du solltest es von mir erfahren.« Sie wischte sich wieder über die Augen und ich hätte gerne gewusst, ob der Wind an den Tränen schuld war, ob sie wieder etwas vorspielte – oder ob sie tatsächlich ihre wahren Gefühle zeigte.

»Ich wurde mein ganzes Leben darauf vorbereitet, die Aufgabe zu übernehmen, die ich jetzt habe. Meine Mutter, meine Großmutter … alle Vorfahrinnen mütterlicherseits waren darauf vorbereitet worden. Wir sind sogenannte Ammen. Ich war unheimlich geschockt und aufgeregt, als sich herausstellte, dass ausgerechnet in meiner Generation das Projekt ins Leben gerufen wurde, für das wir Ammen in meiner Familie bestimmt sind. Welch eine Ehre! Doch auch eine enorme Verantwortung.«

Ich biss mir ungeduldig auf die Lippen, zwang mich aber, sie nicht zu unterbrechen. Wie auch immer sie ihre Geschichte ausschmücken wollte, wie dramatisch sie das Ganze auch präsentieren wollte, ich spürte, dass sie endlich mit einer Wahrheit kommen würde. Vielleicht mit ihrer Wahrheit, aber trotzdem einer Wahrheit.

»Schon seit Jahrhunderten wussten die sogenannten Eingeweihten, zu denen auch wir Ammen gehören, dass eines Tages die Garde erschaffen werden würde. Aber keiner wusste genau wie. Als es dann endlich so weit war, galt das Projekt als revolutionär. Noch ein paar Dekaden zuvor hätte dergleichen gar nicht versucht werden können. Aber mit dem Team um Dr. Isbister hatten wir alle die große Hoffnung, es würde uns gelingen, die Individuen zu schaffen, die den vorausgesagten Untergang der Menschheit aufhalten können.«

Der vorausgesagte Untergang der Menschheit? Mir wurde ein bisschen schlecht. Gehörte Tante Lannie einem fanatischen Kult an?

»Dr. Isbister und sein Team schafften es, ein seltenes Gen zu identifizieren und zu manipulieren. Und so kamen viele Babys zur Welt, die Hoffnungsträger der Menschheit. Es war nicht anzunehmen, dass bei allen das sogenannte Berserker-Gen aktiviert wird. Einige, vielleicht sogar die meisten, würden das Gen lediglich als Erbinformation weitergeben. Bei anderen würde es sich in der Pubertät bemerkbar machen. Diese Kinder würden eine auffällige Gewaltbereitschaft zeigen.

Meine Aufgabe war es, mich zunächst um die Babys zu kümmern, sie zu vermitteln und bei geeigneten Eltern unterzubringen. Dann musste ich sie beobachten. Fielen die Kinder als besonders aggressiv auf, wurden Maßnahmen in die Wege geleitet, um sie in der Hevera-Klinik unterzubringen. Du warst etwas Besonderes, Alannah.« Tante Lannie sah mich mit großen Augen an.

»Deine Eltern hatten lange erfolglos versucht, ein Kind zu bekommen. Ich wollte deiner Mutter helfen. Als sie von Adoption sprach, da wusste ich, ich musste ihr eins ›unserer‹ Babys vermitteln. Deine Eltern bekamen eine Geschichte erzählt, wie alle anderen Adoptiveltern auch. Dass beide Elternteile des Kindes Gewaltverbrecher waren und dass das Kind Teil eines Forschungsprojektes sei. Da eine derartige Neigung vererblich sein konnte, war es wichtig, dass die Adoptiveltern sich bei mir meldeten, sobald ihre Kinder

101

einen Hang zur Aggressivität zeigten. Natürlich verließen wir uns nicht nur darauf, sondern überprüften die Kinder sporadisch. In den meisten Fällen konnten wir auch auf diese Methode bauen, aber manchmal ... rutschte ein Kind durchs System. Deine Freundin Elin zeigte überhaupt keine Auffälligkeiten, bis sie ihren Stiefvater umbrachte. Andere Eltern ahnten, dass ihnen die Kinder weggenommen würden, wenn sie etwas sagten, und schwiegen das Problem tot oder ... kümmerten sich selber darum, so wie deine Eltern.«

Tante Lannie packte mich an den Armen. Ich war so betäubt von den Informationen, die sie mir gerade gegeben hatte, dass ich mich gar nicht rühren konnte. Ich starrte sie einfach nur an. *Meine Eltern sind nicht meine Eltern, ich bin nur adoptiert*, ging es mir andauernd durch den Kopf. *Ich bin in einem Labor entstanden, in einer Petrischale. Ich bin ein gezüchtetes ... Tier. Ich ...*

»Alannah, ich wollte so sehr, dass du eins von den Kindern bist, die keine Anzeichen zeigen. Ich habe es mir so für dich und deine Eltern gewünscht. Als ich endlich die Wahrheit erfuhr, als sich deine Mutter mir endlich geöffnet hatte, da habe ich geweint. Ich habe geweint um dich. Denn ich weiß, wie schwer du es schon hattest, was du durchgemacht haben musst. Und wie schwer du es haben wirst, welche monumentale Aufgabe vor dir liegt und was du leisten musst. Das wünsche ich meinem geliebten Patenkind nicht. Aber es waren auch Tränen der Freude, Alannah, denn was du tun wirst, ist eine Ehre. Du bist wahrlich etwas Besonderes und ich bin davon überzeugt, dass du deine Aufgabe meistern wirst.«

Endlich gelang es mir, sie abzuschütteln.

»Wa ... was für eine Aufgabe?«, stammelte ich.

»Alannah, du und die anderen Tierkrieger in der Hevera-Klinik, ihr seid dafür geschaffen worden, die Menschheit zu retten. Die Eingeweihten wussten, dass die Menschen nur für eine geliehene Zeit leben. Sie wussten, irgendwann würden diejenigen wiederkommen, die für so lange Zeit verbannt worden waren. Nur ihr Tierkrieger könnt sie aufhalten, könnt das Schicksal wieder wenden. Ihr seid die Garde, die prophezeit …«

Ich schüttelte wild den Kopf. »Wovon redest du denn da? Wer wird kommen?«

Tante Lannie streckte mir ihre Hände entgegen. »Schreckliche Wesen, Alannah. Ich will dir keine Angst machen. Man wird es dir richtig beibringen und du wirst lernen, sie zu besiegen. Du …«

Ich drehte mich um und lief weg.

»Alannah, warte«, hörte ich Lannie rufen. Das Klackern ihrer Absätze auf dem Kopfsteinpflaster, als sie mir nachrannte, verhallte bald. Sie kam nicht hinterher. Wenn ich eins konnte, dann war das schnell zu rennen. Und ich rannte … immer weiter, immer schneller, durch die Straßen von Scalloway, dann aus dem Ort hinaus, landeinwärts. Ich musste Stunden gelaufen sein, bis ich irgendwann auf einem Feldweg im Nirgendwo stehen blieb, zuließ, dass meine erschöpften Beine unter mir zusammensackten und ich mir die Seele aus dem Leib kotzte.

Ich blieb eine ganze Weile am Wegrand neben einer Wiese voller grasender Schafe liegen und starrte hinauf in den wolkenverhangenen Himmel.

Irgendwann stand ich wieder auf und schleppte mich den Weg zurück, bis in den Hafen von Scalloway. Ich ging langsam und kam spät abends am Pier an, wo ich wartete. Im Sommer herrschte in Shetland, das nahe dem Polarkreis lag, das sogenannte Simmer Dim. Dann wurde es nie richtig dunkel und die Nacht war eine immerwährende Abenddämmerung. Jetzt, Ende August dauerte das Simmer Dim nicht mehr die ganze Nacht, aber an diesem Abend war das Licht besonders magisch. Ein goldener Schimmer legte sich über alles – die Boote, die im Hafen auf dem Wasser schaukelten, das Scalloway Castle, die Landschaft dahinter.

Es war so schön und ich sog den Anblick auf, im Wissen, dass ich bald nur noch die gewohnte Aussicht auf South Havra genießen würde.

In den frühen Morgenstunden kam der Mann, der die Hevera-Klinik belieferte, zu seinem Boot.

Er sah mich, stutzte und blieb stehen. Ich zeigte auf das Boot.

Er nickte nur langsam, zog ein Handy aus der Tasche und machte ein paar Anrufe.

Schließlich ging er an mir vorbei aufs Boot, reichte mir die Hand und half mir an Bord. Ohne etwas zu sagen, traf er alle Vorbereitungen und fuhr schließlich mit mir nach South Havra zurück. Nur diesmal saß ich auf einer kleinen Bank, statt in einer Ecke im Frachtraum zu kauern.

Ich musste mich nicht mehr verstecken, denn eine Flucht war sinnlos. Es gab keinen Ort, an den ich fliehen konnte, an den ich sonst gehören könnte. Tante Lannie hatte viel sinnloses Zeug geschwätzt, aber in einem hatte sie recht gehabt: Ich gehörte in die Hevera-Klinik.

Und auch wenn ich natürlich vieles von dem, was sie gesagt hatte, nicht glauben konnte, so stellte ich ihre Aussage über meine Herkunft nicht infrage. Tief in mir drin wusste ich, hatte ich immer gewusst, dass es so etwas sein musste.

Ich war anders. Ich gehörte nicht zu meinen Eltern, war gar nicht ihr Kind. Ich war niemandes Kind, gehörte zu keiner normalen Familie. Ich war in einem Labor entstanden.

Tante Lannies wirre Erklärungen zum Ende der Menschheit und irgendwelcher Kreaturen, die kommen würden und die ich aufhalten sollte ... nun ja, die hörten sich an wie die Spinnereien einer paranoiden Wahnsinnigen. Ich würde herausfinden, was davon der Wahrheit entsprach ... oder auch nicht.

Vielleicht waren Dr. Isbister, Mrs Darktower und der Rest dieser »Eingeweihten« tatsächlich ein Kult. Es war auch egal, was genau ihre Motive waren, es zählte in dem Augenblick bloß, dass ich dank ihnen anders war. Dass ich keinen Platz in der Welt hatte. Und dass es noch andere gab wie mich. Die anderen Kinder in der Hevera-Klinik, die ebenso wie ich mit irgendwelchen kranken Genmanipulationen zu halben Tieren gemacht worden waren.

Wenn ich eine Familie hatte, dann waren sie es. Und zu ihnen musste ich nun zurück.

KAPITEL ZWÖLF

Als wir in den frühen Morgenstunden in South Havra ankamen, lag die Insel im Nebel.

Erst als das Boot am Pier anlegte, konnte ich eine Gestalt erkennen, die sich wie aus den grauen Schwaden pellte. Mrs Darktower.

Sie begrüßte den Mann mit einem knappen Nicken und wartete nicht ab, bis er seine Ladung aus dem Boot geholt hatte. Stattdessen nahm sie mich am Arm. Von ferne hätte diese Geste fast wie ein freundschaftliches Einhaken gewirkt, aber ihr Griff schmerzte, als sie mich in Richtung Klinik zerrte. Ich fragte mich, für wen sie den Anschein wahren wollte – für den Lieferanten?

Ich passte mich Mrs Darktowers Haltung an und schritt mit geradem Rücken und hocherhobenem Kinn neben ihr her.

Wir waren schon fast bei der Eingangstür und hatten kein einziges Wort gewechselt, als sie in erstaunlich verletztem Ton bemerkte: »Du hast deiner Tante wirklich Angst eingejagt, weißt du das? Sie war außer sich vor Sorge! Einfach abzuhauen! Wo wolltest du denn hin?«

Ich antwortete nicht.

Ihre Stimme änderte sich. »Es gibt keinen Ort, wo du hingehen kannst, kleines Mädchen. Wir können vor unserer Verantwortung nicht einfach weglaufen.«

Ein »Ich habe mir diese Verantwortung schließlich nicht ausgesucht« lag mir schon auf der Zunge. Aber ich verkniff es mir. Stattdessen entgegnete ich: »Wenigstens konnte ich so von meiner Tante den Ansatz der Wahrheit über mich erfahren. Statt mich wie ein kleines Mädchen zu behandeln, hätte mal jemand mit mir reden können. Dann wäre das Weglaufen gar nicht nötig gewesen.«

Mittlerweile hatten wir die Klinik betreten, in der es noch still war. Der Weckalarm würde bald ertönen und kurz darauf würde das Erdgeschoss von »Patienten« wimmeln, die auf dem Weg zum Frühsport waren. Ich war ganz froh, dass mir erspart wurde, ihnen zu begegnen, während ich hier regelrecht wieder zurückgeführt wurde. Selbst rein neugierige Blicke hätte ich bestimmt als demütigend empfunden. Uns verband das gemeinsame Schicksal, aber ich konnte nicht vergessen, dass die meisten von ihnen die Wahrheit gewusst und sie vor mir verschwiegen hatten.

»Das war zu deinem Schutz«, zischte Mrs Darktower. »Du solltest dich hier eingewöhnen und langsam an das herangeführt werden, was du bist und was du zu tun hast. Wenn deine Eltern dein auffälliges Verhalten nicht unter der Decke gehalten hätten, dann wärst du schon längst …«

Ich riss mich los. »Lassen Sie meine Eltern aus dem Spiel! Wagen Sie es verdammt noch mal nicht, ihnen auch nur ansatzweise die Schuld in die Schuhe zu schieben. Sie hatten keine Ahnung, was für ein Kuckucksei ihnen da ins Nest gelegt wurde und haben ihr Bestes getan, um mich …« Beim Gedanken an meine Eltern zog sich mein Herz zusammen und ich musste gegen die Tränen ankämpfen, die mir in die Augen schossen. Gleichzeitig hasste ich mich dafür, dass ich mich von Mrs Darktower hatte provozieren lassen. Deshalb war ich dankbar, als Dr. Isbisters Stimme uns unterbrach.

»Alannah. Schön, dass du wieder zurück bist. Unterhalten wir uns doch in meinem Büro.« Er nahm mich am Arm und führte mich den Korridor entlang. »Ich habe gehört, dass wir deinen Behandlungsplan etwas vorziehen müssen. Du hast schon einiges erfahren, das wir dir ... sagen wir, schonender beibringen wollten.«

Behandlungsplan? Er redete ja so, als sei die Verwandlung in ein Tier dank irgendwelcher kranken Genmanipulationen mit einer Physiotherapie zu vergleichen. Ich glaubte, ich hatte noch nie jemanden so gehasst, wie Dr. Isbister in dem Moment. Trotzdem gelang es mir, in gefasstem, kühlem Ton zu antworten: »Wenn Sie mich wirklich vor der schweren Wahrheit hätten beschützen wollen, bis ich so weit bin, hätten sie einfach einen besseren Job machen müssen. Ich weiß ja nicht, was Sie mit Peter angestellt haben, aber ich habe John gesehen und deshalb kein besonders großes Vertrauen in Ihre Fähigkeiten. Nachdem ich dann auch noch Bosses Verwandlung beobachtet habe ... da können Sie mir wohl nicht verübeln, dass ich getürmt bin, um endlich von meiner Tante die Wahrheit darüber zu erfahren, was in dieser Klinik vor sich geht.« Ich unterstrich meinen nonchalanten Tonfall damit, indem ich es mir lässig in dem gepolsterten Stuhl vor Dr. Isbisters Schreibtisch bequem machte.

Mrs Darktowers Wangen färbten sich rot unter dem tapetenkleisterartigen Make-up, aber der Doktor schien amüsiert. »Dir ist wohl nichts entgangen«, schmunzelte er. »Du bist scharfsinnig, einfallsreich, tatkräftig, athletisch. Du hast alle Voraussetzungen, einer unserer besten Tierkrieger zu werden. Schade, dass du erst so spät zu uns gestoßen bist. Mit etwas mehr Zeit hätte ich bestimmt eine Elite-Kriegerin aus dir gemacht. Damit hätte ich mich selbst übertroffen.« Er lachte wieder in sich herein. Am liebsten hätte ich ihm einen Faustschlag verpasst, um ihm das Lachen aus dem

Gesicht zu vertreiben, aber ich beherrschte mich. Ich musste dafür tief in die meditative Trickkiste greifen.

»Mrs Darktower hier stimmt mir nicht zu, das weiß ich. Sie bevorzugt die Krieger, die nicht aus der Reihe tanzen. Aber ich beharre auf meiner Meinung, dass wir Krieger wie dich brauchen!«

Er lehnte sich gegen die Schreibtischkante und verschränkte die Arme vor der Brust. Ich rutschte etwas weiter auf meinem Stuhl, um den Abstand zwischen uns zu vergrößern. Ich musste mir Mühe geben, mich unter seinem wohlwollenden Blick nicht zu winden.

»Genug der Lobeshymnen«, unterbrach Mrs Darktower kühl. Sie ging um den Schreibtisch herum und blieb dahinter stehen. »Wie ich schon gesagt habe, wäre es besser gewesen, wenn alle so viel Zeit für die Aktivierung gehabt hätten wie die meisten Tierkrieger hier. Wir haben an Peters Beispiel gesehen, welche Probleme eine Schnell-Aktivierung mit sich bringt. Auch Bosse hat seine Schwierigkeiten, wie du in dem Fall beobachtet hast. Nach dem unglücklichen Vorfall mit Peter haben wir beschlossen, Bosse im Keller zu behalten, bis er viele Verwandlungszyklen durchlaufen hat und die Metamorphose sicher beherrscht. Die Arbeit ist um einiges … intensiver, aber auch produktiver. Wir möchten bei dir und Elin genauso vorgehen.«

»Leider haben wir nur einen geeigneten Raum dafür, deshalb warten wir mit deiner Aktivierung, bis Bosse so weit ist«, fuhr Dr. Isbister vor.

Ich versuchte mir meine Panik und … Verzweiflung nicht anmerken zu lassen. Wieder sollte ich in einen Keller eingesperrt werden? Ich hatte solch große Hoffnung geschöpft, dass ich wenigstens auf dieser kleinen Insel frei sein konnte. Und auch nach dem, was ich an Schrecklichem gesehen und erfahren hatte, war doch wenigstens das ein Trost: Ich konnte in meinem Gefängnis unter meinesgleichen sein. Doch jetzt würde ich wieder allein in einem dunklen Käfig gehalten werden ... *Wie das Tier, das du bist*, flüsterte eine dunkle Stimme tief in mir drin. Ich versuchte, sie zu ignorieren.

»Ich kann dich mit Hypnositzungen vorbereiten, wie wir es bisher schon getan haben, und ich bin optimistisch, dass alles gutgeht.«

Ich hatte so viele Fragen, aber ich verkniff sie mir. Ich wollte nicht, dass die beiden meine zitternde Stimme hörten. Stattdessen hoffte ich, dass sie von sich aus mit den Informationen herausrücken würden, die mir noch fehlten, damit ich die wahnwitzigen Bruchstücke, die so gar keinen Sinn ergaben, zu einem Ganzen zusammenfügen konnte. Ich wurde nicht enttäuscht.

Leider klang die »ganze Geschichte« nicht weniger irrsinnig.

»Deine Tante hat dir sicher erzählt, dass ihr Tierkrieger die Hoffnungsträger der Menschheit seid«, begann Mrs Darktower. »Und dass es eine Elite gibt, die sich die Eingeweihten nennt. Nur sie kennt die wahre Menschheitsgeschichte. Natürlich gab es Verschwörungstheorien um diese Elite – es blieb nicht immer verborgen, dass sich Menschen in gewisser gesellschaftlicher Machtstellung hinter verschlossenen Türen trafen, um Geheimes zu besprechen. Aber einige der Verschwörungstheorien wurden auch gestreut, um von der wahren Mission dieser Elite abzulenken und das Geheimnis zu wahren, das nur diese wenigen kennen durften.«

Sie tauschte einen Blick mit Dr. Isbister, räusperte sich und sprach weiter.

»Vor langer Zeit lebten auf dieser Erde nicht nur Menschen, sondern auch Kreaturen, die man mittlerweile für Fabelwesen hält. Aber was in Mythen und Legenden berichtet wird, beruht auf der Realität. Der Grund, warum diese Kreaturen irgendwann mal zu Märchenwesen wurden, ist, dass sie größtenteils von der Erde verschwanden. Die Menschen waren einmal die Protegés der herrschenden Klasse gewesen, die man heutzutage als Götter kennt. Die Götter hatten Magie, mit der sie auch manchmal Menschen segneten.

Als die Göttergeschlechter untergingen, nach dem, was in der Mythologie Ragnarök genannt wird, gehörte die Welt nur noch den Menschen und eben jenen mächtigen Kreaturen. Nicht länger unter dem Schutz der Götter, waren die Menschen den Kreaturen körperlich unterlegen. Es bestand die Gefahr, dass sie von ihnen ausgerottet werden könnten. So schlossen diejenigen, die noch Magie hatten, einen Pakt, um die Kreaturen von dieser Erde zu verbannen. Die Welt sollte den Menschen gehören.

Den Magiern gelang das unmöglich Erscheinende. Die Kreaturen wurden in ihre eigene Welt verstoßen. Aber die Kraft der Magier reichte nicht bis in alle Ewigkeit. Die Verbannung würde zeitlich befristet sein. Wann genau die geliehene Zeit der Menschen auslaufen würde, wusste man nicht. Man vermutete, den Menschen blieben zwei-, drei-, vielleicht viertausend Jahre. Damals musste es ihnen wie eine Ewigkeit vorgekommen sein. Lange Zeit wurde das Geheimnis gehütet, ohne dass jemand etwas unternahm. Die Verantwortung wurde immer auf die nächste Generation abgeschoben. Doch das können wir nicht mehr tun. Die geliehene Zeit wird noch in unserer Generation ablaufen, wahrscheinlich schon sehr bald. Deshalb wurdet ihr

Tierkrieger geschaffen und deshalb ist es so wichtig, dass ihr alle möglichst bald für eure Aufgabe bereit seid.«

Ich verengte die Augen. »Solche Prophezeiungen, dass die Welt untergehen wird, gibt es doch immer wieder«, wagte ich es, ihre fantastischen Behauptungen herauszufordern. »In jeder Kultur. Und bislang hat es sich immer herausgestellt, dass es nichts weiter als eine Geschichte war. Wieso soll das denn in diesem Fall anders sein? Besonders wenn immer nur weitererzählt wurde ... Es hört sich für mich an, als ob es nur Mythologie ist. Dann auf einmal zu handeln und Menschen mit manipulierten Genen zu züchten ... das, das ist doch Wahnsinn!« Ich brachte die letzten Worte kaum heraus. Meine Kehle war wie zugeschnürt. Ich war ein Mensch! Und mir hatte man das angetan ... wegen irgendwelcher Mythen, die eine sogenannte Elite seit Jahrhunderten weitertrug.

»Wir haben getan, was wir tun mussten«, meinte Dr. Isbister in unbekümmertem Tonfall. »Und du wirst bald schon verstehen, wie real diese drohende Apokalypse ist.«

»Dass ihr als Tierkrieger erschaffen wurdet, kommt nicht von ungefähr«, fuhr Mrs Darktower mit ihrer Erklärung fort. »Seit jeher wurde eine Vorhersage überliefert, dass Auserwählte von einer Garde beschützt werden sollten und dass es diesen Auserwählten und der Garde gelingen könnte, den Untergang der Menschheit abzuwenden. Diese Garde wurde früher mit der Truppe von Elitekriegern gleichgesetzt, die die Menschen damals kannten. Die Krieger, die keiner bekämpfen konnte. Berserker.«

Mir wurde ganz heiß, als mir schwante, worauf Mrs Darktowers Erklärung hinauslaufen würde. Natürlich hatte ich den Ausdruck schon gehört. Ich wusste, was es bedeutete, »sich wie ein Berserker zu gebärden«. Es war genau das, was mir in der Gasse in Hamburg passiert war. Und was ich jedes Mal wieder abwendete, wenn es mir gelang, die hochkochende Wut zu unterdrücken. Sich in völliger Rage ganz zu vergessen und komplett auszurasten. Und dabei ungeahnte Kräfte zu entwickeln, die es einem jungen Mädchen möglich machten, zum Beispiel zwei erwachsene Männer mühelos zu zerfleischen. Ohne später noch eine Erinnerung daran zu haben. Wie damals in dem Zimmer in der Akutstation. *Was hast du getan? Zu was haben sie dich gemacht?*

Ich bekam keine Luft mehr. Dr. Isbister befahl mir, ruhig zu atmen, und Mrs Darktower drückte mir ein Glas Wasser in die Hand, das ich mit zittrigen Händen an die Lippen hob und gierig austrank.

»Weiter«, krächzte ich. »Erzählen Sie weiter.«

»Man nahm also an, dass die Garde eine solche Art von Kriegern sein würde, die ihre Kräfte von einem Raubtier hatten.« Nichts in Mrs Darktowers Ton ließ darauf schließen, dass sie Mitleid mit mir hatte, weil ich so etwas Schreckliches über mich erfahren musste. Sie redete, als sei alles nur akademisch. »Denn sie waren die stärksten Krieger, die man damals kannte. Aber als es Tierkrieger tatsächlich gab, war die Apokalypse auch für die Eingeweihten noch weit entfernt. Nachdem es im nordischen Raum mit der Verbreitung des Christentums im elften Jahrhundert keine Berserker mehr geben durfte, war es wahrscheinlich so, dass die eine Generation noch glaubte, Tierkrieger seien völlig selbstverständlich, während für die nächste diese Elitetruppe schon Sagengestalten waren. Viel mehr als das, was in der nordischen Mythologie über sie überliefert wurde, war für lange Zeit auch den Eingeweihten nicht bekannt. Sie widmeten sich stattdessen ganz der Ausbildung der Auserwählten. Das sind Menschen mit magischen Fähigkeiten.

Das war auch richtig so, aber ...« Mrs Darktower hob die Hände. »Nach allem, was wir über die Kreaturen wissen, haben die Magier gegen sie keine Chance, wenn sie nicht von Elitekriegern so lange beschützt werden, dass sie ihre Magie überhaupt anwenden können. Als es erste Anzeichen gab, dass die Stunde null nicht mehr lange auf sich warten lassen würde, war die Wissenschaft Gott sei Dank endlich so weit, diese Garde der Tierkrieger zu erschaffen. Und so kam Dr. Isbister ins Spiel.«

Mrs Darktower setzte sich auf den Stuhl hinter dem Schreibtisch. Offensichtlich gab sie damit das Wort an den Doktor ab.

Der saß immer noch auf der Schreibtischkante. »Immerhin war es den Eingeweihten gelungen, Stammbäume der Nachkommen der letzten bekannten Tierkrieger aus dem elften Jahrhundert zu pflegen. Es gab mehrere Personen, die das sogenannte Berserker-Gen in sich trugen. Dass sie sich überhaupt auch nur annähernd in Tierkrieger verwandeln konnten, stand außer Frage, und außerdem waren es zu wenige. Es gelang mir, diese Personen davon zu überzeugen, uns ihr genetisches Material zur Verfügung zu stellen. Diese Nachfahren von skandinavischen Elitekriegern sind sozusagen eure Eltern, also die Eltern von allen hier in der Klinik. Eure biologischen Eltern. In gewisser Weise halte ich mich aber für euren Vater. Mir habt ihr schließlich eure Existenz zu verdanken.« Er lachte erneut in sich hinein, so als hätte er einen guten Witz gemacht.

Wieder musste ich mich sehr zurückhalten, um ihm nicht eine zu scheuern. Ich wusste, ein solcher Gewaltakt würde mich an meine Grenzen bringen. Doch ich muss ehrlich sagen, der Gedanke, dass unser Schöpfer von einer seiner eigenen Kreaturen zerfleischt werden würde, bereitete mir Genugtuung.

Es war so verdammt verlockend.

Was mich davon abhielt: Ich wollte gerne noch mehr erfahren. Ich glaubte Dr. Isbister, dass er unser Schöpfer war, aber diese ganze andere hanebüchene Geschichte konnte ich trotz allem nicht für bare Münze nehmen. War meine Existenz tatsächlich den wirren Überzeugungen eines Weltuntergangskults zu verdanken?

Ich konnte nicht verleugnen, was Peter getan hatte. Ich hatte Bosse gesehen. Und ich wusste, zu was ich imstande war. Tief in meinem Herzen wusste ich, dass tatsächlich ein Tier in mir lebte, das herauswollte. Berserker. Das war ich. Aber der ganze Rest?

»Es gibt unterschiedliche Tierkrieger; damit meine ich, ihr Krieger verwandelt euch in unterschiedliche Tiere und zehrt von deren Kraft und Geist im Kampfe. Wir haben Wölfe, Bären und Wildschweine. Ich bin der Überzeugung, dass es noch andere Tierarten gibt. Vielleicht nicht im skandinavischen Raum, aber ...«

Dr. Isbister strich sich über den Bart. »Ich schweife ab. Das sind die Tierkrieger hier, geschaffen aus dem genetischen Material, das mir zur Verfügung stand. Du bist sicher gespannt, liebe Alannah, was du bist. Du hast vielleicht schon eine Ahnung?«

Bosse war ein Wildschwein gewesen. Ingrid hatte gefragt, ob ich ein Wolf sei. Ich erwähnte nichts davon, sondern zuckte nur mit den Schultern. Ich war nicht besonders scharf darauf, mich überhaupt in ein Tier zu verwandeln, aber ein Wolf war wenigstens ...

»Du bist ein Bär«, unterbrach Dr. Isbister meine Gedanken.

Ein Bär? Ich testete dieses … Alter Ego in meinem Kopf, so wie man ein Kleidungsstück anprobiert, aber es passte nicht richtig. Es war jedenfalls nicht wie eine Erleuchtung: *Jetzt weiß ich, was ich bin! Ein Bär, na klar, ich habe es irgendwie schon immer geahnt* … Nein. Ich hatte keine besondere Affinität zu Bären. Es machte diese ganze surreale Idee nicht greifbarer – ich konnte mir nicht vorstellen, mich in einen Bären zu verwandeln.

Dr. Isbister hatte mich die ganze Zeit über interessiert beobachtet, während mir diese Gedanken durch den Kopf gingen. Und obwohl ich mich um eine unbewegliche Miene bemühte, schien er mich doch lesen zu können.

»Es wird dir zur Gewohnheit werden, keine Sorge«, sagte er. »Es kommt dir noch ein bisschen fremd vor, denn in unseren Sitzungen waren wir noch nicht so weit. Da führe ich in der Hypnose langsam die Schritte zur Verwandlung durch, bis sie kontrolliert ausgeführt werden können. Dafür sollte man sich immer genug Zeit nehmen, denn wenn ich den Tierkrieger zu schnell zur völligen Verwandlung führe … na ja, wir haben ja gesehen, was mit Peter passiert ist. Das hätte ich sehr gerne verhindern wollen, glaub mir.«

Dr. Isbister drehte sich halb zu Mrs Darktower um und sagte über seine Schulter. »Aber mir wird immer wieder gesagt, wie wenig Zeit uns bleibt. Ich werde gedrängt, auch die restlichen Tierkrieger zu aktivieren.« Dann wandte er sich wieder mir zu. »Das sind jetzt noch Bosse, Elin und du. Ihr müsst die Aktivierung leider als Crashkurs durchmachen.« Er verzog das Gesicht.

»Was genau bedeutet das? Aktivierung?« Ich hatte etwa hundert weitere Fragen, beschloss aber, mich erst einmal darauf zu konzentrieren, was genau mit mir gemacht werden sollte.

»Grob gesagt, hast du die Fähigkeit, dich in ein Tier zu verwandeln«, begann Dr. Isbister seine Erklärung – und sie hörte sich an, als hätte er sie schon oft abgegeben. Ja, mindestens 35 Mal, ging es mir durch den Kopf. Alle Kinder in der Klinik werden sie wohl gehört haben. »Wenn ich sage ›Tier‹, dann meine ich allerdings nicht einfach irgendein Tier. Es geht um die Kampfkraft dieses Raubtieres, derer sich der Krieger bedient. Es war früher nicht unüblich, dass Krieger das Blut eines Tiers getrunken oder das Herz eines Tiers verspeist haben, um sich dessen Kräfte anzueignen.

Häufig wird auch beschrieben, dass sich die Tierkrieger ein Fell, zum Beispiel ein Bärenfell, angelegt haben und zu diesem Tier wurden. Diese Vorstellung gibt es in allen Kulturen, vielleicht hast du schon mal von den nordamerikanischen Skinwalkern gehört? Mit dem Anziehen der Tiergestalt wird alles Menschliche abgestreift und der Krieger kann sich in seinem Blutrausch verlieren wie ein Raubtier. Er ist nicht mehr verletzlich wie ein Mensch, hat keine moralischen Bedenken, keine Empathie für den Gegner.

Diese Transformation wurde durch … sagen wir mal, Magie für einige Tierkrieger zum Teil ihrer selbst. Sie mussten nicht länger im Ritual Tierherzen konsumieren, das Tierfell anlegen.

Doch obwohl sie die Fähigkeit hatten, sich in ein Tier zu verwandeln, gab es immer schon eine psychologische Komponente. Man glaubt heute, dass halluzinogene Drogen den Berserkergang initiiert haben. Oder dass sich die Krieger durch Selbsthypnose in den Zustand der Berserkerwut gebracht haben. Oftmals wird das Beißen in den Schild als eine solche Autosuggestion vermutet.

Und das stimmt alles. Um ein wahrer Tierkrieger zu werden, um die Kräfte richtig zu lenken, ist diese psychologische Komponente wichtig. Sonst …« Er hob die Hände und drehte die Handflächen nach außen, so als ob er die Tatsache bedauerte und nichts dafür konnte. »… bleibt ihr alle einfach sehr aggressive Menschen mit schlimmen Tobsuchtsanfällen, die zu allem fähig sind. Ich aktiviere euch, damit ihr zu Tierkriegern werdet und das Tier in euch meistern könnt. Das geschieht mit Hypnosetherapie und dann mit vielen Verwandlungen, wobei zwischendurch immer wieder gestoppt wird. Das kann sehr schmerzhaft sein, ist aber unerlässlich, wenn ihr Kontrolle über den Verwandlungsprozess gewinnen wollt.«

Ich starrte Dr. Isbister an. Ich wollte so viel wissen, aber ich konnte gar nichts mehr sagen. Denn in meinem Kopf ging nur ein Gedanke immer wieder im Kreis herum. *Wenn das alles stimmt, dann habe ich keine Wahl. Dann bin ich auf diese Irren hier angewiesen, um das Tier in mir zu kontrollieren. Dann muss ich mitspielen, ob ich will oder nicht.* Denn die Alternative war, meinen Tobsuchtsanfällen völlig ausgeliefert zu sein … und wer wusste, was ich wem dann noch alles antun würde.

»Ich denke, das reicht erst einmal für heute«, sagte Mrs Darktower ungewohnt sanft. »Alannah sieht aus, als hätten die vielen Informationen sie erschlagen, und ich kann es ihr nicht verdenken. Es ist viel, mit dem sie sich jetzt auseinandersetzen muss.«

Dr. Isbister runzelte die Stirn. »Ich hätte gerne heute mit intensiver Hypnose angefangen und Sie sagten selber, wie wenig Zeit wir haben … Diese Sitzungen sind unerlässlich und …«

»Ich weiß Ihr Engagement zu schätzen«, unterbrach Mrs Darktower ihn. »Ich verstehe, dass Sie aus Alannah das große Potenzial herausholen wollen, jetzt, wo die ersten Schritte dahin genommen sind. Aber geben wir ihr bis morgen, um sich an den Gedanken zu gewöhnen. So viel Zeit muss sein. Es wird nicht leicht für sie und sie kann eine kleine Pause gut gebrauchen.«

Dr. Isbister nickte. »Gut. Morgen früh fangen wir mit der Aktivierung an.«

Wie benommen stand ich auf und torkelte praktisch in den Flur.

Dort blieb ich erst einmal stehen, eine Hand an die Wand abgestützt.

Ich hatte keine Wahl. Ich würde mich von Dr. Isbister aktivieren lassen und lernen, meine Wut zu kontrollieren – und dann konnte ich diesem Irrenhaus irgendwie entkommen.

KAPITEL DREIZEHN

Ich wanderte etwas ziellos durch die Korridore.

Ein nagendes Hungergefühl führte mich zum vollen Speisesaal. Mir fiel auf, dass ich seit gestern Morgen nichts gegessen hatte und war erleichtert, dass ich wenigstens in der Hinsicht wusste, was mein nächster Schritt sein würde.

Die anderen waren wohl gerade dabei, ihr Frühstück zu beenden. Auf jeden Fall gab es keine Schlange vor der Ausgabe. Mein Magen krampfte sich zusammen, als mir der Geruch von Frühstücksspeck in die Nase stieg, und ich ließ mich automatisch zu den abgedeckten Pfannen mit Eiern, Speck und Würstchen leiten. Nachdem ich eine großzügige Portion aufgetan hatte, drehte ich mich um.

Erst dann fiel mir auf, dass mich alle anstarrten. Diejenigen, die meinem Blick begegneten, schauten schnell weg. Meine Schritte hatten mich gewohnheitsmäßig in Richtung des Tisches geführt, an dem ich immer saß. Bei meinen Freunden.

Aber als mich alle so ansahen, wurde mir bewusst, dass alle anderen, bis auf wenige Ausnahmen, die ganze Zeit das gewusst hatten, was mir Dr. Isbister gerade eröffnet hatte. Es waren nicht meine Freunde, in deren Mitte ich mich gut aufgehoben gefühlt hatte. Zu denen ich gehört hatte. All das war eine Illusion gewesen.

Hinter verschlossenen Türen ließen sie ihrer Berserkerwut freien Lauf und verwandelten sich in Tiere. In

Tierkrieger. Und sie hatten mir vorgemacht, Patienten in dieser Klinik zu sein.

Da saßen sie, meine sogenannten Freunde: Calixta, Adira und Ran. Drillinge und … was noch? *Wölfe*, wusste ich auf einmal. Die drei waren Wölfe. Hinter ihren dunklen Haarschöpfen erblickte ich ein sorgenvolles Gesicht. Elin.

Elin war meine einzige wahre Freundin hier. Sie wusste von nichts. In Wahrheit war sie die *Einzige*, die von nichts wusste.

Ich hatte Dr. Isbister nicht gefragt, wie ich mich Elin gegenüber verhalten sollte. Ich wollte ihr nicht das Gleiche antun, wollte sie nicht verraten, so wie mich die anderen verraten hatten, und diese unglaubliche Wahrheit vor ihr verheimlichen. Aber ich wollte ihr auch nichts davon erklären müssen. Ich verstand es ja selber kaum.

Keine Ahnung, wie lange ich mit dem Tablett in der Hand dort gestanden hatte, während mir diese Gedanken durch den Kopf gingen, aber schließlich blieb mir nichts anderes übrig, als ein paar Schritte zurückzugehen, das Tablett einfach wieder abzustellen und aus dem Speisesaal zu flüchten.

Elin war die Einzige, mit der ich reden wollte, aber ich konnte nicht.

Auf unser Zimmer zu gehen kam nicht infrage, weil sie mich dort zuallererst suchen würde. Bestimmt würde sie mir gleich nachrennen.

Panisch lief ich immer schneller, erst ins Treppenhaus und dann die Treppe hoch, bis ich im dritten Stock ankam.

Es gab einen Ort, wo mich niemand suchen würde, wo ich allein, aber nicht einsam wäre: Johns Krankenzimmer.

Entschlossen trat ich ein.

John sah so aus wie vorgestern. Die Maschinen piepten immer noch genauso.

Ich zog mir einen Stuhl an Johns Bett und ließ mich darauf nieder.

Um meinen knurrenden Magen zu übertönen, erzählte ich John, was mir passiert war und was ich erfahren hatte.

Ich glaubte nicht, dass er mich hören würde. Und wenn, dann waren die Informationen kein Schock für ihn, denn er war ja schon aktiviert worden.

Aber mir half es, meine Gedanken zu ordnen.

»Ich fühle mich so hintergangen von euch allen«, sagte ich. »Obwohl ihr doch auch die Einzigen seid, zu denen ich gehöre. Und das Krasse ist, dass wir alle hier noch viel mehr miteinander verbunden sind, als ich gedacht hatte. Uns verbindet keine Krankheit. Wir sind sozusagen Brüder und Schwestern ... einige von uns *sind* tatsächlich Brüder und Schwestern.«

Das fuhr mir schräg ein. Ich hatte nie Geschwister gehabt; nur meine Eltern waren meine Familie gewesen. Jetzt stellte sich heraus, dass ich diese Eltern gar nicht hatte, dass meine Mama und mein Papa Fremde waren – das konnte ich noch nicht wirklich verarbeiten, denn jedes Mal, wenn ich darüber nachdachte, zerriss es mir ein kleines bisschen das Herz – und dass meine richtigen Eltern nichts weiter als Träger meines biologischen Erbmaterials waren.

»Aber trotzdem gibt es sie ja«, überlegte ich laut. »Es gibt sie irgendwo da draußen, in der Welt. Ob sie nie neugierig sind, was aus ihren Kindern geworden ist? Ob sie nie nach uns gesucht haben?«

»Sie haben einen Vertrag unterzeichnet, das nicht zu tun, und sie haben viel Geld bekommen«, antwortete eine Stimme hinter mir.

Ich zuckte zusammen und drehte mich um.

Es war Nic. »Tut mir leid, ich wollte dich nicht erschrecken. Ich habe dich überall gesucht. Dann fiel mir ein, dass ich dich hier finden würde.«

Mein Blick ging zu dem Teller, den er in der Hand hielt.

»Hier, ich dachte du hast sicher Hunger. Ist bestimmt mittlerweile kalt, aber …«

Ich riss ihm den Teller förmlich aus der Hand und stopfte mir das Bacon-Sandwich in den Mund.

Nic schaute mir amüsiert zu.

»Hab 'nen Bärenhunger«, sagte ich zwischen zwei Bissen mit vollem Mund und zog herausfordernd die Augenbrauen hoch.

Nic lachte. »Wenn du noch Witze machen kannst, dann ist ja alles gut.« Seine Miene veränderte sich. »Ich hab mir echt Sorgen gemacht.« Er legte eine Hand auf meine Schulter.

Ich wusste nicht, ob das warme Gefühl in meinem Bauch am leckeren Essen oder Nics Geste lag. Doch als mir der Gedanke mit den Brüdern und Schwestern wieder in den Sinn kam, wurde ich knallrot. Ich kaute langsamer und ließ den Teller sinken.

Es konnte immerhin sein, dass Nic mein Bruder war. Gott, wie pervers, wenn ich solche Gefühle für ihn hatte.

Nic bekam von diesen Gedanken zum Glück nichts mit, denn er hatte gerade einen Stuhl aus einer anderen Zimmerecke geholt, um sich zu mir zu setzen.

Ich fing mich wieder und fragte: »Woher weißt du das? Das mit unseren Eltern?«

»Mit *deinen* Eltern. Mit den Eltern der meisten hier. Ich kenne meine Eltern.«

Auf meine Erleichterung folgte sogleich Verwirrung. »Wieso das?«

»Ich bin bei meinen Eltern aufgewachsen.« Als ich etwas einwenden wollte, hob er die Hand. »Ich glaube, es ist wirklich besser, wenn das alles von Dr. Isbister kommt. Der wird sich schon etwas dabei denken, wann er dir was erzählt. Wenn du das mit mir noch nicht gewusst hast?« Ich schüttelte den Kopf. »Gut, dann sollten wir lieber über etwas anderes reden. Du wirst es bald erfahren.«

»Ihr scheint alle ein großes Vertrauen in Dr. Isbister zu haben«, sagte ich vorsichtig. »Was er sagt, wird gemacht, was?« Ich durfte nicht vergessen, dass die meisten hier seit Jahren Dr. Isbisters Behandlung unterzogen wurden. Das war sicher wie Gehirnwäsche.

Nic zuckte mit den Schultern. »Ja. Also, nicht nur Dr. Isbister. Es geht ja um mehr als um ihn.«

»Aber … hat keiner von euch eine … Stinkwut auf ihn? Wir sind nichts als Tiere, gezüchtet in seinem Labor, Nic. Warum ist das für alle hier in Ordnung, ganz einfach so?«

Er überlegte. »Die meisten haben bestimmt anfangs mit ähnlichen Ressentiments reagiert. Ich weiß sogar von einigen, die ziemlich ausgeflippt sind. Andere fanden das Ganze auch aufregend. Sie sind mit dreizehn, vierzehn Jahren hierhergekommen, aus einem Umfeld, in dem sie mit ihrer Aggressivität nur Probleme hatten. Die Insel war dann wie ein Internat für … spezielle Kinder. Sie haben hier Freunde gefunden und sich als etwas Besonderes gefühlt.«

»Also, Hogwards ist das hier ja nicht gerade«, brummte ich. »Und wie Harry Potter fühle ich mich auch nicht.« Aber ich musste mir insgeheim eingestehen, dass ein jüngeres Ich die Situation auch romantisiert hätte.

Nic lachte. »Nein. Ich sehe keine Ähnlichkeit, das muss ich zugeben. In jedem Fall haben die meisten hier mittlerweile gelernt, was für eine ehrenvolle Aufgabe wir zu erledigen haben. Wenn es jemand Dr. Isbister noch nachträgt, dass er uns einmal erschaffen hat, dann tritt das ganz sicher in den Hintergrund. Wichtiger ist, dass es an uns liegt, die Menschheit vor dem Untergang zu bewahren. Und was das betrifft, sind wir etwas Besonderes.«

Wusste ich's doch. Gehirnwäsche.

Ich betrachtete John für eine Weile. »Und ihr glaubt das alles einfach so? Dass vor Tausenden von Jahren Magier bösartige Kreaturen von der Erde verbannt haben und dass jetzt die Apokalypse droht, wo die Wesen wieder zurückkehren? Und dass wir sie bekämpfen müssen? Ich meine, gib zu, das hört sich doch alles an wie …«

»Ein Märchen?«, beendete Nic meinen Satz.

Ich dachte eher an die Fabulierkunst fanatischer Irrer, nickte aber nur.

»Du wirst noch am eigenen Leibe erfahren, dass vieles, das über den rationalen Horizont der meisten Menschen geht, die dunkle Realität ist. Wenn du dich erst einmal verwandelt hast und noch mehr über diese Kreaturen lernst. Ich will, wie gesagt, nicht einfach etwas erzählen, für das du noch nicht bereit bist. Dr. Isbister wird wissen, was er tut.«

Mir war bislang noch nicht in den Sinn gekommen, Nic in Bezug auf diese Wesen auszufragen. Wahrscheinlich weil dieser Teil der »Wahrheit« so fantastisch war, dass ich Einzelheiten auch nicht mehr glauben würde. Ob Dämonen oder Vampire – es würde mir doch bloß alles so vorkommen wie aus einem Horrorfilm.

Selbst wenn das alles kein Märchen war und stimmte, dann war ich mir noch nicht so sicher, ob ich überhaupt etwas damit zu tun haben wollte. Es kam mir jedenfalls nicht so vor, als würde ich mich aus einer Verantwortung ziehen. Nur weil Dr. Isbister mich zu diesem Zweck geschaffen hatte, hieß das für mich noch lange nicht, dass ich mich dazu berufen fühlte, die Menschheit zu retten.

Viel mehr war ich an der Realität interessiert, die ich hier kannte.

»Haben denn sonst niemals irgendwelche Kinder versucht, zu ihren Eltern zurückzukehren? Oder haben Eltern versucht, ihre Kinder zurückzubekommen? Ich meine, meinen Eltern wurde gesagt, ich würde sechs Monate hier in der Klinik verbringen. Viele mögen akzeptieren, dass sie ihre Kinder anfangs nicht kontaktieren können, aber irgendwann ...« Ich sah Nic gespannt an.

»Manche haben Kontakt mit ihren Eltern. Wenige Briefe, Telefonate ... das geht schon. Natürlich wird den Eltern kommuniziert, wie krank die Kinder sind. Es wird von schrecklichen Taten berichtet ... Einige Eltern sind einfach nur froh, dass ihrem Kind hier geholfen wird. Andere haben von sich aus den Kontakt abgebrochen. So schrecklich es sich anhören mag ... Sie haben ein Kind adoptiert, das sich als Monster herausstellt. Ein Psychopath, wie die leiblichen Eltern, so wird es dargestellt. Die Adoptiveltern sind erleichtert, damit nichts mehr zu tun zu haben.«

Ich starrte Nic entsetzt an. »Das ist ja wirklich furchtbar. Die armen Leute. Und die armen Kinder. Ich weiß aber, dass meine Eltern nicht so denken würden«, beharrte ich, obwohl ich mir bei meinem Vater nicht ganz so sicher war. »Sie würden mich nicht einfach so aufgeben. Und irgendwann werden sie Fragen stellen.«

Tränen schossen mir in die Augen und ich wandte mich schnell ab.

»Bestimmt«, sagte Nic sanft. »Und das gab es hier auch schon. Eltern, die nie lockerließen. Dafür gibt es Lösungen.«

»Wie meinst du das?«

Nic seufzte. »Wenn du es unbedingt wissen willst. Zu den Eingeweihten gehören einige der mächtigsten Menschen dieser Erde. Sie haben einen gewissen Einfluss. Da ist es nicht besonders schwierig, einen Tod vorzutäuschen. Einige der Jungs und Mädchen hier existieren offiziell gar nicht mehr.«

Als ich Nic jetzt ansah, war ich nicht mehr traurig oder entsetzt. Ich war wütend.

»Gott, was ohne Rücksicht auf Verluste den Menschen angetan wird, die einmal das Unglück hatten, mit Dr. Isbister und Co in Kontakt zu kommen!« Ich sprang auf. »Ihr müsst großen Erfolg darin haben, euch gegenseitig das Gewissen abzutrainieren. Was hat der gute Doktor gesagt?«, fragte ich höhnisch. »Mit der Verwandlung zum Tierkrieger wird alles Menschliche abgelegt? Das kann man wohl sagen! Hier gibt es überhaupt keinen Anstand und keine Moral mehr. Und sag mir nicht, der Zweck heiligt die Mittel! Alles im Dienste von ... was? Irgend so einer irren Prophezeiung, die seit Tausenden von Jahren überliefert wird? Die vielleicht gar nichts anderes ist als eine Legende!« Meine Stimme war immer lauter geworden und Tränen der Wut liefen mir über das Gesicht.

Nic stand auf. Er sah betreten aus, aber das war mir egal. Er gehörte schließlich auch zu diesem Pack gefühlskalter Verrückter.

Er kam auf mich zu und nahm mich in den Arm. Erst wurde ich ganz steif und wehrte mich gegen die Umarmung. Aber als er mir ein »Shhh, es tut mir leid«, ins Ohr flüsterte, ließ ich mich auf seinen Trost ein. Ich glaubte ihm. Ich hatte nur ihn. Auch er war nur zu dem gemacht worden, was er war. Wir alle waren dazu gemacht worden.

»Falls es dich irgendwie tröstet: Deinen Eltern wird dieses Schicksal bestimmt erspart bleiben«, sagte Nic, während ich leise an seiner Schulter weinte. »Diese Apokalypse soll bald geschehen. Man weiß nicht genau wann, aber von dem, was ich mitbekommen habe, bestimmt vor Ablauf der sechs Monate, die deine Eltern als deinen Behandlungszeitraum annehmen.«

»Warum wurden andere überhaupt damit reingezogen?«, fragte ich. Ich löste mich von ihm und wischte mir mit dem Handrücken über das nasse Gesicht. »Warum hat man uns Eltern zur Adoption gegeben, die nichts von diesem … Projekt wussten? Man hätte uns doch gleich hier auf der Insel … halten können. Isoliert von den normalen, uneingeweihten Menschen. Dann hätten die nie von uns erfahren. Wäre das nicht eine viel sauberere Lösung gewesen?«

Nic schüttelte den Kopf. »Es wären viel zu viele Kinder gewesen, die hätten hier nicht alle hingepasst. Und was hätte man mit all denen gemacht, die dann nicht die Fähigkeit zur Verwandlung zum Tierkrieger gehabt hätten?«

Ich runzelte die Stirn. »Wieso, wie viele Kinder waren es denn, die Dr. Isbister geschaffen hat?«

»So fünfhundert werden es schon gewesen sein.«

Meine Augen weiteten sich. »Was?«

Nic nickte. »Die meisten leben glücklich und zufrieden bei ihren Adoptiveltern und wissen gar nichts von ihrem Ursprung.«

Jetzt verstand ich, wieso Tante Lannie so große Hoffnungen gehabt hatte, dass ich nicht eins der Kinder war, das ein Tierkrieger werden sollte.

»Aber ich denke, es gibt noch einen anderen Grund«, unterbrach Nic meine Überlegungen. Erwartungsvoll schaute ich ihn an. »Ich glaube, wir sollten alle bei Menschen aufwachsen, damit wir überhaupt eine Motivation haben, die Menschheit zu retten«, fuhr Nic fort. »Wären wir völlig isoliert groß geworden, was würde uns die Menschheit dann kümmern?«

Ich seufzte tief und ließ mich wieder auf den Stuhl fallen.

Nic musterte mich. »Ich glaube, du solltest dich ein bisschen ausruhen. Vielleicht etwas Schlaf nachholen? Warum legst du dich nicht hin?«

»Elin«, sagte ich. »Ich wollte ihren Fragen ausweichen. Deshalb bin ich hierhergekommen. Ich weiß nicht, was ich ihr sagen soll. Sie ist ja schließlich nicht ... eingeweiht.«

»Es ist bestimmt okay, wenn du dich nebenan im Krankenzimmer hinlegst«, meinte Nic. »Ich sage Bescheid, dass du da bist. Und Elin sag ich, dass du ziemlich fertig bist, und dass sie dich erst einmal nicht mit Fragen löchern soll, wenn du später zu uns stößt.«

»Danke«, sagte ich erleichtert.

»Soll ich das wieder mitnehmen?« Er hob den Teller mit dem halb aufgegessenen Sandwich hoch.

»Untersteh dich«, empörte ich mich und riss es ihm weg. »Das esse ich noch.«

»Gut«, grinste er.

Ich ging hinter ihm aus Johns Zimmer, verabschiedete mich und betrat das Krankenzimmer. Jetzt waren darin nur zwei Betten aufgestellt. Ich setzte mich auf eins und streifte die Schuhe ab. Zwar nahm ich tatsächlich noch einen Bissen vom Sandwich, konnte mich aber schon beim Kauen nicht mehr aufrecht halten. Ich stellte den Teller ab und legte mich hin.

Bevor ich mich zugedeckt hatte, war ich schon eingeschlafen.

KAPITEL VIERZEHN

Ich schlief den ganzen Tag und bis in die frühen Morgenstunden hinein. Die Vorhänge waren nicht zugezogen und Dämmerlicht drang ins Zimmer. Ich rieb mir die Augen. Der Wecker auf dem Nachttisch zeigte 4:46 Uhr. Neben dem Wecker stand ein Tablett mit einem Teller und einem Glas Wasser. Ich hob die silberne Haube. Jemand – wahrscheinlich Nic oder Ingrid – musste mir gestern noch das Abendessen gebracht haben.

Es war natürlich mittlerweile nicht mehr warm, aber der Hunger trieb mich dazu, das meiste davon trotzdem zu essen. Kotelett und Kartoffeln schmeckten auch kalt.

Ich stand auf und schaute aus dem Fenster. Während ich die Vögel beobachtete, die über die wogenden Wellen und die schroffen Felsen flogen, hing ich meinen Gedanken nach. Es gab so viel, über das ich mir den Kopf zerbrechen könnte, es war ein bisschen überwältigend.

Im Grunde genommen gab es jetzt nur eine Entscheidung, über die ich überhaupt die Kontrolle hatte. Ich konnte entweder wieder versuchen, zu flüchten und diesem Weltuntergangskult zu entkommen – oder ich blieb hier und unterzog mich Dr. Isbisters Aktivierung.

Tief in meinem Herzen wusste ich, dass ich bis ans Ende der Welt laufen könnte – dieses Berserker-Gen war nun mal in mir drin. Es war Teil von mir, und davor konnte ich nicht fliehen. Ich wusste auch, wenn ich meine Instinkte unterdrückte, dann würden Wut und Aggression irgendwann unweigerlich hervorbrechen. Ich war zu Gräueltaten fähig, die mir Angst machten, und irgendwann würde es wahrscheinlich auch unschuldige Menschen treffen.

Dr. Isbisters Versprechen, dass ich durch die Verwandlung Kontrolle über meine Berserkerwut erlangen konnte, war einfach zu verführerisch.

Ein weiterer Faktor war, dass ich hier, auf South Havra, nicht allein war. Hier waren meine Brüder und Schwestern, die dasselbe »Problem« hatten wie ich. Hier war Elin. Und Nic.

Schnell schob ich den Gedanken beiseite. Ich war sicher nicht das erste Mädchen, das für ihn schwärmte und solche teenagermäßigen Gefühlsduseleien sollten meine Entscheidung nicht beeinflussen. Dafür stand zu viel auf dem Spiel.

Ich beschloss, dass ich noch ein bisschen länger hierbleiben würde. Allerdings war ich mir bewusst, dass auch ich irgendwann durch Dr. Isbisters Hypnose so von ihm beeinflusst sein würde, dass ich ihm wahrscheinlich irgendwann alles glaubte, so wie die anderen hier.

Ich musste einfach den Zeitpunkt abpassen, an dem ich genug Kontrolle über meine Fähigkeiten gewonnen hatte, aber noch nicht völlig durch eine Gehirnwäsche verblendet war.

Ich ging runter und schlich mich auf mein Zimmer. Ich hatte das dringende Bedürfnis, mir die Zähne zu putzen. Dann gelang es mir, meine Joggingklamotten aus dem Schrank zu holen und sie anzuziehen, ohne dass Elin aufwachte.

Anschließend machte ich mich auf den Weg nach draußen. Vor dem Eingangsbereich, wo wir uns zum morgendlichen Joggen trafen, machte ich Dehnübungen, bis die anderen dazukamen.

Brutus kam gerade, als Elin auch aus dem Gebäude lief. Ich winkte ihr zu und sie joggte zu mir rüber. Ich war froh, dass Brutus anfing, seine Anweisungen zu brüllen, sodass Elin und ich uns nicht unterhalten konnten.

Aber mir war schon klar, dass ich ihr nicht den ganzen Tag aus dem Weg gehen konnte, und dass sie früher oder später mit mir reden wollte. Bei den ersten Joggingrunden dachte ich darüber nach, was ich ihr sagen sollte. Ich beschloss, bei der Wahrheit zu bleiben. Ich würde Elin sagen, dass ich herausgefunden hatte, was hier wirklich vor sich ging. Dass ich es ihr selber nicht sagen durfte und konnte, so sehr mich das schmerzte. Und dass sie es aber selber bald erfahren würde. Vielleicht sollte ich einfach vorschlagen, dass sie zu Dr. Isbister ging. Es lag an ihm, ihr alles zu erklären. Und was für einen Sinn ergab es überhaupt, Elin jetzt noch im Dunkeln zu lassen, wo alle anderen Bescheid wussten, und ihre Aktivierung sowieso unmittelbar bevorstand …

Mittlerweile war ich, wie so oft, Elin davongerannt. Tief in meine Gedanken versunken hatte ich es gar nicht bemerkt. Es war aber nicht ungewöhnlich. Jahrelanges Konditionstraining und die vielen Stunden auf dem Laufband im Keller zahlten sich aus. Elin hatte erst hier mit so intensivem Sport angefangen und war deshalb nicht ganz so fit wie ich.

Die kalte Luft hatte anfangs in meiner Brust wehgetan, aber jetzt spürte ich sie nicht mehr. Ich hatte meinen Rhythmus gefunden und es tat so gut, einfach einen Laufschritt nach dem nächsten zu tun, mich auszupowern und im steten Takt meine Runden zu drehen.

Ich bemerkte Nic erst, als er neben mir rief: »Mann, du hast aber ein Tempo drauf.«

133

Ich grinste ihn von der Seite an, ohne meinen schönen Rhythmus zu unterbrechen. »Kommst wohl nicht mit, was?«

»Gerade so.« Dabei sah es aus, als ob er völlig mühelos joggte. Er wirkte frisch und im Gegensatz zu mir schweißfrei. Mein Blick fiel auf seine Beine. Nic hatte kurze Shorts an und die langen, wohlgeformten Waden- und Oberschenkelmuskeln glichen denen eines aus Stein gemeißelten griechischen Gottes. Ich kam doch ein bisschen aus dem Takt.

Um es wieder auszugleichen, zog ich das Tempo an. Nic schloss gleich wieder auf.

Ich lachte. »Wer zuerst bei der Klinik ist?« Es war unsere letzte Runde und ich genoss das Gefühl, förmlich zu fliegen. Seite an Seite schossen Nic und ich über die Insel und ich konnte mir ein breites Lächeln nicht verkneifen. Es war berauschend und das pure Glücksgefühl. Ich konnte mich gar nicht erinnern, wann ich das letzte Mal so viel Freude gespürt hatte.

»Erster«, rief ich, als ich mich ein paar Längen vor Nic ins Gras warf. Er schmiss sich ebenfalls hin und lachend und keuchend lagen wir nebeneinander im Gras.

»Du bist dir schon bewusst, dass ich dich habe gewinnen lassen.«

Ich drehte mich ihm zu. »Ach ja?«

Auch er drehte sich auf die Seite, sodass unsere Gesichter nur wenige Zentimeter voneinander entfernt waren. Zum ersten Mal entdeckte ich kleine goldene Punkte in seinen grünen Augen.

»Sofort auslaufen und dehnen«, hörte ich Brutus' laute Stimme über uns. Ich zuckte zurück und stand schnell auf. Irgendwie hatte ich völlig vergessen, dass noch andere hier waren.

Als wir uns aufgerappelt hatten, standen da nicht nur Brutus, sondern einige andere, wie zum Beispiel Adira, die uns mit gefurchter Stirn und in die Hüften gestemmten Händen anstarrte.

Etwas peinlich berührt klopfte ich mir Grashalme von der Jogginghose und lief dann ein Stückchen weiter. Abseits von den anderen machte ich schließlich meine Dehnübungen.

Und dann huschte ich in die Klinik und war unter der Dusche, bevor Elin ihre Runden überhaupt beendet hatte.

***

Wahrscheinlich war Elin ein bisschen beleidigt, dass ich nicht auf sie gewartet hatte, um zum Frühstücken runterzugehen, auf jeden Fall setzte sie sich an das andere Ende des Tisches.

Ich konzentrierte mich einfach auf mein Porridge, bis Calixta, die neben mir saß, näher heranrutschte. »Wie geht es dir?«, fragte sie neugierig.

Ich zuckte mit den Schultern. Ich nahm mir Zeit, zu kauen und den Bissen runterzuschlucken, bevor ich antwortete. »Ehrlich gesagt weiß ich das selber nicht so recht. Es ist alles ein bisschen viel und ich warte jetzt mal ab, wie es weitergeht. Ich habe heute den ganzen Tag Sitzungen mit Dr. Isbister.« Ich sah sie von der Seite an. »Wie war das denn bei euch so?«

Calixta schaute mich etwas verständnislos an.

»Na, ich meine, wie war es, als ihr hier herkamt und all diese Dinge über euch erfahren habt?«

»Ach so … Wir wussten es schon.«

»Wie meinst du das?« Ich runzelte die Stirn. »Gehören eure Eltern zu diesen Eingeweihten, oder was?«

Calixta schüttelte den Kopf. »Wir wussten natürlich nicht alles, den Hintergrund, warum wir so waren, wie wir waren … Aber wir wussten, was wir sind. Unsere Eltern haben uns dazu ermutigt, unseren Instinkten nachzugeben, wenn man das so sagen will. Wir sind auf einem großen Waldgrundstück in Kanada aufgewachsen und da haben wir gejagt. Und irgendwann haben wir uns verwandelt. Ich will ja nicht sagen, dass unsere Eltern begeistert waren. Sie hatten auch ihre Probleme, sich daran zu gewöhnen. Aber im Gegensatz zu den meisten hier haben wir nichts … unterdrückt. Wir haben uns einfach in Wölfe verwandelt und haben gejagt. Eigentlich waren wir ganz glücklich, aber …« Ihre Augen verdunkelten sich. »Wir wurden zu wild. Anfangs haben wir Hasen und Eichhörnchen gerissen, später größere Tiere und …« Sie schaute weg. Sie hatte die ganze Zeit über sehr leise gesprochen, aber jetzt konnte ich sie kaum noch verstehen. »… es gab einen Unfall. Menschen kamen ums Leben. Da haben unsere Eltern gesagt, so kann es nicht weitergehen.«

»Und dann kamt ihr hierher«, sagte ich nach ein paar Momenten des Schweigens. »Hattet ihr keine Wut auf Dr. Isbister?«, stellte ich dieselbe Frage, die ich Nic gestellt hatte. »Dass er euch das angetan hat?«

Calixta überlegte, so als wäre ihr das noch nie vorher in den Sinn gekommen. »Nein. Ich bin stolz darauf, ein Wolf zu sein. Und meine Geschwister sind es auch. Wir sind nun mal so, und das ist gut so. Ach, ich weiß auch nicht, wie ich es ausdrücken soll.« Sie schwieg für einen Augenblick und dann sagte sie erfreut: »Ohne Dr. Isbister würde es uns doch überhaupt gar nicht geben, verstehst du?«

Ich seufzte. Sie hatte recht, aber im Gegensatz zu ihr hatte ich den leisen Verdacht, dass es uns gar nicht geben sollte. »Wölfe, was?«, sagte ich stattdessen.

Sie nickte. »Du?«

»Bär.«

Calixta musterte mich. »Hmm. Das passt.«

Ich verzog das Gesicht. Das konnte ich nicht nachvollziehen. Ich fand, ich hatte nichts Bärenhaftes an mir.

»Was ist denn Nic?«, fragte ich neugierig.

Überraschung flackerte in Calixtas Augen auf, doch bevor sie etwas sagen konnte, wurden wir von Adira unterbrochen, die unser Gespräch wohl mit angehört hatte.

»Der interessiert dich wohl, was?«, sagte sie in diesem höhnischen Ton, den ich schon von ihr gewohnt war. »Sagen wir mal, Nic ist eine Nummer zu groß für dich, okay? Du bildest dir jetzt zwar ein, eine große starke Tierkriegerin zu sein, aber du wirst schon noch auf deinen Platz verwiesen. Nic ist eine Klasse über dir.«

Calixta machte eine Handbewegung, um Adira anzudeuten, sie solle aufhören zu reden. Ich war mir aber recht sicher, dass es nicht um das Verletzen meiner Gefühle ging, sondern eher darum, dass ich etwas nicht wissen sollte.

»Ich bilde mir überhaupt nichts ein«, brummelte ich. »Mich interessiert einfach, was ihr alle hier seid. Entschuldigung, dass ich gefragt habe.«

Adira rollte mit den Augen »Ich will dich nur davor bewahren, dir von Nic das Herz brechen zu lassen, okay? Du bist nicht die Erste hier, die er umgarnt, und du wirst auch nicht die Letzte sein. Nic hat einen Appetit auf Frischfleisch.« Sie fletschte die Zähne und wenn ich nicht schon gewusst hätte, dass sie ein Wolf war, dann wäre ich spätestens jetzt darauf gekommen.

Ich entgegnete gar nichts, sondern aß einfach mein Porridge auf. Es war Zeit für meine erste Behandlung des Tages.

***

Nach den Vorfällen der letzten Tage fiel es mir noch schwerer, Dr. Isbister zu vertrauen, wenn er mich bei den Behandlungen hypnotisierte. Der Gedanke, dass er praktisch in meinen Kopf einpflanzen konnte, was er wollte, und ich davon nichts mitbekam, machte mir sogar ziemlich Angst.

Am liebsten hätte ich den Verwandlungsprozess so schnell wie möglich hinter mich gebracht, aber Bosse war ja immer noch in dem Raum im Keller. Ich wollte gar nicht daran denken, was er durchmachte, und was ich ebenfalls so lange durchmachen würde.

Aber je öfter ich den Doktor in meinen Kopf ließ, desto größer standen die Chancen, dass ich nach meiner Aktivierung genauso von der Apokalypsen-Geschichte überzeugt war wie alle anderen hier.

Ich hätte einiges dafür gegeben, diese Behauptungen mit der einzigen Person hier zu besprechen, die noch nicht so beeinflusst war wie der Rest. Elin.

Wir hatten mittlerweile ein Gespräch gehabt, doch es stand noch einiges zwischen uns, weil ich nicht offen mit ihr reden konnte. Ich versuchte, Dr. Isbister davon zu überzeugen, Elin doch endlich einzuweihen, aber er sträubte sich ein wenig. Erst sei ich dran, dann würde er sich mit Elin beschäftigen. So lange er intensiv mit mir arbeiten musste, konnte er sich nicht um Elin kümmern. Das sei nicht in ihrem Interesse.

Um mich nicht dauernd in der ungemütlichen Situation zu befinden, dass etwas zwischen uns unausgesprochen war, ging ich Elin ein wenig aus dem Weg. Ich versuchte es ihr zu erklären, aber sie wollte mich nicht recht verstehen.

»Warum kannst du es mir nicht sagen? Ich verrate einfach nicht, dass ich es schon weiß. Es bleibt unter uns«, hatte Elin mehrere Male mit enttäuschtem Klang in der Stimme gesagt.

Einmal war ich kurz davor, nachzugeben. Aber es war eben nicht so einfach. Ein paar der Sachen, die Dr. Isbister erzählt hatte, wollte ich gar nicht wiedergeben, weil sie so haarsträubend waren. Und mir war klar, damit war es nicht getan. Ich wusste zu wenig, insbesondere was Elins Rolle anging. Sie würde mehr erfahren wollen. Zumindest würde sie sich damit quälen, was sie war.

Ich verstand Elin, an ihrer Stelle wäre ich auch sauer gewesen, dass ihre beste Freundin sie nicht ins Vertrauen zog. Deshalb ging ich ihr aus dem Weg.

Wenn ich nicht bei Dr. Isbister in Behandlung war, dann lenkte ich mich meistens mit Training ab.

Nun stand auch Waffentraining auf meinem Stundenplan und das war völlig neu für mich. Brutus brachte mir Fechten und den Umgang mit dem Schild bei. Dazu trainierten wir mit dem Schwert und anderen mir ziemlich archaisch erscheinenden Waffen. Nic hatte angefangen, mit mir zusammen zu trainieren. Ich wies ihn nicht ab, trotz der Andeutung, die Adira gemacht hatte und die auch andere machten.

Nic war einfach nett zu mir. Ich war nicht eitel genug und viel zu unerfahren mit Jungs, als dass ich mir einbilden würde, Nic sei an mir interessiert. Wenn ich ehrlich mit mir war, dann träumte ich vielleicht davon. Nic war sehr offen, was Körperkontakt anging, und wenn man zusammen Übungen machte, dann ließ sich das eh nicht vermeiden. Jedes Mal, wenn er mich berührte, spürte ich ein Kribbeln. Oft merkte ich, dass mir die Röte ins Gesicht schoss, aber das konnte ich Gott sei Dank auf die körperliche Anstrengung schieben.

Aber ich nahm nicht an, dass er das mit Absicht machte. Ich dachte, wir waren einfach nur befreundet.

Bis ausgerechnet am Abend bevor ich in den Keller sollte, sich die Dynamik zwischen uns änderte.

Bosse war an dem Tag zurückgekehrt. Niemand sprach offen darüber, was er durchgemacht hatte. Selbst Elin stellte keine Fragen. Ihr war gesagt worden, dass Bosse auf der Krankenstation gelegen hatte und jetzt wieder gesund war.

Am liebsten hätte ich mich mit Bosse über seine Verwandlung ausgetauscht, aber ich glaubte, dass so ziemlich alle sich verschworen, damit ich nicht mit ihm allein war und meine Fragen stellen konnte. Am Morgen, als Mrs Darktower Bosse in den Frühstücksraum brachte, wurde ich nachdrücklich von ihr darauf hingewiesen, direkt nach dem Frühstück pünktlich zu meiner Sitzung bei Dr. Isbister zu erscheinen. Beim Mittagessen wurde Bosse immer von anderen flankiert und Adira und Calixta waren verdächtig freundlich zu mir und wichen nicht von meiner Seite. Calixta bot sich freiwillig zum Reinigungsdienst an, den ich mit einem anderen Jungen gemeinsam gehabt hätte.

Ich fühlte mich regelrecht überwacht und ich war etwas enttäuscht, dass Nic offensichtlich mit allen unter einer Decke steckte. Als wir mit unseren Putzkarren zurückkamen, stand er vor der Tür des Hauswirtschaftsraums, um mich zum Training abzuholen.

»Ich muss aber erst noch in mein Zimmer, um mich umzuziehen«, brummte ich.

»Klar, ich komme einfach mit.«

Ich senkte den Kopf und ließ das Haar vors Gesicht fallen, damit er nicht sah, wie ich rot wurde. Beim Gedanken, mit ihm allein in meinem Zimmer zu sein, wo ich mich dann auch noch umziehen sollte, wurde mir ganz warm.

Schweigend gingen wir die Treppe hoch in mein Zimmer. Nic setzte sich auf Elins Bett. Ich schnappte mir meine Trainingsklamotten aus dem Schrank und stand dann ein paar Sekunden, die sich wie eine Ewigkeit anfühlten, unschlüssig im Raum.

Dann verschwand ich im Bad, um schnell die Kleider zu wechseln. Dabei war ich mir die ganze Zeit bewusst, dass mich nur eine Tür von Nic trennte. Er könnte jederzeit den Türknauf drehen und … Ich zog mich schnell um, aber als ich fertig war, war ich trotzdem ein ganz kleines bisschen enttäuscht, dass er nicht versucht hatte, reinzukommen.

»Okay«, sagte ich etwas außer Atem, als ich wieder im Zimmer stand. »Ich wäre so weit.«

Wir trainierten bis zum Abendessen und Nic kommentierte ein paar Mal, dass ich nicht richtig bei der Sache und unkonzentriert sei. Ich schob es auf die bevorstehende Aktivierung.

Wir aßen gemeinsam mit den Drillingen zu Abend. Dann fragte Nic mich, ob wir draußen ein wenig spazieren gehen wollten. »Bestimmt tut dir frische Luft gut – um den Kopf frei zu bekommen.«

Ich stimmte zu. Ich war mir bewusst, dass ich eine ganze Weile keine frische Luft mehr einatmen würde.

Draußen war es ungewöhnlich windstill und warm. Ich war etwas enttäuscht, da ich mir eher vorgestellt hatte, wie mir der Wind um die Nase und bedrückende Gedanken aus dem Kopf blasen würde.

Die Atmosphäre fühlte sich so aufgeladen an, als lägen die Vorboten für große Veränderungen in der Luft. Es machte mich nur noch nervöser.

Nic nahm meine Hand. »Komm, entspann dich ein wenig.«

»Wie soll ich das anstellen?«, fragte ich seufzend.

Nic schlug vor, über etwas zu reden, was nichts mit der Insel und unserer Zukunft zu tun hatte, und so tauschten wir Kindheitserinnerungen aus.

Es stimmte mich zwar sehr nostalgisch und traurig, über meine Familie zu sprechen, aber ich war auch neugierig, was Nic anging.

Er war in einem kleinen Ort in Südengland aufgewachsen und hatte zwei jüngere Schwestern. »Das muss ganz schön hart sein, nicht mitzuerleben, wie deine Schwestern groß werden, oder?«

»Ja, ich bekomme Briefe mit Fotos, aber es ist nicht dasselbe.«

»Du hast gesagt, du hast schon länger gewusst, was du bist … schon bevor du hergekommen bist …« Ich legte eine Pause ein. Ich wusste immer noch nicht, welches Tier Nic war, traute mich aber nicht, direkt danach zu fragen. Alle anderen, von denen ich es erfahren hatte, hatten es mehr oder weniger freiwillig preisgegeben. Ich hoffte immer noch, Nic würde es sagen. Als er nicht sprach, redete ich weiter: »Deine Eltern wissen davon? Warum könnten sie dich denn nicht hier besuchen?«

Die Eltern der Drillinge waren in Kanada; dass sie nicht unbedingt regelmäßig nach Shetland kamen, war verständlich. Aber Nics Familie war nicht so weit weg.

»Es verstößt einfach gegen die Regeln. Gleiches Recht für alle.« Er grinste mich an. Aber ich sah, dass es ihm nicht ganz so leicht fiel, wie er mich glauben lassen wollte.

»Meine Familie ist es gewohnt. Und sie wissen ja, dass sie dieses Opfer bringen müssen, jede Generation vor ihnen wurde immer wieder drauf vorbereitet …«

»Ach so, deine Eltern sind Eingeweihte«, unterbrach ich stirnrunzelnd. »Ich hatte gedacht, es wäre vielleicht so wie bei Adira, Calixta und Ran gewesen, dass deine Eltern wussten, du verwandelst dich … und es unterstützt haben …«

Wir waren mittlerweile bei der Ruine einer Windmühle angekommen, in der die Inselbewohner früher ihr Getreide gemahlen hatten.

Nic warf mir einen herausfordernden Blick über die Schulter zu und duckte dann den Kopf, um in der winzigen Mühle zu verschwinden.

Ich blieb verblüfft stehen. Sollte ich ihm folgen? Wenn ich eine Antwort auf meine Frage erhalten wollte, dann blieb mir wohl nichts anderes übrig. Man hätte meinen können, er sei einem weiterführenden Gespräch ausgewichen, aber die Mühle war das einzige »Gebäude« auf der Insel, abgesehen vom Schuppen am Pier und der Klinik, also konnte ich ihm keinen Vorsatz vorwerfen.

Nic streckte den Kopf durch die Türöffnung und fragte: »Wo bleibst du denn?«

Ich holte tief Luft und ging auch hinein. Es war wirklich wenig Platz darin und obwohl die Ruine nach oben hin offen war, wirkte sie recht düster.

Mein Rücken war schon gegen die kalte Steinwand hinter mir gepresst, aber trotzdem standen Nic und ich sehr nah beieinander.

Um meine Nervosität zu überspielen, stellte ich endlich die Frage, die mir schon seit Tagen auf der Zunge lag.

»Was bist du eigentlich?«

Nic sah mich amüsiert an, antwortete aber nicht.

»Also, ich meine, in welches Tier verwandelst du dich?«, stotterte ich.

Statt mir eine Antwort zu geben, beugte sich Nic vor und küsste mich auf den Mund.

Obwohl es in dieser Mühle total zwischen uns geknistert hatte und ich es wirklich hätte kommen sehen sollen, war ich vollkommen überrascht.

Vielleicht war das gut so, denn da mein Verstand sozusagen überrumpelt und damit ausgeschaltet war, reagierte ich instinktiv und küsste ihn zurück.

Es war das erste Mal, dass ich geküsst wurde, und dann von jemand so Traumhaftem wie Nic. Ich fühlte mich wie im Märchen.

Ich schmiegte mich an Nic wie Aschenputtel an ihren Prinzen. Nic hatte seine Arme um mich gelegt und streichelte meinen Rücken. Dann verschwand eine Hand in meinem Haar.

Er wusste ganz offensichtlich, was er tat. Als mir das bewusst wurde, wurde ich unsicher. Bestimmt merkte er mir an, wie unerfahren ich war.

Ich löste mich sanft aus seiner Umarmung und schaute zu Boden.

»Was ist?«, fragte er. »Bitte entschuldige, wenn ich dich überrumpelt habe. Ich dachte, du wolltest auch …«

»Das ist es nicht«, antwortete ich. »Ich, äh …« Ich schlängelte mich an ihm vorbei, aus der engen Mühle heraus, um erst einmal befreit einzuatmen.

Nic war mir nach draußen gefolgt.

»Es ist bloß, dass ich daran gedacht hatte, wie sich morgen alles verändert«, beendete ich meine Erklärung. »Ich bin dann erst einmal ein paar Tage im Keller eingesperrt. Wir sehen uns nicht und …«

»Ich verstehe«, fiel mir Nic ins Wort. »Du willst jetzt nichts anfangen, und du hast so viele andere Sachen im Kopf. Tut mir leid, es war echt blöd von mir. Ich hätte einfach warten sollen, bis du die Aktivierung hinter dir hast und dich daran gewöhnt hast.«

»Nein, es war schön«, versicherte ich ihm.

»Gut«, grinste er. »Ich glaube nämlich ehrlich gesagt nicht, dass ich noch länger hätte warten können.« Er beugte sich zu mir und gab einen schnellen Kuss auf die Lippen. Er sah so süß dabei aus, dass mir ganz schwindlig wurde.

Gleichzeitig machte er mich mit seiner Selbstsicherheit völlig verlegen.

»Ich glaube, wir gehen besser zurück«, sagte ich schließlich, weil mir nichts Besseres einfiel.

»Wie du magst.« Nic nahm wieder meine Hand und wir schlenderten zur Klinik zurück.

Im Aufenthaltsraum wurde ein Spieleabend veranstaltet. Es waren aber nicht alle dabei … einige bevorzugten es, auf ihren Zimmern zu lesen oder sich zu unterhalten. Nur der Filmabend zog gewöhnlich alle an; die anderen Abendaktivitäten fanden gewöhnlich mal mehr, mal weniger Anklang.

Als Ran Nic und mich in der Tür stehen sah, winkte er uns heran.

»Na, hast du Lust?«, fragte Nic.

Bosse saß auch bei den Drillingen und Elin mit am Tisch, aber jetzt, wo meine Aktivierung immer näher rückte, hatte ich irgendwie nicht mehr das Bedürfnis, Einzelheiten zu erfahren. Wahrscheinlich würde ich dann die ganze Nacht nicht schlafen können.

»Ich leg mich lieber hin und les noch was, bis ich einschlafe«, antwortete ich. »Ich kann die Ruhe bestimmt gut gebrauchen.«

»Okay, alles klar. Viel Glück morgen.« Er drückte mir die Hand.

Ich schluckte einen Kloß im Hals runter und nickte, bevor ich mich schnell abwendete.

Auch ohne mit Bosse gesprochen zu haben, konnte ich in der Nacht kaum schlafen.

KAPITEL FÜNFZEHN

Am nächsten Morgen, als die anderen zum Joggen nach draußen gingen, begab ich mich stattdessen in den Keller. Mir war sehr mulmig zumute, als ich die Tür zum Raum aufmachte, vor dem ich eine Woche zuvor Mrs Darktower und Dr. Isbister belauscht und Bosses Verwandlung beobachtet hatte.

Der Doktor und die Generalin warteten schon auf mich. Dr. Isbister schenkte mir ein Lächeln, das wohl aufmunternd wirken sollte, stattdessen aber eher unheimlich wirkte, sodass ich meine Entscheidung, das Ganze durchzuziehen, mal wieder infrage stellte.

Der Doktor zeigte mir die Tür, die in den Nebenraum führte. Darin befand sich eine Klappe, wie ich sie schon vom Käfig im Keller meiner Eltern kannte. Wenn die Luke auf einer Seite aufging, dann schloss sie sich automatisch auf der anderen Seite. So konnte man zum Beispiel Nahrung und Wasser durchreichen, ohne dass die Gefahr bestand, von der Person im Käfig verletzt zu werden.

Denn dieser Raum mit dem Panzerglasfenster, mit der Stahltür und den gepolsterten Stahlwänden war nichts anderes als ein Käfig. Ich hatte ein Déjà-vu jener Zeit, als ich den Käfig im Keller meiner Eltern betrat, mit dem Wissen, lange Zeit nicht wieder herauszukommen. Diese Erinnerung kam mir so vor wie aus einem anderen Leben, aber jetzt, in diesem Moment, wurde ich von diesem dunklen Gefühl der Resignation überwältigt wie damals.

Ich hatte gewusst, wenn die Käfigtür hinter mir zufiel, schlossen sich auch die Türen zu meiner Zukunft. Ich verabschiedete mich von Träumen und Erwartungen und fand mich damit ab, meine Freiheit aufzugeben. Nur damals gab es einen guten Grund: Ich wollte andere vor mir beschützen. Und die, die den Schlüssel des Käfigs hatten, besaßen mein vollstes Vertrauen.

Jetzt ging es hingegen darum, zu dem zu werden, vor dem ich meine Familie und Unschuldige in meinem Umfeld behüten wollte. Und ich lieferte mich dabei denen aus, die mir völlig suspekt waren.

Ich erschauderte, als die Tür hinter mir schwer ins Schloss fiel und ich das Geräusch des mechanischen Riegels hörte. Sie konnten mich hier so lange halten, wie sie wollten. Sie konnten alles mit mir machen.

Dr. Isbister hatte mir erzählt, dass im Essen des Öfteren Betäubungsmittel sein würden, damit jemand reinkommen, mich säubern, den Raum reinigen und meine Vitalfunktionen messen konnte.

Im Raum war nicht mal ein Eimer, geschweige denn eine Toilette. Ich verdrängte den Gedanken daran, dass ich meine Geschäfte einfach irgendwo in diesem Käfig verrichten musste. Der Doktor hatte mir erklärt, dass der Raum zu meinem eigenen Schutz völlig leer war. Während der Verwandlung würde ich ungeahnte Kräfte entwickeln, die mich sehr wohl in die Lage bringen könnten, so etwas wie eine montierte Stahltoilette aus der Verankerung zu reißen und mich damit zu verletzen.

Der Käfig war sicher nach Bosses Zeit hier gründlich saubergemacht und desinfiziert worden. Ich konnte keinen Urin- oder Kotgeruch wahrnehmen.

Aber trotzdem stank es hier.

Den Angstschweiß der vielen Tierkrieger vor mir, die sich hier zum ersten Mal verwandelt hatten, würde kein Putzmittel je entfernen können.

Ich sah mich im Raum um, da es schließlich nichts für mich zu tun gab. Die Wände waren mit dickem, dunklem Material gepolstert, aber an der linken Wand gab es eine weiße Fläche.

»Das ist eine Leinwand«, schallte Dr. Isbisters Stimme durch die Lautsprecher, die irgendwo in den dunklen Polstern oben an der Decke versteckt waren.

Ich zuckte zusammen.

»Wir zeigen dir darauf Bilder der Kreaturen, die du bekämpfen sollst«, fuhr der Doktor fort. »Natürlich sind es computeranimierte Zeichnungen«, lachte er. »Es existieren selbstverständlich keine Fotos oder Filmaufnahmen, da man diese Wesen seit Jahrhunderten nicht mehr gesehen hat. Die Legenden und die Bilder werden von den Chronisten-Familien aufbewahrt und an die nächste Generation weitergegeben.«

Dr. Isbisters Ton änderte sich, wie ich es schon in den Hypnosesitzungen erlebt hatte. Diese gönnerhafte Heiterkeit war weg und er sprach eine Oktave tiefer, mit einer einnehmenden Stimme, die einen zur Entspannung einlud.

Nur diesmal konnte ich definitiv nicht so relaxen wie auf dem Stuhl in seinem Behandlungszimmer. Ich stand steif da, die Arme vor der Brust verschränkt. Dr. Isbister schlug vor, dass ich mich hinlege.

Der Boden war hart und ich kam mir mehr denn je wie ein Opfer in einem Kultritual vor. Ich fühlte mich nicht entspannter, aber es schien zu helfen, denn bald war ich … weg.

Weg war natürlich nicht das richtige Wort. Anders als bei den Hypnosesitzungen, wo ich mich hinterher an nichts erinnerte, erlebte ich während meiner Aktivierung Momente, die ich niemals vergessen würde.

Aber auf gewisse Weise war *ich* weg. Ich, ego, Mensch. Alannah.

In mir war etwas anderes, das auf Biegen und Brechen aus der Tiefe meines dunklen Selbst ausbrechen und meinen Körper und meine Seele dominieren wollte.

Dr. Isbister coachte mich, diese Kreatur – mein Berserker-Ich – sich immer wieder ein Stückchen mehr manifestieren zu lassen. Es war mental so anstrengend, die Verwandlung mit aller Willenskraft innehalten zu lassen, um das Tier zu bezwingen und die Kontrolle darüber zu gewinnen, dass ich die meiste Zeit, wenn ich mir dessen bewusst war, extreme Kopfschmerzen hatte. Es fühlte sich an, als ob mein Schädel gleich explodieren würde.

Und die Verwandlung selbst war schmerzhafter als alles, was ich je erlebt hatte. Ich spürte, wie die Knochen, das Fleisch, die Organe wuchsen, wie sich alles in mir verdrehte und verbog, damit ich zum Werbiest werden konnte.

Später war ich häufiger und für längere Etappen wieder ich, Alannah. Ich kam zu mir, wie ich nach einer Verwandlung auf dem Boden lag und mir die Seele aus dem Leib kotzte. Mir wurde auf einmal offenbar, dass ich Essen mit beiden Händen in mich hineinstopfte. Oder ich kam in dem Moment zu mir, als sich meine überstrapazierten Gedärme leerten.

Dann kam eine Phase, in der ich nur noch Tier war – und mir dessen bewusst war. Das fühlte sich sogar ganz gut an. Endlich waren menschliche Regungen wie Scham, Demütigung, Verzweiflung, Seelenschmerz und Verlassenheit unwichtig. Sie fielen von mir ab. Es war eine Erleichterung. Ich fühlte mich befreit.

Das einzige, was mich weiterhin quälte, waren die Kreaturen.

Auf der Leinwand in meinem Käfig sah ich Riesen mit muskelbepackten, zu lang wirkenden Gliedmaßen. Sie gingen leicht gebeugt, beschwert von den Äxten und anderen grobschlächtigen Waffen, die sie in beiden Händen trugen. Ihre Haut war grün-blau, mit schwarzen Symbolen tätowiert, und ihre Ohren groß und spitz. Sie hatten kurze Hauer, die vorne aus den fleischigen Mäulern herausragten. Die Männchen trugen die leuchtend roten Haare wie Mohikaner und die Weibchen lang und in Zöpfen. Ihre Augen funkelten blutunterlaufen und böse.

Ihr Anblick stachelte mich so richtig an. Es war wie Blutlecken. Ich konnte es kaum abwarten, diese üblen Wesen zu zerfleischen und ihnen ein Ende zu bereiten.

Irgendwann war schon das kurze Aufflackern eines Bildes auf der Leinwand eine solche Provokation, dass ich sofort anfing zu rasen und rotsah.

Und irgendwann war ich wieder Alannah. Alannah, der es recht gut ging.

Ich fühlte mich gesund und stark.

Man gönnte mir etwas Ruhe, wofür mir sogar Kissen und eine Decke in den Käfig gebracht wurden.

Und dann führte mich Dr. Isbister ein paar Mal mithilfe der Bilder auf der Leinwand durch Verwandlungen und Rückverwandlungen. Sie schmerzten immer noch, aber sie gingen relativ schnell. Sie waren ermüdend und ich brauchte zwischendurch immer wieder Phasen der Ruhe.

Aber im Großen und Ganzen war es keine große Qual mehr.

Irgendwann erklärte Dr. Isbister meine Aktivierung für erfolgreich und abgeschlossen.

Komischerweise zögerte ich, als die Tür meines Käfigs aufgeschlossen wurde und ich endlich wieder frei war. Ich hatte angenommen – nachdem ich beim Betreten so unsicher gewesen war, ob ich Dr. Isbister und Mrs Darktower trauen konnte, dass sie mich wieder rausließen –, ich würde mit Sicherheit so schnell wie ich konnte hinausrennen.

Doch irgendwie war der Käfig ja auch eine Sicherheitszone. Ein Schutz für mich und andere.

Wie würde ich mich im Umgang mit den anderen verhalten?

Ich fühlte mich ganz anders – sah man mir das auch an? Würde Nic mich nicht mehr als zumindest ein wenig begehrenswertes Mädchen, sondern nur noch als Kampfbiest betrachten?

Und obwohl ich glaubte, meinen Werbären zu dominieren, würde er vielleicht doch ausbrechen, wie es Peter passiert war?

Mit zittrigen Knien verließ ich schließlich den Käfig und dann den Raum.

Dr. Isbister und Mrs Darktower führten mich die Treppe hoch ins Erdgeschoss und in den Speisesaal. Ich musste blinzeln, denn das helle Tageslicht war ich nicht mehr gewohnt.

Alle saßen beim Frühstück und schauten mich neugierig an. Ich war immer noch ein bisschen geblendet vom Licht und konnte gar nicht aufnehmen, wer alles so da saß.

Die Generalin winkte jemanden zu mir heran. Ich rieb mir über die Augen. Es war Adira, die kurz darauf vor mir stand.

»Zeige Alannah nach dem Frühstück ihr neues Zimmer. Und hilf ihr am besten mit dem Tablett. Sie ist noch etwas wackelig auf den Beinen«, befahl Mrs Darktower Adira.

Die hakte sich gleich bei mir unter und zog mich zur Ausgabe. »Was ... ein neues Zimmer?«, fragte ich verwirrt.

»Ja, es herrscht momentan etwas Platzmangel«, sagte Adira und lud mir ungefragt Rührei, Speck und Pilze auf den Teller. »Da Calixtas und mein Zimmer das größte ist, haben sie einfach noch ein Bett reingestellt, für jetzt, da deine Aktivierung abgeschlossen ist. In ein paar Tagen, wenn Elin unten zur Aktivierung ist, kannst du wieder auf dein altes Zimmer.«

»Ich verstehe nicht ... warum kann ich nicht jetzt zu Elin auf mein altes Zimmer?«

Etwas benommen folgte ich Adira, die mein Tablett mit Essen und Getränken trug. Dann machte es Klick. Mein Verstand war wohl etwas eingerostet. »Ah, ist jemand Neues gekommen?«

»Kann man so sagen«, meinte Adira. »Jemand ist wieder hergekommen, die schon mal hier war. Hilda.«

»Wer ist Hilda?« Ich hatte bislang den Eindruck gehabt, dass man von der Insel nicht mehr runterkam, wenn man einmal »hierher verlegt« worden war. Wer war diese Hilda bloß, dass sie die Klinik verlassen und dann wiederkommen konnte?

Adira trat zur Seite und gab den Blick frei auf eine junge Frau, die ganz sicher als Model hätte arbeiten können. Ich glaubte, noch nie ein so schönes Mädchen im echten Leben gesehen zu haben. Sie hatte goldene Haare, makellose Haut und symmetrische Gesichtszüge.

Wenn sie eine von uns war, dann hätte man beinahe den Verdacht schöpfen können, dass Dr. Isbister bei Hilda nicht allein am Berserker-Gen herummanipuliert hatte.

»Hilda«, flüsterte Adira in mein Ohr. »Hilda ist Nics Freundin.«

KAPITEL SECHZEHN

Meine schlimmsten Befürchtungen waren sogar noch übertroffen worden. Nicht nur ich war als Fremde aus dem Käfig gekommen, sondern die Welt und alle anderen darin waren mir auf einmal fremd.

Dr. Isbister hatte mir versichert, ich sei eine Woche im Keller gewesen, aber mir kam es so vor, als seien Monate vergangen. Zunächst einmal schien der Herbst übersprungen worden zu sein. Als ich das letzte Mal draußen gewesen war, hatte es sommermäßige Temperaturen gehabt – zugegebenermaßen für die Verhältnisse auf Shetland. Jetzt war es so bitterkalt, dass die Heizungen in der Klinik gar nicht mehr mitkamen. Durch die Fenster des Speisesaals sah ich eine mit Raureif bedeckte Insel, die farblich ausgewaschen wirkte.

Wie durch einen anderen Filter sah ich auch meine »Freunde« in der Klinik … und je mehr ich sie mir betrachtete, desto mehr schien sich die Eiseskälte des früh hereingebrochenen Winters auch in meinem Inneren auszubreiten.

Nic hatte mich zwar auf seine übliche Art freudig begrüßt, aber er schäkerte offen mit Hilda. Ganz offensichtlich waren die beiden sehr eng befreundet. Auch wenn ich Adiras Behauptung gerne als Übertreibung abgetan hätte, so konnte ich Nic und Hildas Verhalten nicht ignorieren.

Das Surreale an dem Ganzen war, dass Nic sich offensichtlich keiner Schuld bewusst war. Er tat nicht so, als müsste er seine Beziehung mit Hilda vor mir verstecken. Klar, wir hatten niemals gesagt, dass wir offiziell zusammen waren, und wir hatten nie ein Gespräch darüber geführt, ob wir eine feste Beziehung eingegangen waren. Aber ich hatte mich ihm ganz geöffnet. Wir hatten uns geküsst.

Wenn ich Nic jetzt beobachtete, dann musste ich mich fragen, ob ich mir den Kuss nur eingebildet hatte. Vielleicht war das ja tatsächlich so. Was hatte Dr. Isbister mit meinem Hirn angestellt?

Ich wurde so unsicher, dass ich mit zitternder Hand völlig unkonzentriert im Essen herumstocherte.

»Na, aber so ganz genesen bist du noch nicht, oder?«, hörte ich Elins besorgte Stimme. »Vielleicht solltest du dich nachher gleich noch mal hinlegen.«

Ich schenkte ihr ein mattes Lächeln. Elin hatte sich zwar offensichtlich darüber gefreut, dass ich nicht mehr in Quarantäne war und es mir besser ging – sie ging davon aus, dass ich die Woche auf der Krankenstation verbringen musste – , aber dann hatte sie mir nicht mehr viel Aufmerksamkeit geschenkt.

Sie saß neben Hilda und die beiden wechselten oft ein Wort. Sie schienen sich blendend zu verstehen. Vor noch nicht allzu langer Zeit hatte ich diesen Platz neben Elin eingenommen. Hilda hatte mich wohl als beste Freundin ersetzt. Und auch Elin tat so, als sei es das Normalste der Welt.

Ich fühlte mich wie im falschen Film.

Nach dem Frühstück brachten Adira und Calixta mich auf ihr Zimmer. Man hatte tatsächlich ein drittes Bett in den Raum gequetscht. Es war alles sehr eng. Mit uns dreien im Raum blieb mir gar nicht mehr viel übrig, als mich aufs Bett zu setzen.

Als ob Calixta meinen Gedanken erraten hatte, sagte sie: »Es ist ja nicht für lange. In ein paar Tagen, wenn Elin die

Verwandlung durchmacht, kannst du wieder in dein altes Zimmer.«

Stimmt, dann hatte ich sogar die Freude, mir ein Zimmer mit dieser Hilda zu teilen. Wenn ich vorher schon deprimiert gewesen war, zog mich der Gedanke jetzt so runter, dass ich matt den Kopf aufs Kissen sinken ließ.

Ich hatte mir zwar vorgenommen, meinen Stolz wenigstens etwas zu bewahren und nicht neugierig nachzufragen, wer Hilda war und was genau sie hier machte, aber ich konnte mich nicht zurückhalten.

»Sie ist sozusagen ein Promi«, antwortete Adira, bevor ich meine herausgestotterte Frage überhaupt richtig zu Ende gestellt hatte. »Ihre Eltern sind wichtige Leute, gehören zur Elite der Eingeweihten.«

»Ich dachte, wir Retortenbabys wurden an ganz normale ahnungslose Menschen vermittelt. Gibt es das häufiger, dass einige von uns auch bei eingeweihten Eltern gelandet sind?« Ich setzte mich etwas auf. Endlich erfuhr ich ein wenig mehr über unsere und damit auch meine Vergangenheit. Das belebte mich ein wenig.

Calixta, die sich zusammen mit Adira auf deren Bett niedergelassen hatte, antwortete: »Nein, glaube ich nicht. Die Chancen, dass das Baby dann auch tatsächlich die gewünschten Fähigkeiten hat, waren ja schließlich gering. Viele der Eingeweihten wollten bestimmt nicht das Risiko eingehen, mit einem stinknormalen Kind zu enden. Es sei denn, sie wollten unbedingt eins und es war ihnen egal. Kann natürlich auch passiert sein – wir wissen nichts davon.«

»Es ist ja auch nicht so, als ob wir alle illustren Eingeweihten kennen würden«, machte Adira den Einwand. »Wenn es noch andere Promi-Kinder in der Hevera-Klinik gibt, dann haben sie auf jeden Fall nichts darüber verlauten lassen.«

»Hmm, na ja, Hilda ist ja schon etwas außergewöhnlich, oder nicht?«, konnte ich mich nicht zurückhalten. »Man könnte meinen, ihre Eltern hätten noch ein paar andere Wünsche bezüglich ihrer Erscheinung und so weiter geäußert, als sie entstanden ist, meint ihr nicht? Wenn sie so einen Einfluss hatten ...«

»Sind wir ein bisschen eifersüchtig?« Adira war mein spitzer Tonfall nicht entgangen.

Bestimmt wurde ich rot. »Wie dem auch sei«, wechselte ich schnell das Thema. »Sie genießt dann ja wohl gewisse Vorteile, die andere nicht haben. Sie kann einfach die Insel verlassen, wann sie will, und auch wiederkommen, wann sie möchte. So ganz fair ist das ja nicht, oder?«

Wenn die Schwestern mich schon für neidisch hielten, dann sollten sie doch besser glauben, es ging mir darum – und nicht um Hildas Schönheit und ihre Beziehung zu Nic.

Calixta zuckte mit den Schultern. »Eigentlich lebt sie schon hier. Sporadisch holen sie ihre Eltern zu sich. Dort hat sie Privattutoren, die ihr all das beibringen, was wir hier auch lernen. Diesen Luxus haben andere von uns natürlich nicht, selbst wenn unsere Eltern Bescheid wissen.«

Ein dunkler Schatten legte sich über Calixtas Gesicht. Bestimmt wünschte sie sich, ihre Eltern besuchen zu dürfen.

»Könntet ihr nicht wenigstens mal ... für kurze Ferien nach Kanada fliegen und eure Eltern besuchen?«, fragte ich.

»Das ist nicht erlaubt«, sagte Adira kühl. »Unsere Eltern sind schließlich keine Eingeweihten. Sie haben nicht die Mittel, uns auszubilden.« Sie reckte das Kinn, aber ihre Augen glitzerten verdächtig. Calixta nahm ihre Hand, doch

Adira schüttelte sie ab. Sie wollte vor mir keine Schwäche zeigen.

Plötzlich verstand ich, dass Adiras Sarkasmus und Überheblichkeit nur eine Schutzfunktion waren. Auch sie war nicht anders als ich. Genauso verletzlich wie ein ausgesetzter Welpe.

Zwar hatte sie ihre Geschwister hier, aber sie musste ihre Eltern sehr vermissen. Bestimmt waren die beiden ganz besondere Menschen, wenn sie die wahre, die monströse Natur der Drillinge einfach so akzeptiert hatten. Es musste sehr hart sein, nur sporadisch über Telefon und Briefe miteinander kommunizieren zu können.

Mir kam der Gedanke, dass es vielleicht sogar einfacher war, den Kontakt mit den Eltern ganz abzubrechen. Es war schmerzhaft, aber eher so, als würde man ein Pflaster ganz schnell mit einem Ruck abreißen. Es war ein Schlussstrich und irgendwann wurde der Schmerz zur dumpfen Erinnerung.

Bei den Drillingen wurden die alten Wunden konstant immer wieder aufgerissen.

Calixta überkreuzte die Beine zum Schneidersitz und beugte sich vor. »Um ehrlich zu sein, finden wir es auch nicht gerade fair, dass Hilda eine Sonderbehandlung erfährt. Aber …« Sie seufzte. »Du wirst noch erfahren, dass man Hilda nicht lange übel gesinnt sein kann. Sie ist sehr nett.«

»Aha. Ein makelloses Äußeres und ein makelloser Charakter? Dann ist sie ja nahezu perfekt.« Diesmal hörte ich selber, dass nicht Neid, sondern Resignation in meiner Stimme mitklang. Kein Wunder, dass sie Nics Herz gewonnen hatte. Die beiden passten wirklich gut zusammen. Wieso hatte ich mir überhaupt eingebildet, in Nics Liga zu spielen? Eigentlich ziemlich peinlich von mir.

Adira zuckte mit den Schultern. »Ja, das ist sie tatsächlich. Sie stand mal hoch im Kurs hier in der Klinik. Du kannst dir so ungefähr vorstellen, wie es damals war. Dreißig Beinahe-Teenager, bei denen die Hormone verrücktspielten, alle eingesperrt in diese Klinik. Da musste der Doktor ziemlich klare Linien ziehen, um klarzumachen, wer hier mit wem verwandt ist.«

Ich riss die Augen auf. »Ja, ich hab mich das auch schon gefragt – das wäre ja ganz schön krank, wenn da Bruder und Schwester … Aber ich weiß gar nicht, ob ich mich da auf die Aussage des Doktors verlassen hätte. Weiß er das denn so gaaanz genau? Mir persönlich wäre es zu riskant.«

»Stimmt«, meinte Calixta. »Aber bei ein paar der Jungs hier war das Risiko ja nicht gegeben. Nic gehört schließlich auch dazu und da kann man verstehen, dass sich einige von uns hier um ihn gerissen haben.«

»Wie meinst du das?« Ich runzelte die Stirn.

Aber Adira hatte ihre Schwester schon ziemlich heftig in die Seite gestoßen. Calixta ließ sich das wuschelige schwarze Haar vors Gesicht fallen. »Äh, er war sehr begehrt. So wie er aussieht und sich allen Mädels hier gegenüber verhält und …«

»Dazu löste sich die Gefahr mit der verbotenen Geschwisterliebe dann sowieso in Wohlgefallen auf«, unterbrach Adira sie. »Nachdem wir alle aktiviert waren und einige Zeit unsere Tierkrieger-Seite gut kennengelernt hatten, da wussten wir gemeinsam als Tierkrieger instinktiv, wer unser Blut war und wer nicht.«

Obwohl ich Calixtas komische Bemerkung über Nic nicht einfach so unter den Teppich kehren wollte, hatte Adira meine Aufmerksamkeit gewonnen. »Ich hatte gedacht, alle, die dasselbe Tier sind, kommen von denselben Eltern.«

Adira schüttelte den Kopf. »So einfach ist es nicht. Es wurden verschiedene Berserker-Gen-Träger gekreuzt. Und es kam nicht immer dasselbe dabei raus. Aber die Wahrscheinlichkeit, dass du mit anderen Bären verwandt bist, ist schon recht groß.«

»Wer ist das denn?«, fragte ich neugierig.

Adira nannte ein paar Namen, alles Mädchen. »Und Hilda«, fügte sie hinzu.

»Hmm«, machte ich. Dass Hilda auch so eine unfeminine Kreatur war wie ich, beruhigte mich ein bisschen. Andererseits: Dann lag Nics plötzliches Desinteresse an mir nicht daran. Hilda war ganz einfach die Schönere, Bessere.

Ich nahm all meinen Mut zusammen, als ich fragte: »Und was ist Nic?«

Die Schwestern tauschten einen bedeutungsschwangeren Blick aus.

»Nic ist anders«, sagte Calixta schließlich. »Du wirst es sehr bald erfahren.« Mit diesen Worten sprang sie vom Bett auf. Adira machte es ihr nach.

»Wir müssen jetzt zu unserer Unterrichtsstunde«, sagte sie. »Ruh dich aus. Bis nachher.«

Mit offenem Mund starrte ich ihnen hinterher, als sie aus dem Zimmer liefen.

Was sollte das heißen: Nic ist anders?

KAPITEL SIEBZEHN

Erst am Nachmittag hatte ich eine Besprechung mit Dr. Isbister, bei der ich mehr Informationen über diese Kreaturen erfahren sollte, die ich auf der Leinwand im Keller gesehen hatte. Zumindest hatte man mir das vage in Aussicht gestellt.

Bis dahin, so hatte man mir aufgetragen, sollte ich mich ausruhen. Doch in meinem Kopf schossen so viele Gedanken umher, dass weder mein Geist noch mein Körper Ruhe finden konnten. Ich warf mich im Bett hin und her, bis ich schließlich aufstand.

Unschlüssig kaute ich auf meiner Unterlippe herum, während ich mich im Raum umsah. Waren meine Sachen eigentlich schon in dieses Zimmer gebracht worden? Ich öffnete den Schrank. Ja, zwei Fächer waren mit meinen Klamotten belegt. Ich zog mir schnell meine Trainingssachen an.

Wenn ich mich erst mal ausgepowert hatte, dann konnte ich vielleicht in der Badewanne entspannen. Nach einer Woche Katzenwäsche war mein Bedürfnis nach einem langen Bad entsprechend groß.

Aber zunächst wollte ich all das, das mir seit dem Aufenthalt im Käfig in den Poren steckte, ausschwitzen. Ich lief die Treppe hinunter und hielt vor der Tür zum Erdgeschoss inne. Ich könnte rausgehen und joggen. Doch zum Gedankenabschalten eignete sich das wenig. Besser war eine Sportart, bei der ich mich konzentrieren musste.

Brutus war um diese Zeit sicher mit einer Sportstunde beschäftigt und der Trainingsraum belegt. Vielleicht war sogar Nic beim Unterricht …

Schnell ging ich die letzten Stufen in den Keller. Wenn Brutus mich wegschickte, konnte ich immer noch den winterlichen Temperaturen trotzen und ein paar Runden draußen laufen.

Im Keller musste ich erst einmal ruhig atmen, um mein rasendes Herz zu beruhigen. Ich war raus aus meinem Gefängnis und mein Weg führte mich nur bis zum Trainingsraum.

Zögerlich klopfte ich an. Niemand antwortete, aber ich hörte Stimmen. Vielleicht hatte mich niemand gehört. Ich machte die Tür vorsichtig auf.

Brutus übte mit einer Gruppe eine Nahkampftechnik. Nic war auch dabei.

Der Sportlehrer schaute überrascht, als er mich in der Tür stehen sah, winkte mich aber herüber.

»Fühlst du dich schon wieder stark genug, um zu trainieren?«, fragte er mich.

»Zumindest ist mir danach«, war meine vage Antwort.

»Wärm dich auf.«

Ich joggte ein paar Runden und schnappte mir dann ein Springseil. Anschließend machte ich Dehnübungen. Ich wollte mich gerade neben den anderen aufstellen, um die Bewegungsabläufe zu üben, die Brutus vormachte, als der Sportlehrer mit einem lauten Pfiff mit der Trillerpfeife den Teil des Unterrichts beendete. »Stellt euch in zwei Reihen gegenüber, jeweils auf eine Seite der Matten«, wies er an. »Ihr kämpft Mann gegen Mann. Wenn der Pfiff ertönt, trennt ihr euch und die Reihe, die Richtung Kletterwand blickt, rückt einen auf. Ihr nehmt die Ausgangsposition ein und beim zweiten Pfiff fängt das nächste Match an. Noch Fragen?«

Als wir uns aufgestellt hatten, kam Brutus zu mir. »Du hast eben nur beobachtet. Ich bleibe ein bisschen bei dir und korrigiere deine Haltung und deine Bewegungsabläufe.«

Der Nahkampf erforderte höchste Konzentration und da ich im Nachteil war, musste ich mich doppelt anstrengen. Es war genau das, was ich brauchte. Brutus hatte die Nahkampfmethode selber entwickelt und sie war an Krav Maga angelehnt. Ich fand sie spannend und der Gedanke, diese Techniken zu perfektionieren, gefiel mir sehr. Es würde mich beschäftigen und ich konnte damit die schädlichen Überlegungen in meinem Kopf verdrängen.

Was auch immer auf mich zukommen würde – ob es tatsächlich diese Kreaturen waren oder ob ich mich gegen den Weltuntergangskult wehren musste – ich sollte so stark und so gewappnet wie möglich sein.

Mit jedem Match wurde ich besser und Brutus lobte mich.

Ich hatte fast vergessen, dass Nic auch in dieser Gruppe war, bis ich ihm auf einmal gegenüberstand.

Er schenkte mir ein Grinsen. Ich gab es zurück, aber sicher sah es bei mir eher wie Zähnefletschen aus. Seine Augen verdunkelten sich etwas.

Als Brutus' Pfiff ertönte, stürzte ich mich auf ihn. Er konnte gar nicht so schnell reagieren und kassierte erst einmal ein paar gezielte Tritte in Körperregionen, wo es ihm bestimmt wehtat. Statt sich vor Schmerzen zu krümmen, fing er sich aber rasch und bekam mich mit ein paar geübten Bewegungsabfolgen in den Griff.

Bevor ich michs versah, hatte Nic mich aus dem Gleichgewicht gebracht. Kaum lag ich auf der Matte, hatte er mich schon am Boden festgepinnt. Ein Knie war strategisch dort positioniert, wo er meinen Nieren erheblichen Schaden zufügen könnte, wenn er mit Wucht zustieß.

Keuchend meinte er. »Man könnte meinen, du hast was gegen mich, so wie du mich angreifst.«

»Vielleicht hab ich das auch«, presste ich zwischen zusammengebissenen Zähnen hindurch, während ich versuchte, seinem Griff zu entkommen.

»Was hab ich dir denn getan?« Nic war offensichtlich so überrascht, dass er nicht mehr hundertprozentig konzentriert war. Statt zu antworten, presste ich meinen freien Zeigefinger in eine empfindliche Stelle an seinem Handgelenk, so wie es mir Brutus vorhin gezeigt hatte.

»Au«, rief Nic und ließ meine eine Hand los. Blitzschnell drehte ich mich, hebelte seinen anderen Arm aus und haute ihm meinen Ellenbogen in den Nacken.

Ich war aufgesprungen und schon wieder drauf und dran, mich auf ihn zu stürzen, als er den Schmerz ausgeschaltet hatte und parat für meinen Angriff war.

Er hatte mich nach kurzer Zeit im Schwitzkasten. »Was meinst du damit?«, fragte er.

»Schön, endlich deine Freundin kennenzulernen«, kam es abgehackt aus meiner Kehle. »Irgendwie …« Ich hakte ein Bein hinter seinen Knöchel und riss Nic um. Wir landeten beide am Boden, ich auf Nic drauf. Mein Gesicht war keinen Zentimeter von seinem entfernt, als ich meinen Satz beendete: »… hast du mir den Eindruck vermittelt, du hättest keine.«

Nics Mundwinkel verzogen sich. »Na ja, Freundin ist ein bisschen übertrieben.«

Er gab es sogar zu! *Na warte, diesem selbstgefälligen Arsch würde ich es zeigen!* Ich durfte mich nur nicht davon ablenken lassen, wie gut er roch. Und wie süß seine Wangengrübchen trotz des schmierigen Lächelns waren …

Bevor noch weitere solcher verräterischen Gedanken meinen Verstand vernebelten, nutzte ich meine günstige Lage, legte ihm meinen Unterarm über den Kehlkopf und drückte zu.

Nic wollte etwas sagen, brachte aber nichts heraus. Ich übte so viel Kraft aus, wie ich konnte. Dem würde sein scheiß Lächeln schon noch vergehen!

Irgendwo am Rande meines Bewusstseins hörte ich Brutus' Pfiff, aber ich ließ nicht von Nic ab.

Drei starke Jungs und Brutus waren nötig, um mich von Nic zu ziehen und erst dann hörte ich, wie mein Sportlehrer mich wütend anschrie.

Nic war schon etwas blau im Gesicht. Er griff sich an die Kehle und röchelte.

»Bist du bescheuert?«, Brutus packte mich am Arm. »Was soll denn das?«

»Sie hatte wohl noch eine Rechnung mit ihm offen«, hörte ich Rans Stimme.

»Die wird aber nicht hier bei mir im Trainingsraum beglichen«, schimpfte Brutus. »Das ist deine einzige Warnung. Wenn so etwas noch mal passiert, dann will ich dich hier nicht mehr sehen. Dann kannst du selber herausfinden, wie du auf dem Schlachtfeld zurechtkommst.«

»Verstanden«, flüsterte ich mit eingezogenem Kopf. »Wird nicht wieder vorkommen, versprochen.«

»Du warst offensichtlich doch noch nicht so weit, wieder trainieren zu können. Ich hätte dich nicht teilnehmen lassen sollen«, meinte Brutus etwas versöhnlicher. »Meine Schuld. Verschwinde von hier, und zeig dich erst wieder, wenn du dich im Griff hast.«

Ich nickte und lief aus dem Trainingsraum, ohne Nic noch eines weiteren Blicks zu würdigen.

***

Trotz des Vorfalls ließ Brutus mich schon am Abend desselben Tages weitertrainieren.

Er konnte einfach der Tatsache nicht widerstehen, dass ich so hochmotiviert war.

Ich versprach ihm hoch und heilig, dass so etwas wie am Vormittag nie wieder passieren würde. Wenn er mich zukünftig nicht mehr gegen Nic antreten lassen würde. »Sorry, aber er hat mich echt provoziert.«

Brutus verdrehte die Augen. Er rieb sich mit der Hand über den immerwährenden Bartschatten, schien dann die Entscheidung getroffen zu haben, das auszusprechen, was sich für ein Lehrer-Schülerinnen-Gespräch nicht gerade ziemte, und seufzte: »Hör zu, ich kenne Nic schon seit ein paar Jahren. Du bist nicht das erste Mädchen, das sich von ihm, äh … ähm…«

»… verarscht vorkommt«, beendete ich seinen Satz, begleitet von einem ordentlichen Hieb auf den Boxsack.

»Ich glaube nicht, dass Nic das vorhatte«, beschwichtigte Brutus mich in einem versöhnlichen Tonfall. »Er ist eben … etwas Besonderes und da wirkt er nun mal entsprechend anziehend auf das weibliche Geschlecht …«

»Oh, ja, etwas ganz Besonderes – ich kann es kaum erwarten, zu erfahren, was das wohl sein wird. Was der ach so tolle Nic wohl für ein Tier ist. Ein Drache? Nein, warte, wahrscheinlich ein Einhorn, dem die Sonne aus dem Arsch scheint.« Ich drosch auf den Boxsack ein, als würde Nic persönlich vor mir stehen.

»Allein der Gedanke an ihn scheint dich zu provozieren«, hörte ich Brutus sagen. »Stell dir lieber nicht Nic vor, sonst ist der Boxsack gleich im Eimer. Wenigstens wissen wir, dass der Doc gute Arbeit geleistet hat. Ich würde sagen, vor der Aktivierung wärst du in diesem Zustand zum Berserker geworden, oder?«

Dieser Kommentar ließ mich innehalten. Natürlich hatte ich befürchtet, dass ich ausraste und mich dann einfach verwandeln würde, so wie Peter. Wenn mir das bei meiner Wut auf Nic nicht passierte, dann schien ich tatsächlich die Kontrolle darüber zu haben.

»Wann macht ihr eure erste kontrollierte Verwandlung im offenen Raum? Morgen?«

Ich nickte. Davor hatte ich ein bisschen Angst. Aber ich musste mich selber vergewissern, dass Dr. Isbisters Behandlung erfolgreich war und ich meine Aggression und meine Verwandlung tatsächlich beherrschen konnte.

Erst dann konnte ich darüber nachdenken, von hier abzuhauen.

»Dann hattet ihr heute das Gespräch über Trollwesen?«

»Ja.« Ich machte mit dem Boxtraining weiter. Diesmal übertrieb ich es nicht ganz so sehr.

»Dann stell dir vor, der Boxsack ist ein Troll«, schlug Brutus vor.

Ein Troll, wie lächerlich! Diese grobschlächtigen Kreaturen, die ich auf den Bildern im Käfig gesehen hatte, waren *Trolle*. Kein Wunder, dass Dr. Isbister darauf bestand, den Tierkriegern erst nach der Aktivierung von den Kreaturen zu berichten. Sonst würde sich doch nie im Leben jemand von dem guten Doktor »behandeln« lassen.

Ich hatte die Generalin und Dr. Isbister ja so schon für verrückt gehalten, aber wenn sie mir von Anfang an damit gekommen wären, dass sie eine *Troll*-Apokalypse erwarteten und ich gegen Trolle in den Krieg ziehen sollte, um die Menschheit zu retten, dann hätte ich die beiden tatsächlich selbst von Männern im weißen Kitteln abholen lassen, glaube ich.

Irrsinnigerweise hatte ich mir immer, wenn der Doktor das Wort während der Besprechung in den Mund genommen hatte, diese kleinen Figuren mit den Knollennasen und den bunten, wirr abstehenden Haaren vorgestellt. Beim Gedanken, diese knuffigen kleinen Dinger mit riesigen Schwertern zu bekämpfen, musste ich ein hysterisches Lachen unterdrücken.

Dabei wusste ich doch, dass diese harmlosen Versionen des Kobold-Mythos damit nicht gemeint waren. Ich hatte schließlich die Illustrationen gesehen. Die Trolle darauf ähnelten eher den Kolossen aus Tolkiens Büchern.

Gemäß Dr. Isbister waren Trolle aber keineswegs Instinktwesen minderer Intelligenz, wie sie oft in Büchern und Filmen dargestellt wurden. Im Volksglauben vermischte sich die Vorstellung von den Dämonen-Trollen, die die Eingeweihten fürchteten, mit der von Zwergen und Berggeistern sowie auch mit Elfen. Es könnte sogar sein, dass Trolle Feen waren und umgekehrt – dass die Mythologien verschiedener Kulturen in diesem Punkt zusammentrafen und nur unterschiedlich ausgelegt und ausgeschmückt waren.

Die Chronisten der Eingeweihten glaubten, dass die Trolle, die bald die Menschheit vernichten wollten, die Jötunen aus der nordischen Mythologie waren. Der Name bedeutet übersetzt »die Gefräßigen«.

Dr. Isbister hatte mir den ganzen mythologischen Hintergrund erzählt, so als ob alles tatsächlich Geschichte wäre. Demnach hatte es früher die Trolle, die Menschen und die Asen, das Göttergeschlecht, gegeben. Sie alle hatten in verschiedenen Welten gelebt, die aber miteinander verbunden gewesen waren. Die Welt der Menschen, die Welt, in der wir uns auch jetzt noch befanden, hieß Midgard. Die Asen hatten in Asgard gelebt und sie waren den Trollen feindlich gesinnt gewesen. Thor hatte die Jötunen mit Blitzen bekämpft.

Dann hatte es wohl angeblich diese Ragnarök gegeben, die in heutigen Erzählungen immer noch als ein Zukunftsereignis betrachtet wird. Aber die Chronisten waren sich sicher, dass diese nordische Apokalypse, das Ende der Götter, schon geschehen war. Tja, und dann hatte es wohl noch die Trollwesen gegeben und die Menschen, von denen ein paar die Magie der Götter besaßen. Damit hatten sie dann die Trolle in ihre Welt, Jötunheim, verbannt. Das Ganze soll in einer Zeit geschehen sein, die uns heute als Eisenzeit bekannt ist.

Wenn man dann etwas über 2000 Jahre auf den Vorspulknopf drückte, waren wir in unserer Gegenwart angelangt, wo ironischerweise nicht von Göttern, sondern von Menschen geschaffene Tierkrieger wiederum als Retter der Menschheit herhalten mussten. Die niedersten aller niederen Kreaturen, wenn man es genau betrachtete, so weit von Göttern entfernt, wie man es sich vorstellen konnte. Warum ausgerechnet wir? Das machte der gute Doktor noch spannend.

Ich konnte doch wohl nicht die Einzige hier sein, für die sich Dr. Isbisters angebliche alternative Weltgeschichte wie eine schlechte Marvel-Comic-Verfilmung anhörte, oder?

Vielleicht konnte ich doch noch ein paar Verbündete finden, die nicht ganz der Gehirnwäsche des Doktors erlegen waren. Nur wen? Wem konnte ich trauen?

Morgen. Ich würde morgen darüber nachdenken.

Ich verausgabte mich noch am Boxsack, bis ich relativ sicher war, dass ich komplett k. o. ins Bett fallen und gut schlafen würde.

KAPITEL ACHTZEHN

M ich körperlich so fit wie möglich zu machen, war nur ein Teil meines Plans. Sobald ich mit Dr. Isbister die Testreihe abgeschlossen hatte, die bewies, dass ich meine Bärenkriegerin in der Öffentlichkeit völlig unter Kontrolle hatte, musste ich so schnell wie möglich die Flucht von dieser Insel wagen.

Wie ich das genau anstellen sollte, wusste ich noch nicht. Wenn schon im September so winterliche Temperaturen herrschten, wollte ich nicht wissen, wie schlimm die Wetterbedingungen in ein paar Wochen sein würden. Auf jeden Fall nicht ideal dafür, wahrscheinlich in irgendwelchen Schuppen übernachten oder auf der Straße leben zu müssen.

Eines war mir klar: Bei einem nächsten Fluchtversuch musste ich schnell weiter als Scalloway kommen. Ich musste aus dem Einflussbereich dieser Eingeweihten verschwinden, irgendwo weit weg von Trollwesen und dem verkappten Verschnitt der zurechtgebogenen nordischen Mythologie dieses Kults, der mich geschaffen hatte.

Und dazu brauchte ich Hilfe. Ich musste Verbündete finden, denen ich trauen konnte.

Die Drillinge, mit ihren Kontakten auf einem anderen Kontinent, waren eigentlich gute Kandidaten.

Ich strengte mich wirklich an, ungezwungen und freundlich mit Adira und Calixta umzugehen. Als ich neu in die Klinik gekommen war, hatte ich mir eingebildet, wir wären Freunde, auch wenn die beiden oft spitze Kommentare machten – besonders Adira. Dann hatte ich mich von ihnen verraten und hintergangen gefühlt, nachdem ich erfahren hatte, was die Klinik wirklich war und was man hier mit mir vorhatte. Freunde hätten so etwas nicht für sich behalten. Jetzt teilte ich ein Zimmer mit ihnen und wir kamen ganz gut miteinander aus. Dieses monströse Geheimnis stand nicht mehr zwischen uns.

Doch jetzt wusste ich ehrlich gesagt überhaupt nicht mehr, woran ich bei ihnen war.

Die traurige Wahrheit war, dass ich zu lange in Isolierung ohne Freunde gelebt hatte. Ich hatte keine Übung darin, eine Freundschaft zu pflegen. Ganz besonders hatte ich keine Erfahrung damit, wann man jemandem trauen konnte.

Die Sache mit Nic hatte das wohl sehr gut bewiesen. Und ich hatte ehrlich gedacht, Elin wäre meine beste Freundin hier gewesen, doch nach einer Woche Abwesenheit war ich einfach so ausgetauscht worden.

Am liebsten hätte ich den Bruch zwischen Elin und mir repariert, denn mittlerweile hatte Elin schließlich ihr Aktivierungsgespräch gehabt. Ich würde ganz offen mit ihr reden können. Aber ich kam nicht dazu, denn wenn sie mal nicht in den vielen intensiven Sitzungen mit Dr. Isbister war, erwischte ich sie nie ohne Hilda an ihrer Seite.

Und ich hatte wirklich keine Lust, mit der zu reden. Ich ging ihr aus dem Weg, so gut ich konnte – was bedeutete, dass ich auch Elin aus dem Weg ging … Die wahrscheinlich wiederum dachte, ich hätte kein Interesse, mich mit ihr auszusprechen … oh Mann, ich war wirklich schlecht in dieser Freundschaftssache.

Ich konnte mich noch daran erinnern, wie es ganz früher gewesen war. Bevor irgendjemand ahnen konnte, dass das

Berserker-Gen in mir schlummerte und ich ein ganz normales Kind gewesen war. Mit Freunden und allem, was dazu gehörte – Einladungen auf Feste, Treffen zum Spielen, Übernachtungen ... damals war alles so einfach gewesen.

Wann war es so kompliziert geworden, eine einigermaßen normale Beziehung zu anderen aufzubauen?

Zu dem Zeitpunkt, als Elin in den Käfig im Keller musste, war ich richtiggehend frustriert. Ich konnte wirklich nicht sagen, dass es mir auch nur annähernd gelungen war, andere ins Vertrauen zu ziehen oder selber Vertrauen zu anderen aufzubauen. Ich war schon so weit, dass ich darüber nachdachte, mich an Ran ranzuschmeißen. Nur, wenn es eines gab, in dem ich wahrscheinlich schlechter war, als normale Freundschaften aufzubauen, dann war es, das Herz eines Mannes zu gewinnen. Wie man bei der Sache mit Nic ja gesehen hatte.

Mit Calixta und Adira würde ich jedenfalls nicht weiterkommen, wenn ich auch noch das Zimmer wechseln musste und nicht mehr so viel mit ihnen zu tun hatte.

Das war noch das Schlimmste. Ich würde mir mit Hilda ein Zimmer teilen müssen!

In meiner Verzweiflung wagte ich es, an Mrs Darktowers Bürotür zu klopfen.

Als sie mich mit ihrer kalten Stimme hineinbat, wäre ich am liebsten wieder umgedreht. Ich redete mir gut zu. Was war schlimmer? Mindestens eine Woche mit Hilda als Zimmergenossin oder ein kurzer unangenehmer Moment mit der Generalin? Sie würde mir ja wohl nicht gleich den Kopf abreißen.

»Ja, bitte?« Mrs Darktower saß hinter ihrem Schreibtisch und schaute mich über ihre Lesebrille hinweg erwartungsvoll an.

»Ich, äh, ich wollte fragen, ob es nicht eine andere Lösung gibt, als dass ich mir mit Hilda das Zimmer teilen muss? Ich meine, in einer Woche kommt Elin wieder und dann muss sie wieder in ein anderes Zimmer ziehen, das ergibt doch nicht wirklich Sinn …«

Unsicher brach ich ab. Andere Argumente hatte ich nicht. Ich konnte ja nicht sagen, dass ich Hilda hasste, weil sie … ja, warum eigentlich? Sie hatte mir schließlich nicht den Freund gestohlen. Anscheinend war sie schon vor mir mit Nic zusammen gewesen. Und Nic war nicht mein Freund gewesen … er hatte mich einmal geküsst. Er war das Arschloch und Hilda konnte nichts dafür. Ob sie überhaupt von der Sache mit mir wusste? Vielleicht sollte ich es ihr sagen, dann konnte ich Nic richtig einen reinwürgen. Trotzdem: Es war nicht fair, dass sie so schön war, so perfekt war, dass sie ihre Eltern noch hatte, dass sie … alles hatte. Es sprach nicht gerade für meinen Charakter, dass ich sie dafür hasste, aber ich konnte einfach nicht über meinen Schatten springen …

»Ja, das ist ein Problem«, unterbrach Mrs Darktower meine Gedanken, nachdem sie etwas in ihrem Computer nachgeschaut hatte. »Eigentlich hatten wir erwartet, dass Hilda nur für eine kurze Weile hierbleibt. Ihre Eltern wollten sie gerne wieder bei sich haben, in Anbetracht der Tatsache, dass ihnen nicht mehr viel Zeit mit ihrer Tochter bleibt. Jetzt ist der Zeitpunkt aber noch weiter aufgerückt …« Mrs Darktower nahm die Lesebrille ab und rieb sich die Augen. Erst jetzt bemerkte ich, wie müde und abgespannt sie aussah.

Ihr Make-up saß wie immer perfekt; wahrscheinlich war es auftätowiert. Aber die dicke Schicht Puder konnte die tiefen Falten um ihren Mund nicht richtig verstecken und auch noch so viel Concealer deckte die Schatten unter den Augen nicht mehr ab.

Die intensiven Aktivierungen im Schnelldurchlauf in den letzten Wochen hatten auch bei Mrs Darktower merkliche Spuren hinterlassen. Und dazu kam wohl noch der Druck von oben, da die angebliche Stunde null immer näher rückte.

Was immer ich von der Geschichte mit der Troll-Apokalypse hielt, für die Generalin war sie sehr real. Sie konnte mir schon fast leidtun.

Aber der Moment der Verletzlichkeit ging schnell vorbei und als sie ihre Brille wieder aufgesetzt hatte, waren auch ihre Gesichtszüge und der Ausdruck in ihren Augen wieder hart und unter Kontrolle.

»Wir haben sogar noch ein paar Neuzugänge, die in den nächsten Tagen eintreffen werden. Alle Zimmer sind belegt und aus Platzmangel werde ich wohl die Krankenzimmer umfunktionieren müssen.«

»Neuzugänge?«, rief ich. Ich konnte die Aufregung in meiner Stimme nicht verbergen. Andere, die noch nicht unter dem Einfluss von Dr. Isbister standen, würden vielleicht genauso reagieren wie ich. Sie würden auch so schnell wie möglich wieder von hier wegwollen. Und hatten womöglich sogar noch Kontakte in die Außenwelt, die helfen konnten …

»Ja. Keine Tierkrieger, sondern Auserwählte. Sie waren natürlich schon mal hier, aber jetzt …«

Als Mrs Darktower meinen Gesichtsausdruck sah, brach sie ab. »Ich vergaß. Dr. Isbister wird bald das Gespräch über Auserwählte mit dir führen. Auf jeden Fall kommt einer von ihnen zu John, der wieder genesen ist. Die anderen beiden ins Krankenzimmer nebenan …«

»Moment mal«, wagte ich es, sie zu unterbrechen. »Was soll das heißen, keine Tierkrieger?« Das Wort »Auserwählte« war schon öfter gefallen, schließlich auch im Zusammenhang mit Nic. Es wurde betont, dass er etwas Besonderes sei und deshalb hatte ich mir schon gedacht, dass er einer dieser Auserwählten war. Aber ich hatte einfach angenommen, dass die Auserwählten auch Tierkrieger waren. Warum war Nic sonst hier? Wir waren doch alle hier, weil wir dieses Berserker-Gen hatten. Wir waren doch alle …

Plötzlich fiel es mir wie Schuppen von den Augen. Deshalb hatte mir noch keiner gesagt, welches Tier Nic war. Deshalb hatte er es mir selber nicht gesagt. Er hatte das Thema gewechselt. Er hatte … *Der Kuss!* Dieser Kuss, auf den ich mir so viel eingebildet hatte, war nichts als Ablenkung gewesen. Bei dem Gedanken schoss mir die Hitze ins Gesicht.

»Ich will jetzt sofort das Gespräch darüber führen. Ich habe es satt, immer nur stückchenweise Informationen gefüttert zu bekommen«, brach es aus mir heraus. »Dass alle sich gegen mich verschwören und jedwede Spielchen unternehmen, weil ich in bestimmte Sachen noch nicht eingeweiht bin und sie die nächste ominöse große Enthüllung noch vor mir verheimlichen müssen. Ich will jetzt *sofort* alles wissen!«

Am liebsten hätte ich hinzugefügt: »Ich glaub's euch ja eh nicht«, aber ich verkniff es mir.

Ich wusste, dass Isbisters und Darktowers Begründung war, dass ich nicht mit allen irren und überwältigenden Informationen auf einmal klarkommen musste. Ich sollte eins nach dem anderen verarbeiten.

Da ich die Geschichte mit der Troll-Apokalypse und alles, was damit zu tun hatte, aber sowieso nur für eine kollektive Wahnvorstellung hielt, musste ich ja auch nichts verarbeiten.

Die Generalin verzog keine Miene und hob den Hörer ihres Telefons ab. Sie drückte eine Taste und wartete.

»Ja, ich habe Alannah hier in meinem Büro«, sagte sie schließlich, als jemand – bestimmt Dr. Isbister – abnahm. »Sie hat ein paar Fragen gestellt, die ich gerne beantworten würde. Ich sehe keinen Grund, die restlichen Lektionen weiter hinauszuzögern, und ich würde gerne …«

»Unter normalen Umständen schon«, sprach sie weiter, nachdem sie unterbrochen wurde. Wieder ließ sie ihren Gesprächspartner ausreden. Sie schien dabei ganz ruhig.

»Wie ich sagte, unter normalen Umständen«, sprach sie schließlich weiter. »Ich stimme Ihnen zu, dass es das richtige Prozedere ist. Aber wir haben keine normalen Umstände. Die Zeit wird immer knapper. Wir können es uns schlicht nicht leisten, mit Bosse, Alannah und Elin so zu verfahren, wie es ideal wäre. Sie müssen sich jetzt ganz Elins Aktivierung widmen. Ich werde mich um alles Weitere kümmern.«

Der letzte Satz wurde in einem Ton vermittelt, der keine Widerrede gelten ließ.

Als die Generalin das Gespräch beendet hatte, setzte ich mich kerzengerade auf. Mich kribbelte es am ganzen Körper. Gleich würde ich endlich alles erfahren!

KAPITEL NEUNZEHN

Ich war so froh, dass ich nach dem Gespräch mit Mrs Darktower auf mein eigenes Zimmer gehen konnte. Und mit niemandem reden musste.

Obwohl ich meine Meinung zu Hilda etwas geändert hatte. Nach dem, was mir die Generalin erzählt hatte, musste sie sich fühlen, als ob sie mit Nic das große Los gezogen hätte. Selbst ein so schönes, perfektes Mädchen tat wahrscheinlich alles dafür, die Freundin eines Auserwählten zu sein. Eventuell auch ein Auge zudrücken, wenn er ihr nicht hundertprozentig treu war? Sie war fast ein bisschen zu bedauern.

Trotzdem wäre ich nicht scharf darauf gewesen, mir ein Zimmer mit ihr zu teilen.

Ich hatte Johns und Peters altes Zimmer bekommen, nachdem Peter nach oben, ins zweite Krankenzimmer gezogen war. Er würde sich dieses mit einem Auserwählten teilen. Ein anderer Auserwählter sollte zu John ins Zimmer ziehen.

Die Auserwählten, so hatte mir Mrs Darktower berichtet, waren alles Männer. Ich wusste gar nicht, warum ich gedanklich ausgerechnet darauf herumritt, wo es doch einige andere Sachen gab, die mich in gleicher Weise beschäftigen könnten. Aber irgendwie ärgerte es mich. Ich konnte nur annehmen, dass die Neuzugänge ebenfalls charmante, begehrenswerte Männer waren, die lediglich mit dem Finger schnippen mussten, um ein Mädel rumzukriegen. Diese tollen Kerle, die von Frauen umschwärmt wurden … die sich regelrecht einen Harem anlachen konnten … einen Harem von Frauen, die sich in Tiere verwandelten und sie beschützen sollten … Das ging mir gegen den Strich!

Insgesamt gab es laut Mrs Darktower fünf von diesen Auserwählten. Zwei davon waren hier, in der Hevera-Klinik. Nic und ein anderer Junge namens Rowan, den ich nicht gut kannte, aber bisher auch nicht hatte kennenlernen wollen, weil ich ihn für einen eingebildeten Schnösel hielt. Er war ein Schönling, der immer von einem Schwarm Mädchen umgeben war, die ihn bewundernd anschauten. Überhaupt nicht mein Typ, aber wenigstens war er deutlich in dem, was er tat.

Nic, so wusste ich nun, war etwas dezenter ans Werk gegangen. Und ich war drauf reingefallen.

Der Gedanke an sein Verhalten machte mich so fuchsig, dass ich von meinem Bett aufsprang, auf dem ich gelegen und nachgedacht hatte. Ich ging im Zimmer auf und ab.

»Mir ist zu Ohren gekommen, dass du nicht gut auf Nic zu sprechen bist«, hatte Mrs Darktower gesagt. »Ich weiß nicht, was genau vorgefallen ist, und ich will es auch gar nicht wissen. Aber bevor du ihn vorschnell verurteilst, bedenke Folgendes: Er hat es wahrscheinlich als Teil seiner Aufgabe als Auserwählter verstanden, während dieser schwierigen Zeit für dich an deiner Seite zu sein. Wir hatten natürlich schon Tierkrieger, die sich der Aktivierung widersetzt haben, aber du warst die Erste, die von der Insel geflohen ist. Wir sind froh, dass deine Tante in der Nähe war und alles noch mal glimpflich ausgegangen ist, aber uns – und wahrscheinlich auch Nic – war klar, dass du spezielle Betreuung brauchst.«

Allein die Erinnerung an diese Worte ließ mich vor Wut kochen. Anzudeuten, dass Nic mich hatte beschützen wollen! Dass mir zu verheimlichen, wer er wirklich war, zu meinem Besten gewesen sein soll! Er hatte mich im Glauben gelassen, wir sind gleich. Ich hatte mich ihm geöffnet, hatte mich ihm gegenüber verletzlich gezeigt. Und statt mir zu sagen: »Hör zu, ich bin gar kein Tierkrieger wie du, sondern ich stehe über dir«, hatte er mich geküsst!

Rückblickend war es so etwas von klar, dass der Kuss nur eine Taktik gewesen war, mir den Mund zu verbieten. Nicht auf meine Fragen antworten zu müssen. Ich wurde rot, als ich daran dachte, wie ich darauf hereingefallen war. Ich hasste ihn dafür. Ich hatte davon geträumt, dass wir uns ineinander verlieben. Zumindest hatte ich gedacht, dass wir gute Freunde sind. Dabei hatte er mich lediglich »speziell betreut«.

Mit geballten Fäusten stand ich vor dem Fenster und schaute nach draußen. Ich konnte die Bucht vor der Klinik überblicken, rechts und links die felsigen Landzungen, graues Meer und in der Ferne Mainland, die Hauptinsel von Shetland, das genauso gut auch so weit weg wie Timbuktu liegen könnte.

Tränen der Wut schossen mir in die Augen, als ich daran dachte, dass ich hier festsaß, mit diesen … Irren … und … und gemeinen Leuten … die mich in der Hand hatten …

Ich ließ mich aufs Bett fallen und heulte ins Kissen. Am allerschlimmsten an dieser Situation war die schiere Hilflosigkeit beim Gedanken daran, dass sie hier die Gewalt über mich hatten. Auch Nic hatte die Macht über mich und es ausgenutzt.

Nein, änderte ich meine Meinung, viel schlimmer war noch, dass ich die Beschreibung »Irre und Verrückte« gar nicht mehr passend fand. Ich fing ja schließlich an zu glauben, dass alles stimmte, was Mrs Darktower mir gesagt hatte. Ich war so wütend auf Nic, dass ich nicht hinterfragte, dass er ein Magier war.

Ein Magier!

Nic und die anderen Auserwählten konnten die Trollwesen mit magischen Fähigkeiten bekämpfen. Sie waren Nachkommen der Menschen, die einmal die Trolle verbannt hatten. Nur waren es damals mehr Magier gewesen und die Kräfte der Auserwählten wirkten heutzutage nicht mehr so stark. Sie waren nach so vielen Generationen mit immer mehr Normalsterblichen im Genpool sozusagen verwässert worden. Trotzdem lag die Zukunft der Menschheit in ihren Händen, denn sie waren die Einzigen, die diese angeblich bevorstehende Troll-Apokalypse abwenden konnten.

Nic war *überhaupt nicht* wie ich. Er war nicht in einem Labor entstanden, sondern ganz normal zur Welt gekommen. Gezeugt von eingeweihten Eltern, die ihre ganze Hoffnung in den Nachkömmling gesetzt hatten, und die mehr als stolz gewesen waren, als sich seine Gaben manifestierten. Bestimmt erfuhr Nic grenzenlose Liebe und Respekt von seiner ganzen Familie.

Er war freiwillig hier in der Klinik, so wie Rowan auch. Beide betrachteten es als ihre Pflicht, mit uns Tierkriegern zu trainieren und zusammenzuarbeiten. Die anderen beiden jungen Männer, die in den nächsten Tagen nach South Havra kommen würden, hatten etwas Zeit in der Klinik verbracht, um alle Tierkrieger kennenzulernen.

Aber sie waren älter als wir alle hier und ein Daueraufenthalt hätte sich nicht richtig angefühlt. Alle Auserwählten wurden von ihren Familien in die Künste der Magie eingeweiht, sobald sich in der frühen Kindheit erste Anzeichen für dieses Talent zeigten. Sie mussten nicht als Krieger trainieren, aber körperliche Fitness und der Umgang mit diversen Waffen wurde selbstverständlich als vorteilhaft erachtet.

Die magischen Fähigkeiten übersprangen wohl jeweils eine Generation. Ein Magier-Gen-Träger in einer der Auserwählten-Familien konnte entweder selber magische Fähigkeiten haben oder einen Sohn zeugen, der vielleicht magische Kräfte besaß. Beides zusammen ging nicht.

Da es über die Jahrtausende selbstverständlich vorgekommen war, dass keine Kinder oder keine Söhne von Magier-Gen-Trägern gezeugt wurden, waren entsprechend viele Auserwählten-Anwärter ausgestorben.

Derzeit gab es nur Nic und Rowan sowie die beiden Auserwählten, die bald hier ankommen sollten und die beide Mitte zwanzig waren. Der fünfte Auserwählte war ein alter Mann.

Mrs Darktower hatte nicht recht hinter dem Berg damit halten können, was sie von diesem Mann hielt. »Er glaubt, er kann sich aus der Sache heraushalten«, hatte sie gesagt, wobei ihre rechte Augenbraue gezuckt hatte. »Meint, er ist zu alt. Dabei sind sich alle Chronisten einig, dass die Auserwählten nicht allein aus den Reihen der jüngeren Generation der Magier stammen. Wenn die Stunde null schlägt, dann sind alle Magier berufen, sich in den Dienst der Menschheit zu stellen und die Trolle zu bekämpfen. Auch Mr Joel Huntington!«

Dieser Joel Huntington war mir sehr sympathisch, auch wenn ich ihn noch nicht persönlich kannte.

Ich musste es irgendwie bewerkstelligen, dass ich in seine Gruppe eingeteilt wurde. Wenn mir die Flucht vorher nicht gelingen sollte. Das war nämlich laut Mrs Darktower das, was uns erwartete: Wir würden in fünf Gruppen eingeteilt werden, jeweils ein Auserwählter und etwa sechs

Tierkrieger, die ihn beschützten und an seiner Seite kämpften. Lieber kämpfte ich mit und für einen bescheidenen alten Mann als für einen dieser Casanovas, die sich auf ihre Fähigkeiten wer weiß was einbildeten! Hauptsache, ich kam nicht in Nics Team.

Mit einem Ruck setzte ich mich auf und wischte mir hektisch die Tränen ab. Gott! Ich dachte wirklich mittlerweile, dass das alles passieren würde. Sah mich schon in so einer Gruppe um einen Auserwählten im Kampf gegen die Trollwesen.

Sie hatten mich. Mein Gehirn war offiziell gewaschen!

Ich sollte mir keine Gedanken um Nic machen und um meine Tierkrieger-Pflichten und um die Troll-Apokalypse. Ich sollte mich nicht emotional darauf einlassen, was die mir hier erzählten.

Denn die Chancen standen immer noch ziemlich gut, dass das alles nur eine kollektive Wahnvorstellung war.

Ja, ich verwandelte mich tatsächlich in ein Tier und wenn ich Nic um den Beweis bat, dass er wirklich zaubern konnte, würde er mir den wahrscheinlich liefern.

Trotzdem … eine Troll-Apokalypse? Das Ende der Menschheit? Das war doch noch etwas anderes. Und selbst *wenn* das alles stimmte – warum sollte ich für diesen Kult kämpfen? Ich fand immer noch nicht, dass ich dazu verpflichtet war, nur weil sie mich dafür erschaffen hatten. Wieso sollte das alles in meinem Verantwortungsbereich liegen? Warum sollte ich mich für die Menschheit verantwortlich fühlen?

Nein, ich musste mich mehr anstrengen, damit mir endlich die Flucht von der Insel gelang. Und dann würde ich weit, weit wegrennen, so wie es immer mein Plan gewesen war.

**

Es gab noch ein paar andere Tierkrieger hier, die etwas gegen die Klinik haben könnten, und ich musste mir mehr Mühe geben, sie als Verbündete zu gewinnen. Bosse stand auf meiner Liste – aber er war so schweigsam und schien immer zufrieden. Ich konnte mir nicht vorstellen, dass er Ressentiments gegen die Klinik hegte … dass er Ressentiments gegen irgendetwas hegte. Aber es gab noch ein paar andere, vielleicht vielversprechendere Kandidaten.

Peter war mir von Anfang an nicht sonderlich sympathisch gewesen, und da er dafür verantwortlich war, wie John jetzt aussah, war ich nicht sehr scharf darauf, ausgerechnet mit ihm gemeinsame Sache zu machen.

Aber in der Not frisst der Teufel Fliegen.

Beim Frühstück am nächsten Tag fasste ich mir ein Herz und setzte mich neben ihn. Er war sichtlich überrascht, aber mein überquellender Teller brach das Eis.

»Auf Diät bist du wohl grad nicht?«, fragte er mit hochgezogenen Augenbrauen.

»Mir ging es gestern Abend nicht so gut und ich bin zum Abendessen nicht runtergekommen. Jetzt habe ich ordentlich Kohldampf.«

Peter nickte nur und aß weiter seine Cornflakes.

»Seit der Aktivierung habe ich aber sowieso viel mehr Appetit als vorher«, log ich, einfach um das Gespräch dorthin zu lenken, wo ich es haben wollte. »Ging dir das auch so?«

»Hmm, eigentlich nicht.«

»Ganz schön heftig gewesen, die Woche im Keller. Fandest du das auch?«

»Schon. Aber John und ich waren ja nicht durchgehend eine Woche unten. Wir haben uns mit unseren Sitzungen abgewechselt.«

»Ach ja, stimmt. Warum der Doktor das jetzt bei uns so gemacht hat? Vielleicht wegen dem, was mit dir und John passiert ist?«

Peter hielt im Kauen inne und runzelte die Stirn.

»Ich meine, vielleicht hat er daraus geschlossen, dass dieses Prozedere sicherer wäre.«

Peter schluckte runter, was er im Mund hatte, und meinte: »Ich weiß nicht, ich glaube, es sollte bei euch einfach nur noch schneller gehen. Es heißt, die Zeit läuft uns davon.«

Ich legte meine Gabel hin, mit der ich im Rührei gestochert hatte. »Das befürchte ich auch. Wenn eure Aktivierung schon ein Schnelldurchlauf war, dann könnte meine vielleicht ein noch größerer Misserfolg sein. Ehrlich gesagt habe ich ein bisschen Schiss, dass mir dasselbe passiert wie dir«, ließ ich die Katze aus dem Sack. Ich musste nicht allzu sehr schauspielern. Obwohl ich nach dem Vorfall mit Nic im Trainingsraum ziemlich sicher war, dass ich nicht so einfach ausrasten würde, hatte doch ein kleiner Teil von mir immer Angst davor.

Peter rührte missmutig im Rest Milch in seiner Schüssel herum. »Ja, nicht gerade mein stolzester Moment. Dr. Isbister hat ein paar weitere Aktivierungs-Sitzungen mit mir gemacht und meinte, das würde jetzt nicht mehr passieren. Ich hätte jetzt bessere Kontrolle.«

»Hört sich so an, als ob du dir da selber nicht so sicher bist«, sagte ich vorsichtig.

»Wer weiß.« Peter schaute mich an. »Spiel einfach mit niemandem Tierkrieger gegen Troll, dann bist du auf der sicheren Seite.«

186

»Wie meinst du das?«

»John und ich haben einfach herumgealbert. Total bescheuert, so wie man es einfach manchmal macht. John hat so getan, als ob er ein Troll wäre. Und da muss bei mir etwas ausgeklinkt sein.«

Ich starrte ihn an. »Du meinst … sie haben uns so sehr darauf konditioniert, dass wir beim Anblick von Trollen durchdrehen, dass sogar das Nachäffen eines Trolls bei uns den Schalter umlegt?«

Peter zuckte mit den Schultern. »Anscheinend.« Er warf seinen Löffel aufs Tablett. »Oder vielleicht war es nur bei mir so. Anscheinend habe ich eine niedrige Schwelle, wenn es um Selbstkontrolle geht, an der wir weiterhin arbeiten.«

»Das hört sich ein bisschen bitter an. Gibst du dem Doktor die Schuld für das, was mit John passiert ist?«, wagte ich mich an den brenzligeren Teil der Konversation heran. »Ich meine nur, weil uns während der Aktivierung immer Bilder von den Trollen gezeigt wurden, dass wir praktisch auf sie abgerichtet sind, und du wegen so etwas dann deinen Kumpel angegriffen hast … da könnte man ja verstehen, wenn du auf die Klinik nicht gerade gut zu sprechen bist.«

»Na ja, irgendwie schon«, meinte Peter. »Klar, Dr. Isbister hat seinen Job nicht richtig gemacht. Aber er wurde halt gedrängt, dass wir alle so schnell wie möglich bereit fürs Schlachtfeld gemacht werden. Und mit den zusätzlichen Sitzungen schaffe ich es hoffentlich bis zum entscheidenden Kampf ohne weitere Vorfälle. Und dann, dann kann ich es endlich rauslassen. Dann ist es sowieso egal. Dann sagt keiner mehr, ich muss die Selbstbeherrschung bewahren. Dann applaudieren sie mir, dass ich so richtig den Tierkrieger rausgelassen habe. Und dann guckt mich keiner mehr komisch an, weil ich ausgerastet bin und mein Kumpel mir dabei im Weg war. Dann bin ich der Held.«

Peters Augen glänzten. Ein kalter Schauder lief meine Wirbelsäule herunter.

»Ja, da hast du wohl recht«, brachte ich leiser heraus.

Peter stand auf und haute mir freundschaftlich auf die Schulter. »Mach dir nicht so viel Gedanken. Ich habe gesehen, wie hart du trainierst. Mach weiter so und aus dir wird bestimmt eine tolle Tierkriegerin. Das ist es doch, worauf es ankommt«, ereiferte er sich. »Nicht mehr lange, Mann, und es geht endlich los!«

Er nahm sich sein Tablett und ging damit zur Abgabe.

Ich sah ihm verdrossen nach. Dann stopfte ich eine Scheibe Toast in mich hinein, ohne sie wirklich zu schmecken.

Peter hatte mir etwas klargemacht, über das ich noch gar nicht nachgedacht hatte. Es gab einige hier, vielleicht sogar viele, die sich auf die Apokalypse freuten. Die es toll fanden, dass sie zu Tierkriegern gemacht worden waren und dass sie die Helden spielen konnten.

Peter war es gar nicht in den Sinn gekommen, Isbister und dem Rest seines Vereins die Schuld dafür zu geben, dass er überhaupt zu diesem Tier gemacht worden war. Er hatte es nicht ausdrücklich gesagt, aber ich hatte das Gefühl gehabt, dass er es gut fand, dafür geschaffen worden zu sein, diese angebliche Helden-Aufgabe zu übernehmen. Das Einzige, was er dem Doktor und dieser Klinik übelnahm, war, dass sie seine Aktivierung nicht richtig hinbekommen hatten.

Nein, Peter wollte definitiv nicht hier weg, zumindest nicht, um dieser irrsinnigen Idee mit der Apokalypse zu entkommen. Er konnte es ja kaum abwarten, dass die endlich stattfand.

Ich seufzte. Wenn John auch so dachte, würde sich das Gespräch mit ihm kaum lohnen. Außerdem musste ich vorsichtig sein. Ich konnte nicht allen die gleichen Fragen stellen. Kämen sie dazu, diese Gespräche zu vergleichen, würde bestimmt jemand Verdacht schöpfen, warum ich alles so sehr hinterfragte.

Als ich die Hälfte meines Frühstücks aufgegessen hatte – meine Augen waren definitiv hungriger gewesen als mein Magen – und mein Tablett entsorgt hatte, ging ich zu Ingrid in die Küche.

Eigentlich hätte ich Wäschedienst, der in einer Viertelstunde anfangen sollte. »Wäre es okay, wenn ich ein bisschen später komme?«, fragte ich Ingrid. »Ich habe erfahren, dass es John besser geht, und wollte ihn gerne noch kurz besuchen.«

»Ja, du kannst ihm gleich das Frühstück mit hochbringen.« Ingrid wirbelte hektisch in der Küche herum. »Ich habe es noch gar nicht geschafft, mit den ganzen Vorbereitungen für den Besuch heute Nachmittag.«

»Was für ein Besuch?« Redete sie von den beiden Auserwählten, die herkommen sollten? Weshalb sollten die so viel zusätzliche Arbeit machen?

Ingrid legte Teig, den sie ausgerollt hatte, in eine Kuchenform. »Na, es kommen die Obersten der Eingeweihten«, sagte sie, so als ob ich das wissen sollte. »Ich hab's auch erst heute Morgen erfahren.«

Sie wischte sich die bemehlten Hände an der Schürze ab und war schon beim Dienstplan, bevor sie die Frage stellte: »Mit wem hast du Wäschedienst? Ah, Michelle. Ich sage ihr, dass sie sich heute allein um die Wäsche kümmern soll und einfach so viel erledigt, wie sie schaffen kann. Die Bettwäsche und Handtücher haben Priorität«, murmelte sie vor sich hin und machte sich eine Notiz.

Etwas unschlüssig stand ich in der Küche herum, bis sie mich wieder ansprach. »Okay, also, du bringst jetzt John das Frühstück, und dann kannst du mir hier in der Küche helfen. Ich mache die Kuchen fertig und du kannst Teesandwiches herrichten.« Sie runzelte die Stirn, bevor sie gestresst im Vorratsraum verschwand. »Ich hoffe, wir haben überhaupt genug …« Das letzte Wort hörte ich schon nicht mehr. Doch dann rief Ingrid noch: »Wenn du Michelle siehst, schicke sie zu mir, damit sie Bescheid weiß!«

»Okay, dann bring ich John das Frühstück und komme gleich wieder«, sagte ich, ohne zu wissen, ob sie mich auch wirklich gehört hatte.

Im Speisesaal machte ich John einen Teller zurecht und stellte dann noch ein Glas Saft auf das Tablett. Auf dem Weg nach draußen lief ich glücklicherweise Michelle über den Weg und berichtete ihr von der Planänderung.

Dann machte ich mich auf in den dritten Stock.

Ich stellte das Tablett neben der Tür zu Johns Krankenzimmer ab und klopfte an.

»Ja?«, hörte ich dumpf Johns Stimme.

Ich streckte den Kopf durch die Tür. »Hi, ich bin's. Ich bring dir dein Frühstück.«

Vorsichtig trug ich das Tablett rein und stellte es auf den schwenkbaren Tisch des Krankenhausbettes.

Erst dann traute ich mich, John anzuschauen.

Sein Gesicht war nicht mehr rot und wund, aber es war von hässlichen Narben übersät.

»So schlimm?«, fragte er, als er meinen Gesichtsausdruck sah.

Ich schaute beschämt weg. »Tut mir leid. Aber es ist ja nur etwas Kosmetisches.« Ich zwang mich zu einem Lächeln. »Sonst geht es dir wieder gut?«

»Der Doktor hat gesagt, ich bin wieder fit«, meinte John. »Nur, jetzt kann ich praktisch mit dem Training wieder von vorne beginnen. Von der vielen Herumliegerei sind meine Muskeln praktisch verkümmert.«

»Na, dann greif mal zu, damit du bald wieder richtig Kraft hast«, sagte ich und zeigte auf den Teller.

»Danke.« Sein Appetit ließ keinen Zweifel daran, dass er wieder gesund war.

Wir redeten über dieses und jenes. John war natürlich neugierig, was in den letzten Wochen alles passiert war. Ich war die Einzige, die ihn bisher besucht hatte.

»Peter war nicht hier?«, fragte ich.

John schüttelte den Kopf und beugte sich weiter über seinen Teller. Aber er konnte nicht verstecken, dass es ein Thema war, das ihn beschäftigte.

»Du musst ganz schön sauer auf ihn sein«, traute ich mich zu sagen.

John seufzte. »Es war nicht seine Schuld. Aber ich bin ein wenig enttäuscht, dass er noch nicht hier war, um mit mir darüber zu reden, das stimmt.«

»Ich weiß gar nicht, ob alle schon wissen, dass du wieder auf dem Damm bist. Ich hab es gestern von der Generalin bei einem Gespräch erfahren und …«

John winkte ab. »Er hätte mich ja längst schon mal besuchen kommen können. Andere haben es auch gemacht. Du zum Beispiel.« Er schaute mich an.

Ich wurde rot. »Ich dachte, du hättest davon nichts mitgekriegt.« Hatte er womöglich alles gehört, was ich mir in seinem Zimmer von der Seele geredet hatte?

»Nicht viel. Ich hatte große Schmerzen und Gott sei Dank starke Medikamente. Das ist dann so, als ob man öfter mal auftaucht, etwas mitbekommt und dann gleich wieder untertaucht, in diese Wattewelt, wo die Schmerzen dumpfer werden, aber alles andere auch, weißt du?«

Ich würde mir wahrscheinlich nie richtig vorstellen können, was für Schmerzen er hatte erleiden müssen, deshalb sagte ich nur wieder: »Es tut mir so leid, dass du das durchmachen musstest.«

Mir lag auf der Zunge, zu fragen, ob er nicht eine Wut auf die Klinik hatte, dass so etwas passiert war. Aber ich beließ es dabei.

Ich würde es mir für ein anderes Gespräch aufheben. Denn ich hatte die leise Hoffnung, dass John und ich tatsächlich Freunde sein könnten. Bislang war er meine einzige Chance auf einen Verbündeten. Und obwohl die Zeit drängte und ich es kaum abwarten konnte, hier wegzukommen, durfte ich diese Chance nicht vermasseln.

»Ich muss wieder runter. Ich soll Ingrid in der Küche helfen. Sie ist ein bisschen gestresst, weil sich hoher Besuch angekündigt hat.«

»Ach ja?« John runzelte die Stirn. »Was das wohl zu bedeuten hat?«

Ich zuckte mit den Schultern. »Keine Ahnung. Wir sind noch nicht lange hier, vielleicht kommen die öfter. Oder es gibt Neuigkeiten über den Zeitpunkt der Apokalypse.«

John sah beunruhigt aus. Das konnte natürlich viele Ursachen haben. Vielleicht machte er sich Sorgen, weil er erst wieder fit werden musste und so viel Training nachzuholen hatte. Wenn die Stunde null bald schlagen würde, wäre er nicht kampfbereit.

Aber ich beschloss, die Tatsache, dass das Wort Apoka-lypse keine Begeisterung in ihm auslöste, als gutes Zeichen zu werten. Ich würde ihn bald wieder besuchen und ein bisschen nachbohren.

KAPITEL ZWANZIG

Am Nachmittag kam ich gerade mit ein paar anderen vom Training aus dem Keller, als draußen ein großer Helikopter landete. Durch das Fenster im Treppenhaus beobachtete ich, wie einige Personen herauskletterten. Es waren vier Männer im Anzug. Ein älterer Herr half einer Frau, die mit ihren hohen Stöckelschuhen offensichtlich Probleme hatte, nicht im Boden steckenzubleiben. Ihre Haare waren so gut frisiert, dass selbst der Heli-Wind sie nicht durcheinanderbrachte.

Ich folgte denen, die schon zur Eingangstür gelaufen waren. Wir waren nicht dafür angezogen, nach draußen zu gehen, aber wie ein paar andere trotzte ich aus Neugierde der kalten Luft.

Mrs Darktower war schon auf der Treppe, um die Gäste zu empfangen. Sie schüttelte allen Männern die Hand und küsste die Frau rechts und links auf die Wange. Die beiden waren bestimmt befreundet und benutzten mindestens dasselbe Haarspray. Von Nahem konnte ich sehen, dass die Frau es mit ihrem Make-up genauso übertrieb wie die Generalin.

Jemand drängte sich an mir vorbei.

»Mama! Papa!« Hilda lief auf die Frau und den grauhaarigen Mann zu und fiel ihnen in die Arme.

Neid und Sehnsucht erfüllten mich. In den Gesichtern der umstehenden Tierkrieger sah ich ähnliche Gefühle.

Die Generalin drehte sich um und scheuchte uns alle wieder rein.

Ich rannte schnell auf mein Zimmer, um in Rekordzeit zu duschen und mich umzuziehen. Ich hatte Ingrid angeboten, ihr zur Hand zu gehen, wenn sie dem illustren Besuch Kaffee und Kuchen servierte. Von Ingrid wusste ich, dass es erst einen Rundgang geben sollte, dann sollten wir »Neuen« vorgestellt werden. Treffen würde ich die Elite also sowieso. Aber ich wollte, wenn irgend möglich, gerne dabei sein, während sie die Konferenz mit Mrs Darktower und Dr. Isbister abhielten. Vielleicht erhaschte ich dabei Informationen, die mir bei meiner Flucht helfen könnten.

Bosse, Peter und ich standen schon parat, als die wichtigen Personen den zum Konferenzzimmer umfunktionierten Unterrichtsraum im ersten Stock betraten. John wurde von Brutus und einer Pflegerin, die für seine Reha verantwortlich war, in den Raum gebracht und winkte mir kurz zu.

Dr. Isbister stellte uns vor und erklärte, welche Fortschritte wir seit unserer Ankunft in der Klinik gemacht hatten. Dabei erfuhr ich, dass Peter und John beide Wolfskrieger waren. »Elin, eine weitere Bärenkriegerin, ist noch mitten in der Aktivierung«, berichtete der Doktor.

Ein älterer Herr, der mir vage bekannt vorkam, zog die buschigen Brauen zusammen. »Noch nicht aktiviert? Ich befürchte, dann werden wir sie abschreiben müssen. Und den Wolfskrieger hier ebenfalls. Wie wir gleich noch besprechen werden, sind wir aufgerückt im Terminplan.«

Dr. Isbister und Mrs Darktower tauschten einen beunruhigten Blick aus. Dennoch gelang es dem Doktor, in seinem üblichen nonchalanten Tonfall zu sagen: »Jetzt warten wir mal ab. Elin macht gute Fortschritte. Wer möchte, kann nachher gerne observieren, wie sie sich anstellt.«

Der Mann, der den Einwand gemacht hatte, verzog das Gesicht. »Ich finde, Sie sollten Ihre Bemühungen darauf konzentrieren, die neuen Krieger mit gutem Potenzial fit zu kriegen, Doktor.« Er begutachtete mich, Peter und Bosse dabei wie Tiere auf dem Viehmarkt.

»Ich denke, wir nehmen alle Krieger, die wir haben können«, sagte die Frau – Hildas Mutter – in beschwichtigendem Tonfall. »Wie Dr. Isbister schon gesagt hat, warten wir es ab.«

»Ich glaube nicht, dass …«

Hildas Vater unterbrach den Mann, indem er ihn beim Namen nannte, und ich war so geschockt, dass ich gar nicht mitbekam, was als Nächstes gesagt wurde. Der Herr war ein hoher britischer Politiker. Deshalb war mir sein Gesicht so bekannt vorgekommen!

Wir wurden von der Generalin aus dem Zimmer geschickt und ich eilte hinunter in die Küche, wo Ingrid gerade eine Schüssel mit geschlagener Sahne oben auf einen Servierwagen stellte, nachdem sie mir eine Schürze ausgehändigt hatte.

Dann trugen wir den Servierwagen in den ersten Stock und schoben ihn ins Konferenzzimmer.

Ingrid schenkte Kaffee ein und ich stellte Tabletts mit Teesandwiches auf den Tisch. Dann ging ich mit dem Wagen von Platz zu Platz und fragte, welchen Kuchen ich servieren durfte. Als ich damit fertig war, hatte Ingrid weitere Getränkebestellungen aufgenommen.

Während wir im Konferenzzimmer waren, redeten die Elite-Mitglieder der Eingeweihten, Dr. Isbister und Mrs Darktower nicht von dem, was mich am meisten interessierte. Wann genau sollte diese Apokalypse stattfinden? Wenn Elin und John »abgeschrieben« werden sollten – was immer das hieß –, weil sie angeblich nicht rechtzeitig kampftauglich sein würden, dann konnten wir ja nur wenige Tage von dieser angeblichen Stunde null entfernt sein.

Was bedeutete, dass mir nicht viel Zeit bleiben würde, wenn ich dieser ganzen verrückten Suizid-Mission entkommen wollte. Langsam eine Freundschaft mit John aufzubauen, in der Hoffnung, dass er mich nicht verraten würde, wenn ich ihn fragte, ob er Hilfe für eine Flucht organisieren konnte und würde, war nicht länger eine Option.

Schon auf dem Weg zurück in die Küche überlegte ich fieberhaft, wie ich es von der Insel herunterschaffen konnte. Sollte ich bei John mit der Tür ins Haus fallen und auf das Beste hoffen? Oder verließ ich mich besser nur auf mich selber? Dann musste ich es wohl oder übel wieder mit dem Boot des Lieferanten versuchen … vielleicht glaubten sie nicht, dass ich es ein zweites Mal probieren würde? Mir blieb wohl keine andere Wahl. Im Sommer hätte ich mich vielleicht sogar getraut, die zwei Kilometer bis Mainland zu schwimmen, aber jetzt, wo es so bitterkalt war …

Überhaupt, was würde ich tun, wenn ich kalt, nass und mittellos an der Küste ankam? Dabei würde es mir in Scalloway auch nicht besser gehen – sollte ich es diesmal unbemerkt vom Boot schaffen. Ich hatte kein Geld, keine Kontakte, wusste nicht, wohin … Es schien ziemlich aussichtslos, aber ich war fest entschlossen, eine letzte Flucht wenigstens zu versuchen.

In der Küche richteten Ingrid und ich die bestellten Getränke und wir fuhren wieder mit dem Servierwagen los. Dieses Mal hatte ich Glück, denn die Diskussion war jetzt im vollen Gange.

Hildas Vater sprach davon, dass am Abend die anderen Auserwählten mit dem Hubschrauber eintreffen würden.

Auf dem Rückflug wären sie, die Eingeweihten, dann wieder an Bord.

»Und was ist mit Huntington?«, fragte der britische Politiker.

Hildas Mutter räusperte sich. »Wir haben Huntington eine erhebliche Aufwandsentschädigung überwiesen, damit er herkommt. Aber er … » Sie schaute zu ihrem Mann hinüber.

»Huntington bestand darauf, mit eigenem Transportmittel herzukommen«, erklärte der weiter. »Er möchte nicht, wie er es ausdrückt, auf dieser verdammten Insel festsitzen.«

»Mit eigenem Transportmittel?«, fragte Mrs Darktower. »Wie muss ich das verstehen?«

»Er kommt mit seinem Segelboot. Auf dem er auch zu nächtigen gedenkt«, sagte Hildas Vater. »Er hat gesagt, er kommt nur in die Klinik, um sich Ingrids großartige Kochkünste nicht entgehen zu lassen.«

Ingrid, die gerade Dr. Isbister ein zweites Stück Blaubeerkuchen auftat, lief rot an.

Mrs Darktower seufzte. »Na ja, wenigstens kommt er. Wir brauchen ihn. Und wir werden ihn schon dazu überreden können, sein Team kennenzulernen und mit ihnen zu trainieren.«

Hildas Mutter wiegte den Kopf hin und her. »Er ist ein Sturkopf. Ich weiß nicht, ob man ihn zum Trainieren bewegen kann. Aber er hat mehr Magie als alle anderen vier Auserwählten zusammen. Ich schlage vor, ihn mit den stärksten Tierkriegern loszuschicken, die ihr habt. Und tut euch den Gefallen: nur Männer.«

Mrs Darktower, der ich gerade Mineralwasser einschenkte, rollte mit den Augen, musste aber ein Schmunzeln unterdrücken. Ich verschüttete vor Überraschung ein bisschen, entschuldigte mich leise und wischte die danebengegangene Flüssigkeit mit einer Serviette weg.

Ich hatte die Generalin noch nie lächeln oder gar ein Lächeln unterdrücken sehen. Außerdem fand ich diese Anweisung sonderbar. Dieser Joel Huntington war doch ein alter Mann, oder nicht? Aus der Generation meines Großvaters. Vielleicht war das ja das Problem. Er hatte ein altmodisches Frauenbild: Weibliche Kriegerinnen taugten nichts. Nur weshalb sollte Mrs Darktower das amüsant finden?

Ingrid stieß mich an. Ich war so in Gedanken versunken gewesen, dass ich nicht bemerkte, dass wir längst fertig waren und gehen sollten.

Schnell folgte ich Ingrid nach draußen und runter in die Küche.

»Kennst du die anderen Auserwählten?«, fragte ich die Haushälterin neugierig.

Sie nickte. »Klar.«

»Auch den alten Mann? Joel Huntington.«

»Äh, ja, wieso fragst du?« Ingrid rieb mit ihrem Schürzenende an einer Stelle auf der blitzblank geputzten Arbeitsplatte herum.

»Ich wundere mich nur. Ich hatte gehört, er weigert sich, an dem … Kampf teilzunehmen. Ich dachte, er sei ein alter, gebrechlicher Mann. Ein Eigenbrötler, ein komischer Kauz. Jetzt kommt er doch, mit eigenem Segelboot …«

»Joel Huntington ist kein gebrechlicher Kauz.« Ingrid klang regelrecht empört. »Er ist gerade Anfang sechzig und, glaub mir, fitter als so mancher Vierzigjähriger.«

»Also war er in dem Fall schon öfter mal hier, wenn du ihn so gut kennst?«

»So gut kenne ich ihn jetzt auch nicht.« Ich hätte schwören können, Ingrid war puterrot geworden, aber sie hatte sich schnell umgedreht und beschäftigte sich am Spülbecken.

Ich hätte ihr gerne noch ein paar Fragen über den sonderbaren Joel Huntington gestellt, aber ganz offensichtlich wollte Ingrid nicht darüber reden.

Meinetwegen. Ich würde mir bald selber ein Bild von ihm machen können. Ich hatte beschlossen, dass dieser ominöse Joel Huntington mein Ticket von der Insel sein würde. In der Klinik fand ich offensichtlich keine Verbündeten. Selbst wenn John die nötigen Eier haben sollte, sich Isbister und Darktower zu widersetzen, hatte ich keine Garantie, dass er Kontakte hatte, die uns helfen würden.

Bei Huntington malte ich mir bessere Chancen aus. Offensichtlich wollte er mit diesem Weltuntergangsverein nicht allzu viel zu tun haben. Vielleicht glaubte er genauso wenig an diese Apokalypse und hatte sich deshalb bislang gesperrt. Oder er hielt sich ebenso wenig verantwortlich wie ich. Auf jeden Fall erfüllte er zwei Voraussetzungen, die ihn zum idealen Fluchthelfer machten: Er war älter, selbstständig und führte ein Leben außerhalb der Einflusssphäre der Eingeweihten – schließlich hatten sie ihn mit Geld bestechen müssen. Das hieß, er musste Kontakte haben, die mich wegbringen und verstecken konnten.

Und er hatte ein Boot.

KAPITEL EINUNDZWANZIG

Beim Abendessen kamen Dr. Isbister und Mrs Darktower in den Speisesaal. Sie sahen müde und abgespannt aus.

Dr. Isbister klatschte in die Hände und verschaffte sich Gehör.

»Unsere Gäste sind gerade wieder abgereist«, rief er. »Und Magni und Martin sind angekommen und haben ihre Zimmer bezogen. Wie sich sicher schon herumgesprochen hat, ist der Zeitplan wieder aufgerückt.« Er räusperte sich. »Sehr aufgerückt. Uns bleiben wenige Wochen.«

Ein Raunen ging durch den Saal. Die anderen schienen beunruhigt, aber ich war ein bisschen erleichtert. Der britische Politiker hatte mir den Eindruck vermittelt, die Stunde null stünde unmittelbar bevor. Wenn ich dann doch noch ein paar Wochen hatte … Trotzdem verschwand ich besser so schnell wie möglich von hier.

Der Geräuschpegel wurde immer lauter, bis Mrs Darktower rief: »Ruhe bitte!«

Schnell verstummten alle und Dr. Isbister fuhr fort. »Morgen früh, direkt nach dem Frühstück, treffen wir uns alle unten im Trainingsraum, um euch in Teams einzuteilen und das weitere Vorgehen zu besprechen. Ich schlage vor, dass ihr heute alle früh ins Bett geht und morgen ausgeruht seid. Uns erwartet sehr viel Arbeit.«

Sofort begannen alle, sich miteinander über die für viele doch schockierenden Neuigkeiten zu unterhalten. Ich

201

sprang auf und lief Dr. Isbister hinterher, der zusammen mit der Generalin den Speisesaal verließ.

»Dr. Isbister!« Er drehte sich um.

»Was ist denn mit Elin?«, fragte ich etwas außer Atem.

Der Doktor runzelte die Stirn. »Sie ... äh ... sie macht gute Fortschritte ... in Anbetracht der Tatsache, dass ...«

»Dass Sie sich keine Zeit für die Aktivierung nehmen konnten, weil Sie mit anderen Dingen beschäftigt waren?« Ich fragte mich schon, wer überhaupt unten im Keller bei Elin war. Wahrschein ein Pfleger. Doch der konnte doch wohl Elin nicht die Anweisungen geben, die nötig waren, und die Unterstützung bieten, die nur vom Doktor kommen konnte.

»Oder meinen Sie in Anbetracht der Tatsache, dass es sowieso egal ist, wie ihre Aktivierung läuft, da sie *abgeschrieben* wurde?«

Der Doktor seufzte und rieb sich das Gesicht. »Glaub mir, Alannah, ich habe Elin keineswegs abgeschrieben. Mir liegen alle meine Tierkrieger sehr am Herzen und ich kann keinen einfach so aufgeben. Mal davon abgesehen bin ich guter Dinge, dass Elin die Aktivierung erfolgreich abschließt und dann am entscheidenden Kampf teilnehmen kann. Du hast recht, es dauert etwas länger bei ihr, weil ich mir nicht so viel Zeit nehmen konnte wie bei dir und Bosse. Aber ich war immer mal wieder unten und sie macht sich gut.«

»Und John?«, ließ ich nicht locker. »Was wird mit ihm passieren? Wenn er nicht kämpfen kann?«

Dr. Isbister schaute mich einen Moment lang an. »John wird hierbleiben müssen. Ich sehe es als nicht realistisch an, dass er bis zur Apokalypse fit ist.«

»Er bleibt hier? In der Klinik. Bei Ihnen und Mrs Darktower?«

202

»Wo Mrs Darktower und ich dann sind, wird sich zeigen. Aber John wird weiter trainieren, denn wir können noch nicht sagen, wie lange sich dieser Kampf hinziehen wird. Vielleicht wird er fit genug sein, wenn … Ersatz nötig ist.«

Wenn alle anderen Tierkrieger es nicht geschafft hatten … Deutlicher hätte er sich kaum ausdrücken können. Ich machte den Mund auf, aber Mrs Darktower kam mir zuvor. »Bitte, Alannah, du kannst morgen deine Fragen stellen. Wir haben noch viel vorzubereiten und müssen jetzt gehen.«

Ich schaute ihnen nach und drehte mich dann um. Eigentlich hatte ich vorgehabt, wieder zu meinem Platz zurückzukehren, aber mir war der Appetit vergangen. Und mit anderen zu reden hatte ich auch keine Lust.

Selbst wenn es noch so schön sein würde, gemeinsam mit anderen die Flucht anzutreten – die Wahrscheinlichkeit, dass jemand hier überhaupt die Motivation hatte, sich dem Einfluss der Eingeweihten entziehen zu wollen, war gering.

Es war mir vorhin aufgegangen, als ich diesen Ausdruck in den Gesichtern der anderen sah, als Hilda freudestrahlend auf ihre Eltern zugestürmt war.

Sie alle hätten es bevorzugt, liebende Eltern zu haben, die sie so akzeptierten, wie sie waren – und die Mittel und Wege hatten, ihre »besonderen Fähigkeiten« zu kontrollieren und zu fördern.

Ich glaubte, dass viele, hätten sie solche Personen in ihrem Leben gehabt, Dr. Isbisters Gehirnwäsche nicht so leicht zugelassen hätten. Die meisten hier hatten ihren Tierkrieger-Auftrag angenommen, weil es keine Alternative gab. Selbst Calixta, Adira und Ran, die liebende, akzeptierende Eltern hatten, waren letzten Endes doch hier hergeschickt worden. Waren aufgegeben worden.

So wie ich von meiner Familie auch.

Um motiviert zu sein, der eigenen vorherbestimmten Zukunft zu entfliehen, musste man sich schon irgendwie eine bessere Perspektive vorstellen können.

Ich stand in der Tür und betrachtete »meine« Tierkrieger, als es mir zu Bewusstsein kam: Für die anderen gab es diese bessere Zukunft nicht. Es gab keinen Fluchtort. Die meisten von uns hatten niemanden, der noch an uns glaubte; deswegen waren wir ja hier.

Wieso sollte ich anders sein? Warum wollte ich überhaupt weg? Wohin flüchtete ich denn?

Die Fragen, die sich mir plötzlich aufdrängten, trafen mich wie Faustschläge ins Gesicht. Ich taumelte rückwärts aus dem Raum, weg von den Spiegeln, die mir die anderen vorhielten.

Ich drehte mich um, rannte die Treppe hoch in mein Zimmer und schlug die Tür fest zu. Für einen Moment hielt ich gegen sie, als ob etwas hinter mir her wäre, das einbrechen wollte.

Aber da war ja nichts. Wie so oft wurde mir klar, dass das, vor dem ich wegrennen wollte, in Wirklichkeit *in mir* war. Und diese Erkenntnis konnte ich nicht länger ausblenden.

Mein Körper fühlte sich bleischwer an, als ich mich aufs Bett fallen ließ.

Schlaf wäre eine willkommene Gnade gewesen, aber natürlich kam er nicht. Und so lag ich da, unfähig, mich zu bewegen, oder etwas anderes zu tun, um mich abzulenken. Meinen dunklen Gedanken völlig ausgeliefert.

Etwas, an dem ich bislang immer festgehalten hatte, war, dass ich Dr. Isbisters und Mrs Darktowers Gerede um die Troll-Apokalypse nie richtig für voll genommen hatte. Ich konnte und wollte das Ganze nicht so richtig glauben … es war zu fantastisch. Klar, sich in einen Bärenkrieger zu verwandeln, war ebenfalls weit von dem rationalen Horizont entfernt, den die meisten Menschen hatten. Aber letztendlich waren wir ein paar genetisch manipulierte Individuen. Es war nicht komplett im Bereich des Unmöglichen, dass ein idealistischer Wissenschaftler so etwas hinbekommen würde.

Aber Trollwesen, die mithilfe von Magie in eine andere Welt verbannt worden waren? Und die jetzt wieder ausbrachen, um der Menschheit ein Ende zu bereiten? *Das* war einfach wirklich weit hergeholt.

Doch mittlerweile gab es einen Teil in mir, der die Geschichte *glaubte*. Bisher hatte ich keinen handfesten Beweis gehabt, dass sich der Kult nicht nur auf ein paar Verrückte auf Shetland erstreckte. Doch der Kreis der Eingeweihten hatte sich erweitert. Es waren nicht mehr nur ein irrer Wissenschaftler, eine militante Generalin mit Stock im Arsch und eine Patentante, die mich verraten hatte. Ich hatte die Drahtzieher dieser Eingeweihten getroffen und darunter waren offensichtlich sehr einflussreiche Leute. Die nahmen das Ganze eindeutig sehr ernst.

Konnte es wirklich sein, dass sie und wir etwas wussten, von dem der Rest der Menschheit keine Ahnung hatte?

War es möglich, dass gewöhnliche Menschen, wie mein Vater und meine Mutter, in wenigen Wochen an einem für sie ganz normalen Tag plötzlich die schockierende Erkenntnis haben würden, dass die Welt, die sie kannten, zu Ende war? Denn Trolle würden die Erde überrennen und alles zerstören, was ihnen in den Weg kam. Wie lange würde es dauern, bis sie nach Deutschland, zu meinen Eltern gelangten? Tage, Wochen, Monate?

Was genau passieren würde, wusste keiner. Man ging lediglich davon aus, dass die schiere Menge an so gut wie unzerstörbaren Kreaturen die Erde überlaufen und die Menschen wie Insekten zerquetschen würde. Die Trolle waren völlig immun gegen menschliche Technologie. Moderne Waffen konnten nicht gegen sie eingesetzt werden. Allein mit Magie konnte man sie besiegen.

Nicht mal wir Tierkrieger hatten eine richtige Chance gegen sie, aber wir waren ja auch nicht erschaffen worden, um sie zu besiegen. Wir sollten sie so lange beschäftigen, bis die Auserwählten sie wieder verbannt hatten. Wir waren das Kanonenfutter. Oder besser gesagt: Trollfutter.

Das sollte Motiv genug sein, um dieser Insel und meinem Schicksal zu entfliehen, richtig?

Aber es war nicht dieser Gedanke, der endlich wieder Leben in meine Glieder fließen ließ. Es waren die Überlegungen zu meinen Eltern. Wenn es auch nur den Hauch einer Chance gab, dass das, was mir Isbister und Co eingebläut hatten, der Wahrheit entsprach, dann musste ich meine Eltern warnen. Ich musste sie in Sicherheit bringen. Sie mochten mich aufgegeben haben, aber ich würde sie nicht im Stich lassen.

Die Portale, aus denen die Trollwesen kommen würden, waren alle hier im Norden. Ich musste mit meinen Eltern einfach gen Süden fliehen, immer weiter. Es würde dauern, bis die Trolle so weit vorgedrungen waren. Und dann würde ich meine Eltern vor ihnen beschützen. Bis die Kreaturen dann …

Mist, was wollten die, was war ihr Endziel?

Ich sprang vom Bett auf.

Ich hätte besser aufpassen und mehr Fragen stellen sollen, statt nur halb zuzuhören, weil ich es für Fiktion hielt.

Vor dem Fenster blieb ich stehen und presste mein heißes Gesicht gegen die Scheibe. Außen hatten sich Eisblumen gebildet. Ich erinnerte mich an eines der Anzeichen für die bevorstehende Apokalypse, die Chronisten seit Generationen weitergegeben hatten.

Ein früher, besonders harter Winter. Und er würde lange, lange anhalten. Es fiel mir wieder ein: drei Jahre lang. Sollte das heißen, dass die Apokalypse drei Jahre andauern würde?

Die Chronisten wussten es wohl auch nicht so genau, denn es wurde nie etwas weitergegeben, was die Zeit nach der Rückkehr der Trolle betraf. Schließlich sollte da ja wohl keine Menschheit mehr existieren, was gab es darüber zu sagen?

Dr. Isbister hatte es so erklärt, dass die Apokalypse eine Art zweite Ragnarök sein würde. Es gab ähnliche Anzeichen, wie es sie für Ragnarök gegeben hatte, zum Beispiel diese drei Winter.

Ragnarök, die Apokalypse aus der nordischen Mythologie, war laut Isbister schon vor langer Zeit geschehen. Damals waren die Götter untergegangen. Die Trolle hatten überlebt, aber eben auch die Menschen. In manchen von ihnen gab es so etwas wie Götterfunken: die Magie ihrer Götter-Vorfahren. Paarungen zwischen Menschen und Göttern hatte es nämlich zuhauf gegeben.

Mit dieser Magie hatten sie schließlich die Trollwesen bekämpft und verbannt, wohl wissend, dass sich der Untergang der Menschheit nicht aufheben, sondern nur aufschieben ließ.

Für den Untergang der Menschheit gab es laut den Chronisten eben ähnliche Vorboten wie für Ragnarök – obwohl die Bezeichnung Ragnarök nicht mehr wirklich auf uns Menschen zutraf. Schließlich stand Ragnarök altnordisch für »Schicksal der Götter«. »Apokalypse« war wohl auch kein Begriff, der es besser traf, rein an der Bedeutung gemessen, die ihr das Christentum beimaß. Obwohl damit ein Weltuntergang und das Ende der Geschichte der Menschen gemeint war, so sollte danach doch das Reich Gottes kommen. In unserem Fall kamen ironischerweise die Trollwesen, die die nordischen Götter so bitter bekämpft hatten. Das griechische Wort Apokalypse bedeutete aber, so hatte es Dr. Isbister erklärt, »Enthüllung« oder »Entschleierung«. In dem Sinne traf es auf das zu, was uns bevorstand. Der magische Bann einiger weniger Menschen, die die wahre Menschheitsgeschichte über zweitausend Jahre lang vor allen anderen verborgen hatten, würde schlagartig gelüftet sein.

Und wenn es den Trollwesen auch noch gelänge, die letzten Götterfunken auf der Erde zum Erlöschen zu bringen, dann würde wohl auch »die zweite Ragnarök« eine treffende Bezeichnung sein.

Abgesehen vom langen Winter hatten die Chronisten noch andere Vorboten erkundet, die sich mit Ragnarök deckten:

Vor Ragnarök war die Midgard-Schlange aus dem Meer aufgestiegen und hatte Wasser sowie ihr eigenes Gift in alle Richtungen verspritzt, wobei riesige Wellen und Überschwemmungen verursacht worden waren.

Vorboten »unserer« Apokalypse waren laut Aussage der Chronisten die vielen Tsunamis, die überall auf der Welt gerade passierten.

In der nordischen Mythologie hatte ein Riese Asgard und die Brücke Bifröst, die die Welt der Götter und die der

Menschen verband, angezündet. Bei uns gab es in vielen Teilen der Welt große Flächenbrände.

Während Ragnarök hatte der Weltenbaum Yggdrasil die Erde zum Beben gebracht. Gerade wurde in den Nachrichten von den vielen Erdbeben berichtet.

In der nordischen Mythologie hieß es, Sonne und Mond werden von den Wölfen Sköll und Hati verschluckt. Laut den Chronisten würde das das letzte Anzeichen für die Apokalypse sein. Eine Sonnenfinsternis, nach der wir als Garde in den Kampf gegen die Trollwesen ziehen sollten. Am Tag nach der darauffolgenden Mondfinsternis würde dann die Stunde null gekommen sein.

Ich seufzte, als ich mir das alles, was mir Dr. Isbister und die anderen Eingeweihten als alternative Geschichte und prophezeite Zukunft verkaufen wollten, noch einmal richtig vergegenwärtigte.

Konnte das alles wahr sein? Würde es wirklich passieren?

Vielleicht hatte die Gehirnwäsche endlich ihre volle Wirkung entfaltet, aber ich konnte nicht mehr verleugnen, dass ich in meinem Herzen daran glaubte.

Und wenn das so war, dann musste ich meine Eltern retten.

Immerhin hatte ich nichts zu verlieren, wenn ich an die Apokalypse glaubte. Das »Schlimmste«, was passieren konnte, war, dass nach der angeblichen Stunde null die Welt noch stand. Genau wie bei vielen Weltuntergangsszenarien zuvor.

Gerade hatte ich neue Hoffnung, neue Motivation geschöpft, als ich draußen ein Licht sah.

KAPITEL ZWEIUNDZWANZIG

I ch hob den Kopf und richtete mich kerzengerade auf. Ein Licht in der Bucht? Das musste Joel Huntingtons Boot sein.

Ohne groß darüber nachzudenken, zog ich mich warm an.

Dann ging ich nach unten, machte einen Abstecher in die Küche, wo ich in einer Schublade Taschenlampen gesehen hatte, und schnappte mir eine, bevor ich nach draußen ging.

Die Kälte traf mich wie ein Schlag ins Gesicht. Ich klappte den Kragen meiner Jacke hoch und zog die Mütze so tief, dass möglichst wenig ungeschützte Haut als Zielscheibe für den fiesen Nieselregen blieb. Es fühlte sich nämlich eher so an, als ob ich von winzigen Eispfeilen getroffen wurde.

Dann stampfte ich in Richtung Bucht. Je näher ich kam, desto besser erkannte ich das Boot, das einige Meter weiter weg vor Anker lag.

Ich zögerte, doch dann winkte ich mit der Taschenlampe. Weshalb sonst war ich hier hergekommen?

Eine Lampe vom Boot gab mir ein Lichtzeichen zurück. Ich verstand nicht, was es bedeutete – wenn Mr Huntington dachte, ich würde den Morsecode kennen, dann hatte er sich leider getäuscht.

Unschlüssig tänzelte ich auf der Stelle. Es war zu kalt, um stehen zu bleiben.

Ich überlegte gerade, ob ich noch einmal mit der Lampe leuchten sollte, als ich bemerkte, dass sich ein kleines Schlauchboot in meine Richtung bewegte. Darin saß ein Mann und paddelte.

Mir war ein bisschen unheimlich zumute.

Es muss Huntington sein, versuchte ich mich zu beruhigen. Wer sonst sollte um diese Uhrzeit hier anlegen?

Trotzdem musste ich ein bisschen schlucken, als der völlig vermummte Mann agil aus dem Boot sprang und auf mich zukam. Das hier war definitiv kein gebrechlicher Alter, aber Ingrid hatte ja gesagt …

»Guten Abend.« Der Mann blieb stehen, legte den Kopf schief und musterte mich.

Ich konnte ihm mit der Taschenlampe ja nicht direkt in die Augen leuchten, also lag sein Gesicht im Dunkeln. Umso besser erkannte ich den Namen einer teuren Outdoor-Marke auf seinen Klamotten, unter denen sich ein schlanker, muskulöser Körper abzeichnete.

»Ich hatte jemand anderen erwartet«, fuhr der Mann fort. Seine Stimme war dunkel und recht rau und er hatte einen angenehmen schottischen Akzent. »Wie komme ich zu der Ehre, dass Sie mich besuchen, Miss …«

Ich schluckte. »Alannah. Ich heiße Alannah.« Wie sollte ich anfangen? »Äh, ich bin eine Tierkriegerin und habe gehört, dass Sie heute ankommen«, stotterte ich.

»Und da haben Sie sich als Begrüßungskomitee angeboten, das ist ja sehr nett. Oder ist der Besuch inoffiziell?« Meine Unsicherheit amüsierte ihn anscheinend.

Schlotternd verschränkte ich meine Arme vor dem Körper. »Ich wollte mit Ihnen reden. Definitiv inoffiziell.«

»Hmm.« Er trat etwas näher, hakte einen Finger unter meinen Kragen und zog ihn herunter. Verstört wich ich einen Schritt zurück.

»An so ein hübsches Ding wie Sie hätte ich mich erinnert. Sie sind wohl neu hier?«

Ich nickte. »Ja, ich bin erst seit etwas über einem Monat da.«

»Wenn Sie sich mit mir unterhalten wollen, dann lade ich Sie besser auf mein Boot ein. Sie frieren sich ja zu Tode. Gibt man Ihnen in der Anstalt keine besseren Kleider?«

Auf Joel Huntingtons Boot zu gelangen, war ja mein Endziel gewesen, aber jetzt musste ich mich ziemlich zusammenreißen, um nicht meinem Instinkt nachzugeben, mich umzudrehen und zurück in die Klinik zu laufen.

Ich nickte nur, und Huntington half mir ins Boot. Ich stellte mich dabei ziemlich ungeschickt an und bekam jetzt auch noch buchstäblich kalte Füße. Meine Schuhe waren ungeeignet dafür, in ein Schlauchboot zu gelangen, und als ich endlich drinsaß, war ich ziemlich nass.

Mr Huntington sagte nichts, während wir zur seinem Segler übersetzten, und ich hätte auch gar nicht antworten können, so sehr klapperten meine Zähne.

Ich war so steif vor Kälte, dass ich mich kaum bewegen konnte und Mr Huntington Schwierigkeiten hatte, mich auf sein Segelboot zu bekommen. Er musste mich praktisch in die Kajüte tragen.

»So«, sagte er, und machte sich gleich an dem winzigen Herd zu schaffen. »Für Sie gibt es jetzt erst mal einen Toddy. Und Sie ziehen besser Ihre Schuhe, Strümpfe und Hose aus. Sie sind klatschnass.«

Huntington kramte in einem Schrank herum und warf mir eine Jogginghose und dicke Wollsocken zu, bevor ich protestieren konnte.

Obwohl es mir unangenehm war, mich in diesem kleinen Raum in Gegenwart eines Mannes, den ich nicht kannte, halbnackt auszuziehen, merkte ich selber, dass es notwendig war.

Als Huntington sich umdrehte und zwei dampfende Tassen auf den kleinen Tisch stellte, saß ich schon mit trockenen Kleidern und in eine Decke eingemummelt da. Es war eine Verbesserung, aber ich zitterte immer noch.

»Jetzt nehmen Sie erst einmal einen großen Schluck hiervon, sonst werden Sie mir noch krank.«

Die Dämpfe, die mir entgegenwaberten, als ich die Tasse in die Hand nahm, rochen so stark nach Alkohol, dass meine Augen tränten. »Was ist das?«

»Ein Toddy. So wie ein Grog, nur mit Whisky, nicht mit Rum.«

Ich verzog das Gesicht, behielt aber die heiße Tasse in der Hand. Das fühlte sich gut an. »Ich trinke keinen Alkohol«, sagte ich.

»Ich glaube Ihnen ja, dass Sie ein ganz braves Mädchen sind. Aber jetzt gerade ist das für Sie Medizin. Glauben Sie mir, es wird Ihnen guttun.«

Skeptisch schaute ich auf das Gebräu. Ich hatte noch nie Alkohol getrunken, denn schließlich senkte es die Hemmungen. Was man auf jeden Fall vermeiden wollte, wenn man sowieso schlecht die Kontrolle über sich bewahren konnte.

Jetzt hatte ich zwar die Aktivierung hinter mir und sollte eigentlich in der Lage sein, meine Verwandlung in ein Tier zu verhindern. Den Test mit Nic hatte ich bestanden. Aber ich hatte nicht so viele kontrollierte Verwandlungen nach der Aktivierung mit Dr. Isbister gehabt wie geplant, weil so viel dazwischen gekommen war und der Doktor viel zu tun hatte. Es gab keine Garantie, dass ich nicht doch ausflippen würde – Peter war es schließlich auch passiert. Obwohl er gemeint hatte, er wäre so sehr auf Trolle abgerichtet worden, dass allein das Nachäffen eines Trolls seine Verwandlung ausgelöst hat. Nein, kein Alkohol!

Nun ja – Huntington sah wenigstens kein bisschen aus wie ein Trollwesen. Ich schielte zu ihm hinüber. Eine Schicht Kleidung hatte er längst abgelegt. Er hatte graue Haare, einen gepflegten grauen Bart und ein Gesicht, das aussah, als sei es oft Wind und Wetter ausgesetzt gewesen. Trotzdem wirkte er jünger, als er war; was vielleicht auch an den unglaublich blauen Augen liegen mochte, die lebenslustig funkelten. Er erinnerte mich eher an einen jüngeren Sean Connery als an einen Troll.

»Ich hätte Ihnen keinen gemacht, wenn ich nicht glauben würde, dass es Ihnen wirklich guttun würde«, sagte er, als ich immer noch zögerte. »Glauben Sie, ich fülle sonst gerne siebzehnjährige Mädchen ab?« Er grinste charmant, sodass ich ihm die Bemerkung nicht übelnehmen konnte.

Ich seufzte, gab mir einen Ruck und nahm ein Schlückchen. Die Flüssigkeit brannte so sehr in meinem Hals, dass ich husten musste. »Bääh!«

Huntington lachte.

Aber einmal im Magen angekommen, breitete sich dort eine angenehme Wärme aus, die den ekligen Geschmack wert war.

Vorsichtig nippte ich noch einmal an der Tasse.

Huntington hob seine. »Auf unsere neue Bekanntschaft. Ich bin Joel.«

Ich stieß mit ihm an. »Alannah«, sagte ich, obwohl ich meinen Namen vorhin schon genannt hatte.

»Hmm«, meinte er, nachdem er getrunken hatte. »Ich kannte mal eine Alannah. Arbeitet auch für diesen Verein. Attraktive Rothaarige.«

»Das ist meine Tante«, sagte ich. »Patentante. Von ihr habe ich den Namen.«

»Ah.«

Nach einem Moment des Schweigens sagte Joel: »Nicht, dass ich was gegen deinen Besuch habe, aber ich werde den Verdacht nicht los, dass du aus einem bestimmten Grund hier bist. Willst du mir den verraten?«

Bis zu diesem Gespräch hatte ich noch gar nicht nachgedacht. Ich hatte mir nicht zurechtgelegt, was ich genau sagen würde.

»Ich bin, wie gesagt, noch ziemlich neu hier«, begann ich. »Ich wusste nichts von meinem … Ursprung. Es war ein ziemlicher Schock. Gerade habe ich mich damit auseinandergesetzt, dass ich … von denen erschaffen wurde. Dass ich eine Bärenkriegerin bin. Und jetzt soll da auf einmal eine Apokalypse direkt vor der Tür stehen? Die mit meiner Hilfe verhindert werden soll? Ich meine …«

Ich nahm noch einen Schluck. Die Wärme hatte sich schon bis in meine Gliedmaßen ausgebreitet. Die gemütliche kleine Kajüte und das leichte Schaukeln des Bootes waren angenehm. Bestimmt lockerte der Alkohol meine Zunge und Mr Huntington hatte mir noch keinen Grund gegeben, nicht alle Vorsicht in den Wind zu schießen und ihm einfach so zu vertrauen. Aber ich fühlte mich wohl hier und war zum ersten Mal seit meiner Ankunft auf den Shetland-Inseln, ja, vielleicht sogar zum ersten Mal seit Jahren, völlig entspannt. Heißer Whisky war wohl total mein

Getränk. Ich hätte schon früher mit dem Trinken anfangen sollen.

»... ich kann einfach nicht akzeptieren, dass der Doktor und die Generalin und diese ganzen angeblichen Elite-Menschen mir diese Rolle einfach auferlegen. Sie haben mich, verdammt noch mal, dafür geschaffen. Heißt das, dass ich jetzt nach ihrer Pfeife tanzen muss? Hat nicht jeder Mensch das Recht auf Freiheit, auf Selbstbestimmung? Oder zähle ich nicht als Mensch?« Meine Stimme war laut geworden, aber mir war es egal. Da kamen Erkenntnisse aus meinem Mund, die ich noch nicht einmal selbst reflektiert hatte.

Oder zumindest nicht richtig zugelassen hatte. Denn was daraus folgerte, war ganz schön starker Tobak. Durfte ich mir das Recht herausnehmen, ein Leben nach meinen eigenen Regeln zu führen? Wie jeder andere Mensch auch? Oder war ich gar nicht so wie alle anderen Menschen? Wenn ich nur dank der Eingeweihten lebte, durfte ich dann auch lediglich zu dem Zweck existieren, für den sie mich geschaffen hatten?

»Angeblich haben sie uns bei gewöhnlichen, uneingeweihten Menschen aufwachsen lassen, damit wir uns genug um die Menschheit scheren, um sie retten zu wollen. Aber kann man es uns dann verübeln, dass wir auch wie diese Menschen sein wollen? Wie die, die uns lieben?«, platzte es aus mir heraus. »Und überhaupt, alles, was sie damit erreicht haben, ist, dass uns die Menschen am Herzen liegen, die uns mit Liebe großgezogen haben. Von denen sie uns wieder weggerissen haben. Was geht mich die Menschheit an? Ich will meine Eltern beschützen. Die wissen von dem ganzen Scheiß hier überhaupt nichts.«

Ich schaute Joel Huntington direkt an. Eben war er noch ein bisschen verschwommen gewesen, aber jetzt sah ich ganz klar. Ich konzentrierte mich auf das Saphirblau seiner Augen.

»Deine Situation ist anders, du bist ein Auserwählter, ein Magier, kein ... kein Kampfbiest, so wie ich. Trotzdem wollen sie dir auch diese Rolle aufdrücken, zum Retter der Menschheit zu werden. Und ich habe gehört, dir geht das auch gegen den Strich. Du willst dir auch nicht sagen lassen, was du zu tun hast. Du bist der Einzige, der mich verstehen könnte. Alle anderen, die ... die akzeptieren das hier alles einfach so. Die machen da einfach so mit, die haben keinen Mumm, sich aufzulehnen. Aber du ...«

Ich nahm noch einen großen Schluck Toddy, weil ich doch etwas mehr Courage brauchte, um ihm die nächste Frage zu stellen. Der extra Whisky war ansonsten völlig unnötig, denn ich glühte schon und musste zugeben, dass meine letzten Sätze etwas lallend herausgekommen waren.

»... du lässt dir auch nicht vorschreiben, was dein Schicksal sein soll. Du bist der Einzige, der mir helfen kann. Du musst mich hier wegbringen. Mit deinem Boot. Ich brauche deine Hilfe.«

So, jetzt war es draußen. Erwartungsvoll schaute ich ihn an. Ich hatte Mühe, meinen Blick zu fokussieren.

Joel rieb sich den Bart. »Ich verstehe. Ich verstehe dich sehr gut. All diese Gedanken sind mir nicht fremd. Ich habe mich damit auseinandergesetzt, seit ich denken kann, denn, glaub mir, wenn man schon sein ganzes Leben lang gesagt bekommt, welch wichtige Aufgabe man irgendwann zu erfüllen hat, statt irgendwann damit überrumpelt zu werden, dann macht es das nicht besser. Als eine neue Generation Auserwählter geboren wurde und dann alt genug war, um die Rolle zu übernehmen, falls es zeitnah dazu kommen sollte, da dankte ich allen Göttern, die es vielleicht oder vielleicht auch nicht noch gab, dass sie meine Gebete erhört hatten. Ich hatte mich frei von dieser irrsinnigen Verantwortung geglaubt. Und jetzt muss ich doch ran, obwohl ich damit schon abgeschlossen hatte.«

Huntington nahm einen Schluck Toddy.

»Ich verstehe dich also gut, aber ich muss dir sagen, dass du falsch liegst. Nicht den anderen fehlt der Mumm, sondern uns beiden. *Wir* sind die Feiglinge.«

»Warum?«, rief ich entrüstet. »Nenn dich, wie du willst, aber du kennst mich gar nicht. Du kannst das nicht einfach über mich sagen. Ich habe mir nicht ausgesucht, als Tierkriegerin geboren zu werden. Das hat jemand anders für mich entschieden. Und nur weil mir dieses Unglück widerfahren ist, heißt das jetzt …«

»Nicht weil *dir* das *Unglück* widerfahren ist, Alannah«, unterbrach mich Joel. »Sondern weil du das *Glück* hattest, dass dich jemand mit den Fähigkeiten ausgestattet hat, dieses Unglück für die Menschheit abzuwenden.«

Er fuhr mit der Hand durch die Luft. »Ich werde dir nicht damit kommen, was es für eine Ehre ist. Ich werde dir nicht vormachen, dass es eine Heldenrolle ist. Das können dir die anderen Heinzelmänner in dem Verein in ihren schnulzigen Reden vorlabern. Darum geht es nicht. Ob es fair war oder unfair, dass man dich dafür geschaffen hat, spielt auch keine Rolle. Dass man sich auf die Ideen des verrückten Doktors eingelassen hat, war eine Verzweiflungstat, denn es war die einzige Chance, die es gab, nachdem die Zeit schon lange davongelaufen war. Die Chronisten waren sich einig, dass keine menschliche Technologie die Trolle bekämpfen kann. Die Menschen sind völlig machtlos gegen die Trolle. Allein die Götter könnten sie aufhalten und wir fünf armseligen Hansel sind das, was von den Göttern noch übrig geblieben ist, ob du es glaubst, oder nicht.

Es war eigentlich genial, davon auszugehen, dass die Trolle nur von ihresgleichen aufgehalten werden können. Wenigstens kämpft da gleich gegen gleich. Es mag dir ethisch falsch vorkommen, dass man euch geschaffen hat, aber ihr seid nun mal da. Und wenn du von Freiheit und Selbstbestimmung redest, dann geht es einfach nur darum, dass du die Wahl hast, dein Bestes gegen den Untergang der Menschheit zu tun oder es einfach passieren zu lassen ...«

Jetzt bemerkte Joel das schiere Entsetzen auf meinem Gesicht. Er zog die Brauen zusammen. »Was?«

»Wie meinst du das, da kämpft gleich gegen gleich?«, flüsterte ich. »Wieso sind wir gleich wie die Trollwesen?«

Joel verzog das Gesicht. »Oh f..., Huntington, du Idiot. Natürlich haben sie euch das nicht gesagt.«

Tränen schossen mir in die Augen, so als ob mein Körper schon vor meinem vom Alkohol etwas schwerfälligen Verstand die Schlussfolgerung aus Huntingtons Anmerkungen gezogen hatte.

»Ach, was soll's. Das Berserker-Gen. Es ist ein Troll-Gen.«

Meine Augen weiteten sich. »Nein, nein, du täuschst dich. Dr. Isbister hat das doch erklärt, wie das war ... Es gab früher die Tierkrieger und die haben Blut von den Tieren getrunken, sich die Tierhäute umgelegt ... und dann transformierten sie sich irgendwie ganz ...« Verzweifelt versuchte ich mich genau daran zu erinnern, wie Dr. Isbister die Entstehung der Tierkrieger beschrieben hatte, aber die

Erinnerung verflüchtigte sich immer wieder, kaum war sie mir in den Kopf gekommen. Verdammter Alkohol.

Joel legte die Hände mit den Handflächen nach oben auf den Tisch. Er verzog das Gesicht und meinte zerknirscht: »Sicher, er musste euch ja irgendwas erzählen. Es tut mir leid, dass mir das so rausgerutscht ist, und ich verstehe, wenn du es lieber nicht glauben willst, aber …«

Es ist so, vervollständigte ich seinen Satz in Gedanken. Bislang hatte recht wenig in meinem Leben Sinn ergeben, und alles, was ich in den letzten Wochen erfahren hatte, schon gar nicht. Irrsinnigerweise ergab Joels Behauptung Sinn für mich. Ich könnte es weiterhin abstreiten, aber tief in mir drinnen fühlte ich, dass er die Wahrheit gesprochen hatte.

Ich saß wie erstarrt da. Nur die Tränen liefen über mein Gesicht. Es war schon hart genug, zu akzeptieren, dass man ein Mensch war, der sich in einen halben Bären verwandelte. Dass man eine grobschlächtige, gewalttätige Bärenkriegerin war. Aber dass ich auch noch verwandt sein sollte mit diesen hässlichen, grünhäutigen Riesen mit Hauern, das … das war einfach zu viel.

Ich hatte viel weniger gemein mit meinen Eltern, als ich gedacht hatte, und fühlte mich ihnen fremder als zu dem Zeitpunkt, an dem ich erfahren hatte, dass ich gar nicht ihre leibliche Tochter war.

Endlich verstand ich, warum ich immer das Gefühl hatte, vor mir selber wegzurennen. In mir drin, in meinen Genen, in meinem Blut, war das Böse. Das Übel, das der Menschheit ein Ende setzen wollte.

Meine Eltern sollten niemals erfahren, was ihre Tochter wirklich war. Es war besser für sie, wenn sie mich nie wiedersahen.

Ich konnte nicht zu meinen Eltern flüchten, um sie zu beschützen. Denn für mich gab es keinen Platz auf dieser Welt. Die dunkle Ironie, dass ich meine Eltern nur beschützen konnte, indem ich diese Apokalypse abwendete, indem ich das tat, wofür ich geschaffen worden war, und was meine Schöpfer von mir wollten, löste in mir Übelkeit aus.

Joel hatte recht. Es war ein Glück, ein Segen für mich, dass ich die Menschheit retten durfte. Wenn uns diese wahnwitzige Mission gelang, dann könnten wir die bösen Kreaturen verbannen, die wir in Wirklichkeit teilweise selber waren. Dann könnten wir vielleicht irgendwann weiterleben und uns und anderen vorlügen, wir gehörten zu den Menschen. Und wenn wir wirklich Glück hatten, dann würden wir die Apokalypse nicht überleben. Dann hätten wir unsere Schuldigkeit getan.

Denn Joel hatte auch unrecht. Die bösen Kreaturen zu bekämpfen, von denen so viel in uns steckte, und uns dann als Helden feiern zu lassen: Das würde uns alle zu Feiglingen machen. Denn was war die Alternative? Die Apokalypse geschehen zu lassen und dann vielleicht als ihresgleichen mit den Trollen leben? Nachdem Menschen und Magier ausgerottet worden waren. Dem ins Auge zu schauen, was wir *wirklich* waren? Das wäre das, was wirklich Mut erfordern würde.

Aber was wusste Joel Huntington schon davon? Ich hatte mich getäuscht, wenn ich gedacht hätte, wir würden je zu Verbündeten werden. Wir hatten nichts gemein, im Gegenteil. Er war ein Gott. Genau wie Nic und die anderen Auserwählten. Sie waren das Gegenteil von uns, den Tierkriegern. Wenn sie nur die Wahl hatten, das Richtige zu tun, das einzig Mögliche zu tun, dann mussten wir uns zwischen dem kleineren oder dem größeren Übel entscheiden.

Und das kleinere Übel war, die Trolle zu bekämpfen und dabei draufzugehen. Damit die Götter sie verbannen und die Menschheit retten konnten.

Sie konnten Helden werden. Für uns gab es diese Zukunft einfach nicht. Freiheit und Selbstbestimmung hatten damit gar nichts zu tun.

Obwohl mir nach dieser Erkenntnis kotzübel war, nahm ich noch einen großen Schluck Toddy.

»Hey, Moment«, wollte Joel mich aufhalten. »Ich glaube, du hast genug. Ich verstehe, dass das jetzt alles ein bisschen viel war, aber …«

Meine Augenlider wurden schwerer und ich hörte gar nicht mehr den Rest des Satzes. Denn seliger, seliger Schlaf übermannte mich. Ich dankte den Göttern dafür und hätte mich über die ironische Tatsache amüsiert, dass einer von ihnen vor mir saß und er tatsächlich dafür verantwortlich war, wenn ich nicht eingeschlafen wäre.

KAPITEL DREIUNDZWANZIG

Laute Stimmen weckten mich wieder auf. Ich bewegte mich und hielt sofort wieder inne, weil mich eine Welle der Übelkeit übermannte.

Als die abgeebbt war, machte ich ganz vorsichtig ein Auge auf. Dann das andere.

Ach ja, ich war in Joel Huntingtons Kajüte. Er musste mich in die kleine Koje gelegt haben, nachdem ich bewusstlos geworden war, denn da befand ich mich jetzt.

Ich wollte mich aufsetzen, aber mein Magen rebellierte. Matt ließ ich mich wieder ins Kissen sinken. Jetzt erst merkte ich, wie mir der Schädel brummte. Mein Mund fühlte sich ganz trocken an und ein ekliger Geschmack hatte sich auf meine Zunge gelegt. Ich brauchte dringend ein Glas Wasser, aber ich hatte nicht das Gefühl, dass ich aufstehen konnte.

Eine der Stimmen gehörte Joel Huntington. Die andere … war die einer Frau. *Die Generalin!* Sie mussten sich oben auf dem Boot unterhalten. Oder, eher gesagt, streiten.

Mit einem Ruck ging die Luke zur Kajüte auf und jemand polterte die kleine Treppe runter.

Ächzend hob ich meinen Kopf. Mrs Darktower.

»Um Gottes willen, Joel!«, kreischte sie entsetzt. »Das Mädchen ist noch nicht mal volljährig. Wir wissen ja alle, dass du die Finger nicht von jeder halbwegs attraktiven Frau lassen kannst, die dir über den Weg läuft, aber das, aber das …«

»Angel, beruhig dich.« Joel kam die Treppe herab. »Du ziehst die völlig falschen Schlussfolgerungen.«

223

Angel? War das etwa Mr Huntingtons Kosename für die Generalin oder tatsächlich ihr Vorname? In einer anderen Situation hätte ich bestimmt darüber gelacht, aber jetzt gerade war nichts wirklich lustig.

»Was kann man denn da für andere Schlussfolgerungen ziehen?«, zischte die Generalin. »Alannah liegt in deinem Bett, ihre Kleider sind über die ganze Kajüte verteilt, und hier stinkt es nach Whisky …«

Mit großer Anstrengung hob ich die Bettdecke. Ich hatte doch etwas an? Ach so, ich trug Joels Jogginghose, weil ich gestern meine Hose und Socken ausgezogen hatte. Ich hätte gerne etwas zu meiner Verteidigung gesagt, aber meine Kehle war so trocken und mein Hirn so benebelt, dass ich nichts hervorbrachte.

»Sie kam hierher zum Reden und wir …«, versuchte Joel der Generalin zu erklären.

»Ja, ja, ich weiß, wie das mit dir und dem Reden ist. Eins führt zum anderen und dann …«, ließ Mrs Darktower ihn nicht zu Wort kommen. »Aber wirklich, Joel, du könntest ihr Großvater sein. Und du, Alannah, ich bin richtig enttäuscht von dir.« Mrs Darktower rang die Hände. »Die arme Ingrid, sie hat wirklich gedacht, du wärst gekommen, weil du dich geändert hast, und dann so etwas!«

»Ich sage dir doch, Angel, du verstehst die Situation völlig falsch«, sagte Joel frustriert. »Nichts anderes ist passiert, als dass sie zu viel vom heißen Toddy getrunken hat, den ich ihr gegeben habe, damit sie sich aufwärmen kann, nachdem ihre Klamotten nass geworden sind und sie völlig durchgefroren war. Ich habe sie nicht mehr wachgekriegt und sie ins Bett gelegt …«

»Wer's glaubt, wird selig«, schnaubte die Generalin. »Du ziehst dich jetzt sofort an, Alannah, und kommst mit. Die wichtige Besprechung wurde aufgeschoben, weil wir dich überall gesucht haben. Wir haben schon befürchtet, du wärst von den Klippen gestürzt. Und dann so was!«, sagte sie und verzog das Gesicht, als ob sie es tatsächlich bevorzugt hätte, mich mit zerschmetterten Knochen am Strand zu finden.

Ich presste die Lippen fest zusammen und konzentrierte mich darauf, mich nicht zu übergeben, als ich mich vorsichtig aufsetzte und die Beine über den Rand der Koje schob.

Mein Blick fiel auf Adira, die auf der Treppe stand. Ich hatte gar nicht bemerkt, dass sie auch hier war. »Hallo, Alannah!«, sagte sie feixend. Toll, dann würde sich die Skandalnachricht, dass ich mit Joel Huntington im Bett gelandet war, gleich wie ein Lauffeuer verbreiten.

Würg!

Joel, der bemerkte, wie schlecht es mir ging, hob meine Hose, die Socken und Schuhe auf und legte sie mir hin. Ich lächelte schwach und zog mich um. Mir war es egal, was alle in der Kajüte da von mir sahen, ich würde sicher nicht in einer zu großen Männerjogginghose die Klinik betreten und Adira damit noch mehr Munition für ihre Skandalgeschichte liefern.

Nach einer gefühlten Ewigkeit hatte ich mich angezogen und es aus der Kajüte an Deck geschafft. Ich hätte bestimmt den Anstand wahren können, wenn ich nicht in ein sehr schaukliges Paddelboot hätte steigen müssen. Wir waren auf halbem Weg zum Ufer, da hing ich über dem Rand und kotzte ins Meer.

Adira, die ruderte, lachte. Mrs Darktowers missbilligenden Blick konnte ich mir nur vorstellen, ich blieb nämlich für den Rest des Weges lieber über die Bootskante gebeugt.

Schwankend stand ich schließlich in der Bucht und folgte den anderen zur Klinik. Als ich dort angekommen war, ging es mir schon wieder ein bisschen besser. Ich hatte das Gift aus dem Magen und die frische Luft tat mir auch gut.

Mrs Darktower forderte mich auf, in mein Zimmer zu gehen, mir die Zähne zu putzen, mich zu duschen und dann sofort nach unten in den Trainingsraum zu kommen, wo schon alle auf mich warteten.

Ich tat wie befohlen und holte mir dann noch eine Flasche Wasser aus dem Kühlschrank im Gang. Ich hätte auch noch gerne etwas zu essen mitgenommen, denn mein Magen würde früher oder später etwas vertragen können, und wer wusste, wie lange diese wichtige Konferenz dauern sollte, aber den Abstecher zu Ingrid in die Küche wagte ich nicht.

Als ich in den Trainingsraum kam, saßen tatsächlich schon alle da, im Schneidersitz auf dem Fußboden. Alle Köpfe wandten sich mir zu und mein Blick traf auf Schadenfreude, Anklage, Enttäuschung oder Entsetzen. Jemand in der letzten Reihe kicherte. Jepp! Adira hatte keine Zeit verschwendet und gleich alle informiert.

Ich vermied es, Nic anzuschauen und setzte mich an den Rand der letzten Reihe.

Dr. Isbister, die Generalin und Brutus standen auf einer Seite vor einem großen Whiteboard. Ebenfalls vorne, auf der anderen Seite, hatten sich zwei Männer und Joel Huntington aufgereiht. Die jungen, attraktiven, durchtrainierten Männer hatten die Arme hinter dem Rücken verschränkt und standen kerzengerade, als hätten sie eine Militärausbildung genossen. Joel, der eigentlich ein imposanter Mann und einen Kopf größer als die anderen war, stand mit hängenden Schultern da und wirkte, als fühle er sich sehr unbehaglich.

Ich glaubte nicht, dass es allein an dem Missverständnis in seiner Kajüte lag. Ich hatte den Eindruck, Joel waren solche Situationen nicht fremd. Aber er fühlte sich offensichtlich in der freien Natur wohler, wo er als Einzelgänger seine Abenteuer erleben konnte, als in einem fensterlosen Kellerraum, wo er Teil einer militärisch anmutenden Operation werden sollte.

»So, da Alannah jetzt auch da ist, können wir ja anfangen«, erhob Mrs Darktower die Stimme. »Ich möchte euch als Erstes unsere drei Auserwählten hier vorstellen, die einige von euch vielleicht noch nicht oder noch nicht gut kennen.« Sie räusperte sich. »Diejenigen von euch, die schon länger Unterricht in Magie genossen haben, werden die bekannte Osloer Familie Thorson kennen. Ich möchte Magni Thorson vorstellen.«

Einer der jungen Männer, ein blonder Schönling mit leuchtend blauen Augen, trat hervor. Ein paar der Mädchen in der ersten Reihe flüsterten sich etwas zu und kicherten. Sie ernteten dafür einen rügenden Blick von Mrs Darktower. Die sprach gleich weiter.

»Und das hier ist Martin Tyrsen. Martin ist ursprünglich aus Dänemark und lebt seit seiner Kindheit in Oslo bei der Thorson-Familie. Magni und Martin haben schon öfter mit uns trainiert.«

Jetzt trat der andere junge Mann vor. Er war ein schmalerer, dunklerer Typ als Magni, aber anscheinend genauso ein Hit für die anwesenden Mädchen, die wieder aufgeregt zu flüstern anfingen. Sie wurden allerdings schnell von ihrer Bewunderung für die beiden Auserwählten abgelenkt, als Mrs Darktower Joel vorstellte.

»So, dann haben wir einen sehr seltenen Besucher. Wir sind erleichtert, dass wir mit Mr Joel Huntington noch einen Auserwählten zur Verfügung haben, womit die vorherbestimmten fünf Auserwählten dann komplett sind. Aus der Huntington-Familie ist, wie einige von euch vielleicht wissen, ein Magier der nächsten Generation unter uns. Mr Huntingtons Enkel Nic. Nic, magst du auch nach vorne kommen?«

Scheiße! Ich zog den Kopf ein, denn ich war bestimmt puterrot, und ich war mir ziemlich sicher, dass einige zu mir rüberschauten. Zu allem Überfluss war Joel natürlich auch noch Nics Großvater. Und jetzt dachten alle hier, einschließlich Nic, dass ich etwas mit Nics Opa gehabt hatte.

Ich ließ meine Haare vors Gesicht fallen und linste darunter hervor zu Nic hinüber, der jetzt neben Joel stand. Mit seinen grünen Augen und weizenblonden Haaren sah er Joel nicht sonderlich ähnlich, wie ich fand. Als ich Nics Gesicht musterte, traf mich sein Blick. Sein Gesichtsausdruck hatte nichts von seinen Gefühlen verraten, aber jetzt funkelten seine Augen wütend. Wenn Blicke töten könnten, dann wäre ich jetzt auf der Stelle in eine Million Teile explodiert. Der Hass, den er mir entgegenschleuderte, ließ mich regelrecht zusammenzucken und ich schaute schnell wieder nach unten.

Er schien den Gerüchten Glauben zu schenken. Und er war sauer auf mich?! Ich wusste gar nicht, worüber ich mich mehr empören sollte. Dass er mich nicht mal gut genug kannte, um zu wissen, dass ich nicht mit irgendeinem Mann ins Bett springen würde – schon gar nicht jemand, der mein Großvater hätte sein können. Er wusste schließlich, dass ich, was das anging, so ziemlich die Unschuld vom Lande war.

Dass er so etwas von mir dachte, das tat weh. Aber es wurde fast sofort von einem anderen Gefühl überlagert.

Wieso nahm er sich heraus, überhaupt auf mich wütend sein zu dürfen? Er hatte schließlich mich verarscht. Damit alles nach den Regeln der Klinik verlief, hatte er mir etwas vorgegaukelt, so getan, als hätte er Gefühle für mich. Hinter dem Rücken seiner Freundin. Wahrscheinlich war er sich keiner Schuld bewusst, hatte er es doch alles im Dienste der großen Mission getan. Es konnte sogar sein, dass Hilda davon wusste und ihm auch noch für seine Hingabe für die Sache applaudierte. Wie auch immer. Während ich mich ihm gegenüber geöffnet hatte und für mich alles echt gewesen war, hatte er mir etwas vorgespielt. Und mich nach meiner Aktivierung fallen lassen und nicht mehr mit dem Arsch angeguckt, so als ob es völlig klar war, dass er sich ja nicht mehr mit mir abgeben musste, jetzt, wo er seine Aufgabe erledigt hatte.

Es könnte ihm ja eigentlich völlig egal sein, ob ich mit seinem Großvater schlief. Ich durfte schlafen, mit wem ich wollte. Selbst wenn ich es mit allen männlichen, ach, was soll's, mit allen Tierkriegern in der Klinik tat und anschließend noch eine Orgie mit Brutus und Dr. Isbister, Ingrid und der Generalin abhielt, dann durfte ihn das überhaupt nicht kratzen.

Er hatte kein Recht darauf, wütend zu sein.

Ich saß hier und duckte mich, unter den Blicken anderer, unter Nics Blick, als ob ich mich schämen müsste? *Pah!* Niemand hier hatte das Recht, mich zu verurteilen, schon gar nicht Nic!

Ich hob den Kopf und reckte das Kinn. Ich begegnete Nics Blick und diesmal wich ich ihm nicht aus.

Während ich meine Selbstsicherheit wiederfand, hatte Mrs Darktower Rowan vorgestellt, der ebenfalls nach vorne gekommen war.

»Wir haben euch alle in fünf Teams eingeteilt«, erklärte die Generalin jetzt. »Dr. Isbister und ich haben die ganze Nacht zusammengesessen und haben eure Stärken und Schwächen genau abgewägt. Dabei geht es natürlich einmal um angeborene Fähigkeiten, die damit zu tun haben, welches Tier ihr seid. Es gibt daher in jedem Team einen bestimmten Anteil an Wolfs-, Bären- und Wildschweinkriegern. Dazu kommen natürlich auch eure individuellen Stärken und Schwächen, die davon beeinflusst sind, wie lange und was ihr hier schon trainiert. Ich sage das, um vorauszuschicken, dass es keine Diskussion darüber geben wird, wer in welchem Team ist und ob man das Team wechseln kann. Ich muss wohl nicht extra erwähnen, dass persönliche Beziehungen in dieser Situation keine Rolle spielen. Ihr werdet euch mit den Konstellationen abfinden und eure Aufgabe gut machen.«

Ich hoffte, dass ich in Martins oder Magnis Team kommen würde, denn ich wollte alles weitere gerne so unpersönlich halten wie möglich. Die Generalin hatte recht. Gefühle taten in dieser Situation nichts zur Sache. Gefühle und Beziehungen waren etwas für Menschen. Sie beruhten auf Hoffnungen und Träumen von einer Zukunft. Sie waren eine Schwäche, mit der wir uns nicht belasten sollten.

»Die Einteilung ist wie folgt.« Mrs Darktower schrieb in großen Buchstaben Magnis Namen auf das Whiteboard. Dr. Isbister reichte ihr einen Zettel. Dann las die Generalin die Namen der Tierkrieger vor, die Magni im Kampf den Rücken freihalten sollten und schrieb sie dann an die Tafel. Mein Name war nicht dabei.

Als Nächstes folgte Martins Team. Wieder wurde mein Name nicht genannt. Ich biss auf meiner Unterlippe herum. In Joels Team war ich auch nicht. Ich hatte es nicht wirklich erwartet, denn ich hatte schließlich die Generalin bei der Konferenz sagen hören, dass nur Männer in Joels Team sollten. Die einzige Tierkriegerin in diesem Team war Hilda. Wenn in jeder Gruppe eine Bärenkriegerin sein sollte, die nun einmal alle weiblich waren, dann musste es eine Frau treffen.

Ich war nicht die Einzige, die überrascht war, dass ausgerechnet Hilda in Joels Team gelandet war. Ich hörte Hilda, die nicht weit entfernt von mir saß, hörbar nach Luft schnappen. Und Nic schaute endlich von mir weg und verdutzt zur Generalin hin. Dann fing er Hildas Blick auf und zuckte kaum merklich mit den Schultern.

Okay, dann war ich wohl in Rowans Team. Nicht ideal, aber ...

»Alannah.« Ich schreckte zusammen, als ich meinen Namen hörte und schaute zur Tafel. Dort stand in großen Buchstaben Nic. Und darunter las ich: »Adira, Calixta, Ran, Alannah.«

Unweigerlich gab ich einen unartikulierten Laut von mir.

Ein paar schauten sich zu mir um und ich kniff die Augen zusammen. Das durfte ja wohl nicht wahr sein!

Ich war die Bärenkriegerin, die Nic beschützen sollte.

KAPITEL VIERUNDZWANZIG

Nachdem Mrs Darktower die Einteilung bekanntgegeben hatte, folgte eine kleine Pause. Wir sollten uns schon einmal in unseren Teams zusammensetzen.

Obwohl sie gesagt hatte, dass es keine Diskussion darüber geben würde, etwas an der Einteilung zu ändern, scharten sich doch ein paar um die Generalin, darunter auch Hilda und Nic.

Ich hörte nicht, was gesagt wurde, aber Hilda lief aus dem Trainingsraum und ich hätte schwören können, dass sie mit den Tränen kämpfte.

Nic stand noch einen Moment lang mit geballten Fäusten da und schaute ihr nach. Dann drückte er den Rücken durch und kam zu unserer Gruppe. Es waren Adira, Calixta, Ran, Bosse und ich.

Nic lächelte uns an, aber ich konnte sehen, dass es ihm Mühe bereitete.

Die Drillinge sahen ebenfalls nicht sonderlich erbaut aus. Ich hatte immer den Eindruck gehabt, dass sie Nic mochten, deshalb wunderte mich das. Und sie waren immerhin alle drei in einem Team. Sobald ich die Gelegenheit dazu hatte, würde ich Calixta fragen, was los war.

Aber die Generalin hatte schon wieder das Wort ergriffen. Als Nächstes teilte sie uns mit, welches Team für welches Portal eingeteilt wurde.

Dr. Isbister und Mrs Darktower hatten mir schon erzählt, dass diese Brochs, eisenzeitliche Wehrtürme, Portale in die Welt darstellten, in die die Trollwesen verbannt worden waren.

Es gab sehr viele davon in Schottland, auf den Shetland- und den Orkney-Inseln. Alle hatten militärischen Zwecken gedient und alle hatten ihre eigene Magie, war mir berichtet worden. Wen oder was andere Brochs auch immer den Menschen vom Hals halten sollten: Es gab nur ein paar, die spezifisch zu dem Zweck erbaut worden waren, Trollwesen zu verbannen.

Einige Brochs waren erhalten worden – aber nicht alle. Es war den Eingeweihten über die Jahrhunderte immer klarer geworden, dass es weniger und weniger Menschen mit magischen Fähigkeiten geben würde. Das bedeutete auch, dass bei der Apokalypse nicht so viele Auserwählte zur Verfügung stehen würden wie damals, als die Trolle vertrieben worden waren. Deshalb waren einige der Brochs zerstört oder einfach dem natürlichen Zerfall überlassen worden.

Die runde Bauweise hatte etwas mit der Fokussierung der Magie zu tun. Ich hatte es nicht richtig verstanden, womöglich, weil ich nie Unterricht in Magie gehabt hatte und das Konzept mir fremd war. Ich wusste bloß, dass die runden Außenwände notwendig waren, damit die Auserwählten die Trolle wieder verstoßen konnten. Je besser erhalten der Turm, desto leichter sollte das klappen. Aber es funktionierte wohl auch in der Umkehrung: Die runden Türme ermöglichten es den Trollwesen, von ihrer Seite durch die Portale hinauszukommen. Je schlechter erhalten die doppelten Außenwände, desto schwieriger würden es die bösen Kreaturen haben … und um komplett zerfallene Brochs mussten wir uns nicht mehr kümmern, da sie ihre Funktion als Portale verloren hatten.

Auf meine Frage, warum nicht alle Brochs zerstört und die Portale damit geschlossen worden waren, wurde geantwortet: »Laut den Chronisten ist die Apokalypse unausweichlich und die Trollwesen werden sich irgendwann ihren Weg suchen, wenn sie merken, dass die Portale nicht mehr funktionieren. Wir hätten damit mehr Zeit für die Menschheit geschunden, aber keinerlei Kontrolle darüber, wann oder wie die Trollwesen in diese Welt kommen. Mit nur ein paar offenen Portalen aber sind wir im strategischen Vorteil.«

»Magni«, sagte Mrs Darktower jetzt. »Dun Telve.«

Dun Telve, kramte ich die Informationen aus meinem Gedächtnis vor, die mir die Generalin gegeben hatte, lag an der Westküste Schottlands, am Sound of Sleat, in Sichtweite der Insel Skye. Es war einer der am besten erhaltenen Brochs und nach meinem Eindruck einer der wichtigsten.

Magni und seine Tierkrieger schienen sich sehr über die Zuteilung zu freuen. Peter, der in Magnis Team war, machte sogar eine Siegerfaust. Ich nahm an, das Dun Telve-Portal zu bemannen war mit Prestige verbunden.

»Martin: Dun Troddan«, machte Mrs Darktower weiter. Die Bekanntgabe löste eine ähnliche Reaktion aus. Dun Troddan war fast so gut erhalten wie Dun Telve und die beiden Brochs standen nur wenige Kilometer auseinander.

Ich beobachtete, dass Magni und Martin einen zufriedenen Blick austauschten. Mrs Darktower hatte gesagt, die beiden hätten jahrelang zusammen trainiert. Bei dieser wichtigen Magier-Familie Thorson. Sie würden die beiden größten Portale bewachen. Die Einteilung ergab Sinn.

»Joel. Mousa.« Über den Broch von Mousa wusste ich am meisten Bescheid, weil er hier auf den Shetland-Inseln lag. Es war der am allerbesten erhaltene Broch.

Von ihrer Lage her waren die beiden Türme in Schottland wichtiger. Gelänge es den Trollen, Magnis und Martins Teams zu besiegen, dann hatten sie ziemlich schnell Schottland, dann den Rest der britischen Inseln überrannt und waren in kürzester Zeit über den Kanal nach Europa vorgedrungen.

Der Broch von Mousa war isolierter. Aber es war der Ort, wo die erneute Verbannung der Trolle am besten funktionieren würde. Und ich hatte mitbekommen, dass Joels Magie die stärkste sein sollte, er aber auch am unberechenbarsten war. Vom strategischen Standpunkt aus hatte man diese Einteilung wohl gemacht, weil erwartet wurde, dass eine große Menge an Trollen durch dieses Portal kommen würde und Joel bei Erfolg diese Menge gleich wieder verbannen konnte. Bei Misserfolg konnten Magni und Martin, denen man anscheinend viel zutraute, die Trolle abfangen, wenn die es mal von den Shetland-Inseln heruntergeschafft hatten.

»Nic: Dun Dornaigil«, sprach die Generalin weiter. Über diesen Broch wusste ich so gut wie gar nichts, außer, dass er irgendwo im Norden von Schottland lag. Die Gesichter der Drillinge wurden noch verdrießlicher, als sie es vorher schon waren.

»Rowan: Dun Carloway.« Dun Carloway, so erinnerte ich mich, war auf Lewis, einer Insel der Äußeren Hebriden.

»Auch nicht besser, aber wenigstens sind die auf einer Insel«, raunte Calixta ihrer Schwester zu.

»Wird ihnen auch nicht helfen, wenn sie überrannt werden«, entgegnete Adira. »So oder so, mit unserem Einsatzort und dem da …«, sie zeigte auf Nic, »sind wir das Loser-Team.«

Jetzt glaubte ich zu verstehen, warum die Drillinge so deprimiert wirkten, Rowans Team auch nicht so begeistert aussah und die Tierkrieger in Magnis und Martins Team hingegen stolz grinsten.

Mit den guten Standorten und den Auserwählten hatten sie gute Chancen, für den Helden der Apokalypse zu kämpfen.

Wahrscheinlich würden Team Magni und Team Martin die Anweisung erhalten, gleich nach ihrem Sieg weiter gen Norden zu reisen und sich um »unsere« Trolle zu kümmern, die uns entwischt waren.

Denn nur so und nicht anders musste es sein: Nic und Rowan hatten am wenigsten Magie. Das war vielleicht auch der Grund, warum sie seit Jahren hier in der Klinik bei uns Tierkriegern waren, um mit uns zu trainieren. Wenigstens würden sie körperlich fit sein, um gegen die Trollwesen anzutreten. Nic konnte es in vielen Sportarten mit mir aufnehmen, aber nach dem, was Joel gesagt hatte, würde ihm das nicht viel helfen. Nur Trollartige würden es mit den Trollen aufnehmen können, Menschen hatten keine Chance. Auch top trainierte Menschen mit einem winzigen Götterfunken hatten sie nicht.

Ich wäre ja schadenfroh gewesen, wenn ich nicht leider auch zu Nics Loser-Team gehören würde.

So wie sich die Drillinge anhörten, waren wir praktisch auf einer Suizid-Mission unterwegs. *Na, toll.*

Die Generalin beschrieb gerade, wie wir gemeinsam in unseren Teams trainieren sollten, als Hilda wieder in den Raum zurückkam.

Mrs Darktower, an deren konsterniertem Gesichtsausdruck man erkennen konnte, dass sie Hildas Abwesenheit bis dahin nicht bemerkt hatte, war schon im Begriff, sie zu tadeln, als Hilda Dr. Isbister ein Handy reichte. »Hier, für Sie«, sagte sie nur.

Dann ging sie zu ihrer Gruppe. Unterwegs schenkte sie Nic ein siegessicheres Lächeln.

Ich presste die Lippen aufeinander. Wenn ich gewusst hätte, dass sie ein Handy besaß, hätte ich mich nicht so dagegen gesperrt, mit ihr auf ein Zimmer zu kommen. Büros mit Telefonen waren immer abgeschlossen gewesen, wenn ich es gewagt hatte, unbemerkt in eins hineinschlüpfen zu wollen. Da Handys verboten waren, hatte ich telefonischen Kontakt in die Außenwelt abgeschrieben. Schließlich hatte nicht mal Ingrid eins.

»Für manche gelten die Regeln wohl nicht«, zischte Adira ihrer Schwester zu.

Dr. Isbister hatte derweil festgestellt, wer am anderen Ende der Leitung war, und verließ den Trainingsraum.

Mrs Darktower war etwas verunsichert, fuhr aber mit ihren Instruktionen fort.

»Mr Brutfort wird gleich Stundenpläne verteilen. Jeder hält sich bitte genau an diesen Plan, denn es geht damit auch um die Belegung der Räume. Wir wollen alle Möglichkeiten so gut wie möglich ausschöpfen. Die nächste Mondfinsternis ist am 21. Dezember. Laut den Chronisten folgt direkt auf den Blutmond die Apokalypse. Bei Sonnenaufgang des 22. Dezembers sollen sich also alle Teams in Position befinden. Das bedeutet, wir haben etwas mehr als zehn Wochen. Die Kampfstrategie wird zusammen mit Mr. Brutfort in den jeweiligen Unterrichtsstunden besprochen. Noch Fragen?«

Ein kurzes Schweigen, dann gab ich mir einen Ruck. »Wieso sind sich die Chronisten so sicher, dass es genau dann passieren wird? Ich meine … es sind nur Auslegungen, richtig? Bisher war sich keiner so sicher und nun sollen alle Anzeichen dafür da sein? Wurde nicht gesagt, dass es auch eine Sonnenfinsternis geben soll? So etwas müsste doch schon viele Jahre im Voraus klar sein, oder nicht? Wie groß sind die Chancen, dass wir da am 22. Dezember vor dem Turm stehen und nichts passiert?«

»Die Möglichkeit besteht. Für den nächsten Neumond ist übrigens eine partielle Sonnenfinsternis vorausgesagt, vielleicht müssen wir die gelten lassen. Lassen wir uns überraschen. Auch wenn wir glauben, die Himmelskörper verhalten sich genau nach unseren Berechnungen, gab es schon genug unvorhergesehene Vorfälle im Kosmos. Wie dem auch sei, die Chronisten haben seit Jahrhunderten nichts anderes gemacht, als sich mit diesen Vorzeichen zu beschäftigen. Bisher gab es noch keinen falschen Alarm. Sollte dies einer sein, nun gut, dann kehrt ihr alle hierher zurück und wir machen drei Kreuze, dass uns doch noch mehr Zeit bleibt.«

Ran meldete sich zögerlich. »Bekommen wir noch die Möglichkeit, uns zu verabschieden? Von unseren Eltern … oder so …«, druckste er herum.

»Das wird leider nicht möglich sein. Nur die Eingeweihten wissen von der Apokalypse. Das Geheimnis muss unbedingt gewahrt bleiben und es darf niemand alarmiert werden. Sonst kann sich die Nachricht herumsprechen wie ein Lauffeuer und Panik verursachen. Die Menschen sind nicht auf so ein Ereignis vorbereitet. Wer weiß, was dann passieren wird. Ein nicht kalkulierbares Risiko.«

»Da haben wieder einige eine Sonderstellung«, raunte Calixta Ran zu. Sie hatte Tränen in den Augen.

»Und was ist überhaupt mit den Eingeweihten?«, meldete sich jetzt Adira zu Wort. Ihre Augen funkelten wütend, und ich wusste, sie wollte provozieren. »Wo halten sich die Eingeweihten auf, während wir kämpfen?«

Mrs Darktower verzog keine Miene, zögerte aber mit ihrer Antwort. Schließlich bestätigte sie, was wir alle schon gehört hatten: »Für die Eingeweihten wurden spezielle Bunker gebaut, in denen wir sicher vor den Trollwesen sein werden. Dorthin ziehen wir uns zurück.«

Jetzt wurde der Raum unruhig. Alle redeten leise durcheinander. »Feiglinge«, murmelte Adira, laut genug, dass die Generalin es hören musste.

Ihre Wangen färbten sich rot. »Es mag unfair erscheinen. Einige von euch wären vielleicht ebenfalls lieber in den Bunkern statt auf dem Schlachtfeld. Und andere wünschen sich, dass auch ihre Adoptiveltern, -geschwister und andere Familienmitglieder in diese Bunker könnten. Leider ist nicht genug Platz für alle Menschen auf dieser Welt, deshalb könnte es niemals gerecht sein. Nur die Eingeweihten, Familien, die schon seit vielen Generationen die Last der Verantwortung für die Rettung der Menschheit auf den Schultern tragen, werden in den Bunkern unterkommen. Und wir schützen uns damit nicht allein vor den Trollwesen, sondern auch vor der Reaktion der Menschen. Wie ihr wisst, sind menschliche Technologien machtlos gegen die Trolle. Das wissen aber die Menschen nicht. Und selbst wenn wir es ihnen sagen und sie es uns glauben würden, bliebe ihnen in dem Fall, dass ihr alle versagt, nichts anderes übrig, als mit ihren Waffen gegen die Trolle zu kämpfen.«

»Ist ja auch verständlich«, mischte ich mich mit gerunzelter Stirn ein. »Sollte man sich auf das verlassen, was vor über zweitausend Jahren geschrieben wurde und von den Chronisten weitererzählt wird? Seitdem wurden viele neue Technologien entwickelt. Es könnte schließlich durchaus sein, dass eine moderne Massenvernichtungswaffe es mit den Trollen aufnehmen kann ...«

»Genau das ist das Problem«, unterbrach Mrs Darktower mich. »Sollte es den Trollen erst einmal gelingen, nur einen Teil der Erde zu erobern, dann werden es über kurz oder lang nicht die Trollwesen sein, die die Erde und die Menschen zerstören. Es werden die Menschen selber sein. Wenn die ersten chemischen Waffen, dann nukleare und dann biologische Waffen eingesetzt werden, dann wird von der Menschheit und vielleicht auch von dieser Erde nicht mehr viel übrig sein.«

»Ihr wisst alles besser und traut den Menschen nichts zu«, entgegnete ich, als Hoffnung in mir aufstieg, dass die Welt vielleicht doch eine Chance hatte und es gar nicht an uns Tierkriegern lag, sie zu retten. »Die Menschen haben auch noch einen Selbsterhaltungstrieb.«

Die Generalin schüttelte traurig den Kopf. »Es gibt andere Eliten, die ebenfalls gleich in ihre Bunker verschwinden werden. Sie mögen nichts von dieser Apokalypse wissen, aber sie werden vorbereitet sein. Und um die Trollwesen zu zerstören, werden sie vor nichts haltmachen. Der Rest der Menschheit ist dann einfach ein Kollateralschaden.«

Ich saß wie versteinert da. Ich hatte darüber nachgedacht, wie die Trolle die Erde erobern und die Menschheit vernichten würden. Auch wenn sie noch so stark und noch so zahlreich waren, so hatte ich doch immer eine Chance für die Menschen gesehen – die Trollwesen konnten nicht überall zugleich sein. Deshalb hatte ich von einer Flucht in den Süden mit meinen Eltern geträumt.

Wenn Joel mit seiner Offenbarung, dass ich mit meinen Eltern nicht viel gemein hatte und sie mich über kurz oder lang als Monster sehen müssten, von meinem Plan abgebracht hatte, zu ihnen zu flüchten und sie zu beschützen, dann hatte Mrs Darktowers Rede jeglichen Rest Hoffnung in mir zerstört.

Massenvernichtungswaffen. Na klar.

Die Menschheit würde sich in Nullkommanichts selber zerstören. Die Trollwesen mussten nur den Anstoß dafür liefern. Ich sah ein, dass die Generalin recht hatte, wenn sie sagte, dass Aufklärung nichts nützen würde. Die Menschen würden sich mit ihren Waffen verteidigen, auch wenn sie gesagt bekämen, dass sie nichts gegen diese Kreaturen von einer anderen Welt ausrichten konnten.

Was sollten sie sonst auch tun.

Andere im Raum hatten wohl dieselbe Erkenntnis wie ich, denn Mrs Darktowers Rede hatte alle zum Schweigen gebracht. Steif schaute ich mich um. Alle saßen starr da und sahen die Generalin mit geweiteten Augen an. Wenn sie diese oder ähnliche Worte schon mal in Unterrichtsstunden gehört hatten, dann war ihre Bedeutung bislang nicht richtig klar gewesen.

Allen stand der Druck förmlich ins Gesicht geschrieben, den Mrs Darktower immer mit ihrem »wenn ihr versagt« mehr als angedeutet hatte.

Wir mussten gewinnen. Wir mussten die Trollwesen aufhalten und wieder verbannen.

Die Menschheit würde mit der Troll-Invasion nicht klarkommen.

Wir hatten es die ganze Zeit gewusst. Einige hier schon seit Jahren. Und die meisten hatten es, im Gegensatz zu mir, auch geglaubt. Viele waren stolz darauf gewesen, diese Helden-Rolle spielen zu dürfen. Andere hatten einfach keine andere Wahl. Letzten Endes waren wir einzig und allein dafür erschaffen worden.

Hier, in der isolierten Klinik auf der kleinen Insel, waren wir so nah dran und trotzdem so weit weg von dieser Apokalypse, wie es nur ging. Und die, die am längsten hier waren, hatten auch am längsten in dieser Blase gelebt.

Vielleicht gerade deshalb war der Schock jetzt bei ihnen am größten.

Denn jetzt, nur wenige Wochen vor der Apokalypse, wurde es auf einmal real.

Es würde passieren.

Ob die Menschheit und die Erde überleben würden, lag einzig und allein an uns.

KAPITEL FÜNFUNDZWANZIG

B is zum Mittagessen sollten wir uns miteinander bekanntmachen – das galt natürlich hauptsächlich für die drei »neuen« Auserwählten und ihre Teams, denn wir in Nic und Rowans Gruppen kannten uns ja schließlich schon. Es ging allerdings auch darum, dass wir unsere Stärken und Schwächen besprechen sollten, damit wir möglichst effektiv zusammenarbeiten konnten.

Für Bosse und mich, als relative Neulinge, war natürlich hauptsächlich interessant, wie wir überhaupt kämpfen würden – und da mussten wir uns an die Anweisungen von Brutus halten, die wir noch bekommen sollten.

Wovon wir auch keine Ahnung hatten, war, wie das mit Nics Magie funktionierte. Die anderen hatten in ihren Unterrichtsstunden schon einiges darüber gelernt, aber Bosse und ich wussten so gut wie nichts darüber.

Ich war also froh, als Bosse die ersten Fragen in diese Richtung stellte. Ich hatte nämlich keine Lust, Nic das Gefühl zu geben, dass ich übermäßig an ihm interessiert war.

»Du hast noch gar nichts über Magie beigebracht bekommen?«, fragte Nic Bosse.

Der schüttelte den Kopf.

»Ich auch nicht«, flüsterte ich. Nic schenkte mir einen kalten Blick und wandte sich dann wieder Bosse zu, so als ob ich gar nicht existieren würde.

»Magie, und das heißt jede Magie, ob sie nun von irgendwelchen nordischen Gottheiten kommt oder woanders her, ist nichts anderes als die Manipulation der Elemente«, erklärte er. »Deswegen hat Zauberkunst den Ruf, physikalischen Naturgesetzen zum Trotz etwas aus dem Nichts zu schaffen. Später glaubte man dann, es musste etwas *Über*natürliches sein, Dämonen gar, aber das Gegenteil ist der Fall. Als Magier arbeitet man *mit* der Natur, nur kennt man sie sozusagen besser. Man kennt sie so gut, dass man sich ihre Kräfte zunutze machen kann. Wir nennen das *Kunna*, das heißt Wissen. Wer mit magischen Fähigkeiten geboren ist, hat oft eine bestimmte Affinität zu einem Element. Also zieht er seine Kraft aus einem der fünf Elemente, aus denen sich das Universum zusammensetzt: Feuer, Wasser, Luft, Erde und Äther. Mit viel Übung kann er sich dann auch von den anderen Elementen Kraft leihen. Er benutzt Runen und Zaubersprüche und kann dann damit diese Kräfte lenken. In diesem Fall werde ich die Kräfte dafür verwenden, die Trollwesen wieder zurück in ihre Welt zu verbannen und das Portal zu schließen.«

»Tut mir leid, wenn ich jetzt mal eine blöde Frage stelle«, meldete sich Bosse wieder zu Wort. »Warum haben die Götter die Trolle nicht einfach zerstört, so lange sie es noch konnten? Wenn wir sie verbannen, dann kommen sie doch irgendwann wieder, oder nicht? Solltet ihr Auserwählten sie nicht einfach … komplett zerstören?«

»Das ist keine blöde Frage. Die Götter haben die Trolle nicht zerstört, weil sie zum Kosmos gehören. Ihre Existenz ist notwendig für ein Gleichgewicht, das erhalten werden muss«, versuchte Nic zu erklären. »Man kann Götter, Menschen, Riesen und so weiter nicht isoliert betrachten. Sie sind ja auch alle miteinander verbunden. Es gab genug Paarungen zwischen Göttern und Riesen, zu denen auch die Trolle gehören.«

Ich horchte auf. Was meinte Nic damit, miteinander verbunden?

Nic erklärte weiter: »Und laut der nordischen Schöpfungsgeschichte ist die Welt sogar aus einem Riesen entstanden: Ymir. Er ist das erste Wesen, das aus dem Feuer der Welt Muspellsheim und aus dem Eis der Welt Niflheim entstanden ist. Er war ein Hermaphrodit und aus seinem eigenen Körper gebar er seine Kinder. Ymir ernährte sich, indem er an den Zitzen der Kuh Audhumla nuckelte. Audhumla wiederum schleckte an einem Salzstein, um sich zu ernähren. Und während sie so schleckte, sprang aus dem Salzstein ein Wesen namens Buri. Buri war der erste der Asen-Götter. Buris Sohn Borr paarte sich mit Bestla, einer Nachkommin von Ymir. Borr und Bestla sind die Eltern von Odin und seinen beiden Brüdern Vili und Ve. Und wer Odin ist, das wisst ihr ja wohl. Na ja, und Vili, Ve und Odin töteten Ymir und erschufen unser Universum aus seiner Leiche.«

Adira, Calixta und Ran amüsierten sich über Bosses Reaktion und auch ich musste fast lachen, als ich Bosses Gesichtsausdruck sah. »Das ist ja … ekelhaft«, brachte er heraus.

Doch mir blieb das Lachen im Hals stecken, als mir etwas an Nics Geschichte auffiel. »Das bedeutet ja … Odin, der Vater der Götter, die … die euch Auserwählten Magie verliehen haben … der stammt auch von diesem Ymir ab, nicht wahr? Odin und seine Nachkommen haben praktisch Trollblut?«

Wenn das stimmte, dann steckte ja schließlich nicht nur in uns Tierkriegern etwas von den bösen Kreaturen. Dann war auch die Magie der Auserwählten sozusagen mit Trollblut verunreinigt.

245

Nic wiegte den Kopf hin und her. »So ähnlich. Riesenblut. Ymir wird als Riese beschrieben und die Trolle in der nordischen Mythologie, die Jötunen, werden ebenfalls Riesen genannt. Wie das so ist mit der Herkunft von Wörtern, die so alt sind, sind die Grenzen zwischen Riesen und Trollen etwas schwammig. Aber Ymir ist definitiv um einiges riesiger gewesen als die Trolle. Es heißt, mit seinen Augenbrauen haben Vili und Ve Midgard, die Welt der Menschen, eingezäunt. So groß sind Trolle ja nicht. Aber so gesehen stimmt es, wie gesagt, schon. Manche der Götter sind praktisch Halbblute. Die Götter haben sich auch mit Trollen gepaart. Und Magie ist, wie ich erwähnt habe, nichts anderes als die Manipulation der Kräfte der Elemente. Und schließlich zerlegten Vili, Ve und Odin Ymir in die fünf Elemente, aus denen unser Universum besteht. Diese Naturressourcen gehörten praktisch den Riesen. Man könnte sagen, die Götter raubten sie, machten sie sich zunutze, kreierten damit ihre Ordnung aus dieser puren Kraft und dem Chaos, das die Riesen in der nordischen Schöpfungsgeschichte darstellen. Ohne sie würde nichts existieren. Auch nicht die Götter, unser Universum, wir Menschen. Das repräsentiert der Ymir-Mythos. Deshalb könnte man die Trolle auch nicht einfach zerstören.«

»Okay, also, das ist mir alles ein bisschen zu hoch«, schnaubte Bosse. »Zu abstrakt.«

»Das ist ja nur der Hintergrund«, meinte Nic. »Du wolltest wissen, was es mit unserer Magie auf sich hat. Wie sozusagen die Machtverhältnisse zwischen uns und den Trollen sind. Den historisch-mythologischen Hintergrund zu kennen, kann nicht schaden. Aber du hast natürlich recht: Für uns sieht es anders aus. Wir sind keine Götter. Wir sind Menschen mit einem ganz, ganz kleinen Überrest an Magie, die sie einmal hatten. Und wir können uns auf keine Götter verlassen, weil wir dank der Chronisten wissen, dass es Ragnarök schon gab. Die Götter sind längst untergegangen – oder verstecken sich zumindest in anderen Welten und haben mit der Erde nicht mehr viel zu tun. Auf ihre Hilfe können wir nicht zählen. Die Trolle haben glücklicherweise auch nicht mehr Ymirs Größenordnung. Das hier, was uns bevorsteht, ist nicht die nordische Schöpfungsgeschichte und auch nicht Ragnarök. Wir können den Kampf gegen die Trolle aufnehmen und unsere Welt verteidigen«, endete Nic selbstbewusst.

Die Drillinge schauten skeptisch, aber der gutmütige Bosse schien Nic zu glauben. »Es liegt ja letzten Endes an dir, Kumpel. Du weißt Bescheid, du hast dieses … *Kunna*. Du weißt, was du tust. Ich muss das nicht alles wissen. Du machst deinen Job und ich den meinen. Kämpfen«, grinste er.

»*Wenn* er weiß, was er tut«, murmelte Adira.

Nic sah sie schräg von der Seite an. »Ja, ich arbeite mit dem, was ich habe, und ihr arbeitet mit dem, was ihr habt. Jeder hat seine Aufgabe zu erfüllen. Deshalb hat die Generalin auch gesagt, wir sollen uns auf unsere Stärken konzentrieren.«

»Sie hat gesagt, wir sollen uns und den anderen unsere Stärken und Schwächen bewusst machen«, widersprach Adira. »Und deshalb finde ich, du solltest deine Schwächen …«

Nic bemerkte, dass Hilda ihn rüberwinkte. »Entschuldigt mich einen Moment«, unterbrach er Adira und stand auf, um zu Hilda zu gehen.

Er setzte sich neben sie, legte den Arm um ihre Schultern und die beiden flüsterten sich etwas zu.

»Okay, sagt mal«, wandte ich mich an die Drillinge, »warum habe ich den Eindruck, dass ihr nicht sonderlich erfreut seid, in Nics Team zu sein?«

»Weil Nic und Rowan am wenigsten Magie haben«, antwortete Ran unumwunden. »Nic ist ein toller Kerl, aber … wir sind schon seit Jahren hier, wir sind gut, wir könnten …«

»Wir könnten ein Winner-Team unterstützen«, beendete Adira seinen Satz.

»Versteht uns nicht falsch, aber ihr beiden seid total unerfahren.« Calixta zuckte mit den Schultern. »Und dann haben wir auch noch Dun Dornaigil zugeteilt bekommen. Ich meine, Rowan ist noch schwächer als Nic, aber er hat die Magie des Wassers und auf seiner Insel kann er vielleicht was ausrichten. Wir haben die schlechtesten Chancen.«

In dem Moment kam Nic zurück und hörte den letzten Satz. »Tja, unsere Chancen haben sich gerade verbessert.« Wenn ihn der Mangel an Vertrauen seitens der Drillinge zu schaffen machte, dann ließ er es sich nicht anmerken. »Hilda wird als zweite und sehr erfahrene Bärenkriegerin zu uns kommen.«

»Was?«, entfuhr es mir. »Mrs Darktower hat doch extra gesagt, dass es keine Diskussion darüber gibt, in ein anderes Team wechseln zu wollen. Ich sehe nicht, warum für Hilda eine Ausnahme gemacht werden sollte.«

»Das nennt man wohl Vetternwirtschaft«, meinte Adira bitter.

Nic zuckte mit den Schultern. »Freut euch doch. Unser Team wird damit stärker.«

»Ich glaube es erst, wenn ich es Mrs Darktower sagen höre«, meinte ich. »Dann fehlt schließlich in dem anderen Team eine Bärenkriegerin.«

Wenn es stimmte, dann würde es nur Sinn ergeben, dass ich stattdessen in Joels Team wechselte. Ich konnte mir kaum vorstellen, dass die Generalin das nach dem Vorfall heute Morgen zulassen würde. Aber ich würde es natürlich begrüßen, nicht in Nics Loser-Team bleiben zu müssen. Sollte er doch gemeinsam mit seiner geliebten Hilda untergehen, während Joel und ich das Mousa-Broch-Portal rockten ...

»Ihr werdet es schon sehen.« Nic klang sehr überzeugt. »Also, wenn dann alle Fragen der unerfahrenen Tierkrieger geklärt sind, dann können wir uns ja auf das Wesentliche konzentrieren und jeder seine Aufgabe ...«

»Ich habe noch Fragen«, unterbrach ich ihn. Nic musste gar nicht so auf uns unerfahrene Tierkrieger hinabblicken, besonders wenn er selbst gar nicht so toll war, wie er immer tat. »Wo sind die Trolle jetzt? Was ist das für eine Welt, in die sie verbannt werden? So etwas wie die Unterwelt, die Hölle?«

Nic schüttelte den Kopf. »Die Unterwelt ist die Welt der Toten. Laut der nordischen Kosmologie gibt es neun Welten. Midgard ist unsere, von Niflheim und Muspellsheim haben wir schon geredet. Dann gibt es Asgard, die Welt der Asen-Götter, welche durch die Brücke Bifröst mit Midgard verbunden ist.«

Ich erinnerte mich daran, dass Asgard und Bifröst während Ragnarök in Flammen aufgegangen waren.

»Dann gibt es noch Wanaheim, die Welt der Wanen-Götter, Alfheim, die Welt der Elfen, Svartalfheim, die Welt der Zwerge, wörtlich übersetzt ›Welt der Schwarzelfen‹, und eben Jötunheim. Das ist die Welt der Jötunen, also der Trolle, und dahin wurden sie auch verbannt.«

Das war mir alles nicht völlig unbekannt, aber bis vor Kurzem waren es nur abstrakte nordische Mythen gewesen, mit denen ich nichts zu tun hatte. Jetzt sah das Ganze anders aus. Ich überlegte laut: »Was sind die Wanen? Andere Götter?«

Nic nickte. »Viel weiß man nicht über den Unterschied zwischen den Wanen und den Asen. Zum Geschlecht der Asen gehören Odin, Thor, Baldur, Frigg, Heimdall … die Namen sagen euch bestimmt was. Und die Wanen, das sind unter anderem Freyja, Freyr, Njord und Nerthur …«

»Freyja ist eine Fruchtbarkeitsgöttin«, fiel mir ein.

»Man kennt diese Wanen-Götter hauptsächlich deshalb, weil sie später zu den Asen gehörten«, erzählte Nic weiter. »Aber die, die man kennt, sind in etwa das, was man sich unter Naturgöttern vorstellt. Freyr ist sogar der Herrscher von Alfheim, also der Welt der Elfen.«

»Wo kommen die her?«, wollte ich wissen. »Stammen die auch von den Riesen ab?«

»Das weiß man nicht, aber später haben sich die Geschlechter definitiv vermischt, nachdem Freyja der Mythologie nach so ziemlich mit jedem Asen-Gott geschlafen und fleißig Kinder gezeugt hat. Und mit wem auch immer noch …«

»Ich meine bloß, mich interessiert, wo die Magie, die ihr Auserwählten habt, herkommt …«, überlegte ich laut. Mein Blick fiel auf Magni. »Sein Familienname ist Thorson. Also nehme ich an, die Magie kommt von Thor?«

»Ja, und Martin ist ein Tyrsen, der kommt von Tyr, dem Kriegsgott«, mischte sich Calixta jetzt ein. »Martins Familie hat nicht überlebt, er ist der Letzte und ein Waisenkind, weshalb er dann zu Magnis Familie kam. Die beiden haben gute magische Fähigkeiten, gutes Training und die größte

Chance, die Trolle zu verbannen. Magni kann das Element Luft manipulieren, einen Sturm heraufbeschwören und dann mit Blitzen die Trolle besiegen. Es ist sogar überliefert, dass man Trolle am besten mit Blitzen und Licht bekämpfen kann. Und Martins Element ist Feuer. Die beiden zusammen sollten unschlagbar sein.«

»Okay, dann verstehe ich nicht, warum man nicht einfach die beiden nahe zusammengelegten Portale offen gelassen und alle anderen Brochs zerstört hat? Wenn der Rest der Auserwählten gar nicht fähig ist …« Ich genoss es, mit diesen Worten Nic zu beleidigen.

Seine Nasenflügel bebten, als er sagte: »Es ist überhaupt nicht so, dass wir nicht fähig wären.«

»Außerdem sollen es fünf sein«, wandte Ran ein. »Fünf Elemente. Fünf Portale.«

»Eigentlich fünf verschiedene Auserwählten-Familien mit ihren Element-Kräften«, meinte Adira. »Die Huntingtons haben da ein kleines Kuddelmuddel angerichtet.«

»Ja, überhaupt, Huntington?«, warf ich ein. »Das hört sich nicht wie ein Gott an.«

Nic rollte mit den Augen. »An Namen sollte man sich nicht aufhängen«, meinte er. »Namen können sich ändern. Ob unsere Familie auch so eine Prominenz ist, spielt schließlich keine Rolle. Es kommt am Ende auf die magischen Kräfte an!«

»Wenn Rowans Element Wasser ist«, schlussfolgerte ich, »dann sind die Huntingtons was? Erde? Äther? Und wenn ihr aus derselben Familie kommt, fehlt dann nicht ein Element?«

»Die Huntingtons haben Erdmagie«, bestätigte Nic. »Die Magie soll vom Gott Uller kommen, dem Gott der Jagd. Es ist nicht ganz klar, was mit der Familie passiert ist, die die

Äther-Magie weitergegeben hat. Sie ist vor langer Zeit ausgestorben. Äther ist sowieso ein Element für sich. In anderen Kulturen und anderen magischen Kreisen gibt es nur vier Elemente und Äther wird gar nicht hinzugezählt. Oder es thront irgendwie über allen anderen und hat eine Sonderstellung. Wir kennen heute noch das Wort Quintessenz. Das heißt übersetzt fünftes Element und bedeutet das Wichtigste, das Wesentlichste. In anderen Kulturen sagt man zu Äther Chi oder Mana … es ist eine geistige Energie. Vielleicht wusste man zur Zeit der Verbannung der Trollwesen einmal, was genau darunter zu verstehen ist, aber heute ist dieses Element für uns Auserwählte kaum greifbar … was wahrscheinlich auch daran liegt, dass die Familie mit dem Äther-Auserwählten ausgestorben ist. Na, und mit mir hat man dann versucht, diesen Umstand auszugleichen.«

»Leider hat es nicht viel gebracht«, schaltete sich Adira ein.

»Wie, ausgleichen?«, meinte ich.

»Man hat die Huntington-Linie mit einer Familie gekreuzt, die angeblich Elfen-Magie hat«, wusste Adira.

»Ja, ich soll mütterlicherseits eben von dieser Wanen-Linie abstammen. Freyr. Die Elfen«, brummte Nic. »Aber das ist sowieso … da gibt es keine konkreten magischen Fähigkeiten … es war eben ein Versuch, unsere Linie … aufzupeppen.«

Ich betrachtete Nic. Seine unglaublichen grünen Augen. Die ließen ihn so anders aussehen als die restlichen Auserwählten. Elfen-Gene … damit unterschied er sich von den anderen Auserwählten … und irgendwie machte es ihn auch zu einem Versuchskaninchen, wie wir Tierkrieger es alle waren. Wir hatten mehr gemein, als mir lieb war. Wenn die Trennlinie zwischen dem Helden mit Götterfunken und dem Tierkrieger mit Troll-Genen deutlich im Sand gezogen war, war es viel einfacher, den Gegner auf der anderen Seite zu hassen.

Mir gefiel nicht, dass da ganz tief in meinen Herzen die Gefühle für Nic, die ich dort begraben hatte, wieder aufflammten. Ich wollte keine Sympathie für ihn haben.

Gott sei Dank wurde meine Aufmerksamkeit in dem Moment auf etwas anderes gelenkt, bevor ich länger darüber nachdenken konnte.

»Schaut mal, was ist da wohl los?« Calixta zeigte nach vorne auf die Generalin und Dr. Isbister, der wieder in den Trainingsraum gekommen war. Das Handy hielt er immer noch in der Hand und streckte es Mrs Darktower hin, als wäre das sein überzeugendes Argument in dem Streit, den die beiden offensichtlich hatten.

Mrs Darktowers Gesicht war ganz rot angelaufen und sie fuchtelte mit den Armen. Dr. Isbister machte eine Geste, als ob er sie besänftigen wollte. Seine Stimme war leise genug, damit wir sie nicht verstanden, aber die Generalin hatte ihre erhoben.

»... sehe ich gar nicht ein. Das ist unsere Aufgabe und ich lasse mir nicht dazwischenfunken. Ich muss sagen, ich hätte einiges mehr erwartet von den ...«

Sie sagte den Namen von Hildas Eltern. Die Drillinge tauschten bedeutsame Blicke aus.

Und Hilda, die den Streit ebenfalls bemerkt hatte, lächelte und schaute zu Nic rüber.

Er lächelte zurück.

Na bitte. Schon war der Hass auf ihn zurück und meine Sympathie verschwunden.

KAPITEL SECHSUNDZWANZIG

Nach der Mittagspause trafen wir uns vor dem Raum mit dem Aktivierungskäfig ein. Dort sollte die erste Unterrichtsstunde für unser Team stattfinden.

Ich war gespannt, weil doch eigentlich Elin noch in diesem Raum sein sollte. Vielleicht hatte man ihre Aktivierung abgebrochen?

Zu unserer Überraschung stieß tatsächlich Hilda zu uns.

Schließlich kam auch Dr. Isbister, der unsere Sitzung leiten sollte.

»Wo ist Elin?«, fragte ich ihn als Allererstes.

»Elins Aktivierung ist abgeschlossen«, erklärte er. »Es wurde beschlossen, dass sie doch eingesetzt wird, um Mr Huntingtons Team zu unterstützen.«

»Damit Hilda zu uns kommen kann?«, platzte es aus mir raus.

Dr. Isbister seufzte. »Ja, Hilda ist jetzt auch in Nics Team. Es wird deshalb um einiges stärker und das ergibt durchaus Sinn.«

»Sagt wer? Sollten Sie das nicht entscheiden? Und hatten Sie nicht ursprünglich gesagt, Elin ist noch nicht so weit?«

»Genug mit dem Kreuzverhör, Alannah«, antwortete Dr. Isbister im wenig überzeugenden charmanten Ton. »Wir haben für so etwas keine Zeit. Es wurde als oberste Priorität für Nics Team festgelegt, dass Bosse und du zusammen mit den anderen Tierkriegern im Team kontrollierte Verwandlungen absolviert. Wir haben nicht viele Tests machen können, aufgrund der neuesten Entwicklungen … deshalb seid ihr hier. Machen wir uns an die Arbeit.«

Und das taten wir auch.

Ich hatte gedacht, ich hätte das Schlimmste überstanden, als ich mich im Kampf mit Nic nicht verwandelt hatte. Ich hatte es als eine Art Test gesehen. Aber die richtigen Prüfungen kamen erst noch auf mich zu.

Es war nämlich das eine, sich isoliert in einem Käfig kontrolliert zu verwandeln.

Doch etwas ganz anderes war es, in dem Käfig durch Trollbilder provoziert zu werden, während andere Krieger auch dabei waren. Die Kunst bestand dann nämlich darin, nicht über die Mitstreiter herzufallen. Besonders, wenn gerade keine echten Trolle als Zielscheibe der Berserkerwut zur Verfügung standen.

Es tat mir für die Drillinge leid, aber es war klar, dass Mrs Darktower und Dr. Isbister eine gute Wahl getroffen hatten, die Wölfe mit unerfahrenen Tierkriegern wie Bosse und mir zusammenzutun. Für das Training mit uns im Aktivierungskäfig waren sie genau richtig. Sie waren extrem wendig und agil. Sie waren so reaktionsschnell, dass ich manchmal glaubte, sie würden vor mir wissen, welche Bewegungen ich machen würde.

Für Bosse, die Drillinge und mich war das Training unheimlich anstrengend. Nic und Hilda, die ja schon so unglaublich perfekt war, nahmen an diesem Unterricht vorerst nur als Zuschauer teil. Manchmal erschienen sie auch gar nicht. Wahrscheinlich glaubten sie, jegliche Chance auf Zweisamkeit vor der entscheidenden Nacht noch mal nutzen zu müssen. Und Dr. Isbister konnte oder wollte Hilda nicht zurechtweisen. Ihr Promi-Status war mal wieder allzu präsent.

Das trug nicht gerade dazu bei, dass sich unser Team wie eine Einheit fühlte.

Brutus, mit dem wir vorerst weiter in Menschengestalt mit Waffen übten, fiel das auf und er sprach es in unserer ersten Strategie-Besprechung an.

Nic sagte gar nichts dazu.

»Wie soll auch ein Vertrauensverhältnis in dieser Gruppe entstehen?«, brach es zu unserer Überraschung aus Bosse heraus. Er war immer so gutmütig und ließ sich selten aus der Ruhe bringen – außer im Käfig natürlich, da war er ein starker, unnachgiebiger Kämpfer. Alle schauten ihn erstaunt an.

»Hilda darf machen, was sie will, und sie und Nic sondern sich immer als Paar ab. Die Drillinge sind eifersüchtig auf Hilda und ziehen ständig über sie und über Nic her. Ganz zu schweigen von Alannah, die auch mal was mit Nic hatte, und dann mit seinem Großvater geschlafen hat ...«

Ich war so erstaunt über Bosses gute Beobachtungsgabe, dass mir erst gar nicht einfiel, ihn in dem letzten Punkt zu korrigieren und mich zu verteidigen.

Außerdem fesselte noch etwas anderes meine Aufmerksamkeit. Als Bosse erwähnte, dass ich etwas mit Nic gehabt hatte, war Hildas Kopf herumgeschnellt. Mit böse funkelnden Augen hatte sie Nic angestarrt. Und bevor irgendjemand noch was sagen konnte, hatte sie schon den Trainingsraum verlassen.

Nic, auf dessen Gesicht sich mehrere Emotionen zwischen Verlegenheit und Ärger abspielten, stand schließlich auf und schaute unschlüssig zwischen der Tür und Brutus hin und her.

Brutus seufzte. »Ich glaube, dass es wenig Sinn ergibt, eine Strategie zu besprechen, bevor ihr nicht eure persönlichen Probleme miteinander gelöst habt. Und ich schlage vor, dass ihr das pronto macht. So etwas hat auf dem Schlachtfeld nichts zu suchen, wird euch dort aber so richtig im Wege stehen. Wenn ihr euch nicht gegenseitig vertraut, habt ihr schon verloren. Und ihr stimmt mir sicher zu, dass die Verhinderung der Apokalypse um einiges wichtiger ist als Liebeleien und anderes triviales Teenager-Getue.«

Nic rannte aus dem Raum und auch wir anderen wurden schließlich von Brutus weggeschickt.

Es blieb noch eine gute Stunde bis zum Abendessen und ich fühlte mich ein wenig verloren. Die vergangenen zwei Wochen hatten nur aus Training und Unterricht bestanden. Beim Essen hatte ich kaum die Augen offen halten können, und sobald der Plan für den Tag abgehakt war, fiel ich ins Bett und in einen traumlosen Schlaf.

Diese Stunde war die erste freie Zeit seit einer geraumen Weile. Ich überlegte, ob ich auf mein Zimmer gehen sollte, aber wenn ich aus Versehen einschlief, verpasste ich das Abendessen und würde irgendwann hungrig aufwachen.

Von Ingrid durfte ich keine Extrawurst erwarten. Obwohl ich mehrere Male versucht hatte, mit ihr zu reden, hatte sie mich kalt abblitzen lassen. Anscheinend gab es da eine gemeinsame Vergangenheit zwischen ihr und Joel Huntington. Als es hieß, Joel käme nach South Havra, hatte sie sich vage Hoffnungen gemacht, die ich mit meiner vermeintlichen Skandalaktion zerstört hatte. Sie wollte mit mir nichts mehr zu tun haben.

Ich schaute aus dem Fenster des Treppenhauses. Es war so kalt, dass im trüben Dämmerlicht alles schon eisgrau wirkte, selbst das Gras. Wir trainierten jeden Morgen draußen – schließlich sollte diese Kälte anhalten, und wir würden ihr auch am Tag der Apokalypse trotzen müssen. Wir mussten lernen, uns gegen sie abzuhärten.

Ich war nicht gerade scharf darauf, ein zweites Mal heute in die Eishölle, die die Shetland-Inseln im Moment waren, hinauszugehen. Aber dann entdeckte ich Nic, der schnellen Schrittes vor der Klinik auf und ab ging. Wahrscheinlich war er rausgegangen, um sich vom Wind den Kopf durchblasen zu lassen. Wenn er mit Hilda gesprochen hatte, dann war es wohl nicht gut gelaufen.

Zwei Stufen auf einmal nehmend sprintete ich hoch auf mein Zimmer, legte Schneehose, Jacke, Handschuhe, Schal und Mütze an und lief wieder runter. Kurz entschlossen stieß ich die Eingangstür auf. Es war schnell dunkler geworden, so wie es um diese Jahreszeit hier der Fall war. Im Schein der Lichter über dem Eingang sah ich Nic immer noch hin und her gehen. Er hatte den Blick gen Boden gerichtet, wahrscheinlich um das Gesicht vor dem Wind zu schützen und weil er in Gedanken versunken war. In jedem Fall bemerkte er mich nicht, bis ich ihm zurief: »Hey, können wir reden?«

Nic schaute überrascht auf, zögerte einen Moment und meinte dann: »Okay. Besser ist es.«

»Lass uns lieber irgendwohin gehen, wo es ein bisschen geschützt ist«, schlug ich vor. Der eisige Wind fühlte sich wie feine Nadelstiche im Gesicht an.

Nic stimmte zu und wir gingen los.

Es gab auf der Insel nur zwei Orte, die infrage kamen. Die kleine Windmühle schlossen wir beide automatisch aus, da dort der Kuss stattgefunden hatte. Also gingen wir, ohne es laut ausgesprochen zu haben, zum Schuppen beim Pier.

Wir schwiegen beide, bis wir dort angekommen waren. Ich riss die Tür auf und wir gingen hinein.

Nachdem wir die Tür hinter uns hatten zufallen lassen, war es stockduster. Irgendwie war es mir aber recht, Nic nicht ansehen zu müssen, wenn ich über diese Sache mit ihm sprach.

»Ich wollte nur mal eines klarstellen«, platzte es aus mir heraus. »Ich hatte nichts mit Joel Huntington. Ich bin zu ihm, weil ich Antworten wollte, die mir keiner gab. Und weil ich gehört hatte, dass er seiner Rolle im Abwenden der Apokalypse auch skeptisch gegenüberstand. Ich hatte gehofft, er würde mich mit seinem Boot wegbringen. Damit ich zu meinen Eltern flüchten konnte. Beim Übersetzen mit dem Schlauchboot habe ich mich blöd angestellt. Es war saukalt, meine Hose und Strümpfe waren nass, und ich habe sehr gefroren. Deshalb hab ich die ausgezogen und warme Sachen von Joel angezogen. Und er hat mir den Toddy gemacht, den ich nicht vertragen habe, weil ich noch nie Alkohol getrunken hab. Ich bin einfach eingepennt. So war das.«

Ich verschränkte die Arme vor der Brust und biss auf meiner Unterlippe herum.

»Okay, ich glaube dir«, hörte ich Nic von irgendwo in der Dunkelheit schließlich sagen. »Das hört sich nach dir an.« Der Gedanke schien ihn zu amüsieren.

»Hey, über mich lustig machen musst du dich nicht«, meinte ich empört. »Und ich fand es auch nicht ganz okay, dass du sauer auf mich warst, selbst wenn du diese lächerlichen Gerüchte geglaubt hast.«

»Nicht?« Nic klang ehrlich erstaunt. »Joel ist mein Großvater. Ich meine, aus Rache mit ihm zu schlafen, das ist doch …«

»Aus Rache? Du hast ehrlich geglaubt, ich hätte das wegen dir getan? Also, selbst wenn ich von eurer

Verwandtschaft gewusst hätte … sorry Nic, aber soooo toll bist du auch wieder nicht. Du kannst mir glauben, dass ich ein paar andere, weitaus wichtigere Probleme hatte, als dieses doppelte Spiel, das du getrieben hast …« Ich war ehrlich entrüstet und noch mehr, als er mich unterbrach:

»Doppeltes Spiel? Ich habe kein doppeltes Spiel getrieben. Ich fand dich nett, wir haben uns gut verstanden, es ist passiert, was passiert ist, und zwar aus ehrlichen Gefühlen heraus …«

»Ehrliche Gefühle? Ach bitte!« Ich musste sagen, dass es etwas Befreiendes hatte, der Person, mit der man stritt, nicht ins Gesicht sehen zu müssen. »Tu doch nicht so! Ich habe Antworten verlangt, die ich laut Dr. Isbisters Programm noch nicht haben sollte, und du hast mich mit deiner Anwesenheit und dem Kuss abgelenkt. Im Dienste der Sache. Das Mindeste, was du tun konntest, weil du nicht gerade die stärkste Magie hast … und ich nehme an, für diese Zwecke sind Rowan und du auch hier und …«

»Das ist überhaupt nicht wahr. Du hast dir da von den Drillingen einen Floh ins Ohr setzen lassen. Rowan und ich sind hier, weil wir mit den Tierkriegern trainieren wollen, weil es uns einen Vorteil verschaffen wird, alle hier so gut wie möglich zu kennen um gut mit ihnen kämpfen zu können. Magni und Martin hielten das nicht für nötig und mein Großvater schon lange nicht.« Nic hörte sich erzürnt an. »Und was zwischen uns passiert ist, das hatte nichts mit Dr. Isbisters Programm zu tun. Wie kannst du das glauben, Alannah?« Seine Stimme wurde weicher.

Ich könnte schwören, dass er näher gekommen war. Mit einem Mal war es mir gar nicht mehr so wohl dabei, ihn nicht zu sehen. Bildete ich es mir ein oder konnte ich ihn sogar riechen? Dieser wundervolle Duft von frischer Erde und herben Kräutern?

Stand er womöglich direkt vor mir?

Meine Kehle war so zugeschnürt, dass ich die Worte kaum herausbrachte. »Nic, du hattest die ganze Zeit über eine Freundin und hast nichts gesagt.«

Nic zögerte einen Moment. Jetzt war ich mir sicher, dass er ganz nah war. Ich spürte die Wärme seines Körpers.

»Alannah, Hilda und ich haben eine besondere Beziehung. Wer wir sind ... macht es uns unmöglich, ein normales Paar zu sein. Wir haben offen darüber gesprochen, dass wir uns nur treu sein müssen, wenn wir beide hier sind. Hilda hat öfter von anderen jungen Männern gesprochen, die sie da draußen, in ihrer Welt getroffen hat. Sie hat kein Recht, eifersüchtig zu sein ...«

»Aber sie ist es doch«, flüsterte ich.

»Ja. Und du hast recht. Trotz alledem. Ich hätte es dir sagen müssen.«

Seine Hand fand meine. Unsere Finger, noch in Handschuhen, verschränkten sich. Und so blieben wir für eine Weile stehen, ganz nah, ohne uns zu berühren.

Mehr Körperkontakt ließen wir nicht zu. Obwohl sich nicht mal unsere Haut berührte, war es ... fast intimer als der Kuss in der alten Mühle.

Ich wagte es kaum, zu atmen. Die Luft in dem Schuppen war geladen mit Elektrizität. Mein ganzer Körper kribbelte.

Mein Körper wollte Nic glauben. Ja, jede Faser meines Körpers schrie danach, ihm zu verzeihen und mich in seine Arme fallen zu lassen.

Mein Verstand hatte nicht mehr viel zu sagen, aber selbst er ... Es passierte, dass man sich in jemanden verliebte, auch wenn man schon irgendwie mit jemand anderem zusammen war. Und wenn Hilda tatsächlich nicht wollte, dass die Beziehung exklusiv war, dann hatte er seine Freundin nicht betrogen. Ja, er hätte es mir sagen sollen, dass er nicht ganz und gar frei war. Doch die Sache mit Hilda, die könnte ich vergessen …

Aber es gab schließlich noch etwas anderes, weswegen ich mich hintergangen gefühlt hatte. Selbst wenn Nic die Wahrheit sagte und mich nicht absichtlich davon abgelenkt hatte, Antworten auf meine Fragen zu bekommen, so hatte er mir doch einiges vorenthalten.

Dass er ein Auserwählter war und kein Tierkrieger, war nur eine der Sachen, über die er mich im Dunkeln gelassen hatte.

Viel schlimmer war die Tatsache, dass ich von den bösen Kreaturen abstammte oder zumindest dieselben Gene hatte, wie die, die wir bekämpfen sollten. Wenn ich schon befürchtet hatte, dass es ihn vor mir grausen würde, weil ich ein Kampfbiest war, wie sehr würde er sich vor mir ekeln müssen, weil ich verwandt war mit den hässlichen, üblen Trollen.

Weder das eine noch das andere konnte ihm etwas ausmachen, denn schließlich war er mit Hilda zusammen, die ebenfalls eine Bärenkriegerin war.

Es sei denn, er wusste nur das eine, nicht aber das andere.

Als er über die nordische Schöpfungsgeschichte und Herkunft der Magie gesprochen hatte, da war er mir sehr gut informiert vorgekommen. Er hatte alles studiert, was mit der Apokalypse der Trolle zu tun hatte.

Da musste er doch auch wissen, was wir Tierkrieger wirklich waren. Oder nicht?

Ich musste ihn fragen. Wenn es eine Zukunft für uns geben sollte, so kurz diese auch sein würde, dann durfte nichts zwischen uns stehen. Ich konnte nur jemandem vertrauen, der genau wusste und akzeptierte, was ich war.

Mir lagen schon die Worte auf der Zunge: »Weißt du, was ich wirklich bin?«

Doch Nic kam mir zuvor.

»Ich habe die Sache mit Hilda beendet. Sie hat natürlich gleich gedacht, es sei wegen dir … in gewisser Weise hat sie recht, aber das ist es nicht … nicht nur.« Er machte eine kurze Pause. »Brutus hat recht. Wir müssen uns auf das Wichtigste konzentrieren. Wenn … wenn wir die Trolle besiegt haben, wenn die Ordnung wieder hergestellt ist, wenn die Menschheit überlebt, dann können wir uns um unsere eigenen Herzensangelegenheiten kümmern. Bis dahin muss das alles unwichtig sein. Es steht zu viel auf dem Spiel. Nichts anderes darf jetzt zählen. Ich kann nicht mit Hilda zusammen sein. Aber ich kann auch nicht mit dir zusammen sein. Ich kann mit niemandem zusammen sein. Verstehst du?«

Er ließ meine Hand los.

Auf einmal riss die Verbindung zwischen uns ab. Die vorher aufgeladene Luft war kalt und leer.

»Ja. Ich verstehe«, brachte ich gerade so heraus.

Dann gingen wir schweigend zurück zur Klinik.

Ich konnte Nic tatsächlich verstehen. Ich wusste, dass er recht hatte. Aber ich hatte mich noch nie so … so kalt gefühlt.

KAPITEL SIEBENUNDZWANZIG

D ie Teams blieben während der intensiven Wochen des Trainings meist unter sich – zumindest während der Stundenplanzeiten von morgens um fünf bis abends um acht. Die Auserwählten, die oftmals zusammen im stillen Kämmerlein Magiekunde hatten, stellten die Ausnahme dar.

Gerade weil ich noch so viel lernen musste, machte ich auch nicht viel mehr als zu trainieren, Essen in mich hineinzuschaufeln und zu schlafen. Den erfahrenen Tierkriegern mochte es anders gehen. Wenn sie abends noch mit den anderen im Gemeinschaftsraum zusammensaßen, dann wusste ich zumindest nichts davon.

Mein total reglementierter Tagesablauf und der Fokus, den ich aufs Training und auf unsere Gruppe legte, waren dafür verantwortlich, dass ich auch nach ihrer früh beendeten Aktivierung so wenig Kontakt mit Elin hatte wie zuvor.

Wir sprachen einfach nicht miteinander.

Beim Essen war mir allerdings mehrere Male aufgefallen, dass sie schlecht aussah. Elins Wangen waren eingefallen, ihre vormals goldglänzenden Haare wirkten stumpf und sie hielt den Blick meist gesenkt. Ich versuchte es abzutun. Sie saß am Tisch allein mit Joel Huntington und nur männlichen Tierkriegern. Vielleicht hatte sie ihnen nichts zu sagen und fühlte sich in ihrer Gegenwart schlicht nicht wohl.

Und was ihr Aussehen betraf: Ich vermied es in diesen Tagen in den Spiegel zu schauen, doch ich hatte den

Verdacht, dass ich auch nicht gerade wie das blühende Leben aussah.

Ich redete mir immer wieder ein, dass Dr. Isbister Elin nicht eingesetzt hätte, wenn er nicht davon überzeugt gewesen war, dass sie so weit war. Der Einfluss von Hildas Eltern mochte groß sein und über Dr. Isbisters Charakter ließ sich sicher streiten, aber eine Sache wusste ich bestimmt: Dr. Isbister fühlte sich tatsächlich wie unser Vater. Er war unser Schöpfer und sehr stolz darauf. Er wollte, dass wir, seine Kinder, ihr größtes Potenzial erreichten. Er hätte Elin nicht aus dem Käfig gelassen, wenn er nicht geglaubt hätte, dass sie bereit war, ihrer Aufgabe gerecht zu werden.

Doch ließ es mir keine Ruhe.

Ich traute mich nicht, selber mit ihr zu reden. Vielleicht war es nur eine Ausrede für meine eigene Feigheit, aber ich war davon überzeugt, dass Elin sich mir sowieso nicht öffnen würde.

Ich kannte die Tierkrieger in Joels Gruppe kaum, also gab es eigentlich bloß zwei Personen, die ich nach Elins Gesundheitszustand fragen konnte.

Ihre Mitbewohnerin Hilda, die sie vor die Räder geworfen hatte, um ihren eigenen Wechsel in Nics Team zu veranlassen – und die, seit Nic ihr den Laufpass gegeben hatte, auch nicht mehr mit mir sprach.

Die andere Person war Joel Huntington.

Seit dem vermeintlich skandalösen Vorfall hatte ich vermieden, ihm über den Weg zu laufen, damit die Gerüchteküche nicht wieder angeheizt wurde.

Aber schließlich entschied ich, dass Elin wichtiger war als das blöde Gerede.

Als ich eines Tages Joel im Flur begegnete, sprach ich ihn an. Die Tierkrieger, die bei ihm waren, feixten und tauschten bedeutsame Blicke aus. Einige kicherten sogar, als ich darum bat, mit Joel unter vier Augen zu sprechen.

»Liebe Alannah, sollen wir irgendwo hingehen, wo wir ungestört …«

»Bloß nicht«, unterbrach ich Joel. Der hatte vielleicht Nerven. Schnell schaute ich mich um. Elin war nirgends zu sehen.

»Es dauert nicht lange«, sagte ich. »Ich wollte dich nur fragen, wie es Elin geht. Ich mache mir Sorgen um sie. Sie sieht nicht gut aus.«

Joel verzog das Gesicht. »Da bist du nicht die Einzige. Sie ist eine starke Kriegerin. Aber wenn du mich fragst, ist sie noch nicht so weit. Ihre Kräfte sind ziemlich unberechenbar.« Er hörte sich ehrlich bekümmert an. »Mr. Brutfort ist es aufgefallen. Wir haben beide schon mit Mrs Darktower gesprochen, die ebenfalls nicht glücklich über die Situation ist.« Joel rieb sich über den Bart. »Anscheinend kann sie nicht viel machen. Der Befehl kommt von ganz oben, dass alle Tierkrieger eingesetzt werden sollen. Und weil die Zusammenarbeit in den Teams so wichtig ist und sie schon lange mit uns trainiert hat …«

»Mist«, schimpfte ich. »Wenn Hilda doch nie drauf bestanden hätte, in Nics Team zu wechseln …«

»Vielleicht packt sie es noch«, meinte Joel. »Vielleicht kriegt sie noch rechtzeitig die Kurve.«

»Hmm«, machte ich nur und verabschiedete mich gedankenabwesend wieder.

Ich überlegte, tatsächlich mit Hilda zu sprechen, um sie davon zu überzeugen, sich wieder Joels Team anzuschließen. Aber ich bezweifelte stark, dass sie sich meine Bitte auch nur zu Ende anhören würde. Sie glaubte ja, ich hätte ihr Nic weggeschnappt. Jetzt wollte ich, dass sie das Team verließ? In ihren Augen wahrscheinlich bloß, damit sie mir nicht mehr im Wege stand, in meinem Bestreben, Nic rumzukriegen.

Obwohl ich mir ausmalen konnte, wie das Gespräch verlaufen würde, widerstand ich in den nächsten zwei Abenden dem Ruf des Bettes und schlich auf dem Korridor vor Hildas und Elins Tür umher. Ich fand die Courage nicht, anzuklopfen.

Ich sagte mir, ich würde darauf warten, dass Hilda rauskam oder von woanders herkam … In Wahrheit brach ich meine Mission ziemlich bald wieder ab und ging auf mein Zimmer.

Aber in der dritten Nacht hörte ich ein Geräusch aus dem Zimmer der beiden. Ich presste ein Ohr gegen die Tür. Jemand weinte. Nein, schluchzte gottserbärmlich.

Ich biss auf meinen Lippen herum und schaute rechts und links den Korridor hinunter. Niemand zu sehen.

Schließlich hielt ich es nicht länger aus und klopfte.

Das Schluchzen hörte abrupt auf.

»Ich bin's, Alannah«, sagte ich. »Ist alles in Ordnung?«

»Geh weg.«

Das war definitiv Elins Stimme.

Kurz entschlossen betrat ich das Zimmer.

Nur Elin lag auf ihrem Bett. Hildas Bett war leer. Ein Blick ins Bad verriet mir, dass sich Hilda dort auch nicht aufhielt.

»Geh weg«, wiederholte Elin, diesmal weitaus weniger deutlich. Sie hatte das Gesicht ins Kissen gepresst.

»Elin …«

Ich setzte mich auf ihre Bettkante. »Ich mache mir echt große Sorgen um dich.«

Elin drehte den Kopf. Ihr Gesicht war ganz rot und ihre Augen vom vielen Weinen geschwollen.

»Wieso solltest du? Fällt dir von einem Tag auf den anderen wieder ein, dass wir Freundinnen sind?«

»Es tut mir leid, dass die Dinge zwischen uns nie wieder richtig in Ordnung gekommen sind«, seufzte ich. »Wirklich, es tut mir ehrlich leid.«

Elin setzte sich halb auf. Ihre Haare waren ganz zerzaust. »Wieso sind sie denn so von einen Tag auf den anderen nicht mehr in Ordnung gewesen? Das hab ich nie verstanden, Alannah. Du warst meine einzige richtige Freundin hier und dann hast du mich einfach … ausgeschlossen.«

»Ich hatte Wahrheiten erfahren, über diesen Ort, darüber, was wir wirklich sind …«, versuchte ich zu erklären. »Es war so schlimm für mich und ich durfte dir nichts sagen. Und andere Sachen, die ich wusste … die konnte ich dir auch nicht sagen. Ach, es ist so schwer zu erklären …« Frustriert haute ich mit der Faust in die Bettdecke.

»Nein«, meinte Elin. »Es ist ganz einfach. Was auch immer du dir für Gründe zurechtlegst. Du hast mir nicht vertraut.«

Ich überlegte. »Ja. Okay. Ich habe niemandem vertraut. Aber es fing damit an, dass ich dich nicht anlügen wollte. Ich sollte dir nichts sagen, weil du noch nicht dran warst in Dr. Isbisters Programm … Aber ich habe das alles nicht geglaubt, was sie mir aufgetischt haben. Eine Troll-Apokalypse? Ich dachte, die sind alle irre. Ich wollte nur weg von hier. Ich wusste, du würdest nicht mit mir fliehen. Und deshalb hab ich lieber überhaupt nichts mehr zu dir gesagt.«

Elin rieb sich die Augen. »Du hast recht. Ich wäre nicht mit dir geflohen.«

»Dann dachte ich, du erfährst es sowieso bald alles und dann war meine Aktivierung dran. Ich war mir sicher, wenn meine Aktivierung vorbei war und du dann alles weißt, wird alles so sein wie vorher. Aber dann war Hilda da. Und auf einmal wart ihr beste Freundinnen. Und für mich gab es sowieso keinen Platz mehr.«

Elin nickte. »Ich habe mich an Hilda geklammert. Sie hat mir vorgespielt, dass wir Freundinnen sind. Aber sie hat mich nur ausgenutzt. Ihr hab ich es zu verdanken, dass der Doktor meine Aktivierung frühzeitig abgebrochen hat. Damit sie in Nics Team kann. Hat ihr nichts genützt, habe ich gehört. Er hat ihr den Laufpass gegeben. Seitdem ist sie sowas von bitter. Und mit mir redet sie auch nicht mehr.«

Sie fing wieder an zu weinen.

»Bist du deshalb so unglücklich. Wegen Hilda?«

Elin schüttelte wild den Kopf. »Nein. Ja, es ist ziemlich einsam, keine Freunde zu haben. Aber noch schlimmer ist das, zu dem man mich hier zwingt. Dr. Isbister sagt, es ist meine Bestimmung, ich bin dafür gemacht. Deshalb werde ich es auch können. Aber ich weiß es, in meinem Herzen, Alannah.« Sie sah mich mit flehendem Blick an. »Ich kann das hier nicht. Ich bin zu schwach ...«

»Joel hat mir gesagt, dass du eine starke Kriegerin bist, Elin«, versuchte ich ihr gut zuzureden.

Sie schüttelte den Kopf. »Das ist es nicht. Oder besser gesagt, es macht alles noch schlimmer. Ja, ich bin eine gute Bärenkriegerin. Aber ich will keine sein. Es ist ... es ist, als ob sich das schlimmste Trauma immer wieder wiederholt.« Ihre Augen verdunkelten sich.

»Damals in Norwegen habe ich meinen Stiefvater umgebracht. Er hat mich ... er hat mich angefasst. Für Jahre lang. Und obwohl ich dieses Berserker-Gen in mir hatte, hat es nie gereicht, um mich zu wehren. Doch eines Tages, da ist es aus mir herausgebrochen. Ich habe sie zugelassen, die Wut. Und dann habe ich meinen Stiefvater umgebracht. Deshalb war ich in Jugendhaft. Und jetzt, immer, wenn ich mich verwandle, dann kommt alles wieder hoch. Verstehst du? Ich sehe keine Trolle, ich sehe meinen Stiefvater.«

Ich nickte langsam. »Es macht dich psychisch fertig«, sagte ich.

»Ich hätte wahrscheinlich eine lange Behandlung gebraucht. Stattdessen habe ich eine verkürzte Aktivierung bekommen«, versuchte Elin so nüchtern wie möglich zu sagen, aber ihre Stimme zitterte.

Mir wurde bewusst, wie sehr ich meine eigenen schrecklichen Taten vor der Einweisung in die Klinik verdrängt hatte. Auch ich hatte Menschen auf bestialische Weise getötet. Und was auch immer ich in der Akutpsychiatrie getan hatte, woran ich mich nicht erinnerte … Das allein sollte mir noch jede Nacht Albträume bescheren.

Aber es war nicht mehr als eine dumpfe Erinnerung. Es hatte mich so lange geplagt, weil ich Angst gehabt hatte, dass in mir etwas Böses und Bestialisches schlummerte, das herauswollte.

Mittlerweile hatte ich keine Angst mehr davor. Denn diese Angst rührte daher, dass ich noch an der Hoffnung festgehalten hatte, mir meine Menschlichkeit zu bewahren. Jetzt, wo ich wusste, was ich war, hatte ich keine Hoffnung und auch keine Angst mehr.

Als ich zu meinen Eltern flüchten wollte, hatte ich kaum mehr daran gedacht, dass sie sich vor mir gefürchtet hatten und sich weiterhin vor mir fürchten würden.

Erst als Joel mir die Wahrheit eröffnet hatte, dass das Berserker-Gen ein Troll-Gen war, hatte mich die

Erkenntnis wie ein Schlag ins Gesicht getroffen. Dass ich nicht zu meinen Eltern gehörte. Dass ich nicht zu den Menschen gehörte. Dass es keinen anderen Ort für mich gab als diesen und keine andere Zukunft als die, die mir vorherbestimmt war, als man mich in der Petrischale erschaffen hatte.

Elin plagte sich so sehr, weil sie noch diese Menschlichkeit hatte. Sie dachte nicht wie eine Tierkriegerin, sondern wie ein Mensch.

Ich konnte ihr das Leiden wegnehmen, indem ich ihr die Wahrheit über sie sagte. Aber ich tat es zum zweiten Mal nicht. Und es hatte nichts mit Vertrauen zu tun, sondern nur damit, dass Elin so ein guter, warmherziger Mensch war. Wenn jemand eine Chance hatte, sich seine Menschlichkeit zu bewahren, dann sie. Ich könnte Elin die Schmerzen nehmen, die ihre Seele plagten, aber ich würde ihr damit auch das gute Herz nehmen, das in ihrer Brust schlug. Ich würde ihr die Zukunft nehmen, die sie vielleicht noch unter den Menschen haben konnte, wenn wir Erfolg hatten und die Apokalypse abwendeten.

Eine Zukunft, die sonst keiner der Tierkrieger haben könnte.

Ich sagte ihr also nicht, was sie wirklich war. Stattdessen versuchte ich, sie mit Plattitüden aufzumuntern. Ich sagte ihr, wie stark sie war. Ich sagte ihr, dass sie es schaffen würde. Dass alle an sie glaubten.

Später würde ich in Gedanken immer wieder zu diesem Moment zurückkehren, in dem ich diese Entscheidung getroffen hatte. Und ich würde mich damit quälen, abzuwägen, ob es einen Unterschied gemacht hätte. Ob ich Elins Leben mit der Wahrheit hätte retten können.

KAPITEL ACHTUNDZWANZIG

In Nics Team waren wir mittlerweile dazu übergegangen, in Tierkriegergestalt mit Waffen zu trainieren. Wir hatten nur das Kämpfen im Kopf. Selbst die vielen Geburtstage im Monat November, die in der Klinik hätten stattfinden sollen, fielen aus. Man hatte sich darauf geeinigt, dass wir feiern würden, wenn die Apokalypse überstanden war.

Mein Geburtstag fiel immerhin in die sechs Monate Kontaktsperre, über die meine Eltern informiert worden waren. Ich hatte deshalb nicht erwartet, von ihnen zu hören. Umso überraschter war ich, als Mrs Darktower mich am besagten Tag in ihr Büro bat, weil ich einen Anruf hatte.

Verwundert starrte ich sie an, als ich den Hörer in die Hand nahm. »Hallo?« Mein Herz klopfte bis zum Hals. Wenn ich doch nur einmal noch die Chance hatte, mit meinen Eltern zu reden … gleichzeitig wusste ich, dass die Hoffnung vergebens sein musste. Warum sollte ausgerechnet ich dieses Privileg erhalten? Und wenn uns tatsächlich allen dieses Geburtstagsgeschenk gemacht werden würde, hätte ich von anderen davon gehört. Allen voran von den Drillingen, die vor ein paar Tagen achtzehn geworden waren und keinen Hehl daraus gemacht hatten, wie sehr sie ihre Eltern an diesem besonderen Tag vermisst hatten.

»Alannah? Ich bin's, Lannie«, hörte ich den weichen schottischen Akzent meiner Patentante. Ein kleines bisschen war ich doch enttäuscht. »Herzlichen Glückwunsch zum Geburtstag!«, sagte sie. »Ich konnte Mrs Darktower überreden, eine Ausnahme zu machen, damit ich dir gratulieren kann.«

»Danke.« Ich wusste nicht, was ich sonst sagen sollte. Meine Eltern waren immer noch in meinem Kopf und ich merkte, wie mir Tränen in die Augen schossen. Ich sollte ja gar nicht über sie reden, aber ich konnte nicht anders. »Hattest du mal Kontakt mit Mama und Papa?«

Mrs Darktower, die hinter ihrem Schreibtisch saß, machte eine Bewegung, die andeutete, ich solle das Gespräch unterbinden.

»Ja, keine Angst«, sagte Tante Lannie schnell. »Ich habe ihnen zum Hochzeitstag eine vierwöchige Reise nach Argentinien geschenkt. Sie waren überrascht, aber … Sie reisen nächsten Monat ab.«

»Gut«, hauchte ich erleichtert. »Danke.«

Mrs Darktower machte ein paar drohende Gesten und ich sagte. »Ich muss aufhören. Danke, Tante Lannie.«

Meine Gefühle für meine Patentante hatten sich in den letzten Monaten sehr geändert, aber jetzt hatte sie einiges wieder gutgemacht. Ich war ihr unheimlich dankbar. Meine Eltern würden erst einmal so weit von diesen Trollwesen weg sein, wie es ging.

Das war das schönste Geburtstagsgeschenk, das sie mir hatte machen können.

***

Und dann kamen die Eingeweihten knapp vier Wochen vor der Apokalypse mit hochmoderner Technik. Ran erzählte mir, dass es schon früher immer wieder Versuche gegeben hatte, Kämpfe mit Trollen zu simulieren, aber dass die

Technik noch nicht auf dem nötigen Stand gewesen war. Ab und zu kamen wohl Fachleute, die etwas mit den Tierkriegern testeten, und laut Ran war es hilfreich und auch ziemlich cool – aber letzten Endes doch eher wie ein Computerspiel und kein realer Kampf. Früher oder später ging etwas kaputt und dann zogen die Techniker wieder ab.

Doch als klar war, dass die Apokalypse direkt vor der Tür stand, hatte man keine Kosten und Mühen mehr gescheut. Und kurz vor knapp kamen also wieder die Experten und verwandelten Brutus' gesamten Trainingsraum in ein VR-Studio.

Wir alle erhielten hochmoderne Kontaktlinsen, die uns ermöglichten, die virtuelle Realität zu erleben: als verwandelte Krieger in einer realitätsnahen Trollkampf-Simulation.

Brutus beaufsichtigte den Kampf mit einer dieser VR-Brillen, die ich schon mal im Fernsehen gesehen hatte. Wir anderen Tierkrieger konnten als Zuschauer nur eine Seite der simulierten Schlacht sehen. Bald gewöhnten wir uns daran, dass es ausschaute, als kämpften unsere Team-Mitglieder gegen unsichtbare Gegner.

Schon im Aktivierungskäfig hatte ich die Drillinge in Wolfsgestalt gesehen. Ich hatte sogar beobachten dürfen, wie sie sich zusammen mit Bosse verwandelten. Zuerst war alles ein verschwommenes Wirrwarr von Tier- und Menschenformen gewesen. Es hatte etwas mit meiner langsameren Wahrnehmung zu tun, an die ich als Mensch gewöhnt war, hatte Dr. Isbister mir erklärt. Bald passte sich meine Auffassungsgabe an und mein Gehirn kam sozusagen mit, mit dem, was ich sah. Ich konnte mittlerweile sogar Adira, Calixta und Ran voneinander unterscheiden. Calixta war so wie auch in Menschengestalt etwas kleiner als ihre Geschwister. Alle hatten ein graubraunes Fell, aber Rans war einen Tick dunkler, fast schon dunkelgrau. Und Adira hatte einen schwarzen Sattelfleck auf dem Rücken.

Bosse und ich holten in unserem Training schnell auf, so wurde es uns zumindest gesagt. Selbst die Drillinge lobten uns und ich hatte das Gefühl, dass sie respektvoller mit mir umgingen.

Aber erst als wir alle im großen Trainingsraum simulierte Trollkämpfe absolvierten, wuchsen wir so richtig zusammen. Ich glaube, es hatte auch damit zu tun, dass wir uns alle gegenseitig beobachten konnten. Erst in dieser Situation konnte ich für mich selber so richtig verstehen, was unsere Tierkriegergestalt eigentlich war. Besonders als ich Hilda das erste Mal kämpfen sah, die mir ja sozusagen den Spiegel vorhielt: So sah ich auch aus!

Wir alle hatten als Tierkrieger die Fähigkeit, auf zwei oder vier Beinen zu gehen. Wären die langen ausfahrbaren Krallen nicht gewesen, hätten unsere Hände fast menschlich ausgesehen – mit opponierbarem Daumen und kaum behaart. Die muskulösen Unterarme gingen in noch wulstigere Oberarme mit Fell über. Und die breiten Schultern, der stierartige Hals und vor allen Dingen der Kopf mit der langen Schnauze, der schwarzen Nase und dem Gebiss voller scharfer Zähne war ganz Bär. Nur die Augen veränderten sich nicht. An den großen blauen Augen, die so verstörend in dem Bärengesicht wirkten, konnte man immer noch Hilda erkennen.

Den Rest des Körpers eine Zwischenform von Mensch und Tier zu nennen, war vielleicht irreführend, denn es war weniger eine Komposition aus Menschen- und Tierteilen, als vielmehr das eine wie auch das andere. Im aufrechten Gang wirkten die Proportionen menschlich – wenn auch wie die Proportionen eines riesigen, unheimlich muskelbepackten, sehr behaarten Menschen mit überaus breiten Schultern und Bärenkopf. Auf allen vieren hingegen wirkte Hilda beinahe wie ein riesiger Braunbär.

Uns war erklärt worden, dass die verschiedenen Tierkriegerformen tatsächlich auch ganz unterschiedlich waren – genauso wie die Tiere, in die sie sich verwandelten.

Es gab weitaus mehr Wolfskrieger als Bären- und Wildschweinkrieger. Wie ihre tierischen Artgenossen waren die Wölfe Rudeltiere und darauf bedacht, ihr Territorium zu verteidigen. Sie machten aus dem Tierkrieger-Team eine Einheit und hielten alles zusammen. Im Kampf zeigten sich die Wölfe schnell und wendig und als Tierkrieger waren sie für das gesamte Schlachtfeld zuständig. Das Schlachtfeld war durch den Wirkungskreis des Auserwählten begrenzt – und dieses war auch das Revier, das die Wölfe verteidigten.

Wir Bären waren Einzelgänger. Eigentlich wäre in jedem Team nur eine Bärenkriegerin notwendig, aber es war nicht vorauszusagen gewesen, wie viele der von Dr. Isbister geschaffenen Kinder schließlich auch »Symptome« zeigten und das Potenzial zum Tierkrieger hatten. Es gab ein paar Bärenkriegerinnen in der Klinik, sodass Rowans Team und, durch Hildas Kungeleien, eben auch Nics Team zwei Bärenkriegerinnen hatte.

Dr. Isbister nannte es einen interessanten Zufall, dass alle Bärenkrieger weiblich waren – Bären verteidigten ihr Revier nicht, aber Bärinnen waren dafür bekannt, dass sie ihre Jungtiere bis aufs Blut beschützten. Und genau das war unsere Aufgabe in Bezug auf die Auserwählten. Wir Bärenkriegerinnen waren praktisch die Leibwächterinnen der Auserwählten. Auf dem Schlachtfeld standen wir direkt bei ihnen und sorgten dafür, dass die Trolle nicht zu nah an sie herankamen.

Bosse war unser einziger Wildschweinkrieger. Laut Dr. Isbister hätte es viel mehr davon geben sollen, aber nur wenige Wildschweinkrieger landeten in der Klinik. Das mochte daran liegen, dass die Wildschweine vom Typ her eher geruhsam waren. Richtig aggressiv wurden sie, wenn sie extrem provoziert wurden. Es wäre möglich, dass es dort draußen noch mehr von Dr. Isbisters Kindern gab, in denen das Potenzial zum Wildschweinkrieger schlummerte, es aber nie wirklich durchgebrochen war.

In jedem Fall führte das dazu, dass weitaus weniger Wildschweinkrieger die Teams unterstützten, als es vorgesehen war. Die robusten Wildschweine mit ihrer schieren Kraft und tödlichen Hauern waren eigentlich als eine Art »Rammböcke« gedacht gewesen. Sie hätten den äußersten Kreis des »Schlachtfeldes« bilden sollen, um in erster Instanz eine ordentliche Quote an Trollen auszuschalten, bevor diese überhaupt weiter in den Wirkungskreis des Auserwählten vordringen konnten.

Mit nur wenigen Wildschweinkriegern in den Teams wurde die Kampfstrategie umgestellt. Statt ganz außen wurden sie jetzt innen, in der Nähe des Auserwählten eingesetzt, genau wie die Bärenkriegerinnen. Man konnte sagen, dass sie so etwas wie der Schild der Bärenkriegerinnen waren. Gedrungen und massiv, mit fast unzerstörbarem Schädel schien Bosse genau diese Funktion zu verkörpern.

Alle Wildschweinkrieger waren männlich. Dr. Isbister hatte uns darauf hingewiesen, dass Wildschweine zwar in Mutterfamilien lebten, Männchen aber oft Einzelgänger waren. Er deutete an, dass die Natur auch im Falle der Tierkrieger selektiert hätte.

Ich versuchte mittels der Bücher in der Schülerbibliothek mehr über unsere Tiere herauszufinden, weil mich interessierte, inwiefern ich geprägt von den Eigenschaften eines richtigen Braunbären war. Es war interessant, dass es durchaus Parallelen gab, aber schließlich erkannte ich die Vergleiche als Zeitverschwendung und gab sie auf. Dr. Isbister war ein Wissenschaftler, der nicht aus seiner Haut konnte. Aber menschliche Wissenschaften spielten in unserem Fall eigentlich keine Rolle, obwohl sie uns hier, in die Menschenwelt hineingeboren hatten.

Unser Aussehen und unsere Eigenschaften waren durch Magie bestimmt. Anders konnte man es wohl nicht nennen, obwohl es letztendlich einfach Naturgesetze der Trolle waren – die anders als die Naturgesetze in der Welt der Menschen funktionierten und deshalb für Magie gehalten wurden. Den besten Hinweis, den ich in menschlicher Literatur auf das fand, was wir waren, kam aus der Ethnologie: Totemtiere. Wir Tierkrieger erhielten unsere Kräfte durch den Geist eines Raubtieres. Nur auf so starke Weise, dass sich Züge des Totemtieres körperlich manifestierten.

Wie bei einem Totemclan verband uns auch die Gestalt, die wir als Tierkrieger gemeinsam hatten. Bei den Drillingen war es mir natürlich aufgefallen – aber erstens hatten sie den Geschwisterverbund und zweitens war ein solches fast telepathisches Zusammenspiel bei einem Rudeltier eher zu erwarten.

Wir Bären waren, wie gesagt, Einzelgänger, deshalb hätte ich nicht erwartet, was sich bei meinem ersten gemeinsamen Kampf mit Hilda herausstellte.

Ich hatte Hilda mehrere Male in ihrer prächtigen Form als Bärenkriegerin beobachtet. Ich hatte gesehen, wie sie zusammen mit den Wolfdrillingen kämpfte, bis schon nach kurzer Zeit ihre eingespielte Kampfroutine wie eine wunderschöne Tanzchoreografie wirkte. Wie bei mir und den

Drillingen schien sich das gute Zusammenspiel auf dem »Schlachtfeld« auch auf die Beziehung außerhalb des Trainingsraums auszuwirken. Es gab keine spitzen Bemerkungen und kein Geläster mehr.

Und ich hatte beobachtet, wie Hilda mit Bosse an ihrer Seite kämpfte. Nach einem holprigen Start schien es, als ordnete er sich ihr unter, als bekäme er tatsächlich ein Instrument, das Hilda mit großer Kunstfertigkeit einsetzte. Genauso, wie es zwischen mir und Bosse gelaufen war.

Der Unterschied war, dass ich mich mit Bosse gut verstand. Ja, ich dachte gar, er war mein Bruder, wenn ich den Drillingen glauben konnte, dass man die Verwandtschaftsbeziehung während des gemeinsamen Kampfes sozusagen im Berserkerblut spürte.

Aber zwischen Hilda und mir herrschte immer noch eisiges Schweigen. Nic schien ein ähnliches Gespräch mit Hilda gehabt zu haben wie mit mir. Nun galt in unserem Team die Regel, dass keine romantischen Beziehungen eingegangen werden sollten, damit wir uns ganz auf das Wichtige konzentrieren konnten. Nic und ich gingen, sagen wir mal, zivilisiert miteinander um, aber wenn man Nic und Hilda nun zusammen sah, könnte man meinen, die beiden wären einfach nur gute Freunde. Ich hatte keine Ahnung, wie sie diesen Wechsel so gut hinbekommen hatten. Vielleicht konnte Hilda einfach nur gut heucheln. Denn mir gelang es nicht, meine Gefühle so gut zu überspielen. Viel lieber hielt ich da die Interaktionen höflich und auf ein Minimum beschränkt.

Hilda schien, wie gesagt, Nic mittlerweile verziehen zu haben, aber mir komischerweise nicht. Es war der einzige Schwachpunkt in unserem Tierkrieger-Team.

Ich hatte den Verdacht, dass Brutus immer noch darauf hoffte, Hilda oder ich würden die Teams wechseln, damit

Nics Gruppe als eine Einheit in den Kampf ziehen konnte. Mit nur noch zwei Wochen Zeit bis zur Apokalypse gab Brutus wohl auf.

Als er an dem Morgen in den Trainingsraum kam und rief: »Heute kämpfen Hilda und Alannah zusammen«, sahen alle ziemlich skeptisch aus.

Hilda und ich gingen in die kleine improvisierte Kabine in der Ecke des Raums, um unsere eigens für uns entwickelten Rüstungen anzulegen. Sie bestanden aus einem Material, das der Verwandlung standhielt und sich der neuen Form anpasste. Es war beständig und recht hart – obwohl es an sich nur wenig Schutz gegen die Waffen der Trolle bieten würde. Eine der Hauptfunktionen war Kälteresistenz. Es war mittlerweile ein so eisiger Winter draußen, dass man in menschlicher Form ohne solche Rüstungen gar nicht mehr vor die Tür gehen konnte.

Während wir uns umzogen und die Kontaktlinsen einsetzten, sprachen wir nicht miteinander. Eigentlich freute ich mich mittlerweile darauf, mit den Kampfsimulationen dran zu sein, aber heute ging ich mit mulmigem Gefühl in die Mitte des »Raumes«. Die Umgebung, die ich wahrnahm, war schottisches Hochland. Grünes, mit Raureif überzogenes Gras. Hier und da Felsen. Und neben uns ein rundes Gebäude aus alten Steinen, bei dem eine Seite schon mehr eingefallen war als die andere: Dun Dornaigil.

Hilda und ich legten die Waffen unserer Wahl neben uns. Ich bevorzugte zwei kurze, zweischneidige Schwerter. Hilda kämpfte am liebsten mit einer Axt.

Dann stellten wir uns mit unserem Schild auf. Dr. Isbister hatte uns im Aktivierungskäfig so konditioniert, dass allein der Anblick eines Trolls eine spontane Verwandlung hervorrief. Aber mittlerweile hatten wir gelernt, uns selber auch ohne Provokation zu verwandeln. In den wenigen Aufzeichnungen über die Berserker der Wikingerzeit wurde davon berichtet, dass sie in ihren Schild bissen, um die Berserkerwut heraufzubeschwören. Das war genau das, was wir auch taten. Wir konnten tief ins uns gehen, zu der Quelle unserer Tierkriegerwut. Das schaffte eine Anspannung, bis wir am ganzen Körper zitterten. Um diese Anspannung und sozusagen die Wut loszulassen, bissen wir in den Schild.

Bei der Kampfsimulation mit Hilda taten wir genau das, um auf die Trollwesen vorbereitet zu sein, die gleich aus dem virtuellen Broch strömen würden.

Hildas Kopf schwoll an und ich wusste, dass es genauso bei mir aussehen würde. Die Verwandlung dauerte mittlerweile nur wenige Sekunden; bei mir immer noch etwas länger als bei Hilda. Und sie tat längst kaum mehr weh, weil der Schmerz – ein starkes Ziehen – nicht mehr so lange andauerte.

Sobald ich vollständig zur Bärenkriegerin mutiert war, fühlte ich mich stark, schmerzfrei und unbesiegbar. Untrainierte Tierkrieger bekommen nichts oder nicht viel von dem mit, was sie verwandelt erleben. Doch das war bei uns jetzt anders. Ich wusste sehr wohl, was ich tat. Und ich erinnerte mich hinterher daran. Ich hatte bloß ein anderes Bewusstsein.

Ich war kein Mensch, sondern ein ungezähmtes Raubtier.

Hilda und ich stießen ein fürchterliches Brüllen aus und schon schwärmten Trolle aus dem Broch in alle Richtungen aus und umzingelten uns.

Unsere Feinde, die wir bis zum bitteren Ende bekämpfen würden. Dass uns weder Schmerzen noch der Tod zurückhalten würden, hatten wir in den Simulationen oft genug bewiesen. Nicht immer gingen die Kämpfe glimpflich aus und es war unser Glück, dass sie nur virtuell waren. Ich bezweifelte nicht, dass wir auch in der Realität vor nichts, auch nicht unserem qualvollen Tod haltmachen würden, um den Feind zu bezwingen.

Kaum hatten Hilda und ich unsere Waffen in den Händen und zum Kampf gegen die Trolle erhoben, war jegliche Distanz zwischen uns wie weggeblasen. Als Menschen mochten wir uns nicht ausstehen können, doch als Bärenkriegerinnen konnten wir uns im wahrsten Sinne des Wortes sehr gut riechen.

Dass mein Geruchssinn als Bärenkriegerin besonders gut geschärft war, war mir natürlich schon aufgefallen. Jetzt half er mir bei der Kommunikation mit Hilda. Ich wusste, wo genau sie war, ohne sie zu sehen. Und ich konnte praktisch riechen, was sie vorhatte. Auch ihre Körperhaltung war mir so vertraut, als wären wir siamesische Zwillinge und hätten nie eine Minute ohne einander verbracht. Was ich bei den Drillingen so bewundert hatte, war bei uns ansatzweise auch vorhanden: Wir verstanden uns auf eine Weise, die auf einen Beobachter wie Telepathie wirken musste.

In diesem unserem ersten gemeinsamen Kampf besiegten Hilda und ich die Trollwesen nicht. Hilda wurde von einem riesigen Troll erschlagen und ich hielt ihren bewegungslosen Körper in meinen Armen, nachdem der Simulator die Trolle schon entfernt hatte. Ich hatte echte Tränen in meinen Augen, als ein Gong die Simulation beendete und die anderen in unserer Gruppe laut Beifall klatschten.

Hilda rappelte sich hoch und wir lagen uns kurz in den Armen, bevor wir von Brutus dazu aufgefordert wurden, uns umzuziehen.

In der kleinen Kabine platzte es aus mir heraus: »Mann, hast du das erwartet?«

Hilda, die gerade ihre Kontaktlinsen herausnahm, schüttelte sachte den Kopf und sagte: »Ich habe mir gedacht, dass wir im Kampf als Team funktionieren werden, aber dass es so wird ... schon krass.« Sie drehte sich zu mir um und grinste mich an. »Heißt das, dass wir jetzt auch als Menschen beste Freundinnen sein müssen?« Dann lachte sie, als ich sie mit hochgezogenen Augenbrauen einfach nur ansah. »Okay, okay.«

»Ist nicht nötig, oder?«, meinte ich mit gekräuselter Nase.

Hilda schüttelte nur den Kopf. »Es gibt bestimmt genug Schwestern, die sich hassen, aber trotzdem alles füreinander tun würden.«

»Schwestern?«, meinte ich erstaunt.

Hilda zuckte mit den Schultern.

Ich schüttelte den Gedanken schnell ab und wir sprachen nicht mehr darüber. *Hilda, meine Schwester?* Das gefiel mir dann doch nicht so recht. Ich konnte ihr nie verzeihen, wie sie Elin in den Rücken gefallen war.

Und wir schwiegen uns weiterhin meistens an. Aber die Dinge zwischen uns veränderten sich trotzdem zum Positiven – und wurden immer besser, je mehr Simulationskämpfe wir zusammen bestritten.

Nics Tierkrieger-Team wurde tatsächlich zu der Einheit, die Brutus sich gewünscht hatte.

Für eine kurze Weile lief alles richtig gut.

Mir entging nicht die Ironie, dass ich meinen Platz gefunden hatte und mich zugehörig fühlte. Mit einer Identität, vor der ich immer weggelaufen war – und am liebsten immer noch weglaufen würde.

Ich fühlte mich mittlerweile wohl. Als Kriegerin und in meiner Bärenhaut.

Nur die Sache mit Nic, die war … schwammig. Nicht nur, was meine persönlichen Gefühle für ihn betraf.

Wir, als Team, hatten zwar schon mit ihm trainiert. Das heißt, er war bei den Trollkampf-Simulationen öfter zugegen und wir übten Szenarien, um ihn zu beschützen. Und seine Anwesenheit hier in der Klinik hatte sich ausgezahlt. Er war topfit – als Mensch sicher viel fitter als ich. Er konnte super mit Waffen umgehen und sich auch selber bis zu einem gewissen Grad gegen einen Troll verteidigen. Aber das, wofür er eigentlich da war, hatte er noch nie demonstriert. Er hatte seine Magie nie gezeigt. Während der Simulationen hätte es keinen Sinn ergeben, aber es wäre doch mal schön – und für uns sicher auch nützlich – gewesen, zu wissen, wie seine Magie überhaupt aussah.

Ich machte mir Sorgen. Unser Tierkrieger-Team war top trainiert – doch was waren wir Tierkrieger ohne unseren Auserwählten?

KAPITEL NEUNUNDZWANZIG

W enn wir das Problem ansprachen, hieß es, Nic und die anderen Auserwählten übten im stillen Kämmerlein ihre Magie – was immer das auch genau bedeutete, wussten wir bis kurz vor der Apokalypse nicht.

Man sagte uns, dass man die magischen Kräfte der Auserwählten nicht einfach in Simulationen »loslassen« konnte. Aber die Teams wurden immer unruhiger, weil sie überhaupt nicht wussten, was während der Apokalypse auf sie zukommen würde, und schließlich beschloss Mrs Darktower, dass Magni und Martin ihre Kräfte demonstrieren sollten.

Nic, Rowan und Joel hatten wohl nicht die gleiche Kontrolle über ihre magischen Kräfte wie die anderen beiden Auserwählten. Durch die Blume wurde angedeutet, dass man ihnen auf unserer kleinen Insel mit ihren Kräften nicht trauen konnten, was uns Tierkrieger in ihren jeweiligen Teams nicht gerade beruhigte.

Als Mrs Darktower erklärte, dass rings um die Insel im Meer Trollattrappen verankert werden sollten, die dann von Magni und Martin zerstört werden würden, flüsterte ich Adira, die bei der Versammlung neben mir stand, ins Ohr: »Erregt das nicht zu viel Aufmerksamkeit?«

South Havra war nicht weit von anderen, größeren und bewohnten Inseln und der Hauptinsel entfernt. Die Bewohner dort würden doch bestimmt das Spektakel bemerken, das uns versprochen wurde. Mit den besonderen Gaben, die

Magni und Martin zugesprochen wurden, erwartete ich so etwas wie Blitze und Feuer.

»Fast ganz Shetland ist längst evakuiert«, meinte Adira zu meiner Überraschung.

»Ich dachte, nur die Eingeweihten kommen in die Bunker?«

»Nicht in die Bunker, natürlich nicht«, winkte Adira ab. »Die sind tatsächlich nur für die Elite. Nein, ich meine einfach, dass die meisten Shetländer von den Inseln runter sind. Ich weiß nicht, wohin. In Richtung Süden, nehme ich an. Irgendwo bei Verwandten untergekommen, im Urlaub oder sonst wo.«

Ich schaute sie skeptisch an.

»Doch, Ingrid hat es mir erzählt«, meinte Adira etwas lauter. »Erstens haben bestimmt einige Wind davon bekommen, was hier auf der Insel vor sich geht. Die Shetländer sind ein eigentümliches Volk. Mythen und Legenden sind hier sehr lebendig. Wenn irgendwo daran geglaubt wird, dass eine Troll-Apokalypse bevorsteht, die von Magiern und Tierkriegern aufgehalten werden soll, dann hier. Zweitens ist der Winter extrem hart. Da haben es sich viele nicht zweimal sagen lassen, dass es besser wäre, die Wintersonnenwende woanders zu verbringen.«

»Und was sagt der Rest der Welt dazu?«, wunderte ich mich. »Finden die das nicht komisch, dass eine ganze Inselgruppe von der Bevölkerung verlassen wird?«

»Als ob denen auffällt, was auf den Shetland-Inseln abgeht, das interessiert doch keinen«, erwiderte Adira.

»Ich meine nur, wenn sich das rumspricht, dann gibt es doch die befürchtete Massenpanik …«

»Alannah und Adira«, unterbrach uns Mrs Darktower mit scharfer Stimme. Ich zuckte zusammen. »Es muss ja etwas unheimlich Wichtiges sein, was ihr da besprecht. Lasst ihr uns dran teilhaben?«

»Äh, ich hatte mich nur gewundert, dass diese Demonstration abgehalten wird, mit dem Risiko, dass die hiesige Bevölkerung davon etwas mitbekommt, und Adira hat mir erzählt, dass Shetland praktisch menschenleer ist.«

»Wenn du mir zugehört hättest, dann hättest du nicht Adira fragen müssen. Ich habe nämlich gerade eben selber davon berichtet. Menschenleer ist nicht ganz richtig. Die meisten sind gegangen, das stimmt. Genug, dass wir nichts zu befürchten haben, wenn wir Magni und Martin diese Magie-Demonstration durchführen lassen.«

Das Spektakel war für den Nachmittag desselben Tages angesetzt und wir waren im Training nach der Konferenz für nicht viel zu gebrauchen, so gespannt waren wir.

Gespannt und nervös. Unsere Aufgabe bei der Apokalypse war voll und ganz von dem abhängig, wie sich die Auserwählten verhielten. Wir Tierkrieger konnten die unzähligen Trollwesen, die kommen würden, nicht allein besiegen. Wir hatten in einer Nahkampfsituation eine Chance gegen sie, das war alles. Wir beschützten die Auserwählten. Es kam also wirklich darauf an, was sie taten.

Als wir uns schließlich alle draußen vor der Klinik versammelten, schien den meisten selbst die Kälte nichts auszumachen. Wir reckten unsere Hälse, aber von Magni und Martin war nichts zu sehen. Lediglich Vogelscheuchen steckten hier und dort im Gras. Vermutlich sollten sie Trolle darstellen. Die anderen Trollattrappen, von denen wir schon gehört hatten, wippten rings um die Insel auf den Wellen. Ich kniff die Augen etwas zusammen, um sie besser zu erkennen. Aber es sah für mich aus, als wären es lediglich

Bojen, auf die so etwas wie Crashtest-Dummys gesetzt worden wären.

Im Vergleich zu den animierten Trollen in unserem VR-Studio wirkten diese »Trollwesen« natürlich plump und simpel.

»Pffff«, machte Nic neben mir. Ich sah ihn von der Seite an. Er betrachtete die Attrappen mit abwertendem Blick. »Was das hier überhaupt beweisen soll, weiß auch keiner«, murmelte er sich in den Bart.

»Der Sinn ist, dass wir mal sehen, wie eure Magie überhaupt funktioniert«, antwortete ich. Er zuckte zusammen. Wahrscheinlich war er sich nicht bewusst gewesen, dass ich ihn hörte. Nic hatte in den letzten Wochen eine unbewegliche Miene zur Schau gestellt, sich weder verteidigt, noch irgendetwas sonst von dem preisgegeben, was in seinem Inneren vor sich ging. »Um uns Tierkrieger wenigstens mit ein bisschen Zuversicht zu erfüllen, dass unser Einsatz auch etwas bringen wird.«

»Ich meine ja bloß.« Nic verschränkte die Arme vor der Brust und setzte die gleichgültige Miene auf, an die ich mich in den letzten Wochen gewöhnt hatte. »Sie werden diese billigen Dummys ja wohl kaum nach Jötunheim verbannen. Zerstören werden sie sie. Keine große Kunst. Ich nehme an, es ist eine große Show, um euch tatsächlich optimistisch zu stimmen. Weil wir nichts anderes tun können, um euch diese Zuversicht zu geben. Und das ist eigentlich eine gute Idee. Tut mir leid, ich wünschte, du hättest meinen Kommentar nicht gehört. Ich habe meine Eitelkeit die Oberhand gewinnen lassen.«

Mich traf, wie hart er mit sich selber war. Am liebsten hätte ich gesagt: »Ist schon okay, das ist doch nur menschlich.«

Aber diese blöde Redewendung war unbedeutend für uns. Wir waren nicht nur Menschen. Wir waren etwas anderes. Und wir würden uns ein Versagen nicht leisten können. Nic am allerwenigsten. Und er wusste es. Er ließ keine Entschuldigung für sich zu. Verdammter Held.

Ich glaube, ich entgegnete etwas wie: »Schon gut, ich brauche keine Show, ich kann die Wahrheit vertragen.« Aber hinterher wünschte ich mir doch, ich hätte die Illusion dieser wirklich guten Show für mich bewahren können.

Die versammelte Menge teilte sich, als Magni und Martin aus der Klinik kamen, sodass wir eine Art Spalier für sie bildeten.

Die beiden Auserwählten hatten Rüstungen angelegt, die wie Kettenhemden mit Brustpanzer aussahen. Ich wunderte mich zunächst darüber, warum es nötig sein sollte, dass sie so wenig anhatten. Wenn sie die Kälte störte, dann ließen sie es sich nicht anmerken. Als sie an mir vorbeigingen, konnte ich sehen, dass ihre Arme und Beine glänzten, als hätten sie sich mit etwas eingerieben. Vielleicht gehörte das zum magischen Ritual, dass man sich mit irgendwelchen besonderen Pflanzensalben oder Tinkturen einrieb? Ich nahm mir vor, das bei nächster Gelegenheit in Erfahrung zu bringen.

Da sie sonst so wenig anhatten, wirkten die Brillenhelme auf ihren Köpfen fast komisch. Aber ich nahm an, in der tatsächlichen Schlacht würde es eine gute Idee sein, Kopf und Hals der Auserwählten so gut wie möglich zu schützen.

Zu Verteidigungszwecken waren wohl auch die Waffen gedacht, die Magni und Martin am Gürtel trugen. Ich ging davon aus, dass sie heute wohl kaum Verwendung finden würden. Damit sollte ich unrecht behalten.

Nachdem Magni und Martin ein gutes Stück abseits von uns etwas in einer Sprache gesungen hatten, die ich nicht kannte, nahm Magni ein Messer aus seinem Gürtel und schnitt sich damit in die Hand. Er spritzte das Blut in die Luft, in alle Himmelsrichtungen, und sagte dabei etwas auf, das wahrscheinlich Zaubersprüche waren.

Ein Wind kam auf. Die Wolken am Himmel wurden dunkler und bewegten sich schneller, so als ob man einen Film im Zeitraffer ansehen würde.

Magni hatte wie alle Auserwählten eine Art magnetische Anziehungskraft, aber jetzt schien diese Aura noch stärker zu werden. Alle Augen waren wie gebannt auf ihn gerichtet, als er eine immer größer werdende Kraft ausstrahlte.

Und man konnte praktisch dabei zuschauen, wie er die Kraft förmlich aus der Luft sog. Es hätte nicht mehr viel gefehlt, und wir hätten die Energieflüsse wie farbige Strömungen in der Luft wahrgenommen.

Dann passierte etwas so Faszinierendes, dass einigen der Zuschauer um uns herum das eine oder andere »Aaah« und »Oooh« entwich. Und ich verstand den wahren Grund dafür, warum die Auserwählten möglichst viel nackte Haut zur Schau stellten.

Auf Magnis Haut erschienen schwarze Runen. Sie wirkten wie lebendige Tattoos. Sie wanderten von den Fingerspitzen über die muskulösen Arme zu den breiten Schultern, verschwanden unter dem Kettenhemd, unter dem sie nur Umrisse erahnen ließen. Dann kamen sie auf den stattlichen Oberschenkeln zum Vorschein und glitten über die Waden in die Stiefel.

Der Himmel war dunkel geworden. Donner grollte. Blitze zuckten über den Himmel. Sie erhellten die wundersame

Szene und entluden noch mehr Elektrizität in die schon bis zum Zerreißen gespannte Atmosphäre auf der Insel.

Ein weiterer Blitz leuchtete grell und in der Momentaufnahme sahen wir Magni mit den Armen gen Himmel gestreckt, als sei er ein Dirigent und das Gewitter sein Orchester. Ein Blitz schlug in eine der Vogelscheuchen ein, die sofort in Flammen aufging.

Im Schein des Feuers sahen wir Martin, der dasselbe Ritual wie Magni vorhin vollzog – nur spritzte er sein Blut nicht in die Luft, sondern in die Flammen. Auch seine Kraft wuchs spürbar für uns. Ich hätte schwören können, manche der Mädchen hielten sich aneinander fest, um nicht zu den beiden prächtigen Auserwählten zu rennen und sich ihnen vor die Füße zu werfen.

Auch mir kamen die beiden wie das Schönste vor, das ich je gesehen hatte. Vielleicht hielt die anderen das Gleiche davon ab, zu ihnen zu laufen, wie mich: Sie in ihrem Ritual zu stören, wäre einem Sakrileg gleichgekommen.

Magnis Blitze trafen nacheinander die Bojen im Meer, während sich auf Martins Körper die Runen abzeichneten. Das flackernde Licht des Feuers ließ sie noch lebendiger erscheinen, aber die gespenstischen Lichtverhältnisse sorgten dafür, dass ich sie nicht richtig erkennen konnte. Wenn ich sie bei Magni vorhin nicht relativ deutlich gesehen hätte, wäre mir jetzt nicht klar gewesen, dass die schwarzen Zeichen überhaupt Runen waren.

Als Martin ein genauso pulsierendes magisches Kraftzentrum geworden war wie Magni, begann er, Feuerstrahl um Feuerstrahl aus seinen Händen zu schießen. Die Vogelscheuchen auf der Insel waren schnell in Asche gelegt.

Magni hatte derweil sein Ritual beendet. Die Wolken verzogen sich wieder. Nach dem Grollen des Donners, dem

Flackern der Flammen und dem Summen der Elektrizität in der Luft war die Stille nun umso bemerkenswerter.

Die Dämmerung war mittlerweile angebrochen und am Himmel zeigte sich ein rotoranger Streifen, so als hätte sich ein bisschen von Magnis und Martins Feuer am Horizont entzündet.

Die beiden Auserwählten standen schwer atmend und vor Schweiß glänzend still da, die Arme jetzt wieder an den Seiten, die Hände zu Fäusten geballt. Sie sahen wie Sieger aus, wie Helden.

Dann durchbrach der Beifall die Stille. Die Tierkrieger um mich herum klatschten, so als wäre die Apokalypse schon längst gewonnen.

Aber so beeindruckend die Magiedemonstration auch gewesen war, so wenig konnte ich mich von dem Jubel anstecken lassen. Vielleicht lag es daran, dass Nic vorhin tatsächlich die Illusion zerstört hatte, bevor ich mich ihr hingeben konnte.

Oder ich hätte so oder so die Schlussfolgerung gezogen: Magni und Martin konnten mit dem Zauber ihrer Elemente den Trollen Schaden zufügen. Das Licht der Blitze konnte den Überlieferungen nach Trolle töten. Und auch Feuer war ein Feind der Kreaturen, die wir bekämpfen sollten. Die beiden Auserwählten hatten zwar noch nicht bewiesen, dass sie die Trolle allesamt verbannen konnten, aber sie hatten gezeigt, dass sie etwas drauf hatten. Dass sie sie bekämpfen konnten.

Verständlich, wenn die Tierkrieger in ihren Teams klatschten. Sie hatten allen Grund, sich zu freuen.

Doch was war mit uns anderen? Was mochte Joels Erdmagie gegen die Trolle ausrichten? Und Rowan, der Kraft aus dem Wasser zog? Vielleicht konnte er sie ertrinken lassen – sich und die Tierkrieger wohl oder übel gleich mit. Und was war mit Nic, der angeblich nur ein bisschen Erd-magie hatte? Was konnte er tun?

Ich drehte mich zu Nic um, der mit starrer Miene eben-falls klatschte.

Sein Kiefer war angespannt und ich glaubte, leichte Pa-nik in seinen Augen zu erkennen.

Wir steckten wirklich in der Scheiße.

KAPITEL DREIßIG

Schließlich wurden wir zwei Tage bevor wir alle zu unseren Brochs aufbrechen sollten, doch noch von den magischen Verbannungsfähigkeiten der Auserwählten überzeugt.

Und ehrlich gesagt hätte ich lieber darauf verzichtet.

Unser Team hatte nach dem Mittagessen Freizeit und ich hatte mich gerade hingelegt. Ich holte mir Schlaf, so oft ich konnte, denn häufig genug lag ich trotz totaler Erschöpfung wach und ließ mich von den kreisenden Gedanken in meinem Kopf verrücktmachen.

Nach einem anstrengenden Training und dem anschließenden schweren Mittagessen war ich tatsächlich gerade dabei, in den seligen Schlummer zu versinken. Doch plötzlich änderte sich die Atmosphäre und ich hatte gerade genug Zeit, mich zu besinnen und mich daran zu erinnern, dass sich die Kraftfelder von Magni und Martin ähnlich angefühlt hatten, als eine heftige Druckwelle die Tür aufriss, durchs Zimmer fegte und die Fensterscheiben mit einem Klirren aus den Rahmen presste. Alle Möbel im Zimmer ruckelten, einschließlich meines Betts – und ich fiel hinaus.

Ich rieb mir den schmerzenden Ellenbogen, auf dem ich unglücklich gelandet war, und rappelte mich umständlich wieder auf. Mein Zimmer sah aus wie nach einem Erdbeben oder einem Tornado. Was nicht angenagelt gewesen war, war umgefallen. Ich richtete mich auf, stellte fest, dass noch alles an mir dran war, und bahnte mir meinen Weg durch die Trümmer aus dem Zimmer.

Im Flur geisterten ein paar andere umher, die genauso ratlos aussahen, wie ich mich fühlte. Jemand hielt sich den Arm und ein anderer blutete an der Augenbraue, aber niemand schien ernsthaft verletzt zu sein. Alle Türen standen offen und durch die zerborstenen Fensterscheiben wehte ein eisiger Wind durch die Räume. Nur ein weiteres Team außer unserem hatte eine Freistunde; die anderen trainierten irgendwo im Gebäude.

Ich packte Ran am Arm, der an mir vorbeihastete. »Was ist passiert?«, fragte ich ihn.

»Das versuche ich gerade herauszufinden«, meinte er. »Adira und Calixta wollten im Aufenthaltsraum Karten spielen, los komm.«

Wir rannten die Treppe hinunter und die anderen folgten uns. Im Erdgeschoss war es noch kälter. Die Eingangstür war aus den Angeln gerissen worden. Aus Richtung Speisesaal und Küche hörten wir Geschrei. Alle zusammen liefen wir dorthin.

Adira, Calixta und Hilda kamen aus dem Aufenthaltsraum. Calixta hinkte und Adira blutete am Kopf. Ran war sofort bei ihr. »Sieht schlimmer aus, als es ist«, winkte seine Schwester ab.

»Die Regale sind von den Wänden runtergefallen und die Bücher durch den Raum gefegt«, erklärte Calixta außer Atem.

»Der Fernseher hat mich knapp verfehlt«, sagte Hilda, obwohl sie völlig unversehrt aussah. »Was war das?«

Wir zuckten mit den Schultern, wurden aber von den Schmerzensschreien aus Speisesaal und Küche daran erinnert, dass andere nicht so glimpflich davon gekommen waren wie wir.

Aus der ersten Etage hatten es schon einige dorthin geschafft, um nachzuschauen, was da los war, während wir mit Adira, Calixta und Hilda sprachen. Eddie, ein Wolfskrieger aus Martins Team, kam gerade wieder aus der Küche. Er war ganz grün im Gesicht.

Ran packte ihn an der Schulter. »Was ist los, Mann?«

»Die Messer und Kochgerätschaften … Cedric und Kristina hatten Küchendienst … sie hatten keine Chance …« Meine Hand ging zu meinem Mund. So schnell, wie die sonderbare Druckwelle die Dinge in meinem Zimmer herumgewirbelt hatte, da konnte ich mir nur vorstellen, wie es in der Küche aussah.

»Ingrid?«, fragte Adira.

Eddie schüttelte nur den Kopf.

In dem Moment ging die Tür zum Speisesaal auf und mehrere Tierkrieger trugen Ingrid heraus. Sie war es, deren Schmerzensschreie wir gehört hatten. Sie sah schlimm zugerichtet aus und war offensichtlich in den Weg der vielen Stühle, Tische, Tabletts und dergleichen geraten, die in einer Karambolage im Speisesaal aufeinandergeprallt waren.

Hilda lief auf sie zu. »Wo bringt ihr sie hin?«

»Nach oben«, antwortete einer der Tierkrieger, der Ingrid trug, »wir brauchen dringend Verbandszeug und so weiter.«

Ran nickte. »Hier sieht es schlimmer aus als auf unserem Flur oben – vielleicht ist der dritte Stock noch ganz in Ordnung. Nehmt Adira mit. Deine Kopfwunde muss man auch verarzten«, wandte er sich an seine Schwester.

»Ich will erst wissen, was passiert ist«, winkte die ab. Die anderen waren schon mit Ingrid auf dem Weg nach oben und Adira ließ sich nicht überreden.

»Meint ihr, es kam von unten, aus dem Keller?«, überlegte ich laut und rannte schon zur Treppe, gefolgt von den anderen.

Die Tür zum Keller war nicht nur aus den Angeln gefegt, sondern in ihre Einzelteile zerlegt worden. Im Flur war es so staubig, dass man kaum etwas sehen konnte.

»Es kam definitiv von hier unten«, hustete Ran. »Wir brauchen Taschenlampen.«

»Im Einbauschrank neben der Eingangstür sind Stablampen«, fiel Calixta ein. »Wenn die das überlebt haben … was auch immer das war. Sollten wir nicht was hören?«

»Wer war hier unten, laut Plan?«, fragte jemand hinter uns.

»Joels Team im Trainingsraum«, kam die Antwort.

»Magnis Tierkrieger sind im Aktivierungskäfig«, erinnerte sich Ran. »Und Rowans Team sollte draußen trainieren. Komisch, dass sie noch nicht hier sind.«

»Sie haben sich gerade reingewagt. Haben erst mal abgewartet, was mit dem Gebäude passiert, das sie von draußen richtig zittern gesehen haben.« Tierkrieger aus Martins Team hatten Taschenlampen geholt und kamen mit diesem Update zurück.

Ich schaltete die Stablampe ein, die mir jemand reichte. Sie funktionierte. Ich zog mein T-Shirt hoch und hielt es mir vor den Mund, bevor ich mich in den Keller wagte.

Überall lagen Putz und Steine. Die Druckwelle hatte alle Türen zersprengt und teils auch die Wände umgerissen. Hoffentlich keine tragenden, sonst würde gleich das ganze Gebäude über uns einstürzen.

»Hallo?«, rief Ran.

»Hilfe!«, krächzte jemand. In Richtung Trainingsraum bewegte sich etwas. Ich richtete meinen

Taschenlampenstrahl dorthin. Die Person rappelte sich hoch, ächzte vor Schmerzen und ließ sich gleich wieder sinken. Ich war schnell bei ihr und half ihr hoch. Unter der dicken Schicht grauen Staubs erkannte ich Peter.

Als sich etwas links von mir rührte, erkannte ich ein riesiges Loch in der Wand zum Trainingsraum. Tierkrieger aus Joels Team regten sich und andere kamen ihnen zur Hilfe. Schnell schwenkte ich meine Taschenlampe herum, in der Hoffnung, einen blonden Haarschopf zu entdecken. Aber alle waren grau vor Staub und Elin nirgends zu sehen.

»Geht's?«, fragte ich Peter, der jetzt mit meiner Hilfe stand. »Was ist passiert?«

Hustend erklärte mir Peter, dass er Joels Team observiert hatte, weil seine Teamkollegen im Aktivierungskäfig beschäftigt waren. »Elin hat uns angegriffen …«, krächzte er. »Sie … sie war nicht mehr aufzuhalten. Joel musste …« Der Rest des Satzes ging in einem Hustenanfall unter.

»Joel musste was?« Panisch schaute ich mich wieder um. Ich konnte weder Joel noch Elin sehen. »Was hat Joel gemacht?« Ich schüttelte Peter am Arm.

»Au!«

»Sorry … komm, ich helfe dir hier raus.«

Ich brachte Peter die Treppe hoch. Wir schleppten uns zur Männertoilette im Erdgeschoss, die am nächsten lag. Hier sah es wüst aus, aber die Armaturen waren alle intakt, was bedeutete, ich konnte Peter zu trinken geben. Andere hatten die gleiche Idee, brachten Verletzte rein, wuschen Staub von deren Gesichtern und Wunden.

»Was ist passiert, Peter?«, wiederholte ich ungeduldig meine Frage, als er getrunken hatte und ich feststellte, dass er außer vielen Kratzern und einem wahrscheinlich verstauchten Knöchel keine weiteren, ernsteren Verletzungen hatte.

»Elin ist ausgerastet und hat uns in Bärenkriegergestalt angegriffen. Sie hat jemanden ernsthaft verletzt, vielleicht sogar getötet, ich weiß es nicht … Joel musste eingreifen. Ich wollte noch aus dem Raum, Dr. Isbister und die anderen aus dem Aktivierungsraum holen, da war es schon passiert.«

»Was ist passiert? Was hat Joel gemacht?«

Peter blinzelte. »Es war Magie, nehme ich an. Ja, klar war es Magie. Er hat diese Lieder gesungen und dann kamen die schwarzen Zeichen auf seiner Haut, wie bei Magni und Martin während der Vorführung …«

»Okay, er wollte sie mit Magie aufhalten. Und ist es ihm gelungen? Wo ist Elin?«

Ich sah mich in der Toilette um, wo einige der Tierkrieger jetzt als die Männer aus Joels Team erkennbar waren. Elin war nicht dabei.

»Sie ist verschwunden.«

»Was?«

»Ich glaube …« Peter wurde unsicher. »Ich weiß es nicht. Es ging alles so schnell und ich war ja schon halb aus dem Raum. Es kam mir so vor, als ob sie in dem einen Moment da gewesen wäre und im anderen nicht mehr, aber mein Kopf …«

Ich starrte Peter ungläubig an.

»Alannah!« Mein Blick ging zu der Stimme, die mich erleichtert rief. Nic.

»Da bist du. Ich dachte …« Er fasste mir an die Schulter, ließ mich dann aber abrupt wieder los. Schnell war sein Gesicht wieder die Maske, die keine Gefühle verriet.

»Weißt du, was los ist? Peter sagt, Elin ist ausgeflippt und Joel hat … sie verschwinden lassen … aber das kann ja nicht sein.«

»Ich habe Joel gesehen. Er wurde nach oben ins Krankenzimmer gebracht. Magni, Rowan, Martin und ich hatten Magie-Unterricht bei Mrs Darktower in ihren Räumen. Als wir die Kraftwelle des Zaubers spürten, wollten wir erst abwarten. Es hätte nur von Joel kommen können, aber warum? Wir dachten zuerst, die Chronisten hätten sich doch geirrt und es hätte einen Angriff gegeben … warum sonst hätte Joel einen solch starken Zauber anwenden sollen? Dann brachte man Ingrid und andere Verletzte, dann Joel. Er war nicht verletzt, aber bewusstlos. Geschwächt von der Magie, die er angewandt hat.« Nic fuhr sich durch das struwwelige Haar und schüttelte den Kopf, als könnte er es gar nicht glauben, was er da erzählte. »Der Idiot hat in dem Moment keine andere Idee gehabt, um seine Tierkrieger vor Elin zu beschützen. Mein Großvater hat viel Magie, aber er hat sie seit Jahren brachliegen lassen. Er war untrainiert. Und hier hat er nur eins gelernt. Den Verbannungszauber.«

Ich sah Nic mit weit aufgerissenen Augen an. »Er hat Elin …«

»… verbannt. Verbannt nach Jötunheim, in die Welt der Trolle.«

Ich schüttelte den Kopf. »Hier ist doch kein Portal. Ich dachte, es braucht ein Portal, wie es die Brochs sind. Das geht doch gar nicht …«

Nic zuckte hilflos mit den Schultern. »Anscheinend kann ein Auserwählter mit solch starkem Zauber wie mein Großvater zumindest eine Person verbannen … es gibt keine Erklärung dafür, aber es ist passiert.«

Calixta, die sich neben uns um jemanden gekümmert hatte, hatte mit offenem Mund zugehört. Schließlich sagte sie mit tonloser Stimme: »Wenn das stimmt, dann ... hätte er sie genauso gut umbringen können.«

KAPITEL EINUNDDREIßIG

Mrs Darktower kam und brachte Ordnung ins Chaos. Wir waren alle dankbar, dass sie die Kontrolle über die Situation übernahm und protestierten nicht, als sie weitere Diskussion unterband und uns Aufgaben zuwies. Einige betreuten die Verletzten, andere räumten auf und notierten Schäden am Gebäude und an der Einrichtung für eine spätere Reparatur.

Die Generalin selber kümmerte sich um das Schlimmste: die Todesopfer und die Schwerverletzten. Noch während sie uns einteilte, wählte sie schon Nummern auf dem Telefon, das sie in der Hand hatte, um Hilfe zu holen.

Ich räumte im Speisesaal auf und sah, wie Mrs Darktower allein mit Laken in der Hand in die Küche und zu Cedric und Kristina ging. Ich hörte sie in der Küche umherlaufen und nach einer Weile kam sie wieder heraus, das Telefon am Ohr. Sie sah um einiges blasser aus unter ihrem Make-up, aber sie hielt das Kinn hoch. Draußen hörte ich Hubschrauber.

Ich holte gerade Putzzeug aus dem Haushaltsraum, als Mrs Darktower mit zwei Männern in Uniform wieder zurückkam. Schnell verschwand ich im Speisesaal; ich wollte nicht sehen, wie sie die Leichen abtransportierten.

Eine Weile später rief Mrs Darktower alle im mittlerweile frei geräumten Speisesaal zusammen. Es wurden Wasserflaschen und Sandwiches verteilt.

Bevor wir dazu kamen, uns untereinander auszutauschen, klatschte die Generalin in die Hände und erklärte, was geschehen war.

»Bedauerlicherweise ist heute ein Unfall passiert. Elin hat in Bärenform ihre Team-Mitglieder angegriffen. Theo wurde dabei schwer verletzt. Joel Huntington hat keine andere Möglichkeit gesehen, sie in ihrer Berserkerrage zu stoppen, als Magie anzuwenden. Leider kam ihm in der Hitze des Gefechts nur der so oft geübte Verbannungszauber für Trollwesen in den Sinn. Obwohl wir uns hier nicht in der direkten Nähe eines Portals befinden und Elin kein Trollwesen ist, scheint der Zauber … funktioniert zu haben.«

Ein Raunen ging durch den Raum.

»Sicher können wir natürlich nicht sein«, verschaffte sich Mrs Darktower wieder Gehör. »Wir haben keinen Beweis dafür, dass Elin in Jötunheim ist. Sie ist … weg.«

Es gab so viele Fragen, die ich gerne gestellt hätte, aber ich sah Mrs Darktower an, dass sie sich diese selber stellte und mir keine Antworten geben konnte. Das Portal von Mousa war in der Nähe … war Joel ein so mächtiger Zauberer, dass er Elin von hier aus durch den gut zehn Meilen entfernten Broch transportieren konnte? Aber das Portal war gar noch nicht offen, oder?

Andererseits: Elin war kein Trollwesen, doch sie stammte von Trollwesen ab, wie jeder von uns Tierkriegern. Den wenigsten hier war das wohl bewusst. Auf einmal befiel mich eine düstere Vorstellung: Wenn die Auserwählten übermorgen die Trollwesen verbannten, würden wir Tierkrieger dann mit ihnen nach Jötunheim verschwinden?

»Joel war nach der Anstrengung bewusstlos, ist aber nicht weiter verletzt worden. Er erholt sich oben auf der Krankenstation. Leider gab es einige Schwerverletzte. Theo, der schon durch Elins Angriff verwundet war, und Nathan. Die beiden wurden mit dem Rettungshubschrauber nach Lerwick gebracht. Ebenso Dr. Isbister. Die Tierkrieger im Aktivierungsraum haben Glück gehabt – der isolierte Innenraum hat der Kraftwelle standgehalten. Leider hat sich der Doktor natürlich vor dem Panzerglas und nicht dahinter befunden. Trotz des allgemeinen Exodus gibt es in der Hauptstadt noch genug Bewohner, sodass Rettungsdienst und Krankenhaus weiterhin in Betrieb sind. Mich hat soeben die Nachricht erreicht, dass es Theo und Dr. Isbister den Umständen entsprechend gut geht.«

Mrs Darktower zögerte und schluckte merklich.

»Leider muss ich auch bekanntgeben, dass Nathan auf dem Weg ins Krankenhaus seinen Verletzungen erlegen ist. Große Verluste stellen für uns natürlich auch Cedric und Kristina dar, die zum Zeitpunkt des Vorfalls Küchendienst hatten. Auch sie haben ihre Verletzungen, die durch mehrere Küchenutensilien entstanden sind, nicht überlebt. Wir können nur hoffen, dass sie nicht allzu sehr gelitten haben.«

Niemand sagte etwas. Einige um mich herum hatten Tränen in den Augen. Eddie sah aus, als wenn ihm gleich wieder schlecht werden würde.

Natürlich hatten wir uns alle mit den Gedanken beschäftigt, unsere Freunde und Kameraden auf dem Schlachtfeld zu verlieren. Aber hier, in der Klinik, hatten wir uns alle sicher gefühlt. Die Sache mit Peter und John hatte mich damals aus der Bahn geworfen, aber nachdem nichts mehr in der Richtung passiert und meine eigene »Schnellaktivierung« so problemlos über die Bühne gegangen war, hatte ich nicht mehr wirklich in Betracht gezogen, dass derartiges geschehen könnte.

Dabei hatte Elin mir ihr Herz ausgeschüttet. Ich hätte es kommen sehen sollen. Ich hätte sie beim Wort nehmen sollen, statt sie zu beschwichtigen. So gerne hätte ich Dr. Isbister und die Generalin dafür hassen wollen, dass sie Elin zu früh als bereit für ihre Aufgabe erklärt hatten. Schließlich war es ihre Schuld. Vielleicht sogar Hildas. Letztendlich aber war Dr. Isbister dafür verantwortlich und er hätte erkennen sollen, dass Elin nicht so weit war.

Aber ich konnte nicht. Der Hass, den ich gerne auf sie gehabt hätte, der endete bei mir. Ich hatte einen Hass auf mich selbst, ich gab mir selber die Schuld.

Denn ich hätte das, was vorgefallen war, verhindern können, wenn ich Elins Bedenken ernster genommen hätte.

»In Anbetracht der Situation«, fuhr Mrs Darktower fort, während ich mich mit schwarzen Gedanken quälte, »müssen wir unsere Strategie umstellen. Joel Huntington wird eine Weile zu schwach sein – eigentlich müsste er sich vor der nächsten großen magischen Verausgabung erholen. Die Zeit hat er nicht. Dazu kommt das Problem, dass in seinem Team zwei Wolfskrieger und eine Bärenkriegerin fehlen. Auch Martins Team hat zwei Wolfskrieger weniger. Dazu sind einige Tierkrieger verletzt und vielleicht eingeschränkt. Wir müssen wohl oder übel umverteilen.«

Alle schauten sich geschockt an. Niemand konnte etwas gegen Mrs Darktowers Logik sagen; natürlich konnte der geschwächte Joel den Kampf unmöglich mit nur zwei Wolfskriegern und einem Wildschweinkrieger bestehen. Aber wir waren alle in unseren Teams so zusammengewachsen und Brutus hatte immer betont, wie wichtig es war, dass wir einander kannten und vertrauten.

Adira, Calixta und Ran hielten sich an den Händen und bevor ich mir bewusst wurde, was ich tat, hatte ich Adiras

Hand ergriffen. Die schaute mich erstaunt an. Dann lächelte sie mir das erste Mal, seit wir uns kannten, zu. Ich spürte, wie jemand meine andere Hand nahm. Hilda.

Bosse und Nic auf Hildas anderer Seite taten es uns nach und Nic vervollständigte den Kreis, als er über den Tisch griff und Rans andere Hand festhielt. Wir waren ein Zirkel – vor Monaten noch hätte man sich das nicht vorstellen können. Ich konnte durch den Kreis spüren, wie alle inständig hofften, dass er nicht aufgebrochen werden würde. Wir hatten alle hart daran gearbeitet, dass wir diese Einheit waren, die wir jetzt darstellten.

Man sah Hilda an, dass sie darauf gefasst war, doch noch in Joels Team wechseln zu müssen. Eine Bärenkriegerin würde es definitiv treffen und da sie ursprünglich dort eingeteilt gewesen war …

Ich nickte Hilda zu. Ob ich sie persönlich mochte oder nicht, tat nichts zur Sache. Wir waren in dieser Konstellation am stärksten. So fühlten wir uns zumindest, als ob wir eine Chance hatten.

Bestimmt war ich nicht die Einzige, die angespannt die Augen zusammenkniff, als Mrs Darktower ankündigte, wer das Team wechseln musste.

Zu unserer Überraschung und Erleichterung nannte sie den Namen einer der Bärenkriegerinnen in Rowans Team, nicht Hildas oder meinen.

»Warum muss Michelle zu Joel wechseln?«, konnte Rowan nicht an sich halten. »Es ergibt mehr Sinn, wenn jemand aus Nics Team zu ihm geht.« Ganz offensichtlich war Rowans Gruppe genauso niedergeschmettert, wie wir es gewesen wären, wenn es einen von uns getroffen hätte.

»Auf der Insel haben wir zumindest eine gute Chance«, verteidigte Rowan seinen Einwand weiter. »Mit zwei Bärenkriegerinnen könnte ich es schaffen …«

»Nics Team hat ebenfalls eine gute Chance«, unterbrach die Generalin ihn. »Auf der Insel Mousa.«

Verwirrt schauten wir uns an.

»Ja, ich habe euch für einen anderen Zielort eingeteilt«, wandte sich Mrs Darktower an uns. »Nach Absprache mit Mr Brutfort.« Brutus lag mit Ingrid oben auf der Krankenstation, aber wenn er die Strategie mit der Generalin besprechen konnte, dann musste es ihm den Umständen entsprechend gut gehen. »Wir sind beide der Meinung, dass es Nic mit seinem hervorragenden Team tatsächlich gelingen kann, die Trollwesen auf Mousa zu verbannen und das Portal zu schließen. Ursprünglich räumten wir ihm nur mäßige Chancen mit Dun Dornaigil ein. Dun Dornaigil ist das schwache Glied. Es war vorgesehen, dass Magni und Martin nach erfolgreichem Abschluss ihrer Mission Nic zu Hilfe kommen könnten. Aber jetzt sind Magni und Martins Teams selber geschwächt, weil einige Tierkrieger ausfallen oder verletzt sind. Wenn Eddie zu Magnis Team wechselt, dann haben wir in beiden Teams einen Wolfskrieger weniger.«

Ich schaute zu Eddie, der konsterniert aussah, aber lange nicht so unglücklich wie Michelle.

»Dun Dornaigil ist immer noch das schwache Glied, aber Joel Huntington ist offensichtlich sehr mächtig«, fuhr Mrs Darktower fort. »Wir müssen darauf setzen, dass er mit seiner Magie allein Erfolg mit dem Dun Dornaigil-Portal haben wird, selbst mit einem geschwächten Tierkrieger-Team und selbst wenn er ausgebrannt von dem heutigen Zauber ist. Die Erfolgschancen von Joels Team sind am wenigsten kalkulierbar von allen – aber wenn sich das Risiko auszahlt, dann schaffen wir es auch, Dun Dornaigil wieder zu schließen.«

Ich hatte keine Ahnung, wie Mrs Darktower in den dramatischen letzten Stunden solche kühlen strategischen Überlegungen hatte machen können. Ich wäre zu emotional dafür gewesen. Ich kam nicht umhin, sie dafür zu bewundern. Auch bei meinen Gefühlen ihr gegenüber würde ich wohl nie von Sympathie reden können, aber sie war definitiv die richtige Person für ihre Aufgabe. Sie funktionierte einfach. Weil sie musste.

Und auch wir hatten eine Aufgabe zu erledigen. Wir hatten keine Zeit, das Geschehene zu verarbeiten, und mir blieb nicht die Muße, mich in meiner Trauer und meiner Schuld zu verlieren.

Denn schon am nächsten Tag sollten wir zu unseren Schlachtfeldern aufbrechen.

Und wenn irgendjemand Zweifel hatte, dass die Zeit der Menschen tatsächlich abgelaufen war und die Apokalypse bevorstand, dem präsentierte das Universum das Zeichen, das die Chronisten vorhergesagt hatten.

Am nächsten Morgen verschwand die Sonne. Wenige hinterfragten die wissenschaftlichen Hypothesen, die sich überall auf der Welt für die unerklärte Sonnenfinsternis zurechtgelegt worden waren. Es war mal wieder ein Beweis, dass die Menschen immer eine logische Deutung für die unerklärlichen Phänomene finden konnten – so lange nicht ihr rationales Weltbild aus den Fugen geriet.

Nur wir wussten, was die wahre Bedeutung der Sonnenfinsternis war.

Dunkelheit legte sich über South Havra und die nördliche Hemisphäre.

Und wir machten uns auf den Weg zu unseren Brochs.

Oder zumindest die anderen Teams, die mit Helikoptern abgeholt wurden. Wir in Nics Team hatten noch ein bisschen Zeit, bis unser Boot kam, und waren praktisch allein in der Klinik. Alle verletzten Tierkrieger waren mitgegangen.

Selbst John, dem bislang immer gesagt worden war, dass er noch nicht fit für den Kampf sei, war für Joels Team eingeteilt worden. Ich hatte ihn bei unserer Verabschiedung fest umarmt. Er hatte ausgesehen, als wüsste er, dass er nicht wiederkommen würde. Fast das ganze Team, einschließlich Joel, hatte nicht besonders hoffnungsvoll gewirkt. Einzig Michelle, eine streitsüchtige Bärenkriegerin, hatte kampfeslustig dreingeschaut.

Die einzigen, die noch oben im Krankenzimmer der Klinik lagen, waren Ingrid und Brutus. Die Pflegerin Anna war bei ihnen. Weder unsere Haushälterin, der Sportlehrer noch die Pflegekraft qualifizierten sich wohl für einen Platz in einem der Eingeweihten-Bunker.

Mrs Darktower war mit dem letzten Helikopter mitgeflogen. Ich hätte schwören können, dass in dem letzten Blick, den sie der Klinik zugeworfen hatte, Zweifel und Wehmut gelegen hätten. So als ob sie sich tatsächlich überlegt hätte, doch hierzubleiben und die Stellung zu halten.

Aber ihr Leben war ihr dann doch wohl lieber gewesen.

Wir hätten vielleicht noch trainieren können, aber keiner von uns schien die Energie dafür aufbringen zu wollen. Die ungewohnt leere Klinik mit den Brettern vor den Fenstern und dem zerstörten Keller hatte etwas Gespenstisches. Ich wanderte durch die Flure und konnte mich nirgendwo lange aufhalten, weder im Aufenthaltsraum, wo die Drillinge lasen, noch oben im Krankenzimmer, wo Hilda mit Ingrid,

Anna und Brutus Karten spielte, noch in meinem eigenen Zimmer.

Nic beschäftigte sich in einem Unterrichtsraum mit seinen Magie-Büchern und ich wollte ihn nicht stören.

Ich war regelrecht froh, als es Zeit war, zum Pier zu gehen.

Der Mann, der uns abholte, war derselbe, der uns Vorräte brachte und mit dem ich damals nach Scalloway getürmt war. Er nickte mir mit ernster Miene zu.

Als wir uns von der Insel entfernten und die Klinik immer kleiner wurde, hatte ich ein komisches Gefühl im Bauch. Ich hatte so viel Zeit damit verbracht, mir zu überlegen, wie ich von South Havra fliehen konnte. Ich hatte davon geträumt, die Klinik endlich hinter mir zu lassen. Und jetzt fühlte es sich beinahe so an, als ob ich sie vermissen würde.

KAPITEL ZWEIUNDDREISSIG

Es dauerte nicht lange, bis wir in Maywick ankamen, einem winzigen Örtchen an der Mainland-Küste, vor der die Insel South Havra lag. Obwohl wir unsere Spezialkleidung hatten, froren wir gottserbärmlich. Wir waren froh, dass der Mann uns Schaffelle mitgebracht hatte. Er behauptete, sie wären von seinem eigenen Hof und keine Funktionskleidung würde wärmer halten als die Felle seiner Schafe. Er hatte recht. Als wir in Maywick in den Kleinbus einstiegen, mit dem uns der Mann dann quer über die Insel zur Ostküste fuhr, behielten wir die Felle um.

Erst sahen wir überhaupt keinen Menschen und keine Autos. Die wenigen Häuser, an denen wir vorbeifuhren, wirkten unbewohnt. Auch wenn Lerwick noch Einwohner hatte, so schien das südliche Mainland doch tatsächlich verlassen. Erst als wir einen Ort namens Channerwick passierten, begegneten uns ein paar Autos, die in die entgegengesetzte Richtung fuhren.

Unser Fahrer meinte, die wären bestimmt zum Sumburgh-Flughafen unterwegs. »Die Leute wollen weg, auch wenn sie nicht genau wissen, was los ist. Es kursieren Gerüchte, aber die meisten sagen, sie tun es wegen der Kälte.« Er erzählte uns, dass er sich ebenfalls auf den Weg zum Flughafen machen würde, sobald er uns abgesetzt hatte.

Wir durchquerten einen Ort namens Sandwick – der größte während unserer halbstündigen Reise über die Insel – der ebenfalls verlassen wirkte. Schließlich kamen wir beim

311

Sandsayre Pier an, von dem aus wir ein Boot auf die kleine Insel Mousa nehmen würden.

Normalerweise legte hier die Fähre ab, die einmal am Tag Touristen auf die Insel brachte. Im alten Bootsschuppen gab es einen Warteraum und ein Museum über die Geschichte der Mousa-Fähre.

Wir hielten uns dort auf, während der Mann und Ran das Fährboot, mit dem wir auch übersetzen würden, fertig machten. Ran, der früher mit seinem Vater öfter mal auf einem See angeln gewesen war, wurde dazu auserkoren, das Boot zu steuern.

Das kleine Museum enthielt auch Informationstafeln zum Broch von Mousa. Ich wusste natürlich schon, dass er mit dreizehn Metern der höchste und der besterhaltene der Wehrtürme war, die nur in Schottland existierten, und dass er circa 100 Jahre vor Christus erbaut worden war. Auch den Querschnitt, der zeigen sollte, wie die Leute in der Eisenzeit vielleicht darin gelebt und wie sie den Turm genutzt hatten, hatte ich schon mal gesehen. Im Inneren des Brochs war eine Art Holzgerüst mit mehreren Etagen. Unten befand sich eine Feuerstelle und Platz für das Nutzvieh. Mehrere Menschen waren auf unterschiedlichen Etagen mit ihrer Arbeit beschäftigt und ganz oben hingen Fische zum Trocknen. In den Kammern innerhalb der Doppelwand des Turms waren Güter aufbewahrt und Schlafstellen eingerichtet.

Kurzum, die Illustration zeigte eine häusliche Idylle, die so völlig im Gegensatz zu dem stand, wofür der Broch tatsächlich gebaut worden war.

Obwohl ich schon viel über die Brochs gelernt hatte, war es ein komisches Gefühl, alles über den wichtigen Ort zu erfahren, der nur ein, zwei Kilometer von mir entfernt lag, und den ich bald endlich selber zu Gesicht bekommen würde.

Auf einer Tafel las ich, dass sich direkt gegenüber dem Broch von Mousa, an der Mainlandküste, einmal der Broch von Burland befunden hatte. Es war ein großer Turm mit einem Durchmesser von zwölf Metern gewesen. Ich fragte mich, ob er aus der gleichen Zeit stammte wie der Mousa-Turm und ob er ebenfalls ein Portal gewesen war. Nach allem, was ich erfahren hatte, konnte ich es nur annehmen. Warum hatte man den Turm nicht ganz gelassen? Zwei solcher Portale wären doch gut gewesen – die hätte man, wie Dun Telve und Dun Troddan, mit zwei Auserwählten und mehreren Tierkriegern zusammen in Schach halten können. Stattdessen wäre doch lieber Dun Dornaigil dem Erdboden gleich gemacht worden. Strategisch hätte das viel mehr Sinn ergeben. Als ich das zu Adira sagte, meinte sie:

»Wir dürfen nicht vergessen, wie viele Jahre seit der Zeit vergangen sind, und wie viel weniger mobil die Menschen früher waren. Jetzt kann man vielleicht schnell mit einem Helikopter von einem Broch zum nächsten fliegen, aber früher war das nicht so. Es gab Wächter, aber sie konnten nicht alle Brochs kontrollieren. Manche sind einfach im Laufe der Zeit zerstört oder abgetragen worden, bevor jemand etwas dagegen unternehmen konnte. Auf einer kleinen Insel wie Mousa war es einfacher. Der Wächter James Pyper hat auf der Insel gelebt und später die Aufgabe seiner zweiten Frau Anne Linklater übertragen.« Sie zeigte auf die Tafel mit den Ruinen des Pyper-Wohnsitzes »The Haa«, den man auf der Insel noch sehen konnte. Bis 1852 hatte Anne Linklater dort gelebt. »Und dank der Sturmschwalben und anderer seltener Vögel, die auf der Insel brüten, wurde Mousa dann zum Naturschutzgebiet.«

313

»Und so einen richtigen Schlachtplan hatten die Eingeweihten ja lange nicht«, fügte Calixta hinzu. »Es ging mehr
darum, das Wissen weiterzutragen, dass diejenigen, die zum
Zeitpunkt der Apokalypse die Verantwortung tragen, dann
irgendetwas unternehmen können. Man wusste, die
Menschheit würde sich weiterentwickeln, unsere techni-
schen und wissenschaftlichen Möglichkeiten würden sich
vervollkommnen. Man hatte Vertrauen, dass den Menschen
der Zukunft schon etwas einfallen würde.«

»Und alles, was ihnen eingefallen ist, sind wir«, meinte
ich etwas schnippisch. »Vielleicht hätten sie sich schon eher
darüber Gedanken machen sollen.«

Adira lachte, doch dann hörte sie abrupt auf, zog die
Brauen zusammen und schaute sich nachdenklich im Museum um.

»Was ist?«, fragte ihre Schwester.

»Wenn man bedenkt, wie sehr wir uns weiterentwickelt
haben, seit der Zeit …« Sie zeigte auf die Tafel mit den
Menschen aus der Eisenzeit. »Oder gar seit der Zeit …« Mit
einer großen Geste schloss sie das große alte Boot, das einmal als Mousa-Fähre gedient hatte, und mitten im Raum
stand, sowie die dazugehörigen Fotos ein. Die Schwarz-
Weiß-Aufnahmen zeigten die ehemaligen Steuermänner aus
dem Familienbetrieb, dem früher die Fähre gehört hatte.
»Die wenigen Informationen, die wir über die Trollwesen
haben, sind jahrhundertealt. Aber wir müssen doch annehmen, dass sich diese Wesen ebenfalls weiterentwickelt haben. Genau wie wir Menschen.«

Ich bekam ein mulmiges Gefühl im Bauch. Sie hatte
recht. Wer wusste, was uns erwarten würde, sobald das Portal morgen früh aufging?

Calixta versuchte, optimistisch zu bleiben. »Das gilt ja auch für beide Seiten. Wenn sie sich so entwickelt haben, dass sie uns jetzt vielleicht … noch mehr antun können, als wir bisher dachten … dann, dann kann es genauso gut sein, dass wir Menschen mittlerweile eine Waffe haben, die die Trollwesen doch zerstören kann. Ich meine, es heißt, dass menschliche Technologie ihnen nichts anhaben kann, aber so genau wissen wir das ja nicht, oder? Die menschlichen Technologien von damals konnten nichts gegen sie ausrichten, aber was wir jetzt entwickelt haben …«

»Das Problem bleibt bestehen, dass Massenvernichtungswaffen, die von den Menschen konstruiert wurden und die Trollwesen vielleicht ausschalten könnten, leider auch alle anderen Lebewesen im Umkreis plattmachen«, schaltete sich Nic ein. »Es ist müßig, darüber zu reden. Wir können davon ausgehen, dass das Problem von den Eingeweihten ausreichend diskutiert wird und wurde. Sollten wir die Trollwesen nicht wieder verbannen können, dann müssen wir uns darauf verlassen, dass die Elite sich darum kümmert. Dass sie einen Plan B hat.«

Ich verschränkte die Arme vor der Brust. »Du meinst die Elite, die sich in Bunkern versteckt, bis sich die Situation hier wieder entspannt hat?«

Nic zuckte mit den Schultern. »Ich sage bloß, konzentrieren wir uns auf unsere Aufgabe. Wenn wir erfolgreich sind, dann sind diese Überlegungen unnötig. Verschwenden wir keine Zeit mehr damit, darüber zu reden, was passiert, wenn wir unsere Aufgabe nicht erledigen. Fokussieren wir stattdessen all unsere Energie darauf, das zu meistern, für das wir hierhergeschickt wurden.«

Bevor noch jemand etwas einwenden konnte, kam Ran ins Gebäude, um uns Bescheid zu sagen, dass das Boot bereit war.

Trotz der Kälte und trotz des Grundes, aus dem wir unterwegs waren, war die Überfahrt zur Insel einer der schönsten Momente in meinem Leben.

Vielleicht lag es daran, dass ich mir bewusst machte, es könnte eines der letzten Male sein, so etwas zu erleben. Oder daran, dass ich die letzten Jahre im Keller meiner Eltern und dann in einer Klinik auf einer winzigen Insel eingesperrt gewesen war.

Ich hatte schon einiges von der spektakulären Landschaft Shetlands bewundern dürfen und auch auf South Havra, meinem Zuhause in den letzten Monaten, hatte ich die wilde, rohe Natur genossen.

Aber die Bootsfahrt war noch mal etwas ganz anderes. Wir wurden von Delfinen begleitet und entdeckten sogar die Schwanzflossen eines Schwarms Schwertwale. Als die Insel im Nebel auftauchte, wurden wir von Robben am Steinstrand begrüßt, die aber schnell im Wasser verschwanden. Unzählige Seevögel schwärmten umher.

Ran machte seine Aufgabe gut und steuerte uns sicher zum Pier. Wir legten an, stiegen aus und gingen den kurzen Weg zu dem kleinen Gebäude oberhalb des Piers, das von der Naturschutzorganisation RSPB benutzt wurde und in dem wir die Nacht verbringen sollten.

Wir debattierten noch, ob wir zum Broch wandern und die Insel auskundschaften wollten, aber die Dunkelheit brach schnell herein. Und die anderen hatten dasselbe Gefühl wie ich: dass wir das Portal erst sehen wollten, wenn es tatsächlich so weit war. Irgendwie fühlte es sich an, als ob es

Unglück bringen würde, sich schon vor der Apokalypse dort aufzuhalten.

Selbst Hilda, die dafür gewesen war, die Umgebung zu erkunden, musste zugeben, dass wir das Risiko, im Dunkeln auf der Insel herumzulaufen, nicht eingehen sollten.

Später verzog sich der Nebel und der Mond ging auf. Wir schliefen natürlich alle nicht und waren zu gespannt, zu beobachten, ob es tatsächlich eine Mondfinsternis geben würde, wie angekündigt.

Als schließlich der Schatten über den runden Mond zog, bis er blutrot wirkte, lief mir ein Schauder über den Rücken – der nichts mit der Kälte zu tun hatte.

Wenn noch ein kleiner Teil von mir gehofft hatte, dass die ganze Apokalypse nur eine Fantasiegeschichte der selbsternannten Eingeweihten war, dann war dieser Teil jetzt gestorben.

Den anderen ging es vielleicht ähnlich, denn wir sprachen nicht, als wir wieder in das kleine Gebäude gingen und uns auf unser improvisiertes Nachtlager legten.

Ich machte kein Auge zu, bis Nic schließlich ankündigte, dass es Zeit war, zu gehen.

Wir nahmen unsere Waffen und traten nach draußen.

Ich ging voraus. Das Mondlicht – jetzt wieder fahl – illuminierte den Trampelpfad, der sich entlang der Küste um die Insel zog. Kurz vor dem Broch hatte man Planken über das sumpfige Moor gelegt und damit einen Weg zum Turm geschaffen.

Ich spürte die immense Kraft des Brochs von hier aus und das Betreten der schmutzig weißen Holzplanken fühlte sich an, als ob es ab diesem Punkt kein Zurück mehr gab.

Ich überwand mich und marschierte weiter, auf den alten Steinturm zu.

Als wir davor standen, hatte es angefangen zu dämmern. Wir beschlossen, den Turm zu besichtigen und nach oben zu klettern – ein letztes Mal, bevor der Broch zerstört werden würde.

Im Turm, der innen sehr beklemmend wirkte, hatte ich richtig Angst, aber ich versuchte, es nicht zu zeigen. Nicht mal die schmerzhaft schöne Aussicht von oben konnte ich genießen.

Ich war heilfroh, als wir wieder unten und aus dem Turm heraus waren.

Das Rotorange des Streifens am Horizont breitete sich am Himmel aus und wir machten uns bereit.

Wir warteten, doch nichts passierte.

Als der Tag voll und ganz angebrochen war, schauten wir uns verunsichert an.

Wir wickelten uns in unsere Felle ein, denn es war immer noch unglaublich kalt.

Niemand wollte seine Befürchtungen aussprechen, als die Sonne hoch oben am Himmel stand. Also sagten wir lieber gar nichts. Ich quälte mich mit meinen Zweifeln herum. Sollte die alte Alannah, die geglaubt hatte, an einen Weltuntergangskult geraten zu sein, vielleicht doch recht behalten?

Es wäre zu herrlich. Die Hoffnung in mir wurde immer größer.

Ich hatte viel durchgemacht, aber es würde mich nicht reuen, ich würde allen verzeihen, wenn doch nur … wenn das alles nicht stimmte, und die Apokalypse lediglich eine Fantasiegeschichte war.

Doch am Nachmittag erstarb die Hoffnung wieder.

Es lag spürbar etwas in der Luft. Erst dachte ich, ich hätte es mir nur eingebildet, aber dann konnte ich die Vibrationen nicht länger ignorieren.

Die vielen Vögel verschwanden. Es war, als ob die Natur um uns herum den Atem anhielt.

Als die Sonne unterging und die Abenddämmerung einsetzte, ertönte ein deutliches Brummen aus dem Turm.

Wir warfen unsere Felle ab und begaben uns in Position. Nic zog sich fast ganz aus und rieb sich mit einer Salbe ein. Sie duftete nach Kräutern und sein Körper glänzte, so wie vor einigen Tagen bei Magni und Martin.

Die Erde fing an zu beben und der Turm erzitterte. Die Steine, die mehr als 2000 Jahre lang allem standgehalten hatten, lösten sich und begannen zu vibrieren.

Nic sang die Zaubersprüche und schnitt sich mit dem Messer in die Handfläche, als der Broch wie ein Spielzeugturm in sich zusammenfiel.

Ich sah nur aus dem Augenwinkel, wie Nic sich hinkniete und das Blut mit der Erde vermischte, denn ich konnte meinen Blick nicht vom Turm abwenden.

Adira gab das Signal, das wir ausgemacht hatten, und ich konzentrierte mich auf die Wut in meinem Inneren. Als wenn ausgerechnet dieser Moment dafür geeignet war, eine solche Erleuchtung zu haben, aber mir wurde schlagartig bewusst, dass die Quelle der Wut in mir nie versiegen würde. Meine früheren Bestrebungen, die Wut zu unterdrücken, wäre immer sinnlos gewesen und ich machte mir etwas vor, wenn ich dachte, ich könnte diese Kraft in mir mit meinem menschlichen Herzen und Verstand irgendwie regulieren. Die Kraft hatte nichts Menschliches an sich, mit Herz und Verstand wenig zu tun, und ich konnte nichts anderes tun, als sie voll und ganz anzunehmen.

Ich musste mich ihr völlig hingeben.

Und das tat ich. Ich biss in meinen Schild und wusste, dass ich so stark war wie noch nie in meinem Leben. Und das hatte herzlich wenig mit dem Training in den letzten Wochen zu tun. Ich verwandelte mich in die Bärenkriegerin, die ich immer gewesen war. Als die ich erschaffen und geboren worden war.

Als die schrecklichen Kreaturen aus dem ehemaligen Broch aus der Erde krochen und regelrecht aus der Öffnung im Boden hervorsprudelten, hatte ich keine Angst. Ich hatte keine Zweifel.

Wir würden Nic beschützen und gegen die Trollwesen kämpfen.

Die Trolle sahen aus wie auf den Zeichnungen. Nur waren sie riesiger, als ich es mir vorgestellt hatte. Blaugrüne Haut spannte sich über Muskelberge. Manche hatten lange Hauer, die wie bei Walrossen aus dem Maul ragten, andere kürzere. Die Weibchen waren etwa so groß wie Hilda und ich in unserer Bärengestalt. Sie hatten kleinere Ohren als die Männer und keine Hauer.

Zuerst war ich zu sehr damit beschäftigt, sie abzuwehren, doch im Laufe des Kampfes konnte ich das eine oder andere Detail erkennen. Die Trollwesen trugen eine Art Kleidung, die aussah wie aus Leder. Sie war teils gepanzert mit etwas Elfenbeinfarbenem … viele winzige Schuppen, die übereinanderlagen. Ich bildete mir ein, dass es Knochen waren.

Mit Berserkerwut und unseren Waffen gelang es uns, die Trollwesen abzuwehren, aber es kamen immer mehr aus dem Portal. Der Turm war mittlerweile dem Erdboden gleichgemacht worden.

Ich hatte so sehr mit dem Kämpfen zu tun, dass ich erst später bemerkte, wie einige der Trollwesen es gar nicht für nötig hielten, uns abzuwehren. Sie schwärmten in alle Richtungen aus.

Panisch schwang ich mein Schwert und wagte einen Blick in Richtung Nic.

Ich hätte es nicht tun sollen.

Nur eine einzige Rune wanderte seinen Körper hinauf, nicht viele, wie bei Magni und Martin.

Er hatte tatsächlich viel weniger Magie als sie. Dafür strengte Nic sich mächtig an.

Er kniete am Boden, die blutigen Hände auf die Erde gepresst. Seine Augen waren geschlossen und seine Lippen bewegten sich.

Die alten Zweifel, ob es ihm gelingen würde, die Trolle zu verbannen, kamen wieder hoch, und mein kurzer Mangel an Konzentration führte dazu, dass sich ein Trollweibchen in meinem Arm verbiss.

Die spitzen Zähne in meinem Fleisch schmerzten so sehr, dass ich aufschrie. Mein Arm fing an zu brennen, als ob mit dem Biss irgendein Gift in meine Blutbahn geraten war.

Ich hob meinen anderen Arm, um dem Weibchen den Kopf abzureißen, doch urplötzlich ließ sie von mir ab. Sie wurde einige Meter weiter weggeschleudert und spuckte mein Blut aus. Ich hätte schwören können, dass sie mich erstaunt anschaute.

Damit beschäftigt, andere Trolle mit meinen Waffen abzuwehren – das Eisen meiner Schwerter schien sie länger außer Gefecht zu setzen – bemerkte ich zunächst nicht, dass das Trollweibchen den anderen irgendetwas weitersagte.

Doch das musste sie getan haben, denn nach und nach hörten die Trolle auf zu kämpfen. Sie starrten uns alle nur an. Und ich konnte sogar sehen, dass die Trolle in der Ferne, die geflüchtet waren, ebenfalls haltmachten, so als hätte es ein lautloses Signal gegeben.

Zwar krochen noch mehr Trolle aus dem Loch, aber auch sie griffen nicht an.

Es war eine gespenstische Szenerie, so als ob die Zeit stehen geblieben war. Wahrscheinlich waren es nur Sekunden, aber es fühlte sich sehr lange an. Wir hätten die Wesen einfach weiter attackieren können und vielleicht hätten sie sich auch gewehrt. Aber wir waren wie gefangen in dem Moment des Innehaltens. Ich konnte mich nicht bewegen und stand einfach da, das Schwert erhoben. Die Trolle bewegten sich wieder und bevor wirs uns versahen, hatten sie uns Tierkrieger eingekreist. Zumindest stand ich Rücken an Rücken mit Hilda. Adira und Calixta waren ebenfalls im Kreis eingeschlossen und stellten sich in eine ähnliche Position.

Nur Bosse und Ran konnte ich nirgends sehen. Ich hoffte, das bedeutete, dass sie Nic weiterhin beschützten, denn auch unseren Auserwählten konnte ich nicht entdecken. Überall, wo ich hinschaute, sah ich grünblaue Leiber und rote Haare.

Der Kreis der Trolle um uns wurde immer enger. Ich schluckte, als mir klar wurde, wie schlecht unsere Chancen standen, wenn sie sich alle gleichzeitig auf uns stürzen würden.

Einer der Trolle, der größte Kerl mit den längsten Hauern, trat hervor und kam auf uns zu. Adira und ich tauschten einen schnellen Blick aus. Sie war genauso verwirrt wie ich.

Mir war, als wollte der furchterregende Troll etwas zu uns sagen, doch da erschien etwas am Himmel. Die Trolle, die ganz auf uns fixiert schienen, bemerkten nicht, was hinter ihnen passierte.

Ich tat mein Bestes, nicht hinzustarren, aber es fiel mir schwer.

Denn es war Nic, der in der Luft schwebte, als würde er von unsichtbaren Ballons in die Höhe gezogen. Er leuchtete heller als der Mond, und es ging ein Glanz von ihm aus.

Er war so schön wie nie zuvor – noch tausend Mal schöner, strahlender, magnetischer, als Magni und Martin es während ihrer Magievorführung gewesen waren. Nic sprach etwas und schüttelte die Hände, so als wollte er das Blut, das immer noch aus den Schnitten seiner Handflächen lief, über die Trolle spritzen.

Erst jetzt bemerkten die Trolle selbst das unglaubliche übernatürliche Kraftzentrum hinter sich, aber es war zu spät.

Die Magie, die von Nic ausging, glich einer Lichtwelle. Wie bei Joels Zauber in der Klinik erzeugte sie eine Wucht, die regelrecht über die Insel fegte. Die Druckwelle konzentrierte sich in Richtung des offenen Brochs, sodass ein Sog hinunter in das Portal entstand.

Die Trolle wurden mitgerissen und zum Portal getrieben.

Wir Tierkrieger, die mitten in ihrem Pulk standen, leider auch.

Wie ich befürchtet hatte, als das mit Elin passiert war, hatte der Verbannungszauber auch eine Wirkung auf uns. Nur nicht eine ganz so große wie auf die reinblütigen Trolle. Im Gegensatz zu uns konnten sie sich nicht gegen den Sog wehren. Hilda und ich hatten uns gegenseitig mit einem

Arm umklammert und hielten uns mit der anderen Hand an Steinresten der Brochmauer fest.

Mit aller Kraft, die uns zur Verfügung stand, wehrten wir uns gegen den Sog. Rechts und links von uns sausten die Trollwesen in das Loch. Einige versuchten, sich ebenfalls an Mauerresten festzukrallen, aber es gelang keinem. Immer wieder stießen einzelne Wesen gegen uns, sodass es noch schwerer wurde, sich festzuhalten. Ich musste Hilda loslassen, um beide Hände freizuhaben.

Von allen Seiten kamen die Kreaturen und verschwanden im Portal, bis schließlich keine mehr über waren.

Als der Sog schwächer wurde, zogen Hilda und ich uns mit letzter Energie hoch, über den Rand und ließen uns ins Gras fallen.

Ich lag auf dem Rücken und keuchte vor Anstrengung. Als sich mein Herzschlag etwas beruhigt hatte, verwandelte ich mich zurück in Menschenform. Ich war zu schwach, um die Rückverwandlung aufzuhalten.

Als ich ein Geräusch hörte, zwang ich mich, mich aufzusetzen. Vielleicht lauerte noch Gefahr und ich lag einfach schutzlos da. Ich tastete nach einer Waffe, bekam irgendwie mein kurzes Schwert zu fassen, und erhob mich mit einem Ruck.

Das Geräusch war ein Schluchzen und als ich mich umsah, entdeckte ich Adira.

Sie lag da, wo der Broch gewesen war. Nur die Steinreste zeugten noch davon. Dort, wo vorhin das Loch gewesen war, in dem wir beinahe verschwunden wären, war eine ebene, kahle Stelle auf der dunklen Erde zu sehen.

Nic hatte es geschafft. Das Portal war geschlossen.

Hektisch schaute ich mich um. Wo war Nic?

Ich entdeckte ihn in Hildas Armen. Er war ganz schlaff und bewegungslos. Erschrocken schleppte ich mich zu ihnen hinüber.

»Ist er …?« Entsetzt schaute ich Hilda an, die sich auch schon zurückverwandelt hatte und ganz blass aussah.

Sie schüttelte den Kopf. »Nur bewusstlos.« Sie zog ihn enger an sich, als wollte sie ihn mit ihrem Körper beschützen. Es war wahrscheinlich eine gute Idee, denn Nic war noch halbnackt und es war immer noch kalt. Hildas Körperwärme würde nur guttun.

Trotzdem packte mich die hässliche Eifersucht.

Schnell drehte ich mich weg und ging zu Adira, die auch nicht mehr in Wolfsgestalt war.

Ich legte eine Hand auf ihre Schulter. »Alles okay?«

»Calixta«, schluchzte sie. »Ich konnte sie nicht mehr halten … und sie ist abgerutscht … und … ist da reingefallen.«

»Calixta ist im Portal verschwunden?«, fragte ich ungläubig. Wir anderen waren dem nur knapp entkommen, aber trotzdem war es für mich unbegreiflich.

Ich starrte auf das kreisförmige Stück Erde mit den Steinresten drum herum. Wenn ich nicht selber miterlebt hätte, dass dort gerade eben noch ein Schlund gewesen war, an dessen tiefem Grund sich die Welt der Trollwesen befand, dann hätte ich es nie und nimmer geglaubt. Genauso unfassbar war die Vorstellung, dass Calixta jetzt in dieser Welt sein sollte.

Genau wie Elin.

Wenn Elin noch lebte.

»Wo ist Ran?« Ich schaute mich um.

In der Ferne lag eine leblose Gestalt. Adira zeigte in seine Richtung. »Er ist schon während des Kampfs ums Leben gekommen. Eines der Trollwesen hat ihm das Herz aus der

Brust gerissen.« Plötzlich hörte sie auf zu schluchzen. Mit weit aufgerissenen Augen starrte sie mich an.

»Meine Geschwister …«, begann sie. »Jetzt bin ich ganz allein.«

Ich legte einen Arm um sie, aber sie schüttelte ihn ab.

Ich ließ sie alleine trauern und ging ein paar Schritte auf die leblose Gestalt zu.

Es war tatsächlich Ran. In Wolfsform.

Ein paar Meter davor blieb ich stehen. Schon aus der Ferne war der Anblick so grässlich, dass sich meine Hoffnungen, Ran sei lediglich schwer verletzt, zerschlugen.

Ich sah mich nach Bosse um, doch konnte ihn nirgends entdecken.

Am liebsten hätte ich mich erschöpft auf den Boden sinken lassen, doch nach Absprache mit Hilda suchte ich die Küste ab.

Sie wollte bei Nic bleiben und Adira zum Auskundschaften in die andere Richtung schicken, sobald sie dazu in der Lage war.

Schließlich fand ich Bosse. Die Druckwelle musste ihn über die Klippen gefegt haben, bevor sie sich zum Sog ins Portal konzentriert hatte.

Bosse war noch in Wildschweinform und das war sein Glück gewesen. Er hatte einige Knochenbrüche, aber sein harter Schädel hatte keinen Schaden genommen.

Als ich ihn endlich wach bekam, fragte er mit schmerzverzerrtem Gesicht: »Haben wir die Bastarde besiegt?«

»Ja. Die Trollwesen sind weg und das Portal ist zu.«

Er schloss glücklich die Augen. »Dann haben wir die Menschheit gerettet.«

Mir lag auf der Zunge: »Wenn die anderen Teams auch erfolgreich waren. Wenn alle Trolle, die aus dem Portal gekommen sind, auch wieder zurückbefördert wurden und nicht einige schon entkommen waren. Wenn …«

Aber ich sagte nichts. Bosse brauchte wahrscheinlich das Erfolgsgefühl, um überhaupt am Leben zu bleiben.

Er hatte bestimmt einige Knochen gebrochen, und es war klar, dass er nicht aufstehen konnte.

Wer wusste, was für innere Verletzungen er hatte und was passieren würde, wenn wir ihn bewegten. *Mist*, ich konnte mir noch nicht mal vorstellen, wie wir ihn überhaupt hier wegkriegen sollten.

Und Ran, der das Boot steuern sollte, hatte nicht überlebt.

Es wäre ein Wunder, wenn wir von dieser Insel runterkamen.

KAPITEL DREIUNDDREISSIG

Wir schafften es.

Von irgendwoher nahmen Hilda, Adira und ich die Energie, zuerst einen sehr matten und kraftlosen Nic zum Pier zu schaffen. In dem kleinen Gebäude, in dem wir die Nacht verbracht hatten, brühten wir heißen Schwarztee mit ganz viel Zucker auf und flößten ihm diesen ein. Dann legte er sich hin, um sich auszuruhen. Hilda fand eine Dose Kekse und wir stärkten uns damit, bevor wir unsere Umgebung nach etwas absuchten, das als Trage für Bosse funktionieren würde.

Wir bastelten ein Rettungstuch aus zwei Decken und einem Strick. Dann machten wir uns auf den Weg zu Bosse.

Er war bewusstlos, atmete aber noch. Er hatte es geschafft, in Richtung Klippen zu robben, denn die Flut hatte einen guten Abschnitt des Strandes überschwemmt, und die Stelle, an der er gelegen hatte, befand sich mittlerweile unter Wasser.

Daran hatte ich gar nicht gedacht, und ich machte mir große Vorwürfe.

Hilda versuchte, mich zu beruhigen. »Ist schon gut, wir tun alle unser Bestes hier. Es ging immer nur darum, was wir tun müssen, um die Apokalypse zu verhindern. Man hat uns keine Instruktionen gegeben, was mit uns passieren soll, wenn wir unsere Aufgabe meistern. Wir improvisieren hier.«

Adira, die bislang fast gar nichts gesagt und einfach nur funktioniert hatte, starrte auf die Wellen, die an unseren Füßen leckten. »Wir hätten alle nicht überleben dürfen.

Niemand hat es je ausgesprochen, aber das war doch der Plan, oder? Dass wir als Helden untergehen. Warum leben ausgerechnet wir noch? Das ist nicht richtig.«

Sie machte einen Schritt auf das Meer zu, so als würden die Wellen sie herausfordern und Adira die Herausforderung annehmen.

Ich packte sie an der Schulter. »Spinnst du?«

»Wir wissen gar nicht, ob die Apokalypse abgewendet ist«, sagte Hilda. »Vielleicht waren die anderen nicht erfolgreich und wir müssen noch kämpfen. Es ist unsere Pflicht …«

Adira riss sich los und hätte sich in die Wellen gestürzt, wenn ich sie nicht wieder gepackt hätte.

Sie schleuderte herum. »Ich scheiße auf die Pflicht«, schrie sie mich an, obwohl *ich* das Wort nie in den Mund genommen hatte. »Ran ist tot. Und Calixta …«

»Was mit Calixta ist, wissen wir gar nicht«, fiel ich ihr ins Wort. »Sie ist in der anderen Welt, aber das muss nichts heißen. Vielleicht lebt sie noch. Und Elin auch.«

»Ja klar«, lachte Adira höhnisch. »Mach dir ruhig was vor. Die Trollwesen wollen die Menschheit zerstören. Wenn auf einmal zwei Menschen in Jötunheim landen, dann lassen sie sie garantiert nicht am Leben.«

»Sie sind aber keine Menschen«, rief ich. »Wir sind … wie sie. Das Berserker-Gen, das ist ein Troll-Gen.«

Adira und Hilda starrten mich an und sagten nichts. Ich war sicher, dass sie es schon wussten. Aber sie hatten es verdrängt oder die Tragweite nicht verstanden.

»Weit entfernt, vielleicht«, winkte Hilda ab. »Aber doch nicht wirklich. Wir sind Menschen …«

Ich schüttelte wild den Kopf. »Wisst ihr nicht mehr, was passiert ist? Dass sie im Kampf innegehalten haben, um uns zu begutachten. Ich glaube, der Anführer wollte mit uns reden. Deshalb waren sie abgelenkt und haben nicht mitbekommen, was Nic gemacht hat. Und das ist passiert, weil das eine Trollweibchen mir in den Arm gebissen hat. Ich schwöre, es sah so aus, als hätte sie es geschmeckt. Dass wir wie sie sind. Dass wir *ein* Blut sind.«

»Mädels«, röchelte Bosse neben uns. »Ich will eure Grundsatzdiskussion nicht stören, aber könnt ihr mich hier vielleicht erst mal wegschaffen. Wenn ich dabei draufgehe, ist es mir egal, aber besser als ersaufen ist es allemal.«

Hilda ließ sich neben Bosse auf die Knie fallen. »Na klar, Mensch!« Sie schaute zu uns hoch. »Ich habe auch keine Ahnung. Wir haben alle keine Ahnung. Im Moment ist das doch einerlei. Retten wir uns erst einmal selber und kommen von dieser gottverdammten Insel runter. Dann sehen wir weiter. Eins nach dem anderen.«

Es gab keine weitere Diskussion. Schnell entfalteten wir das Rettungstuch und rollten Bosse vorsichtig darauf.

Dann hievten wir ihn hoch. Wir mussten teils durch die Brandung waten und waren völlig fertig, als wir oben auf dem Pfad vor der Ruine des Brochs ankamen. Bosse hatte sich zwar mittlerweile zurückverwandelt, aber er war immer noch schwer.

Wir legten ihn ab und ließen uns selbst auf den Boden fallen, um wieder zu Atem zu kommen.

Schließlich richtete sich Hilda auf. »Ich bin gerade zwar nicht sehr scharf darauf. Aber ich glaube, wir müssen uns verwandeln, damit wir genug Kraft haben, Bosse zum Boot zu tragen.«

Ich wusste, was Hilda meinte. Das Ziel der Verwandlungen war immer gewesen, die Trollwesen zu bekämpfen. Jetzt, da wir das überstanden hatten, fühlte sich die

Tierkriegergestalt … falsch an. Zu nahe an dem, was die Trollwesen waren. Wir wollten uns alle am liebsten davon entfernen, nun, da wir es hinter uns hatten. Uns nicht zu verwandeln, war Teil dessen.

»Hilda hat recht«, meinte Adira. »Und wer weiß, vielleicht müssen wir sowieso bald wieder kämpfen. Bleiben wir in Übung.«

Ich nickte. »Bosse zuliebe.«

Wir verwandelten uns und schafften es so, Bosse zum Boot zu bringen.

Als wir beim kleinen Häuschen ankamen, schlief Nic noch. Wir beschlossen, erst noch dort zu bleiben und uns auszuruhen, bis wir uns mit dem Boot beschäftigten, von dem niemand von uns wusste, wie es zu steuern war. Wenigstens schien Bosse keine inneren Verletzungen zu haben – weder die Rückverwandlung noch der Transport schienen seine Verfassung verschlechtert zu haben. Wir gaben ihm Kekse und Tee und fanden dann draußen Stecken, die wir als Schiene für seinen zumindest sehr angeknacksten Arm verwenden konnten. Die Haut war unverletzt, deshalb konnten wir nicht genau sagen, wie der Zustand seines Unterarmknochens war.

Beim Bein handelte es sich um eine offene Fraktur und nach einigen Diskussionen kochten wir zwei Geschirrhandtücher aus, die wir fanden, umwickelten damit die offene Wunde und polsterten das ganze Bein mit Decken.

Was die gebrochenen oder geprellten Rippen anging, konnten wir nichts tun, aber nachdem wir die Wunden ganz genau begutachtet hatten, hielten wir es für angebracht, Bosse ins Krankenhaus zu bringen.

Direkt nach Sonnenaufgang kümmerten wir uns noch um Ran. Es schien uns allen falsch, ihn einfach irgendwo auf der Insel liegen zu lassen. Auf dem Kiesstrand in der Bucht neben dem Pier hatten andere vor uns große Steine zu Haufen aufgeschichtet. Hilda und ich holten Ran, wickelten ihn in ein Tuch und stapelten die Steine um ihn herum und über ihm zu einer Grabkammer auf. Anschließend hielten wir alle schweigend Andacht, bevor wir schließlich mit dem Boot ablegten. Nic, der sich wieder einigermaßen erholt hatte, hatte anscheinend aufgepasst, als der Mann auf der Herfahrt Ran das Lenken des Bootes erklärt hatte.

Er brachte uns einigermaßen sicher an das andere Ufer, das man ohne Nebel gut von Mousa aus erkennen konnte.

Es war immer noch Winter, aber nach den bitterkalten letzten Monaten kamen uns die aktuellen Temperaturen regelrecht warm vor. Trotzdem schlotterte Bosse. Er war weiß im Gesicht und Schweißtropfen standen ihm auf der Stirn und auf der Oberlippe.

Hilda und ich tauschten einen besorgten Blick aus, als wir am Pier anlegten. Nachdem wir Bosse ins Bootshaus gebracht hatten, wo es wenigstens etwas wärmer und geschützt war, fühlte ich seine Stirn. »Er hat definitiv Fieber.«

Adira und Nic waren schon auf der Suche nach einem fahrbaren Untersatz und es dauerte ewig, bis sie ein Auto gefunden hatten. Zwar standen einige im verlassenen Sandwick herum, da aber niemand von uns wusste, wie man Autos knackte, mussten sie auch noch einen Schlüssel dafür finden. Was wiederum bedeutete, dass sie in ein paar Häuser einbrechen mussten, bis sie einen gefunden hatten. In weiser Voraussicht hatten sie noch Schränke geplündert, damit wir Klamotten überziehen konnten, in denen wir nicht so auffielen. Und Adira hatte sogar ein paar Packungen Feuchttücher gefunden, mit denen wir Schmutz und Blut aus unseren Gesichtern wischten. Dann brachten wir Bosse im Kofferraum »unseres« Autos unter und düsten nach Lerwick ins Krankenhaus.

Das südliche Mainland schien total verlassen, aber je näher wir Lerwick kamen, desto mehr Leben sahen wir.

Das Krankenhaus in Lerwick war in Betrieb, auch wenn es recht menschenleer wirkte. Wenn wenig Personal im Dienst war, so war wenigstens auch in der Notaufnahme nichts los. Wir konnten Bosse direkt einliefern und er wurde sofort behandelt.

Und auf dem ganzen Weg waren wir keinem einzigen Troll begegnet.

KAPITEL VIERUNDDREIßIG

Nachdem Bosse verarztet und so gut wie völlig einge-
gipst worden war, hatten wir immer noch niemanden
in der Hevera-Klinik erreicht.

Telefone schienen gar nicht zu funktionieren und dem-
entsprechend gab es kein Internet. Die Tatsache, dass das
direkt nach der abgewendeten Apokalypse der Fall war,
beunruhigte uns, aber so viel wir auch darüber redeten, so
wenig konnten wir einen logischen Zusammenhang feststel-
len. Wie sollten die Trollwesen die Telefone ausgeschaltet
haben?

Dann fanden wir heraus, dass auch im Fernsehen keine
Programme mehr liefen. Wir konnten uns immer noch nicht
vorstellen, was das mit der Troll-Apokalypse zu tun haben
sollte, aber wir waren uns einig, dass wir so schnell wie
möglich erfahren mussten, was mit den anderen Teams geschehen war. Wir wollten die Sicherheit haben, dass alle
Trolle von der Erde verbannt worden waren.

Wir redeten mit Bosse und auch mit Theo, der noch im
Krankenhaus lag. Von ihm erfuhren wir, dass Dr. Isbister
abgeholt worden war. Er musste irgendwo mit der Generalin Darktower in einem Bunker sein.

Schließlich verabschiedeten Nic, Adira, Hilda und ich
uns von Bosse und Theo, fuhren nach Maywick und nahmen das Boot, das dort noch am Pier angebunden war, um
nach South Havra überzusetzen.

Niemand begrüßte uns, als wir auf der Insel ankamen.
Die Klinik sah dunkel und verlassen aus.

Das Herz klopfte mir bis zum Hals, als wir sie betraten. Offensichtlich hatte es keiner aus den anderen Teams hierher zurückgeschafft. Was hatte das zu bedeuten?

Wir schauten uns alle betreten an und sagten kein Wort zueinander, als wir Stockwerk um Stockwerk, Zimmer um Zimmer durchkämmten und nirgendwo jemandem begegneten.

Schließlich fanden wir Ingrid, Brutus und Pflegerin Anna ganz oben. Obwohl die Haushälterin und der Sportlehrer sich mittlerweile erholt hatten, waren sie im dritten Stock geblieben, wo die Fenster und Türen alle noch intakt waren.

Wir fielen uns um den Hals, so als ob wir tatsächlich die letzten Überlebenden auf der Erde wären. Ich hatte mich nie mit Ingrid ausgesprochen, aber angesichts der Situation schien das Missverständnis mit Joel völlig vergessen.

Wir wechselten uns ab, als wir erzählten, was passiert war. Die Aufregung und Euphorie legte sich abrupt, als die Sprache auf Ran und Calixta kam.

Nach einem Moment des Schweigens flüchtete Adira aus dem Zimmer. So wie ich sie kannte, wollte sie nicht wieder vor uns heulen. Als Hilda aufstand, um ihr nachzurennen, hielt ich sie davon ab. »Lass sie einen Moment.«

»Und Bosse?«, fragte Ingrid leise.

Nic erzählte, dass wir ihn ins Krankenhaus gebracht hatten.

Wir berichteten auch von den Telefonen, dem Internet und dem Fernsehen, aber die anderen waren genauso ratlos wie wir. In der Klinik funktionierte auch nichts. Wir wollten die Büros durchsuchen, um herauszufinden, ob wir die Elite im Bunker irgendwie kontaktieren konnten.

Aber zunächst wurden wir von Anna verarztet. Unsere eigenen Wunden hatten wir unter der Kleidung versteckt, damit wir im Krankenhaus nicht zu viel Aufsehen erregten, aber wir alle hatten genug Kratzer und teils auch Schlimmeres abbekommen.

Währenddessen kochte Ingrid etwas zu essen, nachdem sie darauf bestanden hatte. Eine ordentliche warme Mahlzeit in unsere Bäuche zu bekommen, sei Priorität.

Wir wehrten uns auch nicht dagegen, als uns angeraten wurde, wir sollten heiß duschen und uns erst einmal hinlegen.

Die Dusche war eine Wohltat und das weiche Bett im Krankenzimmer fühlte sich so gut an. Ich hätte nie gedacht, dass ich ein Auge zumachen würde, aber ich schlief sofort ein.

***

Ich weiß nicht, wie lange ich geschlafen hatte, als mich aufgeregte Stimmen wieder weckten.

Draußen war es hell. Im Bett neben mir regte sich Adira. Wir schauten uns an und sprangen sofort auf.

Die Tür des Krankenzimmers war nur angelehnt und so hatten wir den Tumult auf dem Flur mitbekommen.

Dort umringten Ingrid, Brutus, Anna, Hilda und Nic zwei andere Personen.

Es waren Joel Huntington und John!

Sie sahen völlig fertig aus.

Alle redeten durcheinander, aber Anna setzte sich durch und notverarztete die beiden zuerst. Als sie dann endlich in den zwei Betten in Johns Krankenzimmer untergebracht waren und etwas zu essen und zu trinken bekommen hatten, konnte ich es schon gar nicht mehr aushalten vor Neugierde.

Wir standen und saßen alle um die Betten der beiden herum, als Joel und John die Worte aussprachen, vor denen wir uns alle gefürchtet hatten.

Es war ihrem Team nicht gelungen, das Dun Dornaigil-Portal zu schließen. Die Trollwesen, die aus dem Portal gekommen waren, hatten zunächst ebenfalls gekämpft, wie bei uns auch. Bevor es Joel gelingen konnte, seinen Verbannungszauber erfolgreich zu praktizieren, hatten die Trollwesen anscheinend verstanden, was er beabsichtigte.

Und dann hatten sie eine kluge Strategie gewählt. Statt zu kämpfen, hatten sie sich einfach Joel geschnappt und waren mit ihm getürmt. Ihr Ziel war es wohl gewesen, Joel so weit vom Portal zu entfernen, dass der Wirkungskreis seiner Magie das Portal nicht mehr einschloss.

Das war ihnen gelungen. Die Tierkrieger waren hinterhergelaufen, aber Joels Team war so geschwächt gewesen, dass sie noch während der Flucht von den Trollwesen erlegt worden waren. Einzig Michelle und John hatten es geschafft.

Michelle konnte Joel befreien, war jedoch zu Tode gekommen, als sie ihm und John einen Vorsprung vor den Trollwesen verschaffte.

»Die Gegend um den Dun Dornaigil ist ziemlich menschenverlassen, aber wir haben trotzdem ein Gebäude gefunden, in dem wir uns verstecken konnten«, berichtete John. »Wir schafften es an die Küste und kaperten gleich ein Boot. Die Trollwesen müssen mittlerweile auch auf Menschen getroffen sein. Bestimmt haben sie schon Panik verursacht – oder gar Schlimmeres mit den Menschen angestellt. Es muss sich doch schon rumgesprochen haben. Gibt es etwas in den Nachrichten dazu?«

Ich erklärte, dass es kein Fernsehen gab. Und dass überhaupt keine Kommunikation möglich war.

»Ihr habt nichts von den anderen Teams gehört?«, fragte John mit geweiteten Augen.

Wir schüttelten alle den Kopf.

Joel räusperte sich. »Magni und Martin hatten die Anweisung, nach erfolgreicher Schließung ihrer Portale zum Dun Dornaigil zu kommen. Wir können nur hoffen, dass sie das getan haben und wenigstens alle Portale geschlossen sind. Was mit den Trollwesen passiert ist, die entkommen konnten …«

Er brachte den Satz nicht zu Ende.

Keiner von uns wusste, was zu tun war. Wie Hilda schon festgestellt hatte, waren wir alle am Improvisieren. Was nach der abgewendeten Apokalypse passieren sollte, war nie besprochen worden. Alle Portale zu schließen und nur mit den entkommenen Trollwesen fertig zu werden, schien das Best-Case-Szenario zu sein. Aber allein die Tatsache, dass wir nie Anweisungen für diese Eventualität erhalten hatten, bedeutete wohl, dass auch eine begrenzte Anzahl von Trollwesen in unserer Welt ziemlich viel Schaden anrichten konnte – und in den Augen der Eingeweihten wahrscheinlich schon als gescheiterte Mission galt.

Dennoch mussten wir uns daran klammern, dass unsere weitere Aufgabe einzig und allein darin bestand, die entkommenen Trollwesen eines nach dem anderen auszuschalten. Allein der Gedanke daran war unheimlich … anstrengend. Aber es fühlte sich einigermaßen machbar an.

Wenn wir doch einfach nur einen Anführer mit Überblick über die Situation und mit klaren Anweisungen hätten.

Nach und nach trudelten andere Tierkrieger ein.

Rowan kam allein. Wir beobachteten ihn aus dem Fenster im oberen Stock, als er vom Pier aus den Trampelpfad zur Klinik nahm. Sein Kopf war gesenkt und seine Schultern hochgezogen. Er wirkte überhaupt nicht mehr wie der arrogante Auserwählte, der vor wenigen Tagen diese Insel siegessicher verlassen hatte.

Diejenigen von uns, die es konnten, liefen die Treppe hinunter, um ihn zu begrüßen.

Rowan fiel Nic in die Arme und fing an zu schluchzen. Er war zu gar keiner Aussage fähig, bis Brutus ihn die Treppe hochgetragen, ins Bett gelegt und ihn ein paar Stunden hatte schlafen lassen.

Dann endlich bekamen wir Informationen. Seinem Team war es gelungen, die Trollwesen zu verbannen und das Portal auf der Insel Lewis zu schließen. Aber keiner seiner Tierkrieger hatte den Kampf überlebt. Ich sah Adira ins Gesicht und wusste, was sie dachte.

Genau solch ein Szenario hatten die Eingeweihten erwartet. Und deshalb war nie besprochen wurden, was mit uns Tierkriegern nach der Stunde null geschehen sollte.

Schließlich kam auch noch Magni mit ein paar seiner und Martins Krieger.

Er war der einzige der Auserwählten, der sich wie ein Held gab – und er war auch einer.

Er hatte ohne große Verluste die Trolle am Broch Dun Telve wieder verbannt und das Portal geschlossen. Dann hatte er Martin geholfen, Dun Troddan zu versiegeln. Die beiden hatten sogar noch fast alle Tierkrieger in ihren Teams, als sie sich auf den Weg gen Norden machten. Sie entkamen den Obrigkeiten, die ohne Frage eingeschaltet worden waren, als die Einwohner von Glenelg, dem Dorf unweit der Brochs, etwas von den Kämpfen mitbekommen hatten.

Bis Dingwall war alles nach Plan gelaufen. Dann hatten sie gemerkt, dass etwas nicht stimmte.

»Die Menschen aus dem Norden Schottlands flohen«, erzählte Magni. »Hinter den Scheiben der Autos sahen wir vor Entsetzen verzerrte Gesichter. Und die A836 war verstopft. Wir wichen auf Landstraßen aus, aber obwohl wir Orte mieden, sahen wir bald den Beweis dafür, was die Trollwesen mit den Menschen anrichteten, die ihnen in den Weg gerieten.«

Die Tierkrieger, die mit ihm zurückgekehrt waren, blickten alle betreten zu Boden. Keiner wollte sagen, was er gesehen hatte, und so blieb Magni nichts anderes übrig, als allein weiterzuerzählen.

Seine Stimme hörte sich belegt an und der Horror dessen, was er hatte beobachten müssen, spiegelte sich in seinen Augen wider.

»Es sah aus, als ob sie jeden Menschen, der ihnen in die Quere kam, einfach in die Luft schleuderten und auseinanderrissen. Am schlimmsten war, dass manche der Körperteile, die wir sahen, so wirkten, als hätten die Trollwesen … davon abgebissen.«

Nach einer Weile des Schweigens sprach er weiter. »Auf Höhe des Loch Shin begegneten wir den ersten Trollwesen und bekämpften sie. So schlugen wir uns durch und hatten einige Verluste zu verzeichnen. Immer mehr Trollwesen begegneten wir, je näher wir Dun Dornaigil kamen. Unser einziges Ziel war, so nahe wie möglich ans Portal zu kommen, um es zu schließen. Am Loch Meadie beschlossen wir, es zu riskieren. Martin und ich waren schon recht geschwächt, weil wir unsere Magie benutzt hatten, um die

340

Trollwesen abzuwehren. Aber wir hofften, der Wirkungskreis würde ausreichen. Wir vollzogen unser Ritual und ...« Er seufzte. »Martin gab sein Bestes und er brannte im wahrsten Sinne des Wortes aus. Er überlebte das Ritual nicht. Ich stand ohne meinen Partner da und wusste noch nicht mal, ob er sein Leben umsonst gelassen hatte. Ob wir es geschafft hatten. Klopfenden Herzens machte sich der Rest von uns auf den Weg zum Dun Dornaigil. Wir schöpften Hoffnung, weil wir keinem Troll mehr begegneten. Und wir fielen auf die Knie und schluchzten vor Erleichterung, als wir das Portal geschlossen vorfanden.«

Man konnte hören, wie alle im Raum erleichtert ausatmeten. Wir hatten es geschafft. *Fast.*

»Wir werden nicht alle Trolle verbannt haben«, stellte Magni fest. »Als das Portal zuging, waren einige der Wesen sicher schon bis nach Inverness gekommen. Und es ist noch nicht abzuschätzen, wie groß das Ausmaß des Schadens ist, den sie schon angerichtet haben. Wie die Behörden auf das reagieren, was in Nordschottland passiert ist. Wie die Folgen der Panik der Menschen aussehen, die mitbekommen, was los ist.«

»Vielleicht bekommen es gar nicht so viele mit«, schaltete ich mich ein. »Telefone, Internet, Fernsehen, Radio, Funk, funktioniert alles nicht. Warum auch immer das der Fall ist, wenigstens wird so verhindert, dass eine Massenpanik ausbricht.«

Magni runzelte die Stirn. »Wie kann das sein?«

»Wir sind genauso ratlos wie du.«

Er fragte weiter: »Wie kontaktieren wir jetzt die Eingeweihten, um zu erfahren, wie wir weiter verfahren sollen?«

Auch darauf hatte keiner eine Antwort.

Wir durchsuchten systematisch Dr. Isbisters und Mrs Darktowers Büros und schauten uns sogar in der Bücherei um. Niemand hatte uns irgendwelche Instruktionen hinterlassen, noch fanden wir Hinweise darauf, wo die Bunker waren und wie man mit den Insassen Verbindung aufnehmen konnte.

Als auch noch der Strom ausfiel, kam John als Erster darauf, warum die Kommunikation mit der Außenwelt zusammengebrochen war.

»Satelliten«, sagte er. »Irgendwie müssen Satelliten ausgeschaltet worden sein.«

»Aber wie sollen denn die Trollwesen …«, wollte Nic die Theorie zerschlagen, doch Adira hatte schon mitgedacht.

»Nicht die Trolle. Die Eingeweihten. Überlegt doch, was damit alles zu erreichen ist. Eine weltweite Panik vor den Trollen kann verhindert oder zumindest hinausgezögert werden. Das Militär kann ohne Satelliten keine Waffen fernsteuern. GPS und Wetterprognosen funktionieren nicht mehr, was den Flugverkehr so gut wie lahmlegt. Wenn man möchte, dass die Menschen auf anderen Kontinenten den unseren nicht zerstören, um die Trolle unschädlich zu machen, dann ist das ein guter Anfang.«

»Genau«, sagte John »Ich habe mal gelesen, dass die Satelliten schließlich auch dafür zuständig sind, dass überall auf der Welt die Zeit synchronisiert ist. Das ist wichtig für Bankgeschäfte und vieles mehr. Außerdem werden bei einem Satellitenausfall Stromerzeuger betroffen sein. Da wird ganz schön viel zusammenbrechen von dem, auf das sich unsere westliche Welt stützt. Man wird erst einmal damit beschäftigt sein, sich um die Ausfälle zu kümmern.«

»Und noch was anderes«, meinte Joel. »Woanders in der Welt ist das Militär abhängig von Satelliten. Die Kriege dort sind darauf ausgerichtet. Wenn die Feinde davon Wind kriegen, dass moderne Militärtechnik nicht mehr funktioniert, dann sehen die westlichen Streitkräfte aber alt aus. Keine Ahnung, was da dann die Konsequenzen sein werden …«

»Aber was wollt ihr denn damit sagen?«, fragte Hilda bestürzt. »Warum sollten die Eingeweihten so etwas machen?«

»Haben wir doch gerade gesagt«, antwortete Adira etwas ungeduldig. »Das ist ihr Plan B. Genau für dieses Szenario. Die Portale sind zu, aber einige Trolle sind noch in der Welt. Damit die Menschheit sich im Kampf gegen die Trolle nicht selber zerstört, haben sie dafür gesorgt, dass die Satelliten ausfallen. Und wer weiß, was sonst noch. Damit eine Art fairer Kampf ausgefochten werden kann. Gleiche Wettbewerbsbedingungen sozusagen. Ein technologiefreier Kampf. Mann gegen Troll.«

Hilda schüttelte wild den Kopf. »Nein, nein, das glaube ich nicht. Die Eingeweihten sind nur deshalb in ihre Bunker gegangen, damit etwas von der Menschheit überlebt, falls wir die Apokalypse doch nicht abwenden können. Wo sie weiterforschen, bis sie etwas entwickelt haben, was die Trolle zerstört. Damit die Menschheit dann wieder auferstehen kann. Ich kann nicht glauben, dass es diesen Plan B gibt.«

»Warum denn nicht?«, fragte John erstaunt. »Es ergibt doch perfekten Sinn.«

»Nein, das tut es nicht …« Hilda war aufgesprungen und stampfte mit den Füßen auf, wie ein kleines Kind. »Sie würden niemals in ihren Bunkern sitzen und hier Menschen gegen Trolle ausfechten lassen, wem die Erde gehören wird. Sie würden uns nie einfach unserem Schicksal überlassen, wenn es eine Chance gäbe, die Trolle auszuschalten. Sie würden uns helfen …«

»Aber wir sind die einzige Chance«, unterbrach ich sie sanft. »Sie glauben, wir sind derzeit alles, was sie tun können. Dafür haben sie uns erschaffen. Ja, vielleicht forschen sie weiter, vielleicht kommen sie irgendwann mit der ultimativen Troll-Waffe, aber bis dahin … sind die Menschen und wir auf uns allein gestellt.«

Hilda brach in Tränen aus und rannte aus dem Raum.

Joel zog die Brauen zusammen. »Warum ist das so schwer für sie zu akzeptieren?«

Ich schluckte. »Überleg mal, wer da in einem der Bunker sitzt.«

»Ihre Eltern«, sagte Nic. »Sie muss für sich selber erkannt haben, dass ihre Eltern sie nicht gerettet und mit in den Bunker genommen haben. Weil sie als Bärenkriegerin geboren wurde und im epischen Kampf gegen die bösen Kreaturen ihre Rolle einnehmen muss. Entweder geht sie heldenhaft unter oder die Apokalypse wird abgewendet und dann könnte sie mit ihren Eltern wieder heile Familie spielen. So fühlt sie sich im Stich gelassen.«

Wir schauten uns alle an.

Keine zwei Handvoll verletzter, halb geschlagener Krieger und mäßig begabter Magier.

Plan B der Eingeweihten mochte den Kampf der Menschen enttechnologisiert und damit entschleunigt haben, aber trotzdem war es doch nur eine Frage der Zeit, bis Massenvernichtungswaffen wieder mobilisiert und eingesetzt werden konnten.

Irgendjemandem würde etwas einfallen, das die Trolle vielleicht dezimierte, aber zumindest auch einen großen Teil der Menschheit dabei vernichtete.

Und wenn wir es, was das betraf, nicht schon mit einem Wettlauf mit der Zeit zu tun hatten, dann im Hinblick darauf, was die Trolle mit der Erde anstellen würden. Wir wussten gar nicht, wozu sie alles fähig waren. Vielleicht war es sogar nur eine Frage der Zeit, bis sie ihre eigenen Portale öffnen konnten. Und die Tatsache, dass es Joel »gelungen« war, Elin verschwinden zu lassen, war beunruhigend, weil es heißen könnte, dass es auch andersherum funktionierte und die Trolle gar keine Portale brauchten, um einzelne Artgenossen rüberzuholen.

Andererseits hatte Joel damit bewiesen, dass die Auserwählten zumindest theoretisch in der Lage waren, einzelne Trolle zu verbannen. Und wir Tierkrieger wussten, dass wir uns im Nahkampf mit Trollwesen behaupten konnten.

Wir waren vielleicht in der Lage, die Trolle zu besiegen, einen nach dem anderen, aber wir mussten es bald tun.

Und diesmal gab es keinen Masterplan, so unvollständig der auch gewesen war.

Wir fühlten uns alle im Stich gelassen.

Keiner von uns wusste, was zu tun war.

Wir wussten nur eins: Wir konnten uns nicht auf dieser Insel verstecken, während die Welt um uns herum unterging.

Wir mussten ausziehen, um einzelne Trolle aufzuspüren und zu vernichten.

EPILOG

Meine Schritte verlangsamten sich automatisch, je näher ich dem Raum mit dem Aktivierungskäfig kam. Vielleicht war es sogar gefährlich, hier unten herumzulaufen. Der Staub hatte sich gelegt, aber sonst sah alles im Schein meiner Laterne immer noch genauso aus wie nach dem Unfall mit Elins Verbannung.

Trotzdem ging ich weiter. Ich hatte das sonderbare Bedürfnis, noch einmal den Käfig zu sehen, bevor wir morgen bei Sonnenaufgang alle die Insel verlassen würden, um unseren Feldzug gegen die Trollwesen anzutreten. Irrsinnigerweise sehnte ich mich nach dem engen Raum, den begrenzenden vier Wänden, jetzt, da ich befreit war.

Keiner würde mich mehr einsperren, weder meine Eltern noch die Eingeweihten. Im Gegenteil, nun musste ich hinaus, in die weite Welt, von der ich immer geträumt hatte. Ich war frei – selbst die Eingeweihten, die mich geschaffen hatten, konnten mir nicht mehr sagen, was ich zu tun hatte. Ob und wie ich einzelne Trollwesen bekämpfte, war wirklich meine Entscheidung; die Eingeweihten hatten keinen Einfluss mehr auf mich.

Ich musste mich auch selber nicht mehr einsperren, im Versuch, das Tier in mir zu zähmen. Die Bärenkriegerin und ich waren längst eins. Und überhaupt brauchte ich sie, um zu überleben, und um anderen dabei zu helfen, zu überleben. Ich war nicht länger eine Bedrohung für die Menschen – ich war einer ihrer Hoffnungsträger, ob sie es wussten oder nicht.

Ob ich am Ende zu ihnen, den Menschen, gehören würde, das würde sich zeigen. Im Moment musste ich das nutzen, was in mir Troll war, um auf Augenhöhe mit den Trollwesen zu kämpfen. Ich war frei, das zu tun.

Aber ich kannte die Welt dort draußen nicht. Alles außerhalb der Grenzen meines »Käfigs« war mir fremd. Wenn ich ehrlich war, machte mir das Angst. Vielleicht war es pervers, aber in den Käfig zu gehen, würde irgendwie tröstlich sein.

Im Raum mit dem Aktivierungskäfig sah es wüst aus. Aber die Panzerglaswand und die Tür hatten der Druckwelle standgehalten. Ich schob den Riegel zurück und stemmte die Tür auf. Ich wollte den Käfig schon betreten, als mir einfiel, dass die schwere Tür zufallen könnte und ich dann nicht wieder rauskam. Ich sah mich nach etwas um, das die Tür offen halten würde. Hier gab es nichts, aber die Ziegelsteine der eingefallenen Mauer im Trainingsraum würden sich dafür eignen.

Ich ging wieder zurück.

Mein Herz klopfte laut, als ich durch das Loch in der Wand trat und damit an dem Ort stand, an dem Elin verschwunden war. Ich gab mir einen Ruck und bückte mich, um einen Stein aufzuheben.

Dann stutzte ich. Ich hielt die Laterne etwas tiefer. Auf dem Boden unter dem Stein war eine Markierung. Ich untersuchte den Boden unter dem Staub und dem Schutt genauer. Der Trainingsraum war mit einem wie in Turnhallen üblichen Linoleum-Boden ausgelegt gewesen. Dieser Belag war an den Rändern des Raumes auch noch vorhanden, aber zur Mitte hin war er immer mehr abgelöst, bis zu einer kreisrunden Stelle, wo gar kein Linoleum mehr vorhanden war. Auf dem Steinfußboden darunter gab es Markierungen.

Sie sahen aus, als ob sie in den Zement geritzt worden wären. Ich glaubte, runenartige Zeichen zu erkennen. Und um die Stelle ohne Belag waren fünf konzentrische Kreise gezeichnet, überlagert von zackenartigen Markierungen.

Als mir bewusst wurde, was das Ganze darstellte, sprang ich so schnell ich konnte aus dem Raum. Mit keuchendem Atem starrte ich auf die Stelle, wo ich gerade eben gestanden hatte.

Ein Portal. Hier unten im Keller der Hevera-Klinik gab es tatsächlich ein Portal ... wohin? Ganz offensichtlich hatte es sich zur Apokalypse nicht geöffnet, sonst hätten Brutus, Ingrid und Anna ja etwas davon mitbekommen.

Aber ohne Zweifel war es ein Portal, durch das Elin verschwunden war.

Was hatte es zu bedeuten? Hatten die Generalin, der Doktor und Brutus davon gewusst?

»Hey, was machst du hier?«

Ich zuckte zusammen und wirbelte herum.

Nic.

Ich atmete langsam aus und zwang mich zu einem Lächeln.

»Ich weiß, es ist total verrückt, aber ich wollte noch einmal in den Aktivierungskäfig.«

Nic fragte nicht warum, sondern nickte nur.

Ich hob einen Stein auf und wir gingen weiter zum anderen Raum. Ich legte den Stein vor die Tür, sodass sie weit aufstand, holte tief Luft und ging hinein. Nic folgte mir.

Ich stellte die Laterne ab. Wir setzten uns auf den Boden und lehnten uns mit dem Rücken an die gepolsterte Wand.

Mein Herzschlag verlangsamte sich.

»Du hältst mich wahrscheinlich für krank«, sagte ich zu Nic, ohne ihn anzuschauen. »Aber ich fühle mich hier tatsächlich ein kleines bisschen geborgen.«

»Glaub mir, ich habe auch Schiss vor dem, was uns erwartet«, antwortete er trocken.

Ich lachte leise. »Mehr als du vor der Stunde null hattest?«

»Klar. Da hatte ich *eine* Aufgabe. Ich wusste, was ich zu tun hatte. Ich konnte alles geben, alles, was ich hatte. Und es gab nur zwei mögliche Ergebnisse. Entweder es würde genug sein und es würde mir gelingen, die Apokalypse abzuwenden. Oder nicht. Und dann würde das eh mein Ende sein. Tja, und da keiner so richtig an mich geglaubt hat, hatte ich mich mehr oder weniger mit dem zweiten Ausgang der Sache abgefunden.«

»Ich dachte, du bist so unheimlich von dir selber überzeugt.«

Jetzt war er es, der lachte. »Wenn ich möchte, dass andere alles einsetzen, um mir den Rücken freizuhalten, dann muss ich den Eindruck ja vermitteln, oder? Sonst braucht man den Kampf gar nicht erst anzutreten.«

Ich drehte den Kopf und studierte sein Profil. »Und dann hast du uns alle überrascht. Wo kam die magische Kraft dann her?« Niemand hatte erwähnt, dass Joel bei Elins Verbannung auch so über der Erde geschwebt und unheimlich gestrahlt hatte.

Nic zuckte mit den Schultern.

Ich hob die Hand und strich ein paar seiner dunkelblonden Locken zurück.

»Was machst du?«, meinte Nic erstaunt.

»Ich will nur schauen, ob deine Ohren oben spitz zulaufen.«

»Meinst du, das wäre noch niemandem aufgefallen, einschließlich mir?«, meinte er halb entrüstet, aber er musste schmunzeln.

»Ganz normale, perfekt geformte Menschenohren«, sagte ich, streichelte ihm aber weiter durch das seidige Haar.

Nic rutschte etwas näher heran und schaute mir in die Augen. »Alannah ...«

Ich legte ihm einen Finger auf die Lippen und küsste ihn dann dort, wo ich ihn berührt hatte. Erst federleicht, doch dann reagierte er und bald wurde ein leidenschaftlicher Kuss daraus.

Es fühlte sich so an, als ob wir miteinander verschmolzen. Es hätte mehr, viel mehr als ein Kuss draus werden können, denn das Feuer, das in meiner Mitte entfacht wurde, brannte bald lichterloh. Ich verzehrte mich nach ihm und oh, wie viel tröstlicher noch als dieser Käfig wäre das Gefühl gewesen, eins mit diesem Wärme spendenden Menschen zu werden. Es hätte die Kälte und die Brutalität der vergangenen Tage aus meinem Körper getrieben und die nötige Flamme in mir am Leben halten können, damit ich die nächsten Tage und Wochen überstehen konnte.

Aber es hätte noch etwas anderes entfacht, nämlich die Hoffnung auf eine Zukunft mit Nic, und die würde es nicht geben. Zumindest noch nicht.

Deshalb stoppte ich Nic, legte beide Hände auf seine Wangen und hielt ihn davon ab, mich weiter zu küssen. »Alannah«, seufzte er. »Es ist okay. Ich möchte mit dir zusammen sein. Nur mit dir. Egal, was kommt. Wir werden gemeinsam frei sein ... gemeinsam hinausziehen, um ...«

»Nein«, unterbrach ich ihn sanft. »Das werden wir nicht.«

Ich nutzte den Moment seiner Verwirrung, um mich ganz von ihm zu lösen und etwas Abstand zwischen uns zu schaffen.

»Was meinst du …«, fand Nic die Sprache wieder.

»Du und die anderen, ihr werdet morgen früh hinausziehen, um die Trolle zu vernichten. Aber ich nicht. Ich werde etwas anderes tun.«

Nic schüttelte verständnislos den Kopf.

»Im Trainingsraum gibt es ein Portal«, erklärte ich. »Ich habe es soeben entdeckt. Es ist das Portal, durch das Elin verschwunden ist. Und Joel wird mich ebenfalls durch das Portal schicken.«

Nics Augen weiteten sich vor Entsetzen. »Bist du verrückt? Du weißt doch gar nicht, wo das Portal hinführt. Das Risiko ist doch viel zu groß …« Er schüttelte wieder den Kopf. »Dafür willst du aufgeben, was wir gemeinsam erreichen können? Der Kuss hat doch eindeutig gezeigt …« Er rang mit den Händen. »Mir fehlen die Worte, verdammt! Ich weiß nur eins. Wir gehören zusammen. Gemeinsam können wir …«

»Es gibt kein *wir*. Der Kuss war ein Abschiedskuss.« Ich hörte mich so traurig an, wie ich mich fühlte. Aber ich war ganz ruhig. Denn einer Sache war ich mir ganz sicher: »Ich schulde es Elin. Ich muss sie retten.«

Nic nahm meine Hand. »Du irrst dich. Wir gehen zusammen. Ich komme mit.«

»Nein. Du wirst hier, in dieser Welt gebraucht. Du kannst die Trollwesen wieder verbannen. Und du hast nicht die geringste Chance in deren Welt. Elin und ich haben sie vielleicht. Eventuell die kleinste. Du bist nicht wie sie, aber wir sind es. Wir können vielleicht dort überleben. Und wenn wir es schaffen, zurückzukommen, dann wissen wir viel mehr über sie. Ein Wissen, das wir hier in unserer Welt gegen sie einsetzen können.«

»Hör dir doch mal selber zu! Das sind zu viele Vielleichts. Du könntest sofort tot sein. Oder Elin nie finden. Wer weiß, was sie da mit dir machen, wo auch immer du landest.« Nic war außer sich und hatte Tränen in den Augen. »Alannah, bitte nicht. Bitte tu das nicht. Das Risiko ist viel zu groß.«

»Das Risiko ist so groß, weil die Möglichkeiten, die sich damit für uns eröffnen, genauso groß sind. Alle werden mir zustimmen. Adira, nicht zuletzt, weil sie Hoffnung hat, Calixta wäre auch noch zu retten. Joel, weil er sich schuldig fühlt, was Elin angeht. Und die anderen, wenn sie verstehen, dass wir damit Wissen erlangen, das uns die Chance geben könnte, die Trolle hier zu besiegen und vielleicht für immer aus unserer Welt zu verbannen.«

»Das Opfer ist zu groß«, behauptete Nic stur.

»Es ist meine Entscheidung.«

Zum ersten Mal in meinem Leben hatte ich die Freiheit, das zu tun, was ich allein für richtig hielt. Und als ich das Portal gesehen hatte, war mir klar gewesen, welche Entscheidung ich treffen musste.

Ironischerweise hatte ich immer gedacht, wenn es dazu käme, würde die Wahl auf das Menschliche in mir fallen, das noch existierte. Und dass es noch existierte, bewiesen mir die Eifersucht, die Leidenschaft, das Begehren – meine Gefühle für Nic. Und wenn Flucht die feige Wahl war, dann hätte ich so wenigstens alles Trollartige ausmerzen können, sodass es nicht mehr existierte. Vielleicht hätte ich dann auch vergessen können, was in mir lebte.

Stattdessen würde ich das genaue Gegenteil tun.

Doch in völliger Freiheit beschloss ich, mich in die Welt der Trolle zu stürzen und genau auf das zuzurennen, was mir immer so viel Angst gemacht hatte und das ein Teil von mir war.

Kampfbiest. Berserker. Trollwesen.

NACHWORT

Liebe Leserin, lieber Leser,

danke, dass ich dich auf eine Reise nach Shetland mitnehmen durfte.

Im Sommer 2018 reiste ich selber mit meiner Familie auf die Inselgruppe, um für die neue Tierkriegerin-Reihe zu recherchieren. Wenn du übrigens gerne private Einblicke haben oder einfach Bilder der Handlungsorte aus der Tierkriegerin-Reihe sehen möchtest, schau doch einfach auf meiner Facebook-Seite (/felicitygreenauthor) oder in meinem Instagram-Profil (@felicitygreenauthor) vorbei, wo ich Fotos und Eindrücke teile.

Ich war fasziniert von der spektakulären Landschaft, der wilden Natur, den ganz eigenen Traditionen der Leute auf diesem abgelegenen Fleckchen Erde im Nordatlantik zwischen Schottland und Norwegen – und der spannenden Mythologie, die überall auf Shetland in Erinnerung gerufen wird und irgendwie zur Geschichte gehört. Wer meine Connemara-Saga und die Highland-Hexen-Krimi-Serie kennt, der weiß, dass diese Kombination die perfekte Vorlage für meine Geschichten liefert!

Die Shetland-Inseln gehören zu Schottland, sind aber geprägt von nordischer Mythologie. Die einstmals von Pikten besiedelten Inseln wurden im 9. Jahrhundert von den Wikingern erobert. Shetland, wo sich so eine eigene Sprache – das Norn – entwickelte, gehörte zu Norwegen/Dänemark, bis es im 15. Jahrhundert von Schottland annektiert wurde.

Norn starb aus und Shetland gehört immer noch zu Schottland, aber die alten Sagen und Legenden leben bis heute weiter.

Ein sehr spannender, sehr spezieller Ort und perfekt für meine Geschichte, in der ich nordische Sagen und Legenden als Grundlage für meine eigene Fantasy-Dystopie verwenden wollte.

Wenn dir „Die Tierkriegerin und das Ende der Menschheit" gefallen hat, dann sag es weiter! Am liebsten in Form einer Rezension beim Online-Händler oder der Lesecommunity deiner Wahl. Als Indie-Autorin wertschätze ich es ganz besonders, wenn du dir die Zeit nimmst, anderen von meinen Büchern zu berichten. So lernen mehr Leser meine Bücher kennen und hoffentlich lieben, was wiederum dazu führt, dass ich noch mehr dieser Bücher schreiben kann.

Im Voraus schon mal herzlichen Dank dafür!

Du bist bestimmt gespannt darauf, wie es mit der Tierkriegerin weitergeht. In Band 2 „Die Tierkriegerin und das Erbe der Trollwesen" lade ich dich wieder zu einer Reise ein, diesmal in eine mythologische Welt.

Um den Erscheinungstermin nicht zu verpassen, melde dich am besten für meinen Newsletter an. Du bist dann im Felicity-Green-Leserclub, wo du als Erstes erfährst, was es bei mir Neues gibt! Als Bonus bekommst du auch noch gratis ESPENGEIST + eine MEGA-LESEPROBE mit den ersten fünf Kapiteln von EICHENWEISEN, Buch 1 der CONNEMARA-SAGA, als E-Book! Besuche dafür einfach meine Website: www.felicitygreen.com/leserclub

Viele liebe Grüße
Deine Felicity

DIE AUTORIN

Felicity Green schreibt Urban Fantasy und Paranormal Mystery-Serien für Leserinnen, die Mythen und Magie, unerwartete Wendungen, Gänsehaut und große Gefühle lieben.

Felicity wurde in der Nähe von Hannover geboren und zog nach dem Abitur nach England. In Canterbury studierte sie Literatur und Schauspiel. Später tingelte Felicity mit diversen Theatergruppen durch England, Irland und Schottland – eine Inspiration für die Schauplätze ihrer Romane. An der University of Sussex schloss sie einen MA in Kreativem Schreiben ab.

Mit ihrem Mann Yannic, Tochter Taya und Kater Rocks lebt sie jetzt an der Schweizer Grenze und arbeitet als freie Autorin und Bloggerin.

www.felicitygreen.com

Ebenfalls von Felicity Green:
EICHENWEISEN:
Das Geheimnis von Connemara

Dunkle und geheimnisvolle keltische Sagen, wilde irische Landschaften und eine verbotene Liebe: In der spannenden Romantic-Fantasy-Saga DAS GEHEIMNIS VON CONNEMARA erfährt Alice, dass ihr Schicksal mit dem eines alten irischen Volkes verwoben ist.